세계의 문화와 풍속 이야기

한국 속 세계인이 들려주는 지구촌 생생 문화정보

건국대 서사와문학치료연구소
다문화 구비문학대계 17

세계의 문화와 풍속 이야기
한국 속 세계인이 들려주는 지구촌 생생 문화정보

2022년 5월 10일 초판 인쇄
2022년 5월 15일 초판 발행

지은이   신동흔 외
펴낸이   이찬규
펴낸곳   북코리아
등록번호   제03-01240호
전화   02-704-7840
팩스   02-704-7848
이메일   ibookorea@naver.com
홈페이지   www.북코리아.kr
주소   13209 경기도 성남시 중원구 사기막골로 45번길 14
        우림2차 A동 1007호
ISBN   978-89-6324-867-7 (94810)
        978-89-6324-850-9 (세트)

값 19,000원

건국대 서사와문학치료연구소
다문화 구비문학대계 17

세계의 문화와 풍속 이야기

한국 속 세계인이 들려주는
지구촌 생생 문화정보

신동흔 박현숙 김정은 오정미
조홍윤 김영순 황혜진 강새미
김민수 김자혜 김현희 엄희수
이승민 이원영 한상효 황승업

북코
리아

머리말 : 현장에서 만난 1,364편의 생생한 이야기

캄보디아, 베트남, 필리핀, 중국, 일본, 인도, 카자흐스탄, 에스토니아, 브라질….

세계 여러 나라에서 온 이주민 화자들이 한국어로 구술하는 설화들을 들으면서 마치 꿈속의 한 장면에 들어와 있는 듯했다. 그들의 입에서 가지각색 설화들이 술술 흘러나오고 있는 광경이 거짓말 같았다. 책에서나 볼 수 있었던, 아니 책으로도 볼 수 없었던, 깊은 재미와 의미가 차락차락 우러나는 원형적 이야기들! 그 보물 같은 이야기들을 현장에서 만날 수 있다는 것은 최고의 축복이었다.

한국에 이주해서 생활하는 외국 출신 제보자들을 대상으로 한 설화 조사를 계획하면서 기대보다는 걱정이 컸다. 한국과 달리 설화 문화가 유지되고 있어서 구전설화를 기억하고 전해줄 수 있으리라는 기대가 있었지만, 30~50대가 주축을 이루는 제보자들이 설화를 오롯이 구연할 수 있을지 의문이었다. 모국어가 아닌 한국어로 구술해야 하는 상황이라서 더 그랬다. 한국생활이 쉽지 않을 이주민들이 선뜻 마음을 열어줄까 하는 걱정도 없지 않았다.

결과는 기대 이상이었다. 수많은 이주민 제보자들이 기꺼이 자국 설화 구연에 나서 주었다. 모국의 이야기와 문화를 알린다고 하는 책임감과 자부심이 주요 동기였지만, 그들은 곧 설화 구연이 매우 즐겁고 유익한 일이라는 사실을 깨달았다. 그들은 한 명의 문학적 주체가 되어서 자신이 아는 이야기들을 성심성의껏 들려주었다. 고향에 계신 어른들에게 연락해서 묻거나 숨은 자료를 찾아서 구연해 주기도 했다.

모든 이야기는 책이나 자료를 읽어주는 형태가 아니라 내용을 기억하고 새겨서 말로 구술하는 형태로 조사를 수행했다. 마음으로 기억해서 재현한 것이라야 화소(話素)와 스토리가 살아있는 진짜 구비문학 자료가 되는 것이기 때문이다. 제보자들이 구술로 전해준 이야기들 속에는 실제로 구비문학적 힘이 생생히 깃들어 있다. 재미있고 의미심장하며, 현장감이 넘친다. 그 언어는, 살아 있다.

조사 과정에서 이야기를 들으면서 놀란 적이 한두 번이 아니다. 이주민 제보자들은 평균적인 한국 사람들보다 훨씬 이야기를 잘했다. 한 사람이 수십 편의 설화를 유려하게 구술한 사례가 여럿이며, 한 편의 설화를 30분 이상 완벽하게 구연한 경우도 꽤 많다. 캄보디아의 킴나이키 제보자 같은 경우는 한 편의 설화를 2시간에 걸쳐 생생하게 구연하기도 했다. 한국의 유력한 이야기꾼들에게서도 좀처럼 보기 어려운 모습이다.

10여 명으로 구성된 조사팀이 만 3년에 걸친 현지조사를 통해 만난 화자는 150명 이상이며, 수집한 자료는 약 2,000편에 이른다. 이 중 공개 동의를 얻지 못한 이야기와 완성도가 낮은 이야기들을 제외하고 가치 있는 것들을 선별한 결과 27개국 130여 명 제보자가 구술한 1,364편의 이야기 자료가 추려졌다. 자료마다 기본 구연정보와 줄거리(개요) 등을 갖추어서 정리하니 분량이 단행본 20권을 채우게 되었다. 양적·질적 측면에서 '한국구비문학대계'에 비견될 '다문화 구비문학대계'라고 해도 좋겠다고 생각해서 이를 총서명으로 삼았다. 『한국구비문학대계』(1980~1988; 전 82권)는 한국 구비문학 조사사업의 빛나는 성과이자 인류의 소중한 문화유산으로서, 갈수록 가치가 증대되고 있는 구술자료집이다. 우리의 『다문화 구비문학대계』도 그와 같은 역할을 하게 될 것으로 믿는다. 세계 각국의 설화를 생생한 한국어로 집대성했다는 점에서 전에 없던 새롭고 특별한 언어문화 자료집이다. 이와 같은 현지조사 성과는 세계적으로도 유례없는 일임을 강조하고 싶다.

다문화 구비문학대계는 20권의 자료집과 1권의 연구서로 구성되어 있다. 자료집 구성은 다음과 같다.

1~2권 : 캄보디아 설화 (64편)

3권 : 태국·미얀마 설화 (53편)

4~5권 : 베트남 설화 (114편)

6권 : 필리핀·인도네시아·대만·홍콩 설화 (72편)

7~9권 : 중국 설화 (186편)

10권 : 몽골 설화 (92편)

11~12권 : 일본 설화 (149편)

13권 : 인도·네팔 설화 (78편)

14권 : 카자흐스탄 설화 (61편)

15권 : 러시아·중앙아시아 설화 (55편)

16권 : 유럽·중동·중남미 설화 (57편)

17권 : 세계의 문화와 풍속 이야기 (93편)

18권 : 세계의 속신·금기와 속담 (160편)

19권 : 세계의 신과 요괴 전승 (91편)

20권 : 한국 이주 내력 및 생활담 (39편)

1~16권까지 각국 설화를 나라별로 정리해 실었고, 17~20권에는 세계 여러 나라 문화 이야기와 속담, 생애담 등의 구술담화를 모아서 수록했다. 15권의 '중앙아시아'에는 우즈베키스탄, 키르기스스탄, 타지키스탄이 포함되며, 16권에는 에스토니아, 스웨덴, 터키, 아제르바이잔, 사우디아라비아, 도미니카공화국, 칠레, 브라질, 파라과이 등 9개국 자료가 실려 있다. 다 합치면, 설화가 수록된 나라는 총 27개국에 이른다. 중국편 자료가 가장 많은데, 한족과 조선족 자료를 포괄한 것이다. 7권에 한족 제보자의 구술자료를, 8~9권에 한국계 중국인 제보자 구술자료를 수록했다. 설화는 각 나라마다 앞쪽에 신화와 전설에 해당하는 것들을 싣고 뒤쪽에 민담을 실었다. 같은 유형의 자료를 한데 모으고 서로 내용이 통하는 자료를 이어서 배치함으로써 효과적으로 내용을 견줘볼 수 있게 했다.

27개국 총 1,364편에 해당하는 설화 자료 가운데는 한국에 처음 소개되는 것들이 매우 많다. 1, 2권에 해당하는 캄보디아 설화는 대부분 길고 흥미로운 것들인데, 모두가 한국어로 처음 출판되는 것들이다. 필리핀과 몽골, 인도, 카자흐스탄 등의 수많은 이야기들도 대부분 새로운 것들로 구성돼 있다. 베트남과 중국, 일본 설화 가운데는 한국에 알려진 유명한 이야기들도 포함돼 있지만, 새롭게 소개되는 것들도 많다. 각국의 대표 설화, 예컨대 베트남 설화 〈의붓자매 떰과 깜〉이나 일본 설화 〈복숭아 동자 모모타로〉 같은 경우는 제보자마다 이야기를 구술해서 최대 7~8편에 이르는 각편을 수록했는데, 세부 내용상 크고 작은 차이가 있다. 각편(各篇)마다 미묘한 차이가 있는 것은 구비설화의 본래적 특징으로, 이는 중요한 연구대상이 된다. 각국 주요 설화의 구술자료 각편들을 생생한 구어로 풍부하게 갖춘 것은 해당 국가에도 없던 일로서, 본 자료집의 가치를 더욱 높여주는 요소가 된다.

구비문학에 낯선 독자들로서는 구술을 녹취한 본문이 처음에 다소 어색하게 여겨질 수도 있을 것이다. 하지만 찬찬히 읽어나가다 보면 구술 담화의 맛과 가치를 생생히 느끼게 되리라고 믿는다. 구술자의 다양한 목소리가 귀에 쟁쟁 울려오는 듯한 경험을 할 것이다. 이주민 구술자들에 대하여, 이들은 오롯한 문화적·문학적 주체이자 구비문학 아티스트라고 말하고 싶다. 설화를 전공하는 한국인 연구자들에게 한국어 구술로 큰 감동과 깨우침을 안겼으니 특별한 아티스트가 아닐 수 없다. 현지조사 과정에서도 틈나는 대로 부탁했거니와, 이들이 앞으로도 적극적인 설화 구술로 21세기 한국어문화의 한 주역이 되어 주기를 기대한다.

본 자료집은 구비문학 연구와 언어문화 연구, 다문화 한국사회 연구를 위한 기초 자료로 널리 활용될 수 있다. 학술연구 외에 문화콘텐츠와 교육용으로도 본 자료집은 큰 의의를 지닌다. 작가와 기획자들에게 새롭고 특별한 소재를 제공할 것이며, 각급 학교와 평생교육 기관 등에서 다문화 교육자료 등으로 활용될 것이다. 아울러 본 자료는 일반 독자들에게도 재미있고 소중한 문학적·문화적 경험을 전해줄 것이다. 한국인 독자들은 외국의 문학과 문화에 대한 이해를 넓히는 한편으로 이주민들에 대한 인식을 일신할 것이며, 이주민과 다문화가정 구성원들은 문화적 정체성과 자부심을 내면화할 것이다. 아무쪼록 이 책이 한국사회 구성원들이 열린 마음으로 서로를 이해하는 가운데 상생적 화합과 발전을 이루어나가는 데 기여하기를 바라는 마음이다.

3년간의 현지조사와 정리 작업은 한국학중앙연구원 한국학 토대연구 지원 사업에 힘입어 진행되었다. 꼭 필요한 지원이 이루어져서 좋은 자료들을 널리 수집할 수 있게 된 데 대해 감사의 뜻을 밝힌다. 자료의 출판은 연구지원과 별개로 이루어진 것으로, 출판사의 후의와 결단에 의해 이루어졌다. 자료집의 가치를 이해하고 기꺼이 출판을 맡아준 북코리아 이찬규 사장님과 편집부 김수진 과장님께 깊은 감사 인사를 드린다.

이 자료집이 나올 수 있었던 것은 현지조사와 자료정리의 실무를 맡아 수고한 전임연구원과 연구보조원들이 있었기 때문이다. 팀장을 맡아서 일련의 길고 힘든 작업을 훌륭히 감당해준 박현숙, 김정은, 오정미, 조홍윤 박사와 이원영, 황승업, 김자혜, 김현희, 한상효, 김민수, 이승민, 엄희수, 강세미 등 여러 연구원의 노고에 감사와 사랑의 마음을 전한다. 공동연구원으로서 현지조사와 연구작업을 적극 뒷받침해준 김영순, 황혜진 선생님께도 깊이 감사드린다.

이 책은 기꺼이 이야기를 들려준 여러 제보자들에 의해 이루어진 것이다. 낯선 조사자들을 반갑게 맞이하고 바쁜 시간을 쪼개어 열성껏 이야기를 풀어내 주신 130여 명 제보자들께 머리 숙여 인사드린다. 본 자료집이 특별하고 귀중한 문화유산으로 자리 잡아 오래도록 널리 활용됨으로써 제보자들의 열정과 노고가 빛을 발할 수 있기를 바라 마지않는다. 모두들 행복하게 씩씩하게 잘 지내면서 한국사회의 실질적 주역 구실을 해주시기를 기원하며, 다시 만나 많은 이야기들을 즐겁게 나눌 수 있기를 기대한다.

2022년 5월
저자를 대표하여
신동흔

목차

14

일러두기

1. 본 자료집은 한국에 와 있는 세계 여러 나라 이주민이 한국어로 들려준 설화와 생애담, 문화 이야기 등을 화자가 구술한 대로 녹취하여 정리한 것이다. 현지조사는 구비문학 전공자들이 만 3년에 걸쳐서 진행했으며, 구비문학 조사 및 정리 방법에 따라 자료를 수집 정리했다. 27개국에서 온 130명 이상의 제보자를 직접 만나서 구술 자료를 녹음했다. 제보자의 주축은 결혼이주민이며, 유학생과 이주노동자도 포함돼 있다.

2. 자료집은 총 20권으로 구성되어 있으며, 총 1,364편의 구술 이야기 자료가 수록되어 있다. 1~16권에는 각 나라별로 신화와 전설, 민담 등 설화자료를 실었고, 17~20권에는 여러 나라 문화 이야기와 속신·속담, 신과 요괴 전승, 생애담 등을 종합해서 실었다. 별권으로 연구서『다문화 이주민 구술설화 연구』를 갖추어 조사사업의 성격과 의의를 밝히고, 자료 총목록을 제시했다.

3. 모든 자료마다 조사일시와 장소, 제보자와 조사자 등 기본 구연정보를 제시하고, 이야기 줄거리(또는 개요)를 제시하여 이해의 편의를 도왔다. 그리고 모든 설화와 생애담 자료에 '구연상황'을 제시하여, 해당 이야기가 어떤 맥락에서 구술되었는지 알 수 있게 했다. 설화집에 해당하는 1~16권 말미에는 나라별 제보자에 대한 정보가 제시되어 있다. 제보자 인적사항과 특성은 조사 당시를 기준으로 삼은 것으로, 추후에 변동되었을 수도 있다.

4. 이야기 본문은 녹음된 내용을 그대로 받아 적었으며, 현장 상황을 생생히 전하기 위해 조사자와 청중의 반응 부분을 함께 담았다. 한국어 어법에 맞지 않는 구술도 그대로 반영하여 전사했으며, 오해의 소지가 큰 경우 괄호 속에 표준어 표기를 제시했다. 내용 이해를 위해 필요한 경우에는 각주를 달아서 보충 설명을 했다.

5. 이야기 본문에서 제보자의 구술 외에 조사자와 청자의 반응은 [ ] 속에 넣어서 정리했으며, 기타 보충설명은 ( ) 안에 제시했다. 여러 조사자가 발언한 경우 '조사자 1', '조사자 2' 등으로 표시했는데, 번호는 구연정보의 조사자 순서에 준한다. 본문은 이야기 전개 흐름에 따라 문단을 나누었으며, 대화에 해당하는 부분은 행을 바꾸어 표현했다. 대화에 부수되는 언술은 행을 달리하되, '고'나 '구'는 구어체 특성을 살려 대화문 뒤에 붙였다. 2인 이상의 제보자가 공동으로 구술한 자료는 각 제보자와 조사자의 발화를 단위로 삼아 단락을 나누는 방식으로 편집했다.

6. 본 자료집에 자료를 수록한 모든 제보자들에게는 사전에 자료공개 동의를 받았다. 다만, 생애담 등의 구술에서 사적 정보가 노출될 수 있는 부분은 내용을 일부 삭제하거나 **로 표시하기도 했다. 조사장소도 개인정보 보호를 위해 번지수와 같은 세부정보를 삭제했다.

베트남

베트남의 다양한 문화

● **구연정보**

조사일시 : 2019. 01. 09(수) 오후
조사장소 : 경기도 안양시 만안구 석수동
제 보 자 : 도티탄(이정민) [베트남, 여, 1989년생, 결혼이주 8년차]
조 사 자 : 오정미, 강새미

● **개요**

베트남의 남아선호사상은 한국과 비슷하다. 한국은 현대사회로 오면서 남아
선호사상이 매우 약화되었지만, 베트남은 여전히 아들을 딸보다 중요하게 여
긴다. 베트남의 명절 문화도 한국과 다르다. 한국은 명절에 여성들이 요리를
하고 고생하지만, 베트남은 중국의 영향으로 주로 남성이 요리를 한다. 명절
에는 최대한 일하지 않고 고생하지 않아야 한 해가 편안하다고 생각한다. 베
트남의 특수한 명절 문화는 새해 손님이다. 새해 첫날 오는 손님이 누구인가
에 따라서 한 해의 그 집안 운이 정해진다고 믿는다.

저희도, 특히 저희 집도 마찬가지였고. 되게 딸은 소중하게 여기
고 또 아들 중에서는 첫째.

너무 그랬어요. 왜냐면 저는 왜 그렇게 생각했냐면, 저희 집에서
같은 경우는 조증할아버지? 조증할아버지라 해야 되나요. [조사자:
증조.] 아, 증조할아버지. 그중에서는 또 저희 할아버지 첫째였어요.
근데 둘째, 셋째는 할아버지 계시는데 그분은 아들 없었어요. 다행
히 저희 할아버지는 저희 아빠 하나 있었어요. 그니까 아빠는 엄마
결혼했는데 첫째, 둘, 셋, 넷, 다섯째까지 낳았는데 딸이었어요. 어쩔
수 없이 엄마는 여섯째까지 낳게 되었어요.

그러니까 되게 그런 거 아직 심해요. [조사자: 여섯째는 아들 낳았

어요?] 네. [조사자: 그럼 정민 씨가 몇 번째 딸인 거예요?] 둘째요. [조사자: 아, 그러셨구나. 똑같군요, 베트남도.] 네.

근데 보니까 요즘 한국 좀 덜해요. 베트남은 아직은 그런 거 있는데, 근데 한국은 요즘 딸 많이 좋아하잖아요. 요즘 베트남 아직은. [조사자: 베트남은 아직도 그래도 아들이고.] 그래도 아들이고. [조사자: 그러면 공부를 시키더라도 장남 먼저 공부를.] 시키면 아들 먼저 시키고. 또 저희도 마찬가지예요.

여섯이 있으니까 어머니가,

"딸이니까 뭐하러 공부하느냐."

옛날 말 있어요.

'딸이니까 뭐 하러 공부하느냐. 그냥 아들 하나만 밀어주지.'

여자는 거의 못 했어요, 공부는.

[조사자: 그러면 베트남도 만약에 부모님이 나이가 드시면 아들이 부모님을 봉양하고 살아야 돼요?] 그렇죠. 그런 문화는, 보통은 옛날 문화 아직은 남아있는데. 근데 요즘은 그냥 옛날에는 무조건 아들 챙겨야 되고, 아들은 부모님 모셔야 되는데. 근데 요즘은 그거는 덜했죠. 딸인데도 내가 자식이니까 내가 있으면 조금만 붙어서 주고. 근데 주로는 아마 아들 약간 크죠.

근데 저희는 한국하고 뭐가 다르냐면, 저희 명절이나 아니면 식구들 모인 장소이거나 아니면 저희 집에서 자주 모이거든요. 근데 그때 요리는 남자 역할 해요. 추석, 명절 아니면 제사 아니면 많은 사람 모일 때는. 남자 주로 다 남자 해요.

그래서 그것도 하나 다른 점이기도 하죠. 왜냐면 저는 여기 보니까 설날, 추석 여자들 되게 힘들어가지고. 저는 설날, 추석 때는 약간 우울증 있더라고요. 왜냐면 저희는 그냥 실컷 놀고. 그리고 한 가지는 아마 그때 제가 거기서 얘기했어. 설날 때는, 베트남에서는 설날 1월 1일은 거의 아무것도 안 하고 놀기만. 그런 문화 있었고. [조사자: 그럼 설날에는 남자들이 요리하면 여자들은 뭐해요?] 뭐 도와주고.

근데 저희는 설날 전에 음식 해요. 그래서 설날 때는 있는 음식 따뜻하게 저기 해서 먹고 설거지는 여자들하고.

[조사자: 그럼 아빠가 그만큼 명절에 음식을 하신다는 거는 베트남 남자들은 음식을 잘하는 거네요.] 남자들 잘해요. 여자보다. [조사자: 중국도 그렇잖아요. 약간 그건 중국의 영향인가?] 네. 아마 중국의 영향이 좀 커요. [조사자: 진짜 그 부분이 그러면 한국 와서 적응하기 어려웠겠어요, 명절 때.] 그렇죠. 왜냐면 한국에서 명절 때는 해야 되니까. 당연히 해야 되는데, 근데 약간,

"베트남에서 이 시간에 나는 놀고 그럴 건데. 무슨 일이 이렇게…"

베트남에서 1월 1일 일하면 1년이 고생한다고 생각해요. 그러니까,

"나는 일하면 1년 고생해야 되는 거 아니냐."고.

막 그런 것도 하고.

또 베트남에서 1월 1일에서는 오히려 가족평화 시키려고 해서 화내거나 그런 거 없어요. 왜냐면 사람들 되게 믿더라고요. 1월 1일은 일하면 1년 고생이고, 싸우면 1년 싸우게 되고. 뭐 그런 믿어가지고.

[조사자: 베트남에서 그 얘기 들었는데 베트남은 진짜 그래요? 베트남에서는 1월 1일 때 처음으로 방문한 손님이 그렇게 중요하다고.] 네. 맞아요. 정말 저도 이거 해본 적 있어. 어렸을 때 저희 할아버지 옆집에는 둘째 할아버지, 작은할아버지 계셨어요. 근데 평소는 그냥 같이 놀았으니까 지나가고 그랬는데. 어렸을 때는 그거 모르고 1월 1일인데 거기 지나가는 거예요. 그래가지고 집에 가서 저희 할아버지가 할머니랑 되게 많이 혼냈어요.

"이렇게 아침부터 왜 남의 집을 지나가느냐."고.

되게 첫 손님이 중요하고. 그래서 이 사람 나한테 맞는지 그거부터 봐요. 그러면 이 사람 안 맞으면 1년이 힘들다, 일이 안 된다. 뭐 그런 거 믿어가지고.

[조사자: 그럼 정민 씨 집에는 1월 1일 항상 첫 손님이 누가 오셨어요?] 근데 아마 올해는 우리한테 맞는 나이 누구인지. 그거 먼저 초대하거나 그러죠. 만약에 저희 같은 경우는 이번에 저희 집인데 그 언니가 결혼해서 보니까 올해는 내 나이는 누구한테 맞다, 그러면

먼저 설전에 전해요.

"언제, 언제 이러니 몇 시에 와 달라."고.

그런 것도 있고 그러더라고요. 설날 전에 폭죽 하잖아요, 베트남에서. 근데 그전에 12시 되기 전에 집에 와야 돼요. 12시 넘으면 안 돼요. [조사자: 그렇다고 하더라고요. 12시 전에 아예 오든지] 아니면 오후에 되어야 오라. 오전 안 돼요. 오전에 남의 집 올 수 없어요.

[조사자: 그럼 주로 첫 손님은 여자여도 상관이 없어요? 남자 여자 상관없어요?] 상관없고 그냥 나이 맞춰가지고. 그런 거 믿잖아요. 이 사람 나이 맞고 그러면 그 사람 첫 손님 오면 올해는 일이 잘될 거라고 하면은 상관없고. [조사자: 그럼 매년 오는 손님이 바뀌겠네요.] 그렇죠, 다르죠. 왜냐면 나이도 바뀌고 그러니까.

베트남의 설날 문화

● 구연정보
조사일시 : 2019. 01. 03(목) 오후
조사장소 : 서울시 광진구 화양동 건국대학교
제 보 자 : 팜하뷔 [베트남, 여, 1993년생, 유학 1년차]
조 사 자 : 신동흔, 오정미, 엄희수, 박현숙

● 개요

베트남의 설날은 음력 1월 1일이다. 가족마다 차이는 있지만, 제보자 집에서
는 설날에 청소를 잘 하지 않고 쓰레기를 집 밖에 내다 버리지 않는다. 한 해
의 복과 운이 쓰레기와 함께 나간다는 생각을 하기 때문이다. 반대로 집 밖의
물건을 집으로 가지고 들어오지도 않는다. 설날에는 한 해의 운과 복을 기원하
면서 '반쯩'이라는 전통음식을 만들어 먹는다. 그러나 현대에는 사람들이 바
쁘다 보니 사 먹기도 한다. 또 베트남에서는 설날 첫 방문자를 아주 중요하게
여겨서, 음력 1월 1일 새벽에 가족이나 친구 중 성격이 좋고 훌륭한 사람을
초대한다. 초대받은 사람은 싱싱한 나뭇가지를 가져오며, 서로 복돈과 덕담
을 주고받는다. 한 번은 제보자가 베트남으로 귀국하던 날 설날 새벽의 첫 손
님이 되지 못하게 하려고 어머니가 공항에서 밤을 새우고 오게 한 적도 있다.

곧 설날이 되어서. 설날 때 습관? 갑자기 설날 때는 습관이 생각
나서 준비했어요. 설날 때는 1일에는 뭔가 음력 1월 1일에는 제일
중요한 날이에요. 1월 1일에는 제일 중요한 날이에요. 그날에는 청
소도 안 하고, 쓰레기를 버리면 안 돼요. 왜냐하면 옛날이야기인데.
이렇게 쓰레기 버리면 복도, 복과 운도 쓰레기와 같이 뭔가, 없어질
거예요. 그래서 그날에는 청소는 그냥 대충대충 하고 쓰레기는 절대
안 버려요.

근데 저는 물어봤는데 다른 친구는 이렇게 한 친구도 있고 안 믿고 그냥 무시한 친구도 있어요. 근데 다른 친구는 그 이야기를 모르는 친구도 있어요. 그거는 어쨌든 가족마다 달라서. 근데 우리 가족은 1일에는 이렇게 쓰레기는 안 버려요. 복이 나갈 수 있으니까요.

[조사자 2: 근데 이게 어쨌건 전반적인 베트남 분들이 이렇게 생각을 하시는 거죠? 조금씩 다르기는 하나, 전체적으로는?] 일반적으로는 이렇게 생각을 해요. 근데 그냥 생각하고 무시하는 사람도 있어요. 근데 일반적으로는 그런 이야기는 아는 사람이 많아요. 거의 다요.

[조사자 1: 집 안에 있는 걸 밖으로 이렇게 버리지 않으면, 집 밖에 있는 건 가지고 들어와요? 그것도 안 가지고 들어와요?] 안 가지고 들어와요. 그냥 안 버릴 거예요. [조사자 1: 버리지도 않고 가져오지도 않고?] 네. 그냥 집 안에. 2일부터는 버리면 돼요.

설날이라서 전통음식이 있어요. 한국에 떡국처럼. 우리는 찹쌀밥. 그리고 반쯩Banh Chung●은 설날 때는 무조건 먹어야 돼요. 그거는 찹쌀은 원래는 조금 비싼 편이라서 옛날 경제가 어려울 때 설날 때만 이렇게 좋은 거 맛있는 거만 먹을 수 있으니까 무조건 먹고. 올해는 우리는 운이 많고 돈도 벌 수 있고 이렇게 맛있는 음식을 매일매일 먹을 수 있는 의미 담겨서, 이렇게 설날 때는 무조건 전통 음식 이렇게 먹어야 돼요.

근데 사실 저는 별로예요. 1년에 한 번만 먹으면 괜찮은데, 사실 좋지 않아요. 저는 반쯩은 전통 음식인데 좋지 않아요.

[조사자 1: 그 반쯩에 얽힌 설화 있죠. 전설.] 전설. 아 있어요. 옛날 옛날에. 그때는 왕자가 여러 명 있으니까, 이 왕 자리는 누구한테 주는지 몰라서 왕자들에 경쟁하는 거. 뭔가 누가 새로운 거 좋은 거를 찾을 수 있으면 왕 자리를 줄 거라고 해서. 그때는 한 왕자님은 자세하게는 모르는데, 어쨌든 한 왕자님은 이거는 만들고 왕한테는 들어서 이렇게는 왕 되고, 그때부터 이거 반쯩은 전통음식이 되었어요.

● 베트남의 전통 떡으로, 찹쌀, 녹두, 돼지고기 및 기타 재료로 만든다. 반쯩은 베트남어로 땅을 의미한다.

근데 자세한 내용은 중간에는 기억 안 나요.

지역마다는 모양은 조금 다를 수도 있어요. [조사자 1: 동그란 것도 있고 네모난 것도 있고.] 동그란 것도 있고 사각형도 있어요. 근데 일반적으로 저는 북부에 있으니까 일반적으로는 다 사각형.

옛날에는 뭔가 설날 때는 가족 모임 기간이라서 한국 추석처럼 설날 때는 가족이 모여야 해서 가족 모으고. 반쯩을 만들고 같이 먹는 이야기 있는데, 현대사회에는 그런 시간이 없으니까요. 한 2박 3일 정도 만들어야 해서 시간이 진짜 없으니까 그냥 사 먹어요. 근데 무조건 있어야 해요. 다 있어야 해요.

[조사자 3: 맛있어요?] 아니요. [조사자 3: 맛없어요?] 개인적으로는 좋지 않아요. 근데 이거는 베트남 가시면 한 번 드셔보세요.

[조사자 1: 그 떡을 만들 때 신령님이 나타나서 방법을 알려주었다, 이런 이야기가 있지 않아요, 혹시?] 원래는 전설은 있으니까. 안에 있어요. 근데 저는 그냥 기억이 안 나서. 근데 아마 누가 가르치나 봐요. 근데 자세하게는 진짜 기억 안 나요. 나중에는 준비하고.

[조사자 2: 한국어로 된 동화책도 있어요. 반다이, 반쯩.] [조사자 1: 서울시 다문화 공모전에 그 이야기를 내가지고.] [조사자 2: 하늘과 땅을 닮은 떡.] 네. 맞아요. [조사자 1: 하늘을 닮은 건 동그랗고.] 두 개 있는데. 지금은 하나 없애버린 거 아닌데. 근데 설날 때는 전통음식 아니에요. 설날 때 꼭 먹어야 하는 음식 아니에요. 근데 아직 있어요. 그거는 더 맛있어요. (웃음)

그거도 습관인데, 설날 때 첫 방문한 사람. 처음 방문하는 사람은 너무 중요해요. [조사자 2: 설날 이야기 계속하는 거죠?] 아직 설날 이야기예요. 첫 방문하는 사람은 제일 중요해요. 그 사람은 거의 다 우리가 미리 정하고. 그날에는 부탁해요. 너무 중요해서. 거의 다 남자예요. 왜냐하면 그 사람은 우리랑 맞으면 올해, 그 해는 조금 일이 잘 해결하고 다 잘 해결하고 뭔가 운도 좋고 뭔가 좋은 해를 지낼 수 있고. 또 우리, 나랑 안 맞으면 그 해는 아마 힘들고 뭔가 행운이 없으니까 그래서 미리 정하고 부탁해요. 맞는 거는 성격이 맞거나, 나이 띠 있잖아요. 그거는 맞으면 부탁할 거예요.

그리고 아니면 그 첫 방문한 사람은 성격도 중요해요. 그 사람이 조금 털털하고 착하면 올해도 뭔가 잘 해결할 수 있어요. 근데 그 사람은 조금 까다롭거나 건강이 안 좋으면 올해도 조금 힘들고 불만. 그래서 뭔가 첫 방문한 사람에 따라서 올해는 일이 좀 다르다고 생각해서 그렇게들 정해요. 우리가 거의 다 미리 정하고 부탁해요.

[조사자 3: 그럼 주로 아는 사람 중에서.] 거의 다 아는 사람이 부탁해요. 거의 다 아는 사람이나 친척 중에는 뭔가 이 사람은 굉장하거나 성공한 사람? 근데 거의 다 열두 시 지나면 조금 한 시 두 시 정도면 바로 방문할 거예요. 새벽에. 너무 늦으면 기다릴 수 없잖아요. 다른 사람은 먼저 올 수 있으니까요.

저희 집은 거의 다 우리 삼촌 오빠 부탁해서, 오빠는 12시 전에는 나가야 해요. 밖에서 불꽃도 보고 다니고. 그 오빠가 성격도 좋고 일도 괜찮아서 우리 대가족에는 한 집씩 이렇게 방문해야 해요. 한 바퀴는 돌아야 해요. [조사자 3: 인기가 많네요.] 인기남이에요. 그래서 오빠가 이렇게 한 집 한 집씩 방문해야 해서. 뭔가 우리 집이 제일 멀어서 4시 정도? 4시에는 방문하고 잠깐만 10분, 15분만 조금 이야기 나누고 복돈도 받고 주고. [조사자 2: 복돈? 세뱃돈 같은? 한국에?]

새해에는 아마 비슷해요. 빨간 봉투 안에 넣고 이렇게 주는 거. 돈은 자리가 상관없어요. 큰돈인지 작은 돈인지 상관없는데, 옛날에는 빨간색 돈 종이는 빨간 것도 있는데 지금은 그거는 없애버렸어요. 자리가 너무 소용없으니까요. 그래서 지금은 그냥 안에 돈 있으면 돼요. 조금이라도 원래는 뭔가 복도 비는 느낌?

방문 사람도 준비물도 있어요. 나뭇가지? 작은 거만. 근데 그거는 무조건 뭔가 생생한 거? 새로운 나뭇가지. 근데 뭔가 생명, 힘 있는 나무? 아니면 사탕수수. 이렇게 길게. 그거는 악귀와 나쁜 기운을 쫓을 수 있는 의미가 담겨서 이렇게 준비해야 해요. 이렇게 집 주인을 드리고 올해는 나쁜 기운을 다 없애 버리고 운이 많이 온다는 의미가 있어요. [조사자 2: 두 가지를 다 준비해 가야 되는 거예요?] 하나만. 둘 중 하나만 있으면 돼요. 근데 지금은 없어도 돼요. 근데 우리 친척 오빠는 항상 준비해요. [조사자 4: 많이 준비해야 되겠네.] [조사자 2: 좋

은 사람이네, 진짜. (웃음)]

원래 옛날에는 우리 아빠도 이렇게 친구 집에 이렇게 방문해야 해서. 근데 한 번에는 우리 아빠가 아프셔서 갈 수 없어요. 그래서 그 사람은 다른 사람한테 부탁하는데, 딱 그해에는 그 사람이 아프셨어요. 진짜 아프시고 병원에 한 3개월 4개월 정도 입원해야 해서 그때부터는 매년 우리 아빠한테 부탁해요.

"아파도 꼭 와 주세요."

[조사자 2: 첫 손님이 그렇게 중요하구나.] 첫 손님이 제일 중요해요. 그래서 작년에는 저는 어학당에 다녀서 어학당이 끝날 때는 14일? 그래서 그때는 음력에는 한 12월 28일이에요. 그래서 저는 12월 29일에 밤에 도착해서. 저희 엄마가,

"너 너무 늦게 도착하면 공항에서 지내." (웃음)

[조사자 2: 손님이 될까 봐?] 첫 손님이 될까 봐. 저희 엄마가. 처음에는 그날에 다른 사람 다 바빠서 데리고 오는 사람이 없어요. 친척이라도 없으니까 저희 엄마가 들어가지 말라고 해서. 저는 한 열 시에 비행기 도착해서 공항에서 집까지는 30분 정도 걸려서 엄마가 진짜 걱정해요. 12시 전에는 괜찮은데 12시 이후에는 안 된다고 해서.

근데 다행하게 저의 큰아버지가 괜찮아, 어쨌든 올해가 큰아버지는 첫 손님이 될 수도 있으니까, 큰아버지가 공항에 가서 데리고, 저는 들어갈 때는 한 12시, 아 11시 반 정도? 너무 늦으면 우리는 다리에 불꽃 하는 곳 많이 있으니까. 우리는 그 다리에서 불꽃 좀 보고 같이 집에 가자고 해서.

진짜 우리 엄마가 오지 말라고 했어요. 진짜 중요해요. 다행이에요. 작년에는 큰아버지 있으니까요. 그리고 그날은 다른 사람 다 바빠서 택시도 조금 어렵게 탈 수 없어요. 택시 많지 않아서. 그리고 딱 도착해서 전화할 수 없어서. 유심 없으니까요. 인터넷 있는데, 인터넷은 괜찮은데 유심 없으니까 전화할 수 없어요. 그래서 택시도 콜할 수 없잖아요. 다행이에요. 그냥 다행이에요.

그래서 올해는 좀 일찍 돌아갈 거예요. 12시 지나도, [조사자 3: 들어갈 수 있게.] 네. 근데 저희 엄마가 너무 밤에 들어가면 엄마는 공

항에 안 갈 거라고 했어요. 혼자 그냥 택시 타고 오라고 해서.

어쨌든 저희 엄마가 차도 없어요. 베트남 사람은 항상 오토바이라서. 저희 엄마는 그냥 택시 타고 공항 가서 같이 택시, 다시 택시 타고 집에 가서. 사실 필요 없어요. 저도 혼자 갈 수 있는데, 그냥 택시비는 엄마가 좀 내주시면 괜찮아요. 저는 혼자 갈 수 있어요. 택시비 좀 비싸요. 한국 돈으로 바꾸면 비싸지 않은데, 그냥 베트남 사람한테는 조금 비싸요. 비싼 편이에요. 어쨌든 멀어서.

베트남의 민간요법

● **구연정보**

조사일시 : 2018. 02. 06(화) 오후
조사장소 : 경상남도 진주시 상대동 진주 YWCA 다문화작은도서관
제 보 자 : 찐티배트 [베트남, 여, 1985년생, 결혼이주 4년차]
　　　　　 이유나 [베트남, 여, 1991년생, 결혼이주 7년차]
조 사 자 : 박현숙, 김민수

● **개요**

베트남에서는 감기에 걸리면 생강차를 마신 다음, 여자는 아홉 종류의 나무, 남자는 일곱 종류의 나무를 깔고 잎은 뜯어서 큰 솥에 끓여서 옷을 벗고 땀을 낸다. 열이 날 때는 수건을 끓는 물에 많이 넣어서 짜서 이마에 올린다. 다래끼가 나면 다래끼가 난 눈의 반대쪽 약지에 실에 묶으며, 비염이 걸렸을 때는 생강과 연근을 다져서 코를 덮는다. 뇌출혈이 일어났을 때는 바로 병원에 가기보다 열 손가락, 열 발가락, 양 귀를 바늘로 찔러 피를 내면 이상 증세 없이 살아날 확률이 높다고 본다. 몸살이 났을 때는 백 원짜리 동전 같은 것으로 몸을 문지르면 몸이 시원해진다. 딸꾹질할 때에는 물을 마시고 딸꾹질이라는 단어를 크게 소리 내어 외친다. 단오에는 반드시 열두 시에 해를 봐야 눈병에 걸리지 않는다.

조사자 : 저기 베트남에 민간요법이라 그러죠? 어디 아프면 병원에 안 가고 아까 저기 쳐가지고 코피 나고 할 때 진정시키고 하는 것처럼 그 베트남에서 하는 배가 아플 때 먹는 풀도 있을 테고, 그런 거 민간요법에 관련돼서 들었거나 아시는 거 있으면 얘기 좀 해주시겠어요? 감기 걸렸을 때 어떻게 한다거나?
찐티배트 : 감기 걸렸을 때는 생강차.

조사자 : 생강차?

찐티배트 : 네, 아니면 나무를 여러 가지 집에 있는 나무. 여자면 아
　　　　홉 종류, 남자면 일곱 종류를 깔아가지고 그 위로 가서 한 솥에,
　　　　큰 솥에 물이랑 끓여서 잎이는 뜯고 그 솥이랑 같이 옷 다 벗고
　　　　그 솥이랑 다 있어요. 우리 찜질, 찜질방처럼 그렇게 하면 땀이
　　　　나가고 나쁜 땀은 나가고 그다음에 우리 감기가 나아요.

조사자 : 가정에서 그렇게 많이 한다는 거죠?

찐티배트 : 네.

조사자 : 또 어떤 거 있어요?

이유나 : 열, 열 날 때는, 베트남 열 날 때는 다 수건 많이 끓여가지고
　　　　손수건 짜가지고 이마 올리는데 한국에서는 차가운 물 그거 반
　　　　대로 해요.

조사자 : 아아 그게 좀 반대고? 또 어떤 게 있어요? 혹시 음식이 먹
　　　　다 걸리면 체한다고 하는데 손에 따서 피 내고 이러거든요. 베트
　　　　남에는? 아니면 여기 눈에 다래끼 난다 그러죠?

이유나 : 아, 베트남 그거 나면 반대 솔직히 여기 손가락 있잖아요.
　　　　만약 왼쪽에 나면 오른쪽 손 여기 실 묶어요.

조사자 : 네 번째 손가락?

이유나 : 네. 실로 갖고 묶어요. 묶으면 나무에 짜다 버려서 아산나
　　　　없었어요. 병원 안 가고 만약에 오른쪽 하면 반대로 왼쪽에 실을
　　　　묶어서 그래요.

조사자 : 손가락에 실을 묶어서? 음. 또 어떤 거 있어요?

찐티배트 : 그 무슨 병이지? 베트남에는 미염, 코 비염 걸릴 때 있잖
　　　　아요. 미염.

조사자 : 미염?

찐티배트 : 비염.

조사자 : 비염!

찐티배트 : 그거 생강하고 베트남에는 연근 있어요. 그 줄 가지고 다
　　　　지면 매일 매일 여기 덮어요. 그거 덮으면 계속하면 나중에 나아
　　　　져요.

조사자 : 아 그래요?

찐티배트 : 생강하고 연근줄.

조사자 : 생강하고 연근?

찐티배트 : 네.

조사자 : 또 있을까요?

찐티배트 : 어 그 그건 무슨 병이지? 아주 위험한 건데 어? 그 뇌종
인가?

조사자 : 뇌종양(뇌출혈)?

찐티배트 : 네. 그 병(뇌출혈)이 걸릴 때 갑작스럽게 쓰러지잖아요.
그때 바로 병원에 데려지 말고 손가락 여기에마다 손가락마다
다 바늘로 찌르고 피가 나면 빼내면 그리고 그 귀 양쪽 다 피 빼
내면 그다음에 병원에 데려가면 살 수 있어요. 그리고 그 깨어나
도 그렇게 사람이 반 못 움직이잖아요. 그렇게 되지, 그렇게 되
지 않고 만약에 그 병이 걸린 줄 모르고 쓰러지면 바로 병원에
데리고 가면 살아 있어도 자기 몸이 움직이지 못해요. 마음대로
움직이지 못하고 그냥 뇌만 살아있어요. 근데 그렇게 피가 손가
락이랑 발가락마다 하고 양쪽에 귀가 피 한 방울만 빼내면 그렇
게 병원에 데리고 가도 멀쩡하게 살 수 있다고 하더라고요.
(이유나 제보자가 찐티배트 제보자에게 베트남어로 말을 걸어
서로 대화를 나눔.)

찐티배트 : 몸살. 몸살 나 머리 아플 때 여기 이렇게 짜면 빨간.

조사자 : 양미간을 짜요?

찐티배트 : 네 여기랑 양쪽에.

이유나 : 계속 이렇게 짜면 보라색 나와요.

찐티배트 : 빨간색 나와요.

조사자 : 빨간색 나와요?

이유나 : 안 그러면 한국에서 베트남 없으면 한국에서도 우리 진짜
많이 이용해 왔는데 피곤하면 어깨도 아프고 그렇게 하잖아요.
한국 백 원짜리 동전 계속 (긁으며) 이렇게 하면 보라색이 나와
빨간색이 나와요. 그러면 몸이 조금 시원해. 그렇게 했어요, 베

트남에.

조사자 : 안 아파요?

찐티배트 : 아픈데 몸살 때는 몸이 다 아프잖아요. 그렇게 해도 감각 없어요. 아주 시원해요.

조사자 : 시원해요? 해 줘 보셨어요? 한국 사람들한테?

찐티배트 : 아니요.

조사자 : 해본 적 없어요?

찐티배트 : 네. 한국 사람 그렇게 싫대요.

조사자 : 싫대?

찐티배트 : 아니 무섭대요. 이렇게 하면 여기 짜면 빨간색 나오니까. 어유 사람 아닌가? 무섭대요. (웃음)

조사자 : 몸살 났을 때. 그럼 혹시 딸꾹질! 딸꾹질 멈추게 하는 방법 있어요?

이유나 : 물 먹어요.

조사자 : 그냥 물만 먹으면 돼요?

찐티배트 : 네.

찐티배트 : 물 먹으면서 딸꾹질! 딸꾹질이라고 하면 한 몇 번 하면 없어져요.

조사자 : 소리 몇 번 지르고 딸꾹질! 이렇게. 또 뭐 어렸을 때 엄마가 어디 아플 때나 응급처치해 줬던 것도 있어요? 상처 나거나 아니면 또 뭐 말로 아까 왜 딸꾹질 이렇게 말한 것처럼 무슨 말로 해서 뭔가 나쁜 거 없애거나 그런 건 없어요?

이유나 : 말로?

조사자 : 응. 그 뭐야? 한국에서는 내 더위 사가라 먼저 사람 이름 불러서 내 더위 사가라 이러면 여름에 안 덥다고 이런 말을 하거든요.

이유나 : 베트남에서도 5월 5일 있잖아요, 5월 5일.

조사자 : 5월 5일 단오.

이유나 : 그날이면 열두 시. 낮에 열두 시 햇빛 봐야 해요. 꼭 봐야 돼요. 그거 보면 눈이 눈병 안 걸려요.

베트남의 장례문화와 죽음 인식

● 구연정보

조사일시 : 2018. 02. 06(화) 오후

조사장소 : 경상남도 진주시 상대동 진주 YWCA 다문화작은도서관

제 보 자 : 찐티배트 [베트남, 여, 1985년생, 결혼이주 4년차]

　　　　　이유나 [베트남, 여, 1991년생, 결혼이주 7년차]

조 사 자 : 박현숙, 김민수

● 개요

베트남에서는 사람이 죽으면 집에서 장례식을 치르고 시신을 매장한다. 망자는 사망한 지 3일까지는 자신의 죽음을 인식하지 못한다. 3일 후 무덤가에 과자 같은 음식을 뿌리고 무덤 안에 바나나잎으로 만든 작은 계단을 넣은 뒤 새벽에 가보면 망자가 계단을 걷는 모습을 볼 수 있다. 결혼하지 못하고 죽은 처녀귀신은 마음에 걸리는 게 있어서 저승으로 안 가려고 한다. 그래서 향을 피우고 무당이 밥 한 그릇 올려 처녀귀신을 잘 달래주면 마음을 풀고 저승으로 간다.

조사자 : 베트남은 사람이 죽으면 죽어서 어딜 간다고 생각해요?

이유나 : 베트남에서 많이 묻어요.

조사자 : 땅에 묻어요?

이유나 : 네.

조사자 : 죽으면, 한국은 죽으면 저승 간다고 저승에 갈 때 저승사자가 와서 데려간다고 그러거든요.

이유나 : 베트남에서 집에서 장례식 해요.

조사자 : 그러니까 집에서 장례식 하는데 한국의 저승사자처럼 죽으면 만나는 존재나 이런 대상 없어요?

이유나 : 그런 건 없어요. 그냥 땅에 묻어요.

찐티배트 : 있는데?

이유나 : 있는 사람은 만드는 거.

찐티배트 : 3일 후에.

조사자 : 3일 후에?

찐티배트 : 사람은 죽고 자기 죽은 줄 모른다고 해요. 그래서 3일 후에 다시 무덤에 가서 뭐죠? 음식이 좀 주고 과일 말고 과자 흩치고 계단, 작은 계단 만들어서 바나나 이파리로 만든 계단 있어요. 그렇게 무덤에 넣으면 그날 밤에, 새벽에 그 찾아보면 사람을 볼 수 있대요. 그 사람이 걷는 모습 볼 수 있대요.

（찐티배트 제보자가 어린아이를 달래느라 잠시 중단됨.）

조사자 : 그럼 무서운 귀신 없어요? 베트남에? 한국의 처녀귀신 도깨비처럼?

이유나 : 도깨비? 옛날얘기예요.

조사자 : 옛날얘기 도깨비 같은 게 있어요?

찐티배트 : 옛날에 아가씨들 억울하게 죽으면 그 사람이 자주 볼 수 있대요. 왜냐하면, 자기 아가씨잖아요. 결혼한 적 없고 소개도 한 적 없다면 자기 갈 수 없어요. 죽어도, 죽어도 맘이 걸려서 안 가고 싶어 해요.

조사자 : 그러면 귀신을 잘 보내는 방법이나 그런 건 없어요?

찐티배트 : 있긴 있는 거 같은데 전 그런 거 믿지 못해서 관심이 없어요. 그 어떤 향이 피우고 어떤 그 일 하는 사람 뭐 그런 귀신 잘 보는 사람이 한국처럼 이렇게.

이유나 : 무당 그런 거. 몸에 들어가 보면 그 나와요. 그 사람들 가르쳐 집에서 밥 한 그릇 올리고 그렇게 하면 풀어요.

조사자 : 그렇게 하면 이제 가요 저승으로?

이유나 : 네, 그런 거 있어요.

베트남의 자장가 메유건

● **구연정보**
조사일시 : 2016. 11. 21(월) 오후
조사장소 : 강원도 고성군 토성면 봉포리
제 보 자 : 호민두 [베트남, 남, 1997년생, 유학 1년차]
조 사 자 : 조홍윤, 황승업, 김자혜

● **개요**
베트남에는 프랑스와의 독립전쟁 당시에 만들어진 자장가 메유건이 있다. 아무리 위험한 상황에서라도 어머니의 사랑 안에서 아이는 무사히 잠을 자고, 어머니는 아이가 자라서 나라를 지키길 바란다는 내용을 담고 있다.

저는 좋아하는 음악 작품 중에서 하나가 〈메유건〉Mẹ yêu gọn이라고 합니다. [조사자 1: 〈메유건〉이요?] 한국말은, '엄마 아들 사랑해요.' [조사자 1: 엄마 아들 사랑해요?] 네. 이 작품은 아주 뛰어난 작품 아니지만, 저에게 마음에 감동을 많이 남기기 때문에 들을 때마다 가슴이 찡한 것 같습니다.

이 작품은 엄마의 자장가 의미를 표현하고, 어린 아들에 대한 엄마의 사랑의 기원을 표하기 위한 작품입니다. 모든 자장가와 다른, 보통의 자장가와 다르고, 작품에 있는 자장가는 전쟁에 있는 자장가예요. [조사자 1: 전쟁 때?] 네. 전쟁 때 나왔어요. 특별한 환경에서 생겼기 때문에 자장가도 특별한 의미를 가지고 있어요.

전쟁에서는 자장가로 엄마가 아들을 재우고 편안한 잠을 가져왔어요. 밖에는 아무리 위험하거나 시끄럽더라도 엄마의 자장가는 모두 다 막고 그 아들이 엄마의 따뜻한 팔짱에서 잘 잤어요. 이 환경에서 자장가는 모자간의 사랑이에요. 그런데 자장가에서도 사랑뿐만 아니라 엄마의 믿음과 기원을 가지고 있어요.

엄마는 아들을 재우면서 나중에 아들이 자랄 때까지 건강한 사람 되고 총을 가지고 나라 지킬 거라고 기원합니다. 그 아들은 나라 지키려고 전투하며 어렸을 때 엄마가 편안한 사회에서 키운 것처럼 엄마에게 평화적 삶을 가져오기 위한 것이에요. 그래서 자장가야말로 애국심 내포한다고 할 수 있어요.

[조사자 1: 그 자장가가 어느 전쟁 때 나온 거예요?] 그때는 베트남하고 프랑스 [조사자 1: 아, 프랑스하고 전쟁 때?] 네.

이 작품에서 민간 소재를 사용하는 만큼 민족의 전통적 가치와 생활의 현실성이 자연스럽고 섬세하게 조화되었어요. 청취자에게 첫 음성부터 가득한 사랑처럼 편안하고 고운 느낌을 줄 수 있어요. 이 작품 전쟁에서 강하고 튼튼하고 자식에 대한 사랑이 가득한 베트남 어머니를 칭송하며 애국심과 평화 기원을 감상합니다. 그렇기 때문에 이 노래가 창작된 지 육십 년 되었더라도 지금까지 저뿐만 아니라 다른 사람에게도 들을 때마다 감동을 많이 받고 나라에 많이 이해할 수 있어요.

[조사자 1: 그 노래 가사가 궁금해요. 어떤 뜻인지 좀 알려주세요.] 가사요? 어, 잠시만요. 왜냐면(뭐냐면) 그 노래는 한국처럼 처음 시작할 때 자장가 나와요. [조사자 1: '잘자라, 잘자라.' 이렇게?] 네. 잠시만요. 저는 가사 좀 기억 안 나요.

(제보자가 가사를 찾아보느라 잠시 구연을 멈춤.)

가사는 처음에, 엄마 아들 재우고 있었어요. 엄마는 아들, 엄마 아들 사랑한 지 언제부터 아느냐고 했어요. [조사자 1: 언제부터 사랑했는지 알아? 이렇게?] 네. 엄마 대답했어요. 엄마 아들 임신할 때부터 그때는 사랑했어요. 많이 힘들고, 엄마 다 참았어요. 구 일, 구 개월? 그때는 베트남 프랑스 전쟁할 때 구 년 동안 했어요. [조사자 1: 네. 구 년 동안 전쟁했어요?] 네. 그때는 혁명, 나라의 혁명 국민들의 평화 가져왔어요. [조사자 1: 나라 혁명이 국민들의 평화를 가져왔어요?] 네. 그 환경에서도 아들이 나왔어요. 나라의 기쁨에서 아들 이미지 같이 나왔어요. [조사자 1: 나라가 기쁠 때 아들도 이렇게 기쁘게 딱 나왔구나?] 네. 그런 거. 그거 아들이 웃을 때 꽃 피우는 것처럼 했어요. 그때는 아들 낳고 나서 엄마가 기운이 또 있어요. 나중에 아들 자랐을 때까지 나라 지킬 거예요. 그 의미예요.

　[조사자 1: 아들이 웃으면 꽃피는 것같이 예쁘고 그래서 엄마가 힘이 나요. 그래서 아들이 자라나면 같이 나라 지킬 거예요. 그런 뜻이에요?] 네. 힘든 상황에서 엄마 다 참았어요. 아들 키우고 있으면서 마음속에서 기원했어요. 그렇게요. [조사자 1: 정말 좋은 가사예요.] 네.

캄보디아

캄보디아의 절 문화

● **구연정보**

조사일시 : 2016. 11. 11(금) 오후
조사장소 : 강원도 횡성군 횡성읍 읍하리
제 보 자 : 체아다비 [캄보디아, 여, 1983년생, 결혼이주 8년차]
조 사 자 : 박현숙, 김현희, 김민수

● **개요**

캄보디아는 불교 국가이기 때문에 절과 스님을 존중하는 풍습을 가지고 있다. 캄보디아 스님은 육식을 포함하여 음식을 가리지 않고 모두 먹을 수 있지만 아침과 점심, 하루 두 끼만 먹으며 저녁은 금식한다. 캄보디아 스님은 매일 통을 메고서 시주를 다니는데, 스님에게 시주를 하면 복 받는 느낌이 들어서 기분이 좋아진다고 한다.

저 어렸을 때는 이제 할머니 따라서 절 많이 가요. 공부 끝나고 이제 절밥도 먹고, 절에도 청소도 하고 그런 거 많이. [조사자: 할머니 따라서?] 네네, 할머니 따라서. 그리고 할머니 통해서 옛날 절 이야기도 많이 듣고 그러네요. (웃음)

[조사자: 그럼 절 이야기 들은 것 중에 기억나시는 거 있어요?] 기억나는 거는 뭐 할머니 항상 하시는,

"절에 가면 깨끗이 청소해라. 그래야 다음 생인지 이생인지 예쁘게 난다."고.

"절에 가면 꼭 마당을 쓸어라."

[조사자: 그래야 다음 생에 예쁘게 태어난다고?] 네네.

[청자: 여기는 한국 절하고 많이 다르더라구요.] 네. 한국 절에는. [청

자: 부처님한테 그 뭐지? 스님들한테 마을에서 막 밥도 해 주고 그러잖아
요.] 네네. [청자: 아침마다 길에 나가가지고. 우리랑 다르더라구요.] [조사
자: 우리는 스님들이 쌀을 시주받으러, 받으러 다니시는데. 그러다 보면 막
똥 넣어 줘가지고 막 벌 받은 사람 이야기도 있고.]

아, 우리는 그냥 그건 아니고 우리는 뭐 어쨌든 불교니까 불교
많이 믿고, 절에는, 한국 절에는 고기 안 드시잖아요. 캄보디아는 가
릴 거 없이. [조사자: 가릴 거 없이 다 먹고?] 네. 다 드시고. [청자: 술
도?] 아, 술은 아니고. [조사자: 고기. 먹는 음식은 다.] 네. 드시는 음식
만 모두.

근데 그 대신 아침하고 점심. 저녁은 금식해요. [조사자: 하루 두
끼만 드시고.] 네. 하루 두 끼만 드시고 저녁에는 과일도 안 되고. 그
냥 뭐 물, 녹차, 설탕 같은 거, 당분 같은 거 드시고.

그리고 캄보디아에서는 가면 아마 많이 보실 거예요. 열한 시 전
까지 절에 사는 스님 두 분, 세 분이 이렇게 통에 있잖아요, 그 뭐지?
절에 스님 메는 통? (웃음) [조사자: 바랑? 아 가방 같은 거 말고?] 네,
가방 같은 거. 한국은 가방이잖아요. 캄보디아는 이제 통, 통 이런 거
해서 밥을 넣어요. 뭐 도시락은 반찬 넣으시고 통 안에는 밥 하루 스
님이 드실 양. 다 모아서 절에 가요. 절에 가면 안 하는 스님도 드리
고 이제 오늘 이 스님하고 내일 저 스님하고 하는 날짜가 다르니까.
매일 아침.

[조사자: 그럼 스님들이 많이 오고 그러면 힘들지 않아요?] 아, 힘들지
않아요. 신나요. [조사자: 오시면 복 받는다는 느낌 같은 거 받는 거예요?]
네, 오시면 복 받는 느낌. 뭐 어쨌든 감화? 뭐라 그러지? 여긴 뭐라
그러는지 모르겠는데 거긴 아무튼 들면 기분이 좋아지고 신기하게,
신기하게 기분이 좋아지고 내가 오늘 착하게 산 느낌. 그런 거 네네.
복 받는 느낌? [조사자: 음. 그런 게 있구나.] 네.

캄보디아의 결혼 풍습

● 구연정보
조사일시 : 2018. 02. 06(화) 오후
조사장소 : 경상남도 진주시 상대동
제 보 자 : 썸마카라 [캄보디아, 여, 1988년생, 결혼이주 4년차]
조 사 자 : 김정은, 황승업, 강새미

● 개요
캄보디아는 여성을 중요하게 생각한다. 결혼 전에 남자가 여자 집에 가서 한두 달 정도 일을 해야 하며, 이때 마음에 들지 않으면 결혼을 허락하지 않는다. 또 결혼할 때 남자가 장모님한테 젖값으로 돈을 준다. 옛날에는 결혼 후 남자가 모두 여자 집에 들어가서 살았다.

결혼할 때도 남자는 여자 부모한테, 장모한테 어느 정도 돈 갖다줘야 해요. [조사자: 아, 돈을 줘야 되는구나, 남자가.] 그래 옛날에는 결혼 허락받기 전에는 여자 집에 가서 한두 달 정도 일해야 돼요. 허락받아야 결혼할 수 있어요. 마음 안 들면 허락 안 해줘요. [조사자: 일은 부려먹고 허락 안 하는 이야기도 많겠네요.] 네.

그래 캄보디아는 여자는, 딸은 좀 먼저. 여자사회라고 생각해요. 남자들이 결혼하고 나서는, 옛날에는 그냥 백 프로 다 여자 집에, 결혼하고 여자 집에 살러 가야 해요. 근데 요즘은 좀 변했어요. 많이 변하지는 않아요, 그래도.

그래도 약혼은 남자랑 여자는 같이 결혼하면 꼭 장모님한테 어느 정도 정한 돈으로 갖다줘야 해요. 약혼비. 꼭 갖다줘. '젖값'라고 불러요. 젖값 [조사자: 처값? 아 처의 값.] 그 젖, 애들이 먹는 젖, 애기. [조사자: 아 젖값. 키웠으니까?] 네, 키워주니까. 그렇게 불러요.

캄보디아에서 여성의 위치

● 구연정보
조사일시 : 2018. 02. 06(화) 오후
조사장소 : 경상남도 진주시 상대동
제 보 자 : 썸마카라 [캄보디아, 여, 1988년생, 결혼이주 4년차]
조 사 자 : 김정은, 황승업, 강새미

● 개요
캄보디아에서는 여자를 엄지로 치고 남자는 그다음이라고 생각한다. 여자는
돈을 잘 아끼고 작은 일을 잘한다. 반면 남자들은 비교적 큰일을 잘 하고, 돈
을 많이 쓴다. 그래서 돈 관리는 주로 여자가 한다.

여자도 남편 돈 벌고 나서 부인한테 돈 갖다줘야 해요. 관리자는
부인이에요. [조사자: 여자가 정말 대단한 권력자네요.] 네.
여자는 뭐 자세히 조사하면, 여자 남자보다 돈 잘 아끼고 작은
부분들이 잘해요. 남자들은 여자보다 좀 특징은 큰 부분들이 잘해요,
관리 잘해. 근데 엄청 작은 것들은 여자 잘해요. 그래서 돈은, [조사
자: 돈은 다 여자가.] 네. 여자가 돈 쓰는 거 다 관리하고, 저도 지금도
관리해요.
[조사자: 잘하셨어요. 주도권을 갖고 사시는구나.] 남편 관리하면 남
는 게 없어요. 그래서 직접 관리해야 해요. [조사자: 아, 진짜 재밌다. 맞
아요. 남자가 관리하면 진짜 남는 게 없어요.] 그냥 실력 없는 거는 아니
고, 그냥 남편은 좀 여자보다 좀 큰 쪽으로 많이 써요. 손 좀 커요.
[조사자: 캄보디아가 이렇게 여인 천국일 줄 몰랐네요.] [청자: 그러니
까요.] 여자 엄지로 생각해요. [조사자: 여자가 엄지. 남자는?] 남자는 그
다음이에요.

캄보디아 여성의 결혼 준비

● **구연정보**

조사일시 : 2016. 11. 11(금) 오후

조사장소 : 강원도 횡성군 횡성읍 읍하리

제 보 자 : 체아다비 [캄보디아, 여, 1983년생, 결혼이주 8년차]

조 사 자 : 박현숙, 김현희, 김민수

● **개요**

쪼믈롭은 캄보디아에서 일정한 나이가 된 여성들이 3개월 동안 외출을 금지하고 집안에서 예의범절과 신부수업을 받는 기간이다. 그 기간 동안 피부 관리법도 배우는데, 강황 가루와 꿀을 섞어 피부에 바르면 피부가 좋아진다.

그 옛날에도 쪼믈롭 있잖아요. 쪼믈롭은 이제 그냥 여자 예절법 같은 거. 뭐, 쉽게 하면 시 같은 거 있잖아요.

'집에서 있는 일은 집에 분란하지 말아라.'

'남편을 이렇게 이렇게 잘해라.'

그런 거 있죠.

[조사자 1: 교육. 여자들 이제 여자들이 배워야 되는 예의범절 교육서 같은 거예요?] (고개를 끄덕이며) 네네네.

그리고 그 한 3개월 동안 피부를 강황, 강황 가루랑 그리고 꿀 발라요. (팔에 바르는 동작을 하며) 피부에 발라요, 온몸에.

[조사자 1: 바르면 어떻게 돼요?] 그럼 피부가 부드러워지고 좋아지고, 거기는 더운 나라다 보니까 피부도 건조해지고 (손등을 문지르며) 까실까실해지고 꺼메지잖아요. 그걸 바르면 이제 노랑 강황, 이제 피부로 흡수하면서 꿀이 이제 피부 부드럽게 하면서 그 피부에

좀 뭐랄까 껌 아니고 약간 꿀피부 같은 거? [조사자 1: 부드러워지는구
나.] 네네. 그리고 요즘엔 또 그렇게 많이 해요. [조사자 1: 요즘에.] 네.
(웃음) [조사자: 하긴 그 귀한 걸 몸에 바르면 피부가 좋아질 수밖에 없겠는
데요?]

　　[조사자 2: 강황이 많아요?] 많아요. 강황 가루랑 그리고 강황 비
슷한 생강 아니고, [조사자 2: 울금?] 네, 울금. [조사자: 울금을 아세요?]
울금은 알아요.

울금을 이용하는 골절 치료법

● **구연정보**

조사일시 : 2016. 11. 11(금) 오후

조사장소 : 강원도 횡성군 횡성읍 읍하리

제 보 자 : 체아다비 [캄보디아, 여, 1983년생, 결혼이주 8년차]

조 사 자 : 박현숙, 김현희, 김민수

● **개요**

울금은 술에 담가서 바르면 인대가 늘어난 상처에 효과가 좋다. 울금은 뼈가 부러진 상처에도 사용하며, 뜨거운 성질을 가지고 있어 출산 후 몸이 차가워 진 산부가 사용하기도 한다. 그러나 울금은 냄새가 독하다.

울금은 저희 무릎 같은 거, 술이랑 담가서 바르면 저기 [조사자: 관절염에 좋아요?] 네. 다리 관절염 인대 늘어난 데 그런데 좋아요. 근데 대신 만약 다리 다치잖아요? (다리를 문지르며) 많이 바르면 울금은 이제 뜨거운 성분이라서 많이 바르면 이제 다리가 한쪽은 짝짝 할 수가 있어요.

그러니 어느 만큼 바르면, 옛날에 이제 (손날로 내리치며) 다리 뼈가 부러졌을 때, 거기 대나무를 엮어서. [조사자: 고정?] 네. 고정해요. [조사자: 고정시켜요? 울금 바르고?] 네.

제 친척 언니는 다리 밑에 떨어져서 다리 부러졌어요. 뼈, 부러 졌는데 3개월, 거기는 옛날에는 병원도 없고 그런 거 없으니까 그냥 옛날 방식대로 대나무 엮어서 막 고정한 거예요. 그래서 3개월 후에 싹 다 나았어요. 지금은 괜찮아요.

애기들 낳을 때는 울금도 많이 사용해요. 몸이 차갑기 때문에.

근데 (코를 가리며) 여기서는 바를 수가 없잖아요. 냄새도 나고. 한 번 발라 봤는데 신랑이 난리 났어요. [조사자: 왜요? 냄새난다고?] 네. 냄새 나가지고.

[청자: 그거 바르면 몸이 따뜻해져요?] 네. 따뜻해져요.

열 내리는 법

● **구연정보**

조사일시 : 2016. 11. 14(월) 오후

조사장소 : 서울특별시 서대문구 대현동

제 보 자 : 소다니스 [캄보디아, 여, 1986년생, 유학 4년차]

조 사 자 : 박현숙, 김민수

● **개요**

캄보디아에서는 열이 나는 사람에게 동전 두 개로 등이 빨개질 때까지 구석 구석 긁어서 열을 내린다. 또는 부항을 떠서 열을 내린다. 아픈 사람에게는 토 막 낸 지렁이를 섞은 코코넛 물을 먹이는데, 지렁이를 넣었다는 사실은 알려 주지 않는다.

보통 우리나라에서 열 나으면 등에서 등 쪽 이렇게 이쪽에 등 위 에 툭 이렇게 빨갛게 해요. [조사자: 빨갛게 칠을 해요?] 네. [조사자: 뭘 로? 빨간 건 뭘로 해요? 열매 같은 게 있어요?] 그 하는 거 있어요. [조사 자: 뭐예요, 그게? 뭐라고 불러요?] 우리말로? 러이 센. 깝로이거 러이 센. 러이 센. 코인^{coin}, 코인, 코인처럼. [조사자: 동전처럼?] 네, 동전처 럼. 비슷한 거, 그거 (긁는 시늉을 하며) 이렇게 해요. [조사자: 그게 빨 간색이에요?] 그거는 옛날 거는 금, 금색. 옛날 거는.

[청자: 이렇게 막 세게. 한 곳에 두고 빨갛게 나와요.] [조사자: 아, 동전 으로 등을 이렇게 세게 긁어요?] 두 개. 등에서 이렇게 두 개 하고, 그리 고 (세로로 긁어내리는 시늉을 하며) 이렇게 이렇게 이렇게 [조사자: 세 로로 하고, 가로로 이렇게 하고.] 첫 번째 저기서, 저기서, 그리고 이쪽, 이쪽, 이쪽, 이쪽, 이쪽 [조사자 1: 그렇게 긁어 줘요?] 네. [조사자 2: 계

49

속 긁어서 **빨개질** 때까지, 살이?] 네네. [조사자 2: 줄 생길 때까지요?] 네.

한국에서도 그렇거든요. [조사자 1: 한국은 체하면. 음식이 여기 걸리면 빨개질 때까지 두들겨요.] [조사자 2: 이거, 이거 있잖아요. 바늘로 찔러서 피 나오면 이렇게 배 아픈 거 없어지잖아요.] 그거 없어요. [조사자 1: 그러면 이렇게 동전으로 긁으면 열이 내려가요?] 네.

아니면 컵에서 불 이렇게 해 놓고, 살에 이렇게 붙여요. 한국에서 있는데. [조사자 2: 아. 부항. 이렇게 해가지고 살 이렇게 올라오는.] 네네. [조사자 1: 그것도 열을 내릴 때?] 네. 그거. 열나면 그렇게 하고 그래요. [조사자 1: 그러면은 열이 내려가요?] 네. 그런 거 있어요.

열 아니면 아프면 그 코코넛, 코코넛 물? 그거랑, 지렁이. 지렁이 (손날로 토막을 내는 시늉을 하면서) 잘라서 넣고 먹어요. 빨리 나아요. [조사자: 그럼 빨리 나아요?] 네. [조사자: 열이 나면?] 네.

근데 먹는 사람한테 알려주지 않았어요. 알려주면 못 먹어요. [조사자: 아 모르게 먹게 하고 그거 먹으면 열이 내려요?] 네.

미얀마

미얀마 문화와 축제

● 구연정보
조사일시 : 2017. 11. 18(토) 오후
조사장소 : 전라남도 순천시 해룡면 순천 기적의 도서관
제 보 자 : 쏘딴따아웅 [미얀마, 여, 1982년생, 결혼이주 2년차]
조 사 자 : 박현숙, 김현희

● 개요
미얀마에서는 결혼할 때 신랑 신부가 태어난 요일 궁합을 본다. 미얀마는
135개 다민족의 불교국가이다. 사원에 들어갈 때 복장 규제가 엄격하다. 양
말과 신발을 신으면 안 되며 짧은 옷을 입어서도 안 된다. 미얀마의 새해는 음
력 4월이다. 새해맞이 물 축제로 띤잔 축제가 유명하다. 설날 전날 다비고라
는 그릇에 물을 담아서 건강을 기원하며 사람들에게 뿌린다. 설날에는 사원
이나 절에 가서 청소를 하며, 어른들을 씻기고 손발톱을 깎는다. 미얀마에서
자식을 원하는 사람들은 쉐다곤 파고다에 찾아가서 불탑을 만지면서 자식 소
망을 발원한다.

태어난 요일 궁합을 보는 결혼문화

[조사자: 그럼 미얀마에서는 남자와 여자 인연을 맺어주는 신이나 그런
사람 없어요? 그런 전해지는 이야기 없어요?] 신이나? 아니 미얀마에서
는 결혼하자고 하면 궁합을 보고 해요. 언제 태어나고 이런 것을 보
고 둘이 궁합이 맞으면 결혼하고 아니면 안 하고. 그런데 그것은 옛
날이에요. 지금은 그런 것 다 그렇게 안 믿는 사람들도 있어요.
[조사자: 그럼 궁합은 뭐가 잘 맞아야 잘 맞는다고 믿어요?] 미얀마에
서는 예를 들면 있어요. 우리나라에서는 한국처럼 토끼띠 개띠 이런

거 아니고 우리는 '월화수목금토일' 이런 거 있어요. 예를 들면 저는 화요일에 태어난 사람이래서,

'화요일에 태어난 사람이랑 토요일에 태어난 사람 결혼하면 가난하지 않는다.'

이런 것도. 그리고

'화요일끼리 결혼하면 자주 싸운다.'

이런 것도 있어요.

[조사자: 그러면 두 분은 어때요?] 우리는 오빠는 제가 달력 보니까 오빠는 토요일 생일이고, 제가 화요일 생일이니까.

[조사자: 그럼 예전에는 궁합이 안 맞으면 부모님이 반대해서 결혼을 못하고 그런 경우가 많았겠네요.] 네네. 그런 경우 많아요.

135개의 다민족 미얀마의 불교문화

[조사자: 그러면 아이들에게 해주시는 미얀마 문화 역사 이야기 저희한테도 해주세요.] 저는 USB에 담아서, 미얀마 말은 이렇게 되고, 미얀마 장소는 이렇게 되고, 옷도 입혀주고…

미얀마 민족이 엄청 많아요. 백서른다섯 개 있어요, 민족 있어요. 미얀마 민족. 민족마다 말도 다르고 의상도 다르고 그 민족이 어떻게 생활하는지도 보여주고. [조사자: 그 민족이 몇?] 135민족 있어요. [조사자: 135민족이 있어요. 그러면 진주(쏘딴따아웅)는 어디에 포함이 되는 거예요?] 저는 버마에 있어요. 버마라고.

[조사자: 그러면 미얀마의 풍습 중에 특이하거나 그럴 만한 풍습들이 있어요?] 미얀마는 불교 나라잖아요. 불교 나라라서 미얀마에서는 사원이나 절, 탑 거기로 들어가면 신발도 양말도 신으면 안 되고, 그리고 짧은 치마, 짧은 바지도 입고 가면 안 돼요. 그런 것도 있고.

그리고 한국하고 미얀마는 좀 그렇게 다른 것 같아도 있어요. 우리는 선생님을 보면 인사할 때 이렇게,

"밍글라바 시하마."

이렇게 하는데 한국에서는 이렇게 하면 건방진 그런 걸로 보이고.

우리 거기 한국어 배울 때도 연세대학교에서 우리하고 자리해서 하니까, 거기 선생님이 갑자기,

"방글로!"

오실 때 우리가 인사하니까 화가 나서,

"왜 너네한테 뭐 알려주려고 왔는데. 나한테 왜 이러냐?"고.

그다음에,

"우리나라 문화는 이렇다."

하니까 선생님은 깜짝 놀랐대요.

그리고 그 선생님 이야기로는 그때는 미얀마라고 하면 인터넷으로 쳐보면 미얀마는 엄청 가난하고 그렇게 치안도 안 되고 이렇게 되어 있어서 부모님도 가지 말라고 했대요. 그런데 선생님은 어리고 이런 것도 다 궁금해서 그렇게 공부했는데. 인터넷에 보고 자기 생각하고 다르고, 엄청 살기도 좋아서. 선생님 생각에 2년만 살려고 했는데 또 2년 연장해서 4년 그렇게 사셨다가 한국으로 들어왔어요.

한국 사람들은 미얀마 모르는데 가게 되면 또 가고 싶고 다음에라도 거기에서 살게 돼요. 그렇게. [조사자: 아, 미얀마가 좋아서?] 네, 미얀마는 살기 좋은 나라인데 그렇게 자원도 많고 이렇게 많은데 정치하는 사람들, 지도하는 사람들 때문에 이렇게 되고 있는 거예요, 미얀마는. 네.

새해 띤잔Thingyan 물 축제와 불탑 발원

[조사자: 미얀마에서는 한국은 추석 설날 명절들 큰 명절이 있잖아요.] 미얀마에는 설날 있어요. 그런데 미얀마는 매월에 축제가 있어요. 있는데 우리나라는 물 축제, 물 축제. 그리고 띤조라고 있어요. 띤조 축제.● 그리고 까테이 축제라는 거 엄청 유명해요. 외국인들도 많이 관

● 음력 4월 13~17일까지 이루어지는 미얀마 새해맞이 물 축제이다. 한국에서는 띤잔

심이 있고.

이 물 축제는 우리 한국으로 말하면 설날이에요, 설날. 그때는 타국에 있는 사람들이 다 들어와서 물 축제로 이렇게 지내요, 이렇게. 물 축제는 4월이 있어요. 4월에 미얀마는 많이 더워요. 여름이에요. 그때 물 축제는 어떻게 생겼냐면 왕들이 있을 때, 그때 또 여름이어서 더워서 이 바닷가에 가서 이 물 축제를 했대요. 이렇게 그런 거 하다가 지금 뭐 이런 걸로 변형하고.

그렇게 물 축제를 하면 코물에다가 코무레를 지어서 수돗물을 뿌려 주는 거예요. 그것은 물에서 실은 차를 타고 와서 그 물 앞에서 그렇게 노는 거예요. 그래 그것은 무대 위에서 가수나 DJ 노래를 틀어놓고 춤추면서 이렇게.

[조사자: 그건 요즘이고. 옛날에는 어떻게 했어요? 그릇에다가 물을 담아요?] 아니요. 그릇에다가 우리 '다비'라고 있어요. '다비고'라고 있어요. 다비고 이렇게 하고 물을 이렇게 뿌려주는 거예요, 이렇게 왕들이 있을 때. [조사자: 사람한테 뿌려요?] 왕들이 있을 땐 사람한테 뿌려요. [조사자: 무슨 말을 하면서 뿌리진 않아요?] 아, 그렇게 '이자마지수' 그렇게 건강하라고 뜻으로 이렇게 이렇게 뿌려주는 거예요. [조사자: 건강하라고.] 네네, 건강하라고 뜻으로.

[조사자: 그럼 설날이면 그날에 어떤 물은 따로 아무 물이나 상관없고?] 물은 아무 물이나 상관없고. 그때도 많이 더운 데 축제라서 그런지 아픈 것도 없고 다 그렇게 잘 놀아요, 이렇게.

그리고 물 축제를 사일 내내 그래 지내고 그래 다음 날은 설날이에요. 그 설날 때는 '니센, 닛센떼라'라고 불러요, 새날이라고. 새날 시작하는 날이라고. 그때는 사람들이 다 절 가든가 사원에 가든가, 가서 그렇게 청소하고 나이가 많은 어르신들한테 머리를 감아주고 손톱 발톱 깎아주고 그렇게 이렇게 청소하는 일을 해요. [조사자: 그러면 물 뿌리는 건 설날 전날에 하는 거고 설날에는 절이나 사원에 간다는 거죠?] 네. 네네.

축제로 알려져 있다.

[조사자: 사원이나 절에 얽힌 이야기들도 있을 거 같은데, 유명한 이야기.] 사원이나 절에 얽힌 무슨 이야기요? [조사자: 소원을 들어준다거나.] 미얀마에서는 쉐다곤 파고다Shwedagon Pagoda●에 가면, 애기가 생기는 엄마들 거기 가서 절하면 애기가 생긴다는 이런 것도 있어요, 미얀마에서는. [조사자: 기도만 하는 거예요? 어디 만지거나 그러지 않고?] 네, 만지고 원하는, 딸 원하는 사람은, 아들 원하는 사람은 이렇게.

[조사자: 그게 어디에 있어요?] '쉐다곤 파고다'라고, 쉐다곤 파고다라면 세계적으로 유명해요. '쉐다곤 파고다'라고 쳐보면 알아요. 미얀마에서는 제일 큰 절이에요. 머리부터 발끝까지 금으로 만들어서. [조사자: 부처가?] 네, 부처 엄청 커요. 높이도 엄청 높고.

[조사자: 학교에서는 부처와 관련된 이야기 같은 거 배우거나 그러지는 않아요?] 그런 것은 부처 같은 거 배우는 데는 따로 있어요. 우리 학교에서는 그런 거 안 하고 기초 정도만, 마음 어떻게 해야 하는지 이런 거, 인성교육인가요? 이런 거 가르쳐 주는 거예요.

● 미얀마 옛 수도 양곤의 북쪽 언덕에 있는 둘레 426m, 높이 100m의 거대한 불탑이다. 파고다는 미얀마어로 불탑을 의미한다.

더딘쫏 축제와 까테이 기부 축제

● **구연정보**

조사일시 : 2017. 11. 18(토) 오후

조사장소 : 전라남도 순천시 해룡면 순천 기적의 도서관

제 보 자 : 쏘딴따아웅 [미얀마, 여, 1982년생, 결혼이주 2년차]

조 사 자 : 박현숙, 김현희

● **개요**

미얀마에서는 10월에 더딘쫏 축제가 크게 열린다. 축제 때 집집마다 촛불을
켜는데, 부처가 지상으로 내려올 때 불빛으로 온다고 믿기 때문이다. 12월에
는 까테이 축제가 열린다. 나무를 삼각형 모양으로 만든 뒤 다양한 물품을 담
아서 사원이나 고아원에 기부한다. 미얀마는 세계적으로 기부를 많이 하는
국가이다. 미얀마 사람들은 천국에 소원나무가 있다고 믿으며, 현실에서 많
이 베풀면 소원이 이루어진다고 생각한다. 절에서 절을 하다가도 갖고 있는
금이나 보석을 그냥 놓고 간다.

10월 더딘쫏 축제

[조사자: 부처 이야기 되게 많을 거 같은데, 부처가 누구에게 어떻게 했
다, 이런 이야기 많을 거 같은데 들었던 거 중에 기억나는 거 있어요?] 우리
는 부처님에 대해는 어느 정도는 알아요. [조사자: 아시는 이야기 좀 해
주세요.]

부처님은 우리 사라수 나무 밑에서 태어나셨대요. 그래서 대한
민국 국화 무궁화인 것처럼 미얀마 나무는 사라수꽃이에요. 그래서
부처님 그렇게 해서 사라수꽃. [조사자: 사라수가 국화가 된 배경은 그렇
고 아까 원숭이처럼 부처와 관련된 이야기 중에 기억나는 거 있어요?]

그리고 미얀마에는 10월에는 더딘쫏Thadingyut*라고, 더딘쫏라고 축제가 있어요. 그때는 우리나라에서는 집집마다 촛불, 촛불이나 이렇게 해서 하는 거예요. 왜냐하면 그때는 부처님이 하늘에서 우리 육지로 내려오실 때 이 불빛으로 그렇게. [조사자: 불빛으로 내려온다고?] 네, 비추는 거예요, 이렇게. 그래서 그때서는 이거 불 축제를 크게 해요. 미얀마 더딘쫏 축제를 쳐보면 그렇게 크게 해요, 미얀마에서는.

12월 까테이 기부축제

그리고 까테이라고도 있어요. 까테이 축제는 이거 지금 12월에 해요. 까테이 하는 것은 무슨 뜻이냐면 그것은 이 나무를, 나무로 삼각형 모양으로 해서 나무 모양으로 만들고, 거기다가 우리가 스님들이 쓰는 뭐 옷이나 우산, 신발, 그리고 뭐 비누도 여러 가지를 거기에다가 올려놓고 거기서 나중에 사원이나 고아원에다 기부하는 거예요.

여기 기부 왜 그렇게 하냐면 우리 천국에 소원나무가 있대요. 소원나무가 있대요. 뭐가 필요하다. 사과 먹고 싶다 하면 사과 나오고, 귤 먹고 싶으면 귤 나오고, 옷 필요하면 옷이나 이런 게 있어서. 그래서 지금 세상에서 이런 것을 기부하면 다음에 천국에 가서 이렇게 될 수 있다고 이렇게 믿기 때문이에요. 까테이라고 있어요, 미얀마에서는.

이거는 쉐다곤 파고다Shwedagon Pagoda**예요. 여기는 머리부터 발끝까지 진짜 금이고, 여기는 비싼 다이아몬드 있어요, 그렇게.

[조사자: 누가 훔쳐 가려고 안 해요?] 아니요. 그런 거는 없어요. 미얀마 사람들은 기부하는 거에 다른 나라 사람들보다. 그래서 세계적으로 기부하는데 미얀마 사람들이 일등이래요. 왜냐하면 그 절에 가서 절하다가 자기가 입고 온 그리고 금이나 다 보석 놓고 가요, 이렇게.

● 미얀마에서 가장 큰 명절 중 하나이고 축제 기간은 10월 23일부터 25일까지이다.
●● 미얀마 옛 수도 양곤의 북쪽 언덕에 있는 둘레 426m, 높이 100m의 거대 불탑이다.

미얀마의 다양한 축제와 행사

● 구연정보

조사일시 : 2018. 10. 29(월) 오후
조사장소 : 서울시 종로구 신교동
제 보 자 : 떼떼져 [미얀마, 여, 1992년생, 기타(한국방문)]
조 사 자 : 박현숙, 엄희수

● 개요

미얀마에는 거의 매달 행사와 축제가 있다. 미얀마력으로 1월인 4월에는 설날이 있고, 띤잔 물 축제가 열린다. 이때 액운을 씻는다는 의미로 사람들이 서로에게 물을 뿌린다. 5월에는 석가탄신일(까송)이 있고, 사람들이 보리수에 물을 준다. 7월부터 10월 중순까지의 3개월 동안은 와소 기간이다. 이때 사람들은 결혼을 하지 않고 승려들은 잠자리를 바꾸지 않는다. 10월 말에는 더딘쯧(Thadingyut) 불 축제가 열린다. 어머니의 은혜에 보답하기 위해 다녀온 부처를 환영하며 집집마다 불을 밝힌다. 12월에는 데자몬 행사가 있다. 사람들은 향기 나는 나무를 태워 부처님께 바치고, '메셀리부또'라는 음식을 만들어 밤 12시에 먹는다. 1월에는 삐아도 축제가 있다. '타마네'라는 떡을 만들어 먹고, 모래로 탑을 짓는다.

4월 띤잔Thingyan 물 축제와 설날

[조사자 1: 한국은 명절이 이제 설날, 추석이 되게 큰데. 미얀마는 어떤 행사가 제일 커요?] 미얀마는 월마다 있어서. (웃음) 월마다 대부분 많이 있어요. [조사자 1: 그럼 월마다 얘기해 줘요.] 네네.

월마다, 4월부터 얘기할게요. 4월은 우리 미얀마의 설날이에요.

그 4월에서는 '띤잔 물 축제Thingyan Water Festival'*라는 축제가 있어요. 그거는 5일 동안 축제였어요. 그때 4일 동안은 물을 뿌리고. 물을 뿌리는 이유가 1년 동안 나쁜 그것을 씻어간다는 의미로 물을 뿌려요. 그다음에 설날에는 그 탑에 가서 부처님께 빌고, 그다음에 할아버지 할머니에게 절하고. 그다음에 그날부터, 그날에 미신 하나 있어요. 그날 새 옷을 입으면 1년 동안 새 옷을 입을 수 있다고 그런 미신 있어요. 맨날 우리는 설날에 새 옷을 입어요, 속옷까지. (일동 웃음) 이것은 집안마다는 다를 수 있는데, 우리는 그렇게 해요.

　[조사자 1: 그럼 할아버지 할머니한테 절하는 건, 살아계신 할머니 할아버지? 아니면 돌아가신?] 미얀마에서 돌아가신 할아버지 할머니는. [조사자 1: 모시진 않고?] 살아계시는. [조사자 1: 살아계시는 할머니 할아버지한테 절을 해.] 그다음에 동네에서 70대? 아마 미얀마에서 60대 이상 할아버지 할머니에게 그날에 절을 해요. 그날에 절하고, 돈도 뭐 바치고, 물품 같은 것도 주고 그런 행사를 해요.

　[조사자 1: 그러면 이때 먹는 건 없어요?] 먹는 거는 떡 같은 거 먹어요. 떡은 그때는 사서 먹는 게 아니에요. 그냥 무료로 해 줘요. 미얀마는 무료로. 아까 그 물 축제 5일 동안은 그 떡 같은 거 있어요. 안에 그, '플람' 아세요? 플람. 설탕 같은 거만 얘기할게요. 그 설탕 같은 거는 만들어서, 길가에 가서, 만들어서 모르는 사람에게 줘요. 모르는 사람에게도 나눠주고.

　그 양곤 같은 경우에는 그거 외에 다른 것도 많이 해요. 정책처럼 뭐 미얀마의 특별한 음식을 해서 그냥 뭐, 기부해요. 미얀마에서 이렇게 기부하는 게 좋다고 생각해요. 화려하게 하는 거보다 이렇게 사람도 구별하지 않고 돈 많은 사람이나, 없는 사람이나 이런 거 구별하지 않고 그냥 그 다 기부하는 게 좋다고 생각해서 5일 동안 다, 그, 기부하는 행사 많이 해요. 그날에 새도 풀어주고, 새. 그다음에 물고기도. [조사자 1: 물고기도 방생하고?] 네네.

　● 미얀마인들의 띤잔 물 축제는 매년 4월 14일에 시작하여 16일까지 3일간 계속되며 4일째인 17일은 새해가 되는 날로 전통 공연을 즐기고 서로에게 물을 뿌리며, 건강과 행복을 기원하는 전통행사이다. 태국에서는 '쏭크란', 미얀마는 '띤잔'으로 부른다.

5월 석가탄신일(까송Kason)

[조사자 1: 그러면 4월 달은 물 축제. 그다음 달에는?] 그다음 달은 석가모니의 생일, 5월 보름날. [조사자 1: 15일 날?] 미얀마는 그런 거, 보름. [조사자 1: 아, 5월 보름에? 석가탄신일?] 네.

[조사자 1: 석가탄신일에는 다 사원에 가요?] 아, 가요, 가요. 그다음에 보 트리Bo Tree? 보 나무. [조사자 1: 보리수.] 네, 거기에 물 뿌려요. 그때는 많이 좋은 행사 뭐, 좋은 일 많이 해요. [조사자 1: 이때 먹는 음식이 따로 있거나 그런 건 아니고?] 네, 미얀마에서는 그날 특별한 음식을 해서 먹지는 않아요. [조사자 1: 응, 석가탄신일이 크고.]

7월-10월 중순 와소Waso

그다음에 6월. 6월에는 음, 특별한 거는 없어요. 그다음에 '와소'. 미얀마 이름도 알려드릴까요? 아까 4월은 '다구Tagu'. 아까 석가모니는 '까송Kason'. 그다음 달은 없어서 넘어갈게요. 그다음에 '와소Waso'.

이거 신기한 거 하나 있어요. [조사자 1: 이건 7월이에요?] 네. 아마 그런데 7월, 그 7월부터 그때 불교자들이 뭐 3개월 동안. 7월, 8월, 9월, 10월 중순까지 날짜는 정확하지 않아요. 3개월 동안 결혼하지 않아요. 결혼식 하면 안 돼요. 그다음에 미얀마 말로, 그날에 그 스님들도 여행 가면 안 돼요. [조사자 1: 그 사원에만 있어야 돼?] 네, 사원에서만 계셔야, 머무셔야 돼요. 그 특징이 있고. [조사자 1: 스님 외출 금지구나. 거길 벗어나면 안 돼?] 만약에, 서울에 있어요. 그러면 춘천에 가면 안 돼요. [조사자 1: 지역을 벗어나면 안 돼?] 네, 잠자리를 바꾸면 안 돼요. 그리고 외출은 갈 수 있는데, 잠자리는. [조사자 1: 3개월 동안?] 네, 3개월 동안.

[조사자 1: 근데 그 3개월 동안 결혼도 금지하고, 그다음에 스님들은 이렇게 외박도 금지하는 이유가 뭐 때문에 그래요?] 이유는 정확히는 몰

라요, 그냥. [조사자 1: 뭔가 나빠? 나한테?] 나쁜 것도 없어요. 그런데 미신이라고 할까요? 옛날부터 할아버지 할머니 그때부터 결혼도 못하고. 내려오는 이야기라서. 그 아마 스님들 이야기는 스님들에게 물어봐야 될 것 같아요. 아까 우리 결혼하지 말아야 되는 거 아마 제 생각은 그거는 불교의 문화가 아니고, 제가 생각했을 때는 힌두, 힌두에서 내려오는 문화라고 생각해요.

[조사자 1: 그럼 이 3개월 다 합쳐가지고 와소라 그래?] 네, 맞아요. 와소. [조사자 1: 이거 무슨 뜻이에요? 우리말로 번역을 하자면?] 와소는 스님들이 그, 스님들한테 이야기, 단어인데요. [조사자 1: 스님들이 쓰는 말이에요?] 맞아요. 그거는 와소 말은.

그래서 3개월 동안 일주일마다 사원에 가서 법문을 듣고. 그다음 우리 미얀마에서는 10계, 8계가 있잖아요, 5계, 5계는 매일 지켜야 하는 거고. 그 3개월 동안은 8계, 아니면 10계를. 아, 보통은 8계, 8계를 지키는 사람 많아요.

[조사자 1: 그러면 매일 지켜야 하는 5계는 뭐예요? 다섯 가지는?] 다른 사람을 죽이지 않는 거. [조사자 1: 아, 살생하지 말아야 돼?] 네, 그다음에 남의 것을 훔치지 말고. 또, 나쁜 성관계를 하지 말아야 하고. 나쁜 성관계는 그거는 솔직히 얘기하면, 뭐라고 할까? 그 여자가 남편이 있어요. 그러면 그 여자하고 안 되는 거예요. [조사자 1: 불륜 금지.] 네네. 그다음에 거짓말 하면 안 되고. 그다음에 마약, 술 같은 거 마시면 안 되고. [조사자 1: 담배는 괜찮고?] 그때는 담배가 없어서. (일동 웃음) [조사자 1: 이거는 스님들뿐만 아니라 모든 사람들이?] 이거는 불교자들 위해서 다. [조사자 1: 불교 신자들은 다 이 5계를 매일 지키고?] 네네.

[조사자 1: 그럼 8계는 이 다섯 가지에서 세 가지가 더 들어가요?] 네 맞아요. 그거는 얘기할게요. 그거는 음악을 들으면 안 돼요. 텔레비전 그런 거 들으면 안 되고. 그다음에 이쁘게 꾸미면 안 되고. 그다음에 열두 시 이후에 먹으면 안 돼요. (웃음) [조사자 1: 8계는 와소 기간 3개월 동안 지켜야 되는 거고.] 네, 맞아요.

[조사자 1: 그게 10계까지도 있다 그랬잖아요?] 10계는 제가 몰라

요. 그거는 우리 여자 말고 남자가. [조사자 1: 남자가 두 개가 더 있어?]
만약 미얀마에서는 스님인데, 그 남자 스님은 10계, 여자는 8계. 그
래서 남자가 2개 많은데, 그 2개는 몰라요. [조사자 1: 여자는 8계까지
만 지키면 되고?] 네.

　　아까 그날은 지켜야 하는 날이 영어로는 이거예요. '샤밧shabbat'.
[조사자 2: 안식일.] 그 3개월, 와소 3개월 동안. [조사자 1: 와소가?] 아
까 와소에서 8계 지키는 날이. [조사자 1: 그러고 나서? 와소, 7, 8, 9,
10. 10월까지.] 와소 아까 그 3개월은 물, 홍수도 나요. [조사자 1: 3개
월 기간에?] 네, 그때는 홍수가 나고.

10월 따딘줏Thadingyut

　　다음에 3개월 끝나고, 따딘줏. 따딘줏은 10월. 10월에는 어떤
행사가 있냐면, 불 축제라고 해요. [조사자 1: 불? 이번에는.]
　　그때는 그, 어떻게 하냐면. 그때 부처님께서 3개월 동안 부처님
의 친엄마 말고. 부처님의 친어머니는 부처님을 낳자마자 돌아가셨
어요. 그래서 또 그 어머니의 여동생이 부처님을 키웠어요. 그분이
돌아가셔서 하늘의 천사가 되었어요. 그래서 그 부처님께서 그 자기
를 키워주는, 그 엄마라고 할까? 엄마를 다시 은혜를 갚아야 하니까.
하늘, 그 3개월 동안 하늘에 가셨다고 그렇게 이야기가 있어요.
　　그래서 3개월 끝나고 아까 딘줏 보름날이에요. 보름날 부처님께
서 하늘에서 내려와서 그 땅으로 내려왔어요. 그래서 그때 밤마다,
밤에 집마다 초를, 불을 밝히는, 하고. 그다음에 그날에 그 뭐라고 할
까? 그날부터는 결혼할 수 있어요. (웃음) 그래서 그 결혼할 수 있고.
그날에 부모님께, 어른들께 절하고, 젊은 사람들이 용돈도 받아요.
[조사자 1: 그럼 이때 결혼 많이 하겠어요?] 맞아요. 그날부터 있어요.
[조사자 1: 그전에는 결혼을 못하니까 3개월 동안 미뤄놨다가.] 맞아요.
그래서 결혼하면 결혼식을 미리 날짜를 잡아놔야 돼요. 아까 그 3개
월 동안은 결혼식 사업이 문을 닫고 있으니까.

[조사자 1: 그러면 이 불 축제는 이것도 3개월 정도 해요? 아니면 한 달?] 아니요, 불 축제는 이틀, 3일만 해요. 아까 보름날부터, 보름날, 그다음 날. [조사자 1: 아, 2박 3일 정도?] 네. [조사자 1: 이걸 이름을 뭐라고 그런다구요?] 따딘줏.

(조사자들이 발음을 확인하며 메모함.)

12월 데자몬 Tazaungmone

[조사자 1: 그다음에 또 있어요? 행사가?] 네, 그다음에는 데자몬.

데자몬은 무슨 행사가 있냐면, 음, 그날에, 그날 하루가 데자몬 보름날은 남의 것을 훔쳐도 돼요. [조사자 1: 아, 진짜?] 근데, 다음 날 돌려줘야 돼요. (웃음)

아, 그것도 있고. 그다음에 어떤 뭐, 사람들은 그, 어떤 거를 피해서 숨었어요. 그런 거 숨은 거를 우리가 찾아서, 찾는 거는 그 만드는 사람에게 보여주면 그 사람이 우리에게 선물이나 뭐 그런 걸 줘요. 그거는 뭐 어떤 놀이라고 할 수 있어요. 그런 것도 있고. 그날에 너무 추워가지고 부처님께 우리가 향기가 나오는 나무 조각 같은 거 태워서 부처님께 바쳐요.

그다음에 그 밤에, 밤 열두 시에 꼭 먹어야 하는 음식 하나 있어요. [조사자 1: 몇 시에 먹어?] 열두 시. 밤 열두 시에. [조사자 1: 꼭 열두 시에 먹어요? 앞에서는 열두 시 이후에 먹으면 안 되는 거지만 이때는 열두 시에 먹어야 해?] 열두 시는 밤이에요. 아까는 열두 시는 오후 열두 시예요. [조사자 1: 아, 오후 열두 시야? 정오, 정오.] 네. [조사자 1: 음, 정오 이후에 금식이고. 여기는 밤 열두 시.] 네. 이름인 '메세리부또'. 살라트salat● 종류인데요. 그때 그거 먹으면 건강해진다고 미신이 있어요. 그 맛은 좀 써요. 그거는 아까 메셀리부라는 열매를 물에 삶아서 찌고, 이렇게 찧고. 그다음에 기름, 양파, 땅콩하고 비벼서 먹어요. 어

● 샐러드, 샐러드용 야채이다.

느 사람들은 이거 해서 다른 사람들과 나눠서 먹어요.

　[조사자 1: 그 모양은 어떻게 생겼어요?] 열매가 조그마한 거예요. [조사자 1: 이 메세리부또 이게 동글동글하게 해서 먹어요?] 아니요. 그 동글동글한 거를 찧어서 먹어요. (손으로 찧는 흉내를 내며) 찧어서 미얀마에서는, 요리하는 방법은, 냄비에 그 기름 넣고 그다음에 양파를 넣어서 볶아서 그 양파를 타기 전에 좀 빨갛게 해서 그 정도 해서 그대로 하고. 그 메셀리부에 기름하고 양파를 같이 넣고, 토마토 넣고 싶으면 토마토 넣고, 그다음에 땅콩 넣고. 라임, 라임 뿌려서 비벼서 먹어요. 뭐 간장 뭐 그런 조미료는 먹고 싶은 사람은 넣고. [조사자 1: 애기들은 별로 안 좋아하겠네요? 써서.] 맞아요. 써서 안 먹어요. 그래도 한 숟가락은 먹어야 돼요. [조사자 1: 이게 그 보름날 먹어야 되는 거예요?] 네, 맞아요.

　그날에도 또 하나 행사가 있어요. 그 하늘로 날아가는 벌룬balloon 알죠? 그것도 그날 띄워서. 그, 그거 특별히 하는 동네가 '타웅지Taunggyi'＊예요. '인레Inre' 호수＊＊ 알죠? 인레 호수, 들어본 적 있어요? [조사자 2: 아니요.] 인레 호수 근처에 있어요. 가까운 데. 그거는 '타웅지'라는 도시인데요. 그 도시에서 그런 행사＊＊＊를 크게. [조사자 1: 벌룬을 엄청 큰 걸 띄워요?] 그, 벌룬에 부처님 그림도 그리고 그럴 때

＊ 미얀마 중동부에 있는 도시. 타웅지는 '큰 산'이라는 뜻이다. 예로부터 샨족의 교역 중심지로, 샨 고원과 중앙 저지 사이의 교통의 요지이다. 기후가 온화하여 휴양지로 알려져 있다.

＊＊ 미얀마 북동부 샨주에 있는 호수. 해발고도 880m의 고원지대에 위치한다. 주위는 온통 푸른 산과 숲으로 둘러싸여 있고, '호수의 아들'이라는 뜻을 가진 미얀마의 수상 족(水上族)인 인타(Intha)족이 가장 많이 사는 곳이다. 천혜의 자연조건을 갖춘 지역으로, 고산지대이기 때문에 여름을 제외하고는 언제나 신선한 기후를 유지한다. 유리처럼 맑은 물과 드넓은 호수, 풍부한 수산자원으로 인해 아주 오래전부터 사람들이 호수 위에 대나무나 통나무로 집을 짓고 수상생활을 해온 곳으로 유명하다.

＊＊＊ 샨 주의 타웅지(Taunggyi)에서 매년 3일간 열리는 특별한 축제로 70년의 역사를 갖고 있다. '따자웅다잉 빛의 축제(Tazaungdaing Festival of Lights)'로도 불린다. 주민들은 다양한 색상의 종이로 만든 열기구와 등불을 하늘로 날리고 불꽃놀이를 즐기는데, 수많은 관광객들이 이 축제를 보기 위해 방문한다. 전국에서 약 150팀이 참가해 코끼리, 황소, 말, 물소, 새, 돼지, 물고기, 부엉이, 앵무새 등 각양각색의 열기구들을 하늘로 날려 보내는 경기도 치러진다.

는 대회도 있어요. [조사자 1: 아, 멀리 띄우는?] 멀리 띄우는 것도 있고, 그다음에 불이 어떻게 색깔이 뭐 그런 것도 있고요.

(조사자가 스마트폰으로 찾아 보여주며) [조사자 2: 여기인가 봐요.] 맞아요. 그 근처에 있어요. 근처 타웅지 여기예요. 제가 얘기한 타웅지. [조사자 1: 그러면 이거, 이 도시에서는 벌룬을 띄우는데. 옛날에는 그래도 하늘에다가 뭐 올리는 게 있지 않았어요? 예를 들면 연, 우리나라에서는.] 네, 있어요. [조사자 1: 그런 것도 올려요? 그날?] 연은 우리가 올리지는 않아요. 그냥 놀기만 해요. [조사자 1: 놀기만 해요, 연날리기를?] 네.

[조사자 1: 그럼 어차피 밤 열두 시에 먹어야 하니까 잠도 열두 시 이후에 자야 되겠네요?] 네, 맞아요. 맞아요. [조사자 1: 혹시 그전에 먼저 자면 뭐, 무슨 몸에 변화가 생기거나 이런 얘기는 없어요?] 뭐 자고 열두 시에 일어나서 먹으면 돼요. (웃음) [조사자 1: 자다가도 열두 시에는 꼭 일어나서 그걸 먹어야 돼? 어른, 아이 할 것 없이 모두?] 네네. [조사자 1: 한 해가 건강해지라고?]

[조사자 1: 그럼 이제 12월 달에도 뭐 있어요?] 잠깐만요, 아까 데자몬은 12월이에요. 12월. [조사자 1: 아, 12월이야 이게?] 네, 맞아요. 더딘쫏Thadingyut●은 10월이에요. [조사자 1: 그니까 데자몬.] 데자몬은 12월. [조사자 1: 11월?] 다음 달이에요, 네네.

[조사자 1: 그다음에 12월 달에도 뭐가?] 네, 잠시만요. [조사자 1: 이야, 늘 축제네.] 그래서 미얀마 사람들이, 미얀마에 그런 속담이 있어요. [조사자 1: 어떤 속담?]

'중국 사람처럼 돈을 벌고, 인도 사람처럼 돈을 아끼고, 미얀마 사람처럼 돈 낭비하지 마라.' (웃음)

왜냐면 미얀마에는 월마다, 미얀마에서, 미얀마인들은 미얀마 행사도 하고, 인도 행사도 있고, 기독교 크리스마스 행사도 참여하고. 그래서 미얀마 사람들이 바쁘다. [조사자 1: 중국 사람처럼 돈 벌고.] 인도 사람처럼, 미얀마에서 인도는 얼굴이 까마면 '깔라'라고 생

●미얀마에서 가장 큰 명절 중 하나이고 축제 기간은 10월 23일부터 25일까지이다.

각해요. 그래서 우리가 쉽게 인도라고 해요. 말레이시아, 파키스탄도 우리에게는 인도 사람이에요. 인도 사람은 돈을 아껴서, 아끼라고. [조사자 1: 그리고 미얀마처럼 낭비하지 마라?] 속담이에요. (웃음)

1월 삐아도Pyatho

1월에, 삐아도. 이름은 삐아도예요.

삐아도에 어떤 행사가 있냐면, 사람들이, 남자 사람들이 모여서 한국처럼 떡을 만들어요. 어떤 떡이냐면 쌀, 쌀을 이렇게 냄비, 큰 냄비, 이만큼 있는 냄비에 넣고. 그 쌀을 넣어서.

그 남자 두 명이 이렇게, 뭐 배 타면 이거 알죠? [조사자 1: 노?] 네, 노를 한 사람이 이렇게 놓고, 반대편에다가 이렇게. 얼마나 우리가 힘이 센 거 보여주고, 그런 대회가 있어요.

[조사자 1: 이 떡 이름이 뭐예요?] 어, 잠시만요. 제가 아는 음식 이름인데. '타마네Htamane'. 그다음 날은 '다바웅Dabaun'. 다바는 탑을, 모래로 만든 탑이에요. [조사자 1: 모래로 만든 탑? 이게 모래로 탑이 만들어져요?] 네네. [조사자 1: 모래로 탑을 만드는 이유는?] 그거는 몰라요. [조사자 1: 그럼 마을 사람들이 다 같이 만들어요? 아니면 개개인이 만들어요?] 같이 만들어요. [조사자 1: 그러면 그 삐아도 첫날은 남자들이 이렇게 타마네 떡을 만들고. 그다음에 이튿날은 모래로 탑을 만들고.] 맞아요. 네네. [조사자 1: 그 만든 거를, 뭐 어떻게 해요? 나중에 허물어요?] 하루만 하고 그다음에 파괴해요. [조사자 1: 떡은 다 같이 나눠 먹고?] 맞아요. 네.

학교에서도 이런 대회가 많이 해마다 열려요. 우리 학과는 맨날 1등 못 받았어요. (일동 웃음) [조사자 1: 왜요?] 맨날, 그 쌀이 물이 많아서. 우리 학과는 1등 한 번도 못 받았어요. [조사자 1: 그런 행사가, 곳곳에서 그런 대회를 여는구나.] 맞아요.

[조사자 1: 모래로 만든 탑 그것도 대회를 열어요?] 그거는 대부분은 사원에서 많이 해요. [조사자 1: 이거는 이틀만 해요?] 네네. 하루, 이틀

그 정도요. [조사자 1: 그다음에 이제 끝이에요?] 네. [조사자 1: 그러고
이제 2월, 3월 넘어가고 4월에서 다시 시작하고?] 네, 맞아요.

미얀마의 식사문화와 금기문화

● 구연정보

조사일시 : 2017. 11. 18(토) 오후

조사장소 : 전라남도 순천시 해룡면 순천 기적의 도서관

제 보 자 : 쏘딴따아웅 [미얀마, 여, 1982년생, 결혼이주 2년차]

조 사 자 : 박현숙, 김현희

● 개요

미얀마에서는 출산 직후부터 외부인들이 집에 방문하여 선물을 전한다. 그리고 미얀마에서는 식사할 때 한국과 달리 숟가락을 엎어 놓는다. 미얀마에서는 월요일, 수요일, 목요일, 금요일에는 목욕을 하지 않는다. 이때 목욕을 하면 운이 좋지 않고 돈이 안 생긴다고 믿기 때문이다. 그리고 몸에 상처가 난 사람은 초상집에 가지 않는다. 상처가 난 사람이 초상집에 가면 상처가 덧나고 빨리 낫지 않는다고 믿기 때문이다.

[조사자: 아니면 금기? 하면 안 되는 거, 미얀마에서 금기시하는 거 있잖아요. 예를 들면 한국에서는 '애기 낳고 나면 백 일 동안 외부 사람이 집에 오면 안 된다.' 뭐 이런 금기들.] 아니요. 미얀마에서는 반대예요. 애기 낳으면 집에 와서 애기한테 선물 주고 문병 오는 사람들이 있어요. 미얀마에서는 이런 거 없어요. 이런 거 없고.

한국하고 미얀마 반대라는 건, 우리는 밥 먹을 때는 숟가락으로 엎어놔요. 우리가 반찬 있잖아요. 한 가지에다가 숟가락 하나. 엎어서 그렇게 이렇게 해요. 자기가 먹고 싶은 반찬은 놓아서, 다시 놓을 때도 엎어서 놓아야 돼요. 아니면 이렇게 놓으면 그 사람 예의 없다. 이렇게 하는데. 그런데 한국에서는 엎어 놓으면 죽는 사람한테 하는 거라고. [조사자: 그런 경험이 있어요? 집 안에서 생활하다가.] 아니요. 전

다 배웠으니까 학교 다닐 때 배웠으니까 그런 것은 없어요.

　[조사자: 또 미얀마에서는 하면 안 되는? 금기시하는 것들이 없어요?] 미얀마에서는 그렇게 옛날 사람들이, 그것을 지키는 사람도 있고 안 지키는 사람도 있고. 이거 월요일, 월요일, 수요일 그리고 목요일, 금요일에 그렇게 목욕하면 안 된대요. 목욕하면 안 된대요. [조사자: 왜요?] 그거 하면 이렇게 운이 안 좋고 돈이 생기지 않는다고, 옛날 사람들이. 그래서 미용실이 쉬는 날은 월요일 아니면 수요일에 쉬어요. [조사자: 목욕탕이?] 미용실 있잖아요. [조사자: 미용실?] 네. 미얀마는 목욕탕 문화가 없어요. [조사자: 미용실은 쉬는 날이 월, 수가 많다고요?] 네.

　그리고 미얀마에서는 그렇게 사람 죽는 집 있잖아요. 집에 몸에 뭐 상처가 나는 사람 이런 거 그 사람 집에 안 가요. 가면 그 상처가 커지고 빨리 낫지 않는다고. 이런 거도 있고. [조사자: 사람 죽은 집에, 초상집에는 상처 있는 사람들이 안 가요?] 네, 초상집에는.

미얀마의 음식문화와 불교문화

● **구연정보**
조사일시 : 2017. 11. 18(토) 오후
조사장소 : 전라남도 순천시 해룡면 순천 기적의 도서관
제 보 자 : 쏘딴따아웅 [미얀마, 여, 1982년생, 결혼이주 2년차]
조 사 자 : 박현숙, 김현희

● **개요**
미얀마에서는 불교의 영향으로 소를 비롯하여 다리가 네 개인 동물을 먹지
않는다. 그리고 살아있는 것을 금하기 때문에 활어도 먹지 않는다. 미얀마의
부처님오신날은 음력 시월이다. 집집마다 부처를 모시는 방이 따로 있다. 매
일 꽃과 과일과 물을 올리며 절을 한다.

미얀마의 음식문화

[조사자: 동물 같은 거 중에 함부로 해치면 안 되고, 사람들이 함부로
해치거나 하면 안 되는 동물들이 있어요?] 미얀마에서는 개, 그리고 소.
소도 왜냐하면 우리나라에는 소 안 먹는 사람이 있어요. 왜냐면 미
얀마 나라는 농사짓는 나라라서 농사짓는 사람들이 대부분 소를 안
먹고 자기를 그렇게 살려주는 사람(동물)이라고 생각해서 그렇게 소
를 안 먹어요.

그런데 미얀마 불교 많이 믿는 사람들. 저도 불교인데 그렇게 많
이 하는 사람들은 다리가 네 개 있는 거 아무것도 안 먹어요. 돼지,
소 이런 거 아무것도 안 먹어요. 그리고 한국하고 미얀마는 반대는
한국에서는 무조건 싱싱하고 활어 같은 거 생선도 살아있는 거. 미

얀마에서는 시장에서 그렇게 생선 파는 사람들이 시장에 일찍 와서 그 생선 죽여 놓아야 돼요. 사람들이 그거 살아 있는 거 보면 안 사요. [조사자: 그러니까 날 음식을 안 먹고?] 네, 살아있는 거 안 먹어요.

[조사자: 그럼 한국에 와서 회 이런 거 봤을 때] 저는 회 엄청 좋아해요. 다 먹어요. [조사자: 처음에는 안 먹었을 거 아니에요?] 처음에도 제가 미얀마 있을 때도 먹었어요. 그래서 제가 불교인데 많이 그렇게 하는 사람이 아니라는 거. 먹어요, 저 회 엄청 좋아해요.

미얀마의 불교문화

[조사자: 절에도 가보셨어요? 한국에서?] 네, 가요. 부처님 오신 날에 가요. [조사자: 부처님 오신 날?] 네네.

[조사자: 절에 문화가 한국이랑 미얀마랑 다른 부분이 있을 텐데.] 한국 절은 조그만데 미얀마 절은 엄청 크고 사람들도 엄청 많아요. 한국은 부처님오신날에만 사람들 있지만, 미얀마는 안 그래요. 평일에도 있는데 주말이면 더 엄청 많아요.

[조사자: 그럼 미얀마도 부처님오신날 있어요? 부처님 탄신일?] 네, 있어요. [조사자: 그날은 며칠이에요?] 부처님 오시는 [조사자: 똑같아? 한국이랑?] 우리 10월에요. [조사자: 10월 며칠 날 해요? 날짜가 어떻게 돼요? 정해져 있지 않아?] 우리도 음력이니까 10월인데 그렇게 뭐 정확하지 않아요. [조사자: 음력 10월. 그럼 미얀마 전체가 그날에 하는 거잖아요. 그러면 음력으로 하니까 날짜가 달라지는데 그 음력 날짜가 정해져 있지 않아요?] 한국 설날, 추석처럼 매년 이 날이 아니잖아요. [조사자: 네, 그렇죠. 음력으로 한국은 8월 15일] 네. 미얀마도 있는데 저는 지금 못 외웠어요. [조사자: 그 날짜를 모르겠어요? 근데 음력 10월이라는 거구나.] 네.

[조사자: 그러면 다들 절에 가서 그런 의식을 해요? 아니면 집에서도 하는 게 있어요?] 우리 집은 불교라서 집집마다 그렇게 부처님 모시는 그 방이 따로 있어요. 거기에 매일 꽃이나 과일, 물 바치고 매일매일

절해요. 이렇게 절하고 그날에는 특히 뭐 여러 과일 이런 거해서 잘 그렇게 모셔요, 부처님.

　　[조사자: 그러면 그 부처님 모셔놓은 방에서는 평상시에도 뭐를 계속 하죠?] 아니요, 아니요. 부처님 모시는 방은 따로. [조사자: 부처님 오신 날만 따로?] 아니요, 아니요. 평상시에도 하고 있는데 그 방에서는 아무 이용하지 않고 절할 때만.

　　[조사자: 그러면 한국처럼 돌아가신 조상에 대해서 하는 의식 같은 건 있어요?] 없어요. 미얀마는 한국이랑 반대예요. 사람은 빨리 죽고 빨리 다음 세상으로 가야죠. [조사자: 다음 세상으로 가야 된다. 그러니까 제사나 이런 게 따로 없는 거고요.] 네.

미얀마의 결혼문화

● **구연정보**

조사일시 : 2018. 10. 29(월) 오후

조사장소 : 서울시 종로구 신교동

제 보 자 : 떼떼져 [미얀마, 여, 1992년생, 기타(한국방문)]

조 사 자 : 박현숙, 엄희수

● **개요**

미얀마에서는 10대 중반에 결혼하는 사람도 있고, 결혼을 하지 않는 사람도 있다. 평균적으로는 학업을 마치고 20대 초반에 결혼하는 사람이 많다. 결혼을 해도 따로 분가를 하지 않고 시댁이나 친정에서 함께 산다. 보통 결혼 비용은 남자가 부담하지만, 필요한 경우 여자가 하는 경우도 있다. 시골에서는 결혼할 때 남자 쪽에서 소나 밭을 주기도 하지만 도시에서는 그런 일이 거의 없다. 결혼식 때 받은 축의금은 남자가 가지고 선물은 여자가 가진다.

[조사자: 보통 몇 살에 시집을 많이 가요?] 요즘은 너무 일찍 가는 사람들이 많고. [조사자: 오히려 많아?] 네, 오히려 더 많고. 그런데 반대로 안 하는 사람도 많아요. 지금 아마, 가끔은 제가 교육 못 받는 사람들이라면 열세 살, 열네 살에 시집가는, 결혼하는 사람도 많고. 그다음에 뭐, 학교 끝나고, 끝나자마자 결혼하는 사람 더 많아요. 학교는 우리는 스물한 살 정도면 끝나잖아요. 그래서 학교 끝나고 바로 결혼하는 사람도 많고요.

미얀마에서는 결혼해도 따로 살지는 않아요. 남편 쪽에서 살든가, 남편 가족. 아니면 와이프. [조사자: 어쨌거나 부모님하고 같이 살아요?] 그렇게 많아요. 부모님들이 자식을 결혼시켜주더라도 자기 품

에 안고 싶어 해요. 그런 게 있어요. 그래서 분리해서 사는 거는 많지
는 않아요.

미얀마에서 결혼식에서, 결혼 축의금하고 선물이 두 개가 있잖
아요. 축의금은 그 신랑이 받고, 물건 뭐라 그럴까? 그거는 신부가
받고. 그런 거는 있어요.

[조사자: 그러면, 예를 들어 한국에서 남자가 집을 마련해야 되고, 여자
는 살림살이를 준비를 해요, 결혼할 때. 미얀마에서는 남자, 여자가 따로 하
는 건 아까 돈이랑 그거밖에 없어요?] 대부분 미얀마에서는 결혼식 비
용은 남자 쪽에서 부담해야 돼요. 그런데 남자가 좀 부족하면 여자
가 해요. 그런 거만 있어요.

그런데 마을에서는, 마을 같은 경우에는 여자에게 그, 뭐, 그 여
자하고 결혼하고 싶으면 소 몇 마리, 밭 몇 개 이렇게 여자에게 줘야
돼요. 그런 풍습이 아직 남아있어요. 도시 같은 경우에는 그런 거 없
어요.

미얀마의 장례문화와 죽음 인식

● **구연정보**

조사일시 : 2018. 10. 29(월) 오후

조사장소 : 서울시 종로구 신교동

제 보 자 : 떼떼져 [미얀마, 여, 1992년생, 기타(한국방문)]

조 사 자 : 박현숙, 엄희수

● **개요**

미얀마에서는 사람이 죽으면 3일장, 5일장, 또는 7일장을 하는데, 이때 그믐을 넘기지 말아야 한다. 장례식에 스님을 불러 법문을 듣고 시체는 화장한다. 유골은 따로 가져오지 않고 묘지에 뿌리며, 죽은 사람의 영혼이 깃든 나뭇가지를 집으로 가져온다. 미얀마 사람들은 사후세계를 믿는 편은 아니지만, 궁금하면 영혼과 소통하는 사람에게 가서 물어볼 수 있다. 미얀마에서는 한국의 저승사자와 같은 존재인 '떼민'이 있지만, 생김새는 정확하지 않다. 집 근처에 까마귀가 울거나 개가 많이 짖으면, 그리고 비가 많이 오면 사람이 죽는다고 믿는다. 또 미얀마에서는 어떤 사람이 죽었다 살아나면 그 동네에서 살지 못하고 다른 동네로 가야 한다.

저 한국에서 장례식 가게 되어서… 미얀마는 좀 달라요.

미얀마에서는 장례식은 3일, 어떤 데는 5일, 어떤 데는 일주일 이렇게 해요. 그 죽은 날부터, 죽은 날에 스님 몇 분, 세 분에서 다섯 분 정도 초청해서 그 스님의 법문을 듣고 그다음에 신체라고 할까? [조사자 1: 시체.] 죽은 몸, 시체를 대부분은 불에 태워요. 불에 태우는데 유골을 안 가져와요. [조사자 1: 그럼 어디다가?] 묘지, 뭐 그거는 그런 거에 대해서는 미얀마 사람들 개념이 없어요. 무덤 만드는 사람은 많지 않아요. 불에 태우는 사람이 많고. 그, 유골도 거기 묘지에서 그냥 뿌렸어요. 따로 그거 그 사람 이름 정하지 않고.

그런데 불에 태우면 사람의 영혼은 나무 한 가지, 가지가지 한 가지에 영혼을 가지고 집으로 가져왔어요. 그때, 어떤 때는 3일, 5일, 일주일 어떻게 정하냐면, 그 죽은 사람이 죽은 날부터 3일 후에. 보름하고 반대말은 그믐인가요? [조사자 1: 그믐.] 근데 그믐 지나면 안 돼요. 왜냐면 그 사람이 만약에 9월에 죽었다면 시월에 그 장례식이 계속 이어지면 안 돼요. 그래서 3일, 5일, 일주일 되는 거예요. 그거는 상황에 따라서. 그래서 그 사람의 영혼을 가지고 3일까지 행사하면 3일까지. 3일째에 그 뭐, 뭐라고 할까? 그 사람들을 초청하고 스님들을 초청하고, 법문을 하고 음식을 주고. 그렇게 해요.

[조사자 1: 그럼 장례식 때 꼭 먹는 음식도 따로 없고?] 없어요.

[조사자 1: 그러면 사람이 죽으면, 미얀마에서는 어디로 간다고 생각은 안 해요?] 해요. [조사자 1: 어디로 간다고 생각해요?] 그런 거는, 그 뭐라고 할까요? 알고 싶으면 물어볼 수 있는 곳이 있어요. [조사자 1: 그게 어디예요?] 그런 거는 제가 잘 몰라요. 만약 제 삼촌 돌아가신 후에 그 이모들이 너무 그리워서 삼촌 어디 갔는지 물어봤어요. 거기 일반 사람인데 그렇게 알 수 있다고 하는 사람이에요. 저는 그런 거 안 믿어서.

근데 그 삼촌은 할머니 마을에 사원에 있대요. 그래서 할머니는 그 아들을 너무 사랑해서 맨날 이름을 부르잖아요. 그래서 이름 부르면 그 영혼이 찾아와야 되잖아. 그래서 너무 힘들었다고, 부르지 마라고요. 왜냐면 이번 생 끝났으니까, 그렇게 얘기하고.

그 미얀마에서 죽은 사람 위해서 아까 3일, 5일, 실제 뭐 그렇게 한 번 하고 또 한 달. [조사자 1: 한 달 후에?] 한 달 후에 말고 한 달에, 딱 한 달에. 그 죽은 날부터 딱 한 달 된 날에 한 번 하고, 또 1년 되는 날. 그날에 해서 뭐, 그 사람을 위해서 미얀마에서 그렇게 믿어요. 그 사람이 그 살아있을 때, 좋은 일을 하지 못하고 그 인간도 될 수 없고, 뭐 어떤 영웅 같은 상황도 있잖아요. 그런 영웅 같은 상황에서 우리가 그 사람을 위해서 기부를 해 주면 그 사람이 그거를 보고 들으면 인간이 될 수 있어요, 다시. 그런 거, 그거를 믿어서 아까 한 달

되는 날, 1년 되는 날에 그 사람을 위해서 좋은 일이나 좋은 기부를 많이 해 줘요.

미얀마 사람들 대부분 1년 되는 날까지만 하고, 2년 되는 날, 3년 되는 날은 너무 사랑하고 너무 그리운 사람만 해주고. [조사자 1: 그럼 보통 1년까지만 그분 돌아가신 거에 대해서 추모를 하고, 나머지는 다시 환생했다고 생각하는 거예요?] 뭐 그렇게도 생각하고. 미얀마에서 죽은 사람에 대해서 집착하지 않아서, 네네.

[조사자 1: 그렇구나. 그러면, 예를 들면 죽은 사람의 영혼을 이렇게 데려가는 신 같은 게 존재하지는 않아요?] 신 같은 거는. [조사자 1: 한국에서는 저승사자가 와서 데려간다고 하는데.] 미얀마에서는 저승사자 있죠. [조사자 1: 있어요?] 네네. [조사자 1: 뭐라 불러요?] '떼민(ေသမင်း)' [조사자 1: 떼민? 어떻게 생겼다고 사람들이 얘기해요?] 그거는, 그건 모르고. 그냥 그, 떼민이라고만 불러요.

[조사자 1: 그럼 떼민이 오면 어떻게 뭐 하는 게 있어요?] 그런 거는 몰라요. [조사자 1: 몰라요? 한국에서는 죽는 사람의 이름을 세 번 불러요.] 아, 영화에서 봤어요. 〈신과 함께〉 [조사자 1: 그러면 혼이 이렇게 따라가야 되는데.] 미얀마에서는 그런 거. 아, 만약에 어떤 집에서 아픈 사람이 있어요. 그렇게 믿는 거예요. 아픈 사람이 있는 집 근처에 까마귀가 소리를 지르면 그 사람이 죽는다고 믿고. 또 하나는 그 개가 너무 짖으면 또 그렇게 하고. 그다음에 아픈 사람이 있는 곳에 뭐 비가 엄청 오면. 그렇게 믿어요.

[조사자 1: 그러면 그 저승사자 떼민이 와서 어디로 데려가거나, 와서 어떻게 하는 거는 없어요?] 미얀마에서는 아까 3일, 5일, 일주일이라고 얘기하는 거는 그건 불교적으로는 아닌데. 그 정상적으로는 그 사람이 그, 만약에 3일, 5일, 일주일까지는 다음 생으로 옮길 수도 없어요. 아직 영혼까지만 있고. 그다음에 다음 생애로. 만약에 인간이라면 인간으로 옮길 수 있고. 그다음까지는 영혼으로만 산다고만 믿어요.

[조사자 1: 영혼으로만 산다고. 혹시 죽었다가 다시 살아난 사람 얘기는 들어본 적 없어요?] 있어요. 있기는 있는데요. 잠깐만요. 한 번은 들어본 적이 있는데, 까먹었다. [조사자 1: 주변, 동네 사람?] 아, 미얀마

에서. 동네 사람은 아니에요, 선생님. 그거는 잠깐만요. 만약에 어떤 사람이 죽었다고 하는데, 그, 죽었어요. 그런데 진짜 죽은 게 아니라 뭐, 다시 살았어요. 그러면 그런 사람은 마을에 못 들어가게 해요. 그런 이야기가 있기는 있는데요, 선생님. 잘 기억하지는 않아요. [조사자 1: 그럼 다른 데로 이사를 가야 돼요?] 가야죠. 맞아요. [조사자 1: 그렇구나. 감사합니다.]

　　[조사자 2: 고생하셨어요. 그런데 이야기가 계속 나와가지고 여쭤보고 싶어요.] [조사자 1: 그럼 희수한테 기회를 줄게. 마지막 한 번 더 물어볼 수 있는 기회를 줄게.] [조사자 2: 저는 궁금한 게, 아까 사람이 죽으면 장례식을 3일, 5일, 7일을 하는데 그믐이 지나면 안 된다고 했잖아요.] 네, 맞아요. [조사자 2: 만약에 사람이 그믐 전날 죽었다 이러면 어떻게 해요?] 맞아요. 바로 해야 돼요. [조사자 1: 하루밖에 못 하는 거예요, 장례식을?] 맞아요. 하루밖에 못 해요. 만약에 그믐날에 죽으면 바로 장례식을 끝내야 돼요.

　　그다음 하나 있어요. 만약에 그 환자가 아픈 사람이 병원에서 죽으면 집에서 못 가져요. [조사자 1: 집으로 못 모시는 거죠?] 네, 맞아요. 못 모시는 거예요. [조사자 1: 그럼 병원에서 장례식을 해야 돼요?] 네, 맞아요. 어떤 동네 사람들은 이런 거 받아들이지 않았어요.

죽은 사람에게 주는 노잣돈

● **구연정보**

조사일시 : 2017. 11. 18(토) 오후

조사장소 : 전라남도 순천시 해룡면 순천 기적의 도서관

제 보 자 : 쏘딴따아웅 [미얀마, 여, 1982년생, 결혼이주 2년차]

조 사 자 : 박현숙, 김현희

● **개요**

미얀마에서는 망자가 이승에 일주일간 머물다가 저승으로 간다고 믿는다. 그래서 가족들은 샤먼을 통해 망자의 혼을 불러들인다. 망자는 가족들에게 하고 싶은 말을 샤먼의 입을 통해 전한다. 망자가 사람으로 환생하지 못한 경우에 가족의 꿈에 완전한 사람이 아닌 신체의 일부가 부족한 모습으로 나타난다. 그리고 사람이 죽으면 입 안에 동전을 넣어 준다. 입 안에 돈을 넣으면 각자 살아온 행적에 따라 천국과 지옥, 동물 환생 등 길이 정해진다고 믿는다. 실제로 한 군인이 결혼을 하지 않은 상태에서 죽어 화장을 했다. 그날 밤 지휘관 아내의 꿈에 나타나서 노잣돈이 없어서 다른 곳으로 갈 수 없으니 노잣돈을 어디로 넣어달라고 부탁했다. 지휘관 아내가 군인 망자의 말대로 했더니 꿈에 다시는 나타나지 않았다고 한다.

[조사자: 한국에서는 사람이 죽으면 저승사자가 와서 저승으로 데려간다고 생각을 한단 말이에요. 근데 미얀마에서는 사람이 죽으면 어디로 가서 어떻게 해서 환생을 하게 되는지 어떻게 사람들은 믿고 있어요?] 그것은 미얀마에서는 좋은 일을 하면 다시 사람이 될 수 있고, 그리고 천국으로도 갈 수 있는데, 그런데 천국은 대부분의 사람들은 갈 수 없다고 생각하고 그렇게 이 사람으로 갈 수 있게, 이렇게 여긴 생각해요.

그래서 사람이, 그 사람이 죽고는 일주일이면 가는 거잖아. 후에

81

는 가는 거라서 그때는 미얀마에서는 그 신이 있어요. 신이 아니고 사람인데 점 보는 사람인데. 그 사람은 어떻게 하냐면 죽은 사람의 영혼을 불러서. 영혼을 부르면 거기 있는 사람 한 명한테 영혼이 들어와서 무슨 이야기 하는 거예요, 이야기. 그때 자기가 그렇게 죽기 전에 하고 싶은 말 있잖아요. 그런 못 하는 말들을 이런 사람을 통해 말을 대신해요.

"나는 어떻게 하고 어디에서 지금은 일주일 지나니까 가야 되는데 지금은 자리가 꽉 차있어서 어디에 사는지 모른다."고.

"그래서 나를 위해 좋은 일을 해줘라."고.

하는 것도 있고.

[조사자: 그러면 가족들이 그 말을 듣고 그렇게 해줘요?] 네, 해줘요. 여기는 해주고, 해주고 다음에 사람 되면, 사람 된다.

그때는 사람이 다시 사람으로 태어나면 꿈을 꾸면 안 돼요. 꿈에서는 그 사람이 온몸이 우리 사람처럼 나타나고, 아니면 그 사람이 아직 안 되고 귀신 쪽으로 있다면, 그 사람한테 보이는데 눈이 없는 거인지 뭐가 부족한 모습으로 보이는 거래요, 이렇게.

[조사자: 그럼 어디 사람이 죽으면 어디로 가서 어떻게 그게 환생하는 과정을 겪는지 이런 거에 대한 이야기는 없어요?] 그것은 그것도 정확하지 않은데, 왜냐면 그 사람이 어떻게 가는지는. 우리가 사람이 죽으면 그 사람 입에서 동전을 넣어요. 돈을 넣어요. 돈을 넣으면 그래야 다른 곳으로 갈 수 있다고. 돈을 넣으면 나쁜 짓을 하는 사람은 지옥으로 가야 되고, 아니면 거기 천국 가야 되고 아니면 동물 되든가 뭐 이렇게 된다고.

그때 우리가 군인 군부대에 살았으니까 거기에서 병사 한 명 죽었대요. 죽었는데 결혼 안 했어요, 그 사람은. 결혼 안 해서 죽었는데. 불태워서 보냈는데 우리 거기 군대에 군부대에 있는 위에 지휘가 있는 사람의 부인한테, 부인이 꿈꿨대요.

"왜 자기를 불태우고 보낼 때 돈을 안 넣고 보냈냐?"고.

"지금은 딴 데로 가야 하는데, 그 돈이 없어서 갈 수가 없다."고.

그래서 그 돈을 어디에 넣어주라고 이렇게 시켰대요, 이렇게.

[조사자: 그래서 넣어줬대요?] 네, 넣어줬대요. 넣어주니까 다음에는 꿈을 안 꿨어요, 이렇게.

태국

태국의 로켓 기우제

● **구연정보**

조사일시 : 2017. 10. 29(일) 오후

조사장소 : 전라남도 순천시 해룡면 순천 기적의 도서관

제 보 자 : 나우봉 [태국, 여, 1975년생, 결혼이주 17년차]

조 사 자 : 박현숙, 김현희

● **개요**

태국에는 음력 유월이나 칠월 가뭄 때, 로켓 기우제를 지낸다. 대나무를 로켓
처럼 만들어서 불을 붙여 하늘에 쏘아 올려서 비가 내리기를 축원한다.

선생님 저 이거 하나 얘기하고 싶은데. [조사자: 네. 하세요.]

우리 동네에, 우리 태국에서 문화에 '문방파에' 있거든요. 로켓
처럼 옛날에 너무 비가 안 와서, 그래서 우리가. [조사자: 비가 안 와
서?] 비. 비가 안 내렸잖아요. 비가 안 내려서 땅이 너무 말라서. [조
사자: 가뭄이라서?] 네. 우리 행사에 하나 만들어요. 우리가 로켓처럼
대나무 만들고 그다음에 불 있잖아요, 그 쭉 올라가, 불꽃처럼 올라
가서 뭐지? 그 [조사자: 제사?] [청자(누자리): 천사.] 하늘에 천사에게
알려주고 비 좀 달라고 그런 문화가 있어요.

그래 이름이 문방파에라서요. 6월 달, 7월 달 쯤에 비가 그때 비
오면 우리가 농사해야 되잖아요. [조사자: 한국으로 말하면 비 내려 달
라고 제사 지내는 기우제라고 하거든요?] 예예.

[청자: 자기 전에 꿈에서 동네에서 다 잔치해 주고, 그날은… (핸드폰으
로 사진을 보여주며) 이렇게 하는 거, 이렇게 하는 거예요.] [조사자: 하늘을
향해서 소원을 전달하는 거구나?] [청자: 예. 더 높으면 더 좋아, 그러는데.]

　　높은 사람만 있으면 또 그, 만약에 그 사람은 안 높이 올라가잖
아. 근데 빵 터져버리면 떨어지면 안 돼. 물에 그 뭐지? 흙, 흙 있잖
아. 물도 조금 있어. 그 사람한테 던져버려. (웃음) [조사자: 어떻게든
저기 꼭대기까지 가게 만드는구나.] 네.

태국의 나눔 문화

● 구연정보

조사일시 : 2017. 10. 29(일) 오후
조사장소 : 전라남도 순천시 해룡면 순천 기적의 도서관
제 보 자 : 나우봉 [태국, 여, 1975년생, 결혼이주 17년차]
조 사 자 : 박현숙, 김현희

● 개요

태국에는 가정에서 정성껏 음식을 준비하고 몸단장을 한 뒤 새벽 여섯 시에
스님에게 시주를 한다. 천사가 변신해서 나타나면 부자는 상대가 더럽다고
베풀지 않지만 가난한 사람은 마음을 잘 나눈다.

[조사자: 혹시 태국에 밥을 흘리거나 남기면 무슨 신이 밥을 들고 나가
서 한 스푼씩 버리고 들어와야 한다고 하든가?] 아, 있어요. 그 우리가 문
화 뭐가. 조상이나 귀신, 우리가 제사 차리잖아요. 제사상 차리면서
따로 해주잖아요. 따로 그 하나, 한 접시 하나 해주고. 그런 것과 마
찬가지야. [조사자: 그런 식이에요?] 그 사람이 우리 집에 못 들어올 수
도 있잖아요. 그러니까 가서 집 앞에서 주고. [조사자: 그러면 모든 음
식을 먹기 전에 그렇게 해요? 아니면 남은 걸 해요? 어떻게 해요?] 먼저.
먹기 전에. [조사자: 덜어놔서 바깥에 내놔요?] 예. [조사자: 한국에 제사
지내듯이?] 네네.

우리가, 만약 내가 스님, 우리가 뭐지? 불교문화잖아요. 스님 아
침마다 새벽에 여섯 시 나오잖아요. 전도 나오면 우리가 밥 준비하
고, 과자 준비하고, 내가 밥에 손 하나도 안 댔어요. 깨끗이 하고 몸
에, 마음에 준비하면서 얼굴도 예쁘고 옷도 제일 예쁘고. 우리 교회

나가는 것처럼 준비하고 가드니 전도 밥에 드리고. 그렇게 스님 드리고 나서 집에 와서 조상들 있잖아요. 조상들이나 아니면 천사들 믿음 하면서 집에서 밥도 드리고 이렇게 하고.

[조사자: 그러면 그 원래 스님들이 오시면 당연히 시주 잘하는데. 그런 분들이 이 사람을 시험하려고 거지나 이런 식으로 오면 구박을 해서 벌 받는 이야기는 없어요? 태국에는?] 그런 거 있어요. [조사자: 있을 거 같아서요. 어디 들어본 것 중에 기억나시는 거 해 봐주세요.] (청자 누자리 씨와 태국어로 잠시 대화를 나누며) 그런 식으로. [청자(누자리): 그런 거 있어? 난 못 들었는데?]

한국처럼 조상 아니고 천사잖아요. 변신하면서 가난한 할아버지, 할머니 있잖아요. 힘없이 와서 밥 달라고 이거 이거 있잖아요. 그 내가 이 집 가서 부잣집은 안 주잖아요. 자기가 부자니까 안 주고, 자기가 싫어서 더럽다 그런 거 있잖아요. 가난한 집에 가서 너무 마음이 가난하지만, 마음이 좋으니까 나눠주고, 먹여주고, 그다음에 자기가 내가 주는 만큼이 받는 거 더 많이 받잖아요. 그 천사가 보면 그 사람이 좋으니까. 내가 은혜 갚으려고, 은혜 갚으려고 또 변신해서 돈 더 많이 주고 뭐 이런 좋은 일이 생겨가지고. 그런 이야기 있어요.

그다음에 가난한 사람은, 부자한 사람은 자기가 이렇게, 이렇게 부자지만. 마음이 그 나눠주는 걸 모르니까. 나쁜 거 일도 생기고 뭐하는 그런 거 있어요.

그러니까 사람이 보면 그런 사람 뭐지? 무시하지 마라. 이런 식으로 가르침 주고. [조사자: 그러니까 사람들 겉모습만 보고 판단하지 말고 다 친절하게 잘 대해라 이런 것들이 있는 거예요?] 네.

태국의 민간요법

● **구연정보**

조사일시 : 2017. 11. 18(토) 오전

조사장소 : 전라남도 순천시 해룡면 순천 기적의 도서관

제 보 자 : 누자리 [태국, 여, 1975년생, 결혼이주 10년차]

조 사 자 : 박현숙, 김현희

● **개요**

태국에는 예부터 전해져오는 여러 민간요법이 있다. 감기에 걸리면 엄지손톱 만큼 자른 빨간 양파를 절구에 빻아 옷감에 싸서 머리맡에 둔다. 그리고 아기 입안에 설태가 끼면 흰 거즈로 닦아준다. 형제가 있는 집안에서는 신생아의 탯줄을 일부 잘라서 물이 담긴 큰 그릇에 넣고 그 물을 형제가 나눠 마신다. 그러면 형제의 우애가 좋아진다고 한다. 딸꾹질하는 사람에게 누가 계란을 가져왔냐고 말하거나 등을 두드리면 딸꾹질이 멈춘다. 또, 수두에 걸리면 야교 풀을 우린 물에 목욕하거나 알몸으로 바닥에 깐 바나나잎에 누워있는다. 설날 송끄란에는 악귀를 물리치기 위하여 대야에 담긴 물을 몸에 뿌린다.

감기 걸렸을 때 치료법

[조사자: 태국에서는 애기들 아프고 그러면 집에서 해주는 방법들 있어요?] 해주는 거, 감기. [조사자: 감기 걸리면 어떻게 해요?] 감기 걸리면 이거 뭐지? 빨간 양파 같은 거 머리가 작게 이 정도? [조사자: 엄지손톱 한마디만 하게?] 네네. 큰 게 없어요, 태국은. [조사자: 다 이렇게 작은 양파예요? 그 양파로 어떻게 해요?] (휴대폰 사진을 보여주며) 이렇게 생긴 거. [조사자: 적양파?] 쬐끄만, 이 정도만 절구에 빻고 아니면, 옷 감 싸고 두드려서 빻고. 그 애기 머리 위에 놔두고, 잘 때. [조사자: 그

천에 감싼 거를 위에 올려요? 잘 때? 머리 위에?] 네. [조사자: 그러면 감기
가 떨어져요?] 네.

형제 우애가 좋게 하는 방법

그냥 탯줄하고 혀. 엄마한테 들었는데 애기가 혀, 처음 태어날
때 몇 개월은 혀 하얗잖아요. 옛날에는 약 많이 없어서 그냥 기저귀
도 없고. 그 뭐지? 옷감으로. [조사자: 천 기저귀?] 네. 그거 오줌 싸
면 그 오줌은 이렇게 잡고 들어가잖아요. 혀는 이렇게 닦아줘서. [조
사자: 안에 하얀 거 낄 때 애기들 천 기저귀로 닦아주면 그거 없어진다고?]
네. 없어져요.

그래서 제가,

"엄마! 나 애기 때 그렇게 했어?"

엄마가,

"안 했지. 그때는 약 있어. 옛날에 이야기하는 거야."

그랬어요.

그리고 탯줄은 잘라서 남잖아요. 애기 때는. 그거 옛날에도 첫째
는 어떤지 모르겠지만 둘째 나오면 탯줄이 있어서 떨어질 때 그릇,
큰 그릇이 물 넣고 이 탯줄 넣어. [조사자: 탯줄을 넣어요?] 담아요. 그
리고 언니한테 동생도 같이 먹고 나중에 크면 둘이는 그 뭐지? 싸우
지 않고 그러는데.

[조사자: 그 동생 탯줄을 물에 넣은 항아리에 담고, 그 물을 나눠 먹이
면 둘이 싸우지 않는다?] 서로 사랑하고 걱정해서 언니 오빠 뭐 하는지
걱정해주고, 동생 뭐가 생기는지 멀리 떨어지면 그냥 서로 생각나서.

[조사자: 누자리는 그거 안 해봤어요? 애기들 태어났을 때? 안 해봤어
요?] 아니요. 우리 신랑은 이야기하면,

"으, 하지 마라."

딸꾹질 멈추는 방법

[조사자: 한국은 이렇게 먹다가 체한다고 하잖아요. 그래서 혈액순환이 안 되고 그럴 때 따는데, 태국에는 그렇게 하는 처방 방법 따로 없어요?] 아마 있겠지만 저는 몰라서. [조사자: 해 본 적은 없고?] 네. 그냥 밥 먹이나 물 먹이나 가슴에 답답해서 등에 팍팍팍. [조사자: 두드려요?] 크게. 크게.

[조사자: 그러면 딸꾹질은요? 딸꾹질 멈추게 하는 방법 뭐가 있어요?] 딸꾹질은 이야기 들어서,

"누가 계란 가져왔니?"

그렇게 했는데.

[조사자: 그런 말을 하면 돼?]

"나, 아니야."

이러면 계속 딸꾹질하고.

"그럴까 봐, 누구든지 놔둬서 내가 가져왔어."

그러면 멈춰서요.

[조사자: 말로 하는 거구나 "너 달걀 가져왔어?" 이러면 "아니."]

그냥 허락 없이 누구 거든지,

"가져왔어."

[조사자: 한국은 어떻게 하면 멈추는지 아세요?] 놀라게. [조사자: 옆에 사람이 놀라게 하면 되죠.]

한국도 하나요? 봉투에 이렇게 크게 숨 쉬고 이렇게 해도 딸꾹질 멈춰. [조사자: 봉투에 대고 호흡을 하면 멈춘다고?] 네.

송끄란 날에 악귀 쫓기

[조사자: 태국에서는 한국에서 말하는 명절? 이런 거처럼 되게 크게 하는 행사 같은 게, 풍습 같은 게 있어요?] ‘송끄란’＊ 설날. 태국 설날 송끄란이요.

[조사자: 그러면 그때는 뭘 해요? 먹는 음식이 따로 있어요?] 먹는 음식 따로가 아니고 그 물 뿌려요. [조사자: 물을 뿌려요? 아무 물이나 상관없어요?] 상관없어요. [조사자: 물을 어디다가 뿌려요?] 옛날에는 그냥 그릇으로 이거 무슨 이야기예요? 이런 거. [조사자: 체? 구멍 나 있는 그릇?] 구멍 아니에요. 그 물 넣고. 태국은 옛날에는 물 넣고 먹어. 컵 같은 거. 하지만 커요. [조사자: 주발? 대접 같은 거? 거기다 물을 담아서 뿌려요?]

(제보자가 보여주는 사진을 보며) 아, 대야? 대야. 거기다 물을 뿌리면 나쁜 악귀를 물리치는 거예요?] 네. 옛날에는 이 정도만 물 넣고, 그냥 작은 거 있어요. 큰 거보다 작은 거 있고, 그냥 조금만 뿌리고 어깨 위나 적게 놓는데 요즘에는 다 머리부터 끝까지. [조사자: 몸에다가?] 네. 몸에다가.

수두 낫게 하는 법

[조사자: 나우봉 딸 아기가 수두 지금 걸렸다 했거든요.] 네. [조사자: 한국에서는 수두 걸리는 걸 마마신이라 해서 그 신이 건들면 아이들이 병을 옮긴다고. 그런 전해지는 이야기가 있거든요. 태국에는 그렇게 병을 옮기는 신이나 그런 존재가 있어요?] (잠시 생각하다가) 약. 옛날부터 어떻게 하는지 몰라요. 태국에는 약 있어요. 약 그 이름이 ‘야교’. 병원 가면 요즘은 병원 가면 병원 약이 많이 있지만, 옛날에는 초약. [조사자: 약초? 풀?] 약초 같은 거. 그거 이름이 ‘야교’. 동그라미 쬐끄만 거. 여러

●매년 4월 13일에서 4월 15일까지의 태국 설날이다.

가지 쬐끄만 거. 한쪽이 물에 담그고 그냥 먹어요. [조사자: 아, 빻거나
하지 않고 그거 담궈서 우려난 물을 마시면 수두가 나아요?] 네.

　　그리고 많이 나면, 많이 나면 그 바나나. 바나나잎 깔아서 누워
요. [조사자: 그 위에 누워? 그러면 수두가 낫는다고?] 네. 그리고 [조사자:
옷 다 벗고 누워요?] 네. 옷 다 벗고 눕고. 목욕한 때는 (곁에 있던 청
자 나우봉과 잠시 대화를 나누다가) 이거 나무인데 잎은, 잎은 잘라
서 위에 놓고 그 중간에 나무하고 잎은 중간에 있어서 그거 짧고 물
에 담그고 목욕해요. [조사자: 그 물로 목욕을 시켜요?] 네. [조사자: 그러
면 수두가 나아요?] 네.

태국의 제례 문화

● 구연정보
조사일시 : 2017. 10. 29(일) 오후
조사장소 : 전라남도 순천시 해룡면 순천 기적의 도서관
제 보 자 : 나우봉 [태국, 여, 1975년생, 결혼이주 17년차]
조 사 자 : 박현숙, 김현희

● 개요
태국은 불교 국가라서 조상을 집에 안 모시고 절에 가서 음식 준비하여 스님
이 기도를 해준다. 태국에서는 탑에 망자의 뼈를 넣고 생각날 때마다 추모한
다. 부자는 많은 돈을 투자해서 큰 탑을 만든다.

우리는 태국 나라에서 불교잖아요. 뭐가 내가 엄마 제사나 집에
서는 대부분 안 모시고 절에서 가서 음식 같은 거 준비하고 스님한
테 기도해주고 우리도 기도하고 그렇게 해요. [조사자: 그러면 절에다
가 조상을 모시나요?] 네네.

[조사자: 태국에는 탑도 많잖아요. 탑과 얽힌 이야기들도 있지 않아요?
잠깐만요.]

(마이크 사용을 위해 잠시 구연을 멈춤.)

어, 탑 대해서는 골, 뼈잖아요. 우리가 돌아가시면 한국에서 항
아리 같은 거 놓고 저기 갖다 놓고, 우리는 탑에서 갖다 놓아요. 탑
에다 뼈를 넣고 우리가 매년마다 생각할 때마다 탑에 가서 경배하고
기도하고.

[조사자: 그럼, 그 탑을 개인마다 탑을 하는 거예요?] [청자: 개인도 있
고, 가족. 그 돈 조금 있는 사람은 개인 하나씩 하는데. 돈 없는 사람은 조금

만 크게 만들고 가족이 같이 있는 거예요?] 좀 유명한 사람이나 그 돈,
부자인 사람이나 스님처럼 그 유명한 스님은 좀 큰 탑에 만들어요.

　　앞 전에 우리도 왕궁에 장례식 때 26일 날 지내는데, 백일 지나
고 장례식에 차리고. 그 탑, 그 골, 그 뼈 있잖아요. 그 하고 나서 큰
탑을 만들어요. 만들고 좀 화려하게 탑에 모시고. 우리가 태국사람이
어디 가서 앞으로도 여기 가서 경배하고 그렇게 그런 식으로요.

홍콩

홍콩의 역사

● 구연정보

조사일시 : 2018. 12. 14(금) 오전

조사장소 : 서울시 광진구 화양동

제 보 자 : 채가오 [홍콩, 여, 1993년생, 유학 4년차]

조 사 자 : 신동흔, 오정미, 한상효

● 개요

홍콩은 원래 작은 어촌 지역이었다. 중국이 서구의 열강에 패한 뒤 홍콩을 영국에 분할했다. 그래서 홍콩의 문화에는 예전 어촌 지역의 문화와 영국의 문화가 혼재되어 있다. 현재 홍콩에서는 광동어를 사용하는데 여러 가지 면에서 중국과 다르고 관계도 그리 좋지 않다.

[조사자 1: 보니까 홍콩의 역사 이런 거 준비해온 거 같은데 홍콩의, 홍콩이 어떻게 생겨났다, 역사도 좋고 전설 같은 게 있어요?] 아 홍콩은 예전에 되게 작은 어촌인가, 어촌인데 이제 원래 약간 사람들이 알려지지 않는 지역. 왜냐하면 중국에서 되게 남쪽 부분이고 예전에도 무슨 남만(南蠻)⁺ 지방 되게 교양 없는 사람들이 사는 지역이라고 하는데 이제 전쟁이 나서 중국, 청나라가 다른 서양 나라들이랑 싸우다가 영국한테 져서 그래서 홍콩은 조금씩, 조금씩 분할 나가는 상황이 되고. 그래서 거의 백 년 넘어서 이제 홍콩이랑 중국 분리가 됐어요.

그래서 문화랑 여러 가지 면에서도 중국 대륙 사람들이랑 안 맞

⁺ 중국의 역대 왕조가 남방 민족을 낮춰 부르던 이름이다.

아요. 틀린 것도 있는데 아예 안 맞아요. 약간 말도 안 통하고, 그러니까 어떻게 보면은 홍콩 사람들이 광둥어(广东语)Cantonese Chinese●를 쓰는데 광둥어는 그냥 남쪽 지역 그 영남 지역 사람들이만 하는 언어이고 그래서 지금 광저우 사람이들도 하고 있는 말인데. 근데 그 공식적으로 그 공산당 사람들이 선택하는 그 언어가 푸통화(普通话)●● 지금 한국에서 하는 중국어라고 해서 그래서 홍콩 광둥어를 쓰는 거는 예전부터 쭉 쓰고 있는데 그것도 있고. 그래서 영, 원래 홍콩을 영남 지역이기 때문에 그 분화해 나가가지고 영국이랑, 영국의 통치를 받아서 그래서 영남 지역의 문화랑 영국 지역 문화들이 합쳐서 지금 홍콩 문화를 만들었어요.

[조사자 1: 옛날에는 영국이 차지하기 전에 어촌이었던 시절의 그때 역사나 전설 이야기 같은 거는 그거는 남아 있는 게 거의?] 전설 이야기는 없을 거 같아요. 그러니까 서양, 서양 사람들이 약간 귀신같은 거 안 믿잖아요. 그래서 전설 같은 거 없고, 원래 지역 사람들이 뭐, 무슨 행사 같은 거나 그럴 때나 축제 같은 거나 그럴 때 막 유래 같은 거 전설 같은 거 있잖아요. 그런 거만 있는 거 같아요. 약간 뭐.

● 푸통화와 함께 중국을 대표하는 언어 중 하나라, 광둥성 등지에서 사용되는 중국의 대표적인 방언이다.

●● 중국에서 표준중국어를 이르는 말이다.

홍콩과 영국의 관계

● **구연정보**

조사일시 : 2018. 12. 14(금) 오전

조사장소 : 서울시 광진구 화양동

제 보 자 : 채가오 [홍콩, 여, 1993년생, 유학 4년차]

조 사 자 : 신동흔, 오정미, 한상효

● **개요**

영국과 홍콩은 그리 사이가 나쁘지 않다고 한다. 영국이 홍콩이 발전하는 데 도움을 주었기 때문에 홍콩 사람들은 영국에 대해 좋은 감정을 가지고 있다. 홍콩이 반환될 때에도 영국으로 떠난 사람들이 많았고, 영국인 자격을 주는 여권을 가지고 있는 사람도 있다고 한다. 오히려 중국 사람들이 외국인처럼 느껴지기도 하는데 중국과 홍콩은 말이 통하지 않고 의사소통도 잘되지 않는다.

[조사자 1: 홍콩을 지배하는 영국에 총독하고 이렇게 막 총독이 압제를 하고 이래가지고 사람들이 그 누가 나서서 싸우고 이런 이야기 같은 것은 혹시 없나요?] 나서 싸워요? [조사자 1: 그러니까 뭐 총독이 막 함부로 백성들을 억압하고 뭐 하니까 뺏어가고 하니까 사람들이 막 나서가지고 싸우거나 이런 이야기들은.]

예전에는 있는 거 같은데 근데 제가 뭐 공부를 했을 때 듣는 이야기는 거의 영국이 싫어하는 존재가 아니라 되게 좋은 존재, 대부분. 왜냐하면 홍콩은 옛날에는 그냥 어촌인데 이제 지금은 되게 유명하고 그 지도에서도 보지 못한 그런 도시인데 이제 크게 성장 만드는 게 영국이거든요. 그 영국이 홍콩을 식민을 해가지고 이제 무역 도시로 만들어서 크게 성장할 수 있는 사람들, 만드는 사람들 영국이기 때문에. 그래서 지금도 영국을 약간 옛날 사람한테는 그리운 존재?

특히 구십칠 년도 금융사건* 있잖아요. 그게 만드는데 그전에 돈이 있는 사람들이 거의 영국으로 갔어요. 영국으로 가고 영국 사람으로 됐어요. 여권도 홍콩에서 BNO**라는 여권이 있는데 그 여권은 약간 영국 여권으로 볼 수 있는 그런 여권이었어요. 약간 정식으로 영국에서 국민 자격이 아니었지만 그래도 영국에서 인정하는 우리 편 사람이다, 약간 그런 느낌. 식민지 사람들이 받을 수 있는 여권인데. [조사자 2: 아 영국에서 그런 여권을 줘요?] 네. 구십칠 년도 전에 발급을 많이 해요.

근데 지금은 중국 땅이기 때문에 주권은 중국한테 넘어서 그래서 발급 안 하고 이제 연장할 수 있죠. [조사자 2: 아 새로 발급은 안 해주고?] 네 그래서 구십칠 년도 이전에 태어나는 사람. 저도 사실 받을 수 있는 사람들이 거의 다 받았어요. 왜냐하면 사실이지만 그 예전에 사람들이 중국에 안 믿어서, 공산당이기 때문에 안 믿어서 그래서 많이 받아요.

그리고 구십칠 년 이후에 중국한테 돌아왔잖아요. 근데 그때 중국은 되게 가난하고 그러니까 그래서 뭐 약간, 대한민국이랑 북한 같은 느낌이죠. 그런 느낌이어서 구십칠 년도 사람들이 많이 가고, 막. 그 지금도 약간 돈 많은 사람들도 다 영국 국적이거든요. 홍콩 국적, 중국 국적이 아니라. 다 영국 국적이고 그랬어요.

[조사자 1: 옛날에 중국으로 반환할 때 그때 뉴스 같은 거 많이 봐서 기억이 나요. 거기는 영국의 식민지라는 생각보다는 우리는 영국의 일원이다,

---

● 97년 홍콩반환협정을 잘못 말한 것으로 보임. 홍콩반환협정은 1984년 12월 19일 영국과 중국 간에 체결된 홍콩 반환에 관한 협정으로, 1997년 7월 1일을 기하여 홍콩은 영국식민지가 된 지 155년 만에 중국 영토로 복귀했다.

●● 영국 해외 시민 여권 British National Overseas의 줄임말. 이 여권이 있으면 영국은 물론 유럽연합 등 100개 국가에 비자 없이 입국할 수 있으며 한번 받으면 유효기간이 지나더라도 평생 유효하다. 또 이 여권 소지자는 학업과 직장을 위해 영국에 자유롭게 거주할 수 있다. 97년 7월 홍콩이 중국에 반환되면서 홍콩 여권(SAR)이 새로 발급됐다.

이런 생각을 가진 사람들이.] 어 맞아요. 맞아요. [조사자 1: 또 일본 사람들은 막 무지막지하게 저기 하는데 영국 사람들은] 되게 틀려요. [조사자 1: 조금 신사적이니까.] 틀려요. 영국에서 홍콩을 약간 키우는 느낌인데 일본은 약간 [조사자 1: 뺏어가는] 뺏어가는,

"너 죽어라."

그런 느낌. 약간,

"니 꺼는 내 꺼다."

막 일본은 그런 느낌인데 영국은 약간,

"너는 우리한테 속하지만 니네 꺼는 니네 꺼다."

약간 너는 그냥 도와주는. 왜냐하면 너를 도와주면은 나한테 이익이 있기 때문에 그런 느낌인 거 같아요.

[조사자 2: 궁금한 게 왜 유학생 대부분이 내륙, 중국 본토 친구들이 많잖아요. 어때요? 불편해요?] 이런 얘기 안 나오면은. [조사자 2: 당연히 안 하지 이런 얘기.] 안 나오면 안 불편해요. 그냥 뭐 안 불편해요.

근데 가끔씩은 외국인처럼 보여요. [조사자 2: 아, 그 친구들이.] 왜냐하면 말이 안 통하기 때문에. [조사자 1: 그 북경어랑 말이 안 통해서.] [조사자 2: 전혀, 전혀 의사소통이 안 돼요? 그쪽 언어랑?] 전혀. 전혀 안 돼요. 그러니까. [조사자 2: 난 그렇게 생각했거든 우리나라가 서울 표준어가 있고 지방 방언이 있으면 알아듣거든. 의사소통하는데 그런 게 아니에요?] 근데 광동어는 약간 제주도 말, 제주 방언. [조사자 2: 어 확 와 닿네.] 그런 느낌이어서 그래서 그런 거예요.

그래서 우리가 홍콩에서 그 정책가 있는데, '양문삼어(兩文三語)'라는 정책이고 양문은 중문이랑 영문, 그래서 한자 같은 거랑 홍콩에서는 중문이면서 번체자랑 광동어는 칭하는데 그 중국 친구들이 대륙 친구들이는 간체자랑 중국어, 푸통어를 중문으로 생각해요. 그래서 방송에서 나가면은 홍콩 사람들이 중문이라고 하면은 우리가 광동어를 생각하는데 대부분 사람들은 중문을 대부분 중국어라고 생각해요. 그 차이가 있어요.

그리고 삼어는 광동어 중국어랑 영어. 그래서 그런 인식이 있잖아요. 홍콩 사람이라면 영어를 무조건 잘한다고. 그런 의식이 있는

데, 왜냐하면, [조사자 2: 진짜 그렇잖아요?] 음 왜냐하면 우리가 강제적으로 영어, 중국어를 배워야 되는데. 근데 배우긴 배웠지만 장기간으로 일상생활에서 영어랑 푸통어를 안 써요. 영어는 쓰긴 해요. 우리가 광동어에서 섞여요, 영어가. 근데 중국어를 아예 안 해요. 아예 안 해요.

그래서 저랑 또래 아이들이 할 수 있는데 중국어 발음을 잘 안돼요. 잘 안 되고 약간 한국인이 하는 느낌. [조사자 2: 그 정도군요.] 그 억양을 되게 강하고 그런 느낌이었어요. 근데 영어는 섞이고 광둥어에서 섞이고 이제 공식적인 언어라고 해서 그래서 영어는 중국어보다 조금 잘하긴 하지만, 또 일상생활에서 많이 안 쓰다 보니까 많이 잘하진, 잘하는 사람 되게 많아요. 근데 뭐 못 하는 사람도 꽤 있어요.

위촌 지역의 홍콩 원주민

● **구연정보**
조사일시 : 2018. 12. 14(금) 오전
조사장소 : 서울시 광진구 화양동
제 보 자 : 채가오 [홍콩, 여, 1993년생, 유학 4년차]
조 사 자 : 신동흔, 오정미, 한상효

● **개요**
홍콩에는 원주민이 살고 있는데, 그들은 자신들만의 지역에서 특별한 세력을 가지고 산다. 원래 홍콩에서는 불꽃놀이를 금지하는데 원주민의 거주지인 위촌에서는 설날 때 불꽃놀이를 하더라도 정부에서 제재하지 않는다.

[조사자 1: 혹시 뭐 또 준비해온 이야기 있는데 못한 거 있는 거 아니에요?] 어 준비된 거는 홍콩의 원주민, 홍콩 원주민들이 약간 원주민에 관한 이야기.

원주민 약간 지금은 살고 있는 대부분이 사람들 빼고 더 원주민 같거든요. 되게 유명한 성씨들이 있는데 이제. 홍콩에서도 약간 한국의 한옥처럼 있는 그런 건물들이 있어요. 어, 흔히 보는, 볼 수 있는 그런 높은 건물들이 아니라 삼층만 있어요. 그리고 그 삼층 자리 건물들이 다 원주민의 건물이에요. 근데 보통은 관광객이거나 뭐 외지 사람들이 왔을 때는 그거는 잘 못 봐요. 왜냐하면 그 건물들이 다 도, 도시 중심 아니라 밖에 있거든요.

그래서 그리고 되게 신기한 게 원주민들이 세력 있는 이미지가 있어요. 그 세력 되게 크고 이제 제일 특이한 거는 약간 대표적인 거는 설날도 있는데 설날 막 불국놀이(불꽃놀이) 있잖아요. 홍콩에서 한 십 몇 년 전 이십 년 전부터 불국놀이(불꽃놀이) 시민들이 놀 수 없어요. 그래서 크게 막 설날 아니면 뭐 축, 국경, 시월 일 일은 중국 막 건국 날이거든요. 그때랑 설날 정월 삼 일 때만 삼 일 아니면 이 일 때만 불국놀이 크게 하거든요. 그 빅토리아 하바(하버)●에 있거든요 그 거기 바다 위에 막 하고 그거만 있어요.

근데 그 원주민들이 설날 때는 자기 원주민 지역 안에 그 불국놀이(불꽃놀이), 폭죽을 할 수 있어요. 약간 법에다가 금지됐는데 근데 그 원주민들이 할 수 있어요. 왜냐하면 세력가 크기 때문에 경찰들이도 약간 쉽게 그 원주민 지역을 안 들어가요.

그 원주민 지역을 우리가 위촌이라고 하는데 위는 돌려사는(둘러싸는) 위(圍), 촌은 마을 촌(村). 그래서 네. 그래요. 대표적인 것. 그러니까 이 원주민들이 지나, 세력, 세력 있다고 생각할 수 있으면 폭죽 타는 거. [조사자 2: 약간 미국에서 보면 인디언 보호지역.] 아, 네 맞아요. [조사자 2: 이런 느낌인 거네요.]

약간 거의 저희 중국, 중원 있잖아요. 옛날에 중원이라고 하는데 중원이 생기기 전에 이미 홍콩에서 원주민가 있대요. 원주민가 있고 계속 거기만 살고 그런 사람도 있어요. 그래서 이제 지금 정부도 옛날에 홍콩 원주민의 땅이 있기 때문에 이제 현대화되고 나서 막 정부 생기고 그렇게 되고 나서 이제 원주민의 약간 보호가 아니라 그냥 위로해 주는 느낌이 있고.

그래서 막 우리가 막 '정권'이라고 해야. 정은 남자 정, 우리가 남정이라고 해요. 그래서 정권이라고 하고. 그 정권이 있으면은 그 땅에서 집을 만들 수 있어요. 그 집은 그 3층짜리 집. 지금도 있어요. 약간 이슈 되는 게 그 정권이 없애야 되나 계속 보유해야 되나 그런 거 있어요. 왜냐하면 약간 세력이 있는데 약간 나쁜 세력이 되는 느낌이 들어가지고. 왜냐하면 땅도 사실 정부의 땅이기 때문에. 그래서 정권을 없앨 수도 있지만 이제 세력들이 커서 없애야 되나 맞나, 그런 이슈가 가끔씩 나와요.

● 빅토리아 항은 홍콩의 구룡(주룽)반도와 홍콩섬 사이에 위치한 항구이다.

홍콩의 명절문화

● **구연정보**

조사일시 : 2018. 12. 14(금) 오전

조사장소 : 서울시 광진구 화양동

제 보 자 : 채가오 [홍콩, 여, 1993년생, 유학 4년차]

조 사 자 : 신동흔, 오정미, 한상효

● **개요**

홍콩에서는 설날 때 빨간색 옷을 입는다. 빨간색을 입으면 재물이나 복이 들어온다. 또 설날 전에 청소를 꼭 한다. 또 정월 첫날에 유자 잎을 끓여 샤워를 한다.

[조사자 1: 뭐 설날 새해 섣달그믐 끝나서 설날 되는데 설날 되기 전에 잠자면 안 된다 그런 이야기는 없어요?] 없어요. 근데 우리 설날 때는 빨간 바지, 빨간 속옷이 입으면은 특히 설날 때 마장(마작) 있잖아요. 홍콩에서 마장(마작)을 많이 해요. 막 살짝 도박하는 것도 있고. [조사자 3: 마작.] 마작. 그리고 뭐 그런 거 있어서 빨간색 옷이 입으면은 약간 기가 있다고 그래서 돈이 많이 이길 수 있어서 그래서 속옷이, 속옷이 빨간색 많이 입어요. 설날 때. [조사자 2: 속옷을 특히나.] [조사자 1: 설날에.] 특히 빨간색 색깔을 좀 많이 입어요. 설날 때는.

그리고 청소 같은 거 무조건 해야 되고, [조사자 2: 설날 때?] 설날 때. 설날 전에 설날 때도 무조건 안 하고 막, 정월 첫날 전에 무슨 나무 잎이가 있거든요. 그 홍콩의 유자 같은 거 있는데 그 유자가 잎이, 잎이 있거든요. 그 잎으로 물을 끓여서 그 끓이는 물로, 샤워를 하면은 약간은 전 한 해의 나쁜 일을 약간 없앨 수 있다. 그런 것도 있어요. [조사자 3: 창포물 비슷한 거.]

위촌 사람들의 음식 분저이

● 구연정보
조사일시 : 2018. 12. 14(금) 오전
조사장소 : 서울시 광진구 화양동
제 보 자 : 채가오 [홍콩, 여, 1993년생, 유학 4년차]
조 사 자 : 신동흔, 오정미, 한상효

● 개요
위촌 지역에는 분저이(盆菜)라는 요리가 있다. 큰 그릇에 담은 요리라는 의미
대로 모듬요리를 말한다. 이 요리는 옛날에 전쟁 당시에 병사들이 먹을 것이
없어서 큰 통에 재료들을 담아 먹은 것에서 유래했다. 분저이는 배추, 당면,
생선, 고기, 해산물 등을 볶아서 층층이 쌓아서 만든다.

[조사자 1: (휴대전화 속의 이미지를 보며) 그 떡은 뭐예요?] 이게 [조
사자 1: 이 밑에는 뭐고?] 아 이게 이거예요. 약간, 위촌 사람들이 먹은
정통 음식.

　약간 위촌 사람들이 옛날 사람들이 원주민 있잖아요. 지금은 위
촌이 되지만. 그 옛날에 전쟁 나갈 때 그 병사들이 홍콩 내려와서 이
제 내려오는 지역에 사람들이 병사를 먹을 거 차리려고 하는데 이제
막 부유하지 않기 때문에 있는 거만 약간 부대찌개 느낌. 약간 있는
거만 어 요리를 해서 이제 병사한테 먹을 거 주려고 하다가 이제 이
건 접시 같은 거 없고, 예전에는 그냥 통으로 먹통으로 넣어서 먹었
는데 이제 뒤에서 발전해가지고 우리가 분저이라고 해요. 분(盆)은
음, 그릇 큰 그릇 그리고 생각하면 되고 저이(菜)는 그냥 요리. 그래
서 큰 통에 담은 요리라고 해서.

이제 본래는 되게 배추, 당면, 뭐 야채, 무, 뭐 생선, 고, 돼지고기 같은 거 넣었는데 이제 갈수록은 설날 막 큰 절, 그럴 때 먹는 음식인 거 같아요. 그리고 이제 갈수록 약간 좋은 식재료도 넣고 전복도 넣고 막 그런 거 굴도 넣고.

[조사자 2: 이름이 뭐예요. 우리는 추석 때 송편, 먹는 떡 이름 있잖아요. 이 떡 이름이 뭐예요?] 분저이라고 해요. [조사자 2: 분저이.] 한자 써 드릴까요? (제보자가 한자로 이름을 적어서 보여주자) [조사자 1: 아 분채구나.] 네. [조사자 1: 분은 그릇 같은 거. 쟁반 같은 거.]

그래서 나중에 되다 보니까 한 층, 한 층 싸서 먹는 음식인데 되게 좋은 음식을 위에 쌓고 그래서 그 그림에 보면은 전복이 다 위에 있어요. [조사자 2: 아 그래서 부대찌개를 얘기한 거구나.] 전복, 뭐 새우, 그런 거 [조사자 3: 뭐 전골 같은] 다 위에 있어요.

[조사자 2: 떡이 아니네. 정확히 따지면.] 네. 떡이 아니고 [조사자 1: 근데 떡처럼 보였어.] 떡이 아니고 색깔이 없어서 그런 거 같은데, [조사자 1: 아 해물.] 네 해물도 넣고 왜냐하면 해변 지역이기 때문에 [조사자 1: 해물이랑 야채랑] 해물 있고.

[조사자 2: 근데 이 분저이를 이제 설날 때 홍콩 사람들은 지금은 다 먹는 정통 음식인 거예요?] 그러니까 뭐 집에서 어르신이 있으면은 그거 가끔씩 먹어요. 그 설날 막. 큰 데가 있으면은 그렇게 먹어요. 특히 막 설날인가 그냥 좋은 일이 있으면 특히 위촌에서는 크게 해요. 행사 막 자기끼리를 하면은 무조건 이거 있어요. 진짜 크게 만들고 막 좋은 식재료 다 넣고. 그렇게 먹어요.

[조사자 2: 찌개처럼 전골처럼 끓이는 거예요? 보니까 국물도 있고.] 약간 볶아서 한 층, 한 층씩 올리는 거 같아요. 찌개가 아니에요. [조사자 2: 찌개가 아니에요.] 볶은 요리. 네.

홍콩의 제사 문화

● **구연정보**
조사일시 : 2018. 12. 14(금) 오전
조사장소 : 서울시 광진구 화양동
제 보 자 : 채가오 [홍콩, 여, 1993년생, 유학 4년차]
조 사 자 : 신동흔, 오정미, 한상효

● **개요**
홍콩에서는 집에 누군가 죽으면 모시고 있는 토지신의 상을 종이 같은 것으로 가려놓는다. 왜냐하면 죽은 사람이 7일 후에 다시 그 집에 돌아오는데, 집 안의 토지신이 있으면 집에 들어올 수 없기 때문이다. 집안 사람들이 화장실을 가거나 움직일 때는 귀신에게 놀라지 말라는 의미에서 먼저 신호를 한다.

홍콩 사람들도 약간 귀신 같은 거 미신한 거 같아요. 막 우리 할머니도 집에서 막 관음, 토지신 그런 거 해요. 왜냐하면 유교, 불교 같은 거 믿으시기 때문에 어르신 요즘은 많이 없어요. 집에서는 근데 어르신들이 그런 거 믿어요. 그런 거 믿어요.

약간 그때 그 신이 홍콩에서 신이 모시고 오면은 약간 보내야 돼요. 다시 무슨 그렇게 함부로 이제 향이 올리고 하는 거뿐만 아니라, 이제 만약에 어 새로 집에 들어오고 이제 토지신을 모셔왔잖아요. 토지신 모셔오고 그다음에 이사 갈 때는 함부로 이사 가거나 그 토지신 움직이면 안 된대요. 이제 또 막 그 신한테 이제 우리가 갈 것이다. 그런 의미로 보내야 돼요. 그래서 보내면은 이제 빨간색 그런 종기(종이)로 위에 감싸고, 그런 식으로 해요.

만약에 신, 모시는 집 있잖아요. 토지신 같은 데 그럼 그런 집에서 누군가 돌아가시거나 돌아가시면은 그 뭐 7일 이후에 다시 그 영혼이 그 집이 돌아오고 그다음에 저승으로 가는 이야기 있는데 그러면은 그 집에서 그 상이 약간 가려야 돼요. 안 가리면은 그 영혼 들어올 수 없대요. 그런 이야기도 있고.

[조사자 2: 상을 가려요? 그게 무슨 말이에요?] 그 종이로 만약에 상(像)이 여기 있잖아요. 문 앞에서, [조사자 1: 신상을?] 네 토지신 같은 거. 그다음에 그 종이로 이렇게 가려서 그다음에 그 영혼이 들어갈 수 있게끔. 왜냐하면 토지신은 자기 집을 보호하기 때문에 귀신 같은 거 막 막으잖아요. 자기 그 돌아가신 가족도 이제 귀신이 돼 버렸기 때문에 못 들어오게 하는 그런 거라서 [조사자 1: 조상 제사 지내는 날도 다 가리는.] 네.

그리고 뭐 7일이 되면은 집에서 그 가족의 그냥 일반 먹은 그 상을 올려요. 음식 같은 거 올려서 왜냐 진짜 마지막 한 끼처럼 이렇게 모시고 그다음에, 다음 날에 버려요. 그리고 그달에 뭐 그 영혼이 다시 오잖아요. 그러면은 그 가족들이 만약에 갑자기 일어나서 화장실을 가려고 하면은 그 무슨 펜이거나 젓가락이든 그런 거 막 바닥에 올리면은 약간 그 가족한테,

"이제 일어났다. 놀리지 말라."

그런,

"깜짝 놀래지 마라."

그런,

"안 가도 된다."

그런 의미로 그런 것도 있어요.

나쁜 사람을 물리치는 주술 타소인

● **구연정보**

조사일시 : 2018. 12. 14(금) 오전

조사장소 : 서울시 광진구 화양동

제 보 자 : 채가오 [홍콩, 여, 1993년생, 유학 4년차]

조 사 자 : 신동흔, 오정미, 한상효

● **개요**

홍콩에는 타소인이라는 문화가 있는데 타소인은 소인(小人) 곧 나쁜 사람을 퇴치하는 주술이다. 다리 아래에 가면 '파이산파어'라는 할머니가 있는데, 할머니에게 소인의 이름을 적은 종이나 인형 모형을 주면 할머니가 신발로 그 물건을 때려서 소인을 퇴치한다. 또는 종이호랑이에게 돼지고기를 묻혀 먹이는 행위를 상징적으로 한 후 소인의 종이를 종이호랑이의 입에 넣고 불태운 후 쌀이나 콩을 뿌린다.

그리고 또 홍콩의 약간 되게 특별한 그런 문화 이야기가 있는데 우리가 타소인(打小人)라고 해요. 타소인. [조사자 1: 타소인.] 소인은 그 나쁜 사람. 자기한테 막 뒤에서 뒷얘기를 하는, 네 타소인.

그게 약간 옛날에 홍콩에서 무술(巫術)이라고 해요. 무술인데 그 뭐지. 보통 홍콩에서는 일 년 내내 할 수 있는 거예요. 되게 유명한 데는 코스웨이 베이 Causeway Bay●라는 그 구가 있는데 코스웨이 베이에서 아경 다리라는 다리 있는데 밑에서 할머니들이 그거 해줘요.

어떻게 해주느냐면 그 이렇게 생기는데 벽돌에다가 그 인형 모

● 코즈웨이베이(Causeway Bay)는 홍콩섬에 있는 상업지구이다.

양을 그려서라는 종이에다가. 그 예를 들어가서 하면은 제가 그 할머니한테 그 소인의 이름 얘기하고, 아 제 이름을 얘기하고 그다음에 그 소인에 대해 어떤 짓을 퇴치하려고 하면은 할머니한테 이야기해주면은 그 신었던 신발을 그 할머니가 계속 타요. 타고 막,

"소인을 퇴치하라. 막 물러가라."

[조사자 2: 신었던 신발을.] 그 인형 모양을 때려요. 때리다가 그 종이가 그 돼지고기에 묻어서 돼지고기 맞나, 이제 물러가고 다음에 아 그리고 그 향으로 그 종이를 살짝 불태우고.

그다음에 막 귀인보접이라는 게 저는 이렇게 묻어다가 막 귀인을 오라 그런 느낌이 있고. 그다음에 종이호랑이도 있어요. 종이호랑이 돼지고기 위에 살짝 묻고 막, 돼지고기로 그 호랑이가 뭐지, 먹고서 다음에 힘이 생기게 하고. 그다음에 그 소인의 종이를 그 종이호랑이의 입에 넣고 그리고 그 귀인보접이랑 같이 불태워서 그다음에 쌀이랑 콩을 뿌리고 그렇게 소인을 보내는 그런 거 있어요.

[조사자 1: 약간 주술이네요. 주술.] 네. 이게 막 홍콩 영화에서도 많이 나와요. 되게 재미있어요. [조사자 1: 타소인 할 때 타 자가 칠 타(打) 자예요?] 네. 맞아요. [조사자 2: 그 '타'한다고.] 네. [조사자 1: 거기다 각자 자기가 자기를 괴롭히는 싫어하는 사람 이름을 거기다가 그림으로 그려놓고서.] 그래서 만약에, 만약에 소인이 그 자기가 뒷담화 하면은 그 할머니가,

"소인의 입을 때려라."

막 그런 거 있어요.

[조사자 2: 아까 신발 이야기는 왜 한 거예요?] [조사자 1: 그 신발로 때린다고.] 신었던 신발로. 막 운동화도 있고 힐도 있고 어쨌든 신었던 신발. 더럽기 때문에 그래서. [조사자 1: 재밌네.] 그

"소인의 입을 때려라."

"다리 때려라."

막 그런 거 있어요.

[조사자 2: 험담하는 사람 입을 때리고 그리고 보면 막 손찌검하는 사람의 손을 막 때리고.] 아 맞아요. [조사자 1: 그렇게 해가지고 그걸 못하

게 방비를 하는 거겠지요?] 영화에서도 많이 나와요. [조사자 1: 그게 유 감 주술이라고 인제 비슷하게 그림을 비슷하게 그려놓고 그 예전에 제웅하 는 거.] [조사자 2: 네 그렇죠.] 네.

[조사자 2: 근데 궁금한 건 이 할머니들은 직업인 거예요? 직업적으 로?] 예전에는 직업이 아닌데 요즘에 직업처럼 돼버렸어요. [조사자 2: 지금도 다리 밑에 가면 지금도 할머니들이 직업적으로 돈을 받고 이런 일들을 해주세요?] 아주 오래전에, 오래전부터 있는.

[조사자 2: 그럼 홍콩어로 이런 할머니들을 뭐라고 불러요?] 바이산 퍼어. [조사자 2: 빠이산?] 빠이산퍼허 [조사자 1: 퍼는 파(婆)? 노파할 때 파일까?] 네 여자 파인 거예요. [조사자 3: 한자로 어떻게 돼요?] [조사자 1: 노파할 때 파? 물결 파 밑에 계집 녀. 전체를 다 한자로 써줘 볼래요?] (제보자가 종이에 한자를 적어서 보여주며) 이 파는 약간 할머니 느 낌 여자, 할머니, 부인 그런. [조사자 2: 아예 신(神) 자가 들어가는구나. 이 산이 신 자에서 나온 말이군요.] 네. 그래서 옆에 막 신, 그 상이 있잖 아요. [조사자 1: 그러니까.] 약간 제사하는 느낌. [조사자 1: 신을 모시 니까 절할 때. 신을 청해서 모시고 또 잡신들은 쫓아내고.]

[조사자 2: 우리는 무당, 그 무속신화 하면서 얘기했잖아요. 이분들은 미래를 예언하거나 그런 거는 아닌 거죠? 그냥.] 아니에요. [조사자 2: 오 케이, 딱 요 일만. 멋있다.] 일만 하는. 예전에는 유행했을 때 진짜 거기 막 사람들 꽉 차서 그렇게 하려고 많이 해요. 그분들이 해주는 것도 있고. 자기가 할 수 있는 것도 있어요. [조사자 1: 자기가 직접] [조사자 2: 직접 하면 더 좋겠다.] [조사자 1: 신 바닥으로 막 때려.] [조사자 2: 신발 로. 그 재밌다.] 자기 신발로.

그 예전에는 그냥 어르신들이 하는 건데 뭐 갈수록 어린 친구들 이도 가서 하는 거 있어요. 되게 비싼 거 아니래요. 만원 이내, 할 수 있는. [조사자 2: 친구들이 헤어진 남자친구.] 그런 거. [조사자 2: 그런 거 있겠네요. 재밌네.] 재밌어요. [조사자 1: 해봤어요? 본인도?] 저는 안 해 봤어요. [조사자 2: 안 해봤어요.] 되게 멀어요. 우리 집이랑 되게 멀고, 그리고 막 그런 신 같은 거 제가 잘 안 믿어서.

[조사자 2: 하나 또 질문이 빠이산파어 할머니들은 항상 다리 밑에 계

세요?] 네. 그런 거 같아요. 제가 알기로는. 무슨 정부에서도 약간 허가증, 허가증 같은, 같은 거도 주고 그래서 왜냐하면 홍콩에서 길거리에다가 무슨 사업하거나 행사하는 거나 다 신청해야 돼요. 그래서 예를 들어 포장마차 같은 거도 있잖아요. 홍콩에서도 허락하지 않아요. 길거리에다가 그래서 이런 거 하면 또 나중에 허가증도 생겨서, 이제 이 빠이산퍼어 할머니들이도 막 허가증도 생겨서, 이제 그 다리 밑에나. [조사자 1: 잘 안 보이는 데에서.]

다리 밑에 하는 듯이는 거기 막 음기 막 양기 음기 그런 게 있잖아요. 음기에 되게 세서 그래서 잘 된다는 그런 거 있어요. [조사자 2: 이 이유가 딱 그 이유 같아요. 음기가.] 또 여자가 음이잖아요. 남자가 양인데. 그래서 할머니가 다리 밑에 더 세죠, 힘이.

[조사자 2: 그 현재에조차도 다리 밑에서 이뤄지는 거죠?] 네. 홍콩에서는 약간 전통적인 그런 거를 되게 믿는 거 같아요. [조사자 2: 어디 빌딩에 임대받아서 이런 거 하는 거 아니고 다리 밑에서, 이게 중요할 거 같아요.]

뭐 임대 같은 거나 새집 들어갈 때 막 향을 태워서 그런 거도 해요. 홍콩에서는.

대만

대만의 설날 음식

● **구연정보**

조사일시 : 2017. 12. 23(토) 오후
조사장소 : 강원도 춘천시 효자동 강원대학교 스토리텔링 학과사무실
제 보 자 : 사의진 [대만, 여, 1989년생, 유학 3년차]
조 사 자 : 박현숙, 김민수, 김자혜

● **개요**

대만에서는 설날에 연까오라는 떡을 먹는다. 연은 해(年), 까오는 떡을 의미한
다. 떡은 단맛 짠맛 등 여러 종류가 있다. 니엔까오(年高)와 발음이 같아서 해
마다 높은 자리에 올라가기를 바라는 뜻을 담고 있다. 또 생선튀김을 먹는데
'남다'라는 발음과 유사해서 풍요를 기원하는 의미가 담겨 있다.

[조사자 1: 대만에는 명절에 뭐 제일 큰 명절이 뭐예요?] 설날이요.
[조사자 1: 설날이 제일 커요?] 네.

[조사자 1: 그럼 설날에 하는 놀이나 꼭 먹는 음식이나 그런 게 어떤 게
있어요?] 먹는 음식? 떡, 떡 먹어요. [조사자 1: 떡 먹어요?] 네. 근데 한
국처럼 하얗고 그런 떡이 아니고 약간 단, 단맛으로 만든 떡도 있고
짠맛으로 만든 떡도 있어요. 무나 무. 그리고 단맛은 어떤 걸로 만드
는 건지는 잘 모르겠지만. [조사자 1: 꼭 그 명절에 그 떡을 올려야 되는
거예요?] 네. [조사자 1: 그걸 먹는 이유가 있어요?] 왜냐면 그 떡은 연까
오(年糕)이라고 해요. '연'은 해(年)라는 뜻이에요. '까오'는 떡. 근데
음, 그 발음을 해마다 더 높은 자리를 올라갈 수 있다는 그런 발음이
랑* 비슷해서.

● 연까오(年糕)는 점점 발전하는 한해라는 의미를 지닌 니엔까오(年高)와 발음이 유사
하다.

그리고 또 생선, 생선을 먹어요. [조사자 1: 생선 먹어요? 어떤 생선이요?] 네, 튀김. [조사자 1: 튀김?] 네. 생선의 그 위라는 발음은 남다는 발음이랑 똑같아서 그냥 '매일매일 먹어도 남을 것이다'라는 뜻이에요. [조사자 1: '남는다' 그런 뜻이에요.]

[조사자 2: (휴대폰으로 사진을 보여주며) 이런 거예요?] (사진을 보고) 아니요. 이건 쫑쯔(粽子)**. 그거 시험 볼 때 먹는 거예요. [조사자 1: 그래요? 시험 볼 때 붙으라고? 우리 찹쌀떡 먹는 것처럼?] 네네. [조사자 1: 그럼 연까오(와) 생선튀김은 꼭 먹는다는 거죠? 명절에.] 네.

[조사자 1: 그럼 따로 하는 놀이 같은 건 없고?] 놀이요? [조사자 1: 민속놀이 같은 건 없어요?] 민속? 요즘 잘 안 놀아요. 근데 그거 약간 안 좋은 (웃음) 건데. 마작? [조사자 1: 마작!] 네. 그거 해요. (웃음) [조사자 1: 그거야 뭐 우리도 화투 놀이 하는데요. 가족들이 모이면 하는 거잖아.]

[조사자 1: 먹는 건 만두 같은 경우는 중국은 꼭 먹잖아요. 대만에서는 그러지는 않아요?] 만두는 설, 꼭 어느 날에 먹는 거 아니에요. [조사자 1: 아니고, 그냥 수시로 누가 오면 해서 먹어요?] 아, 그거 만드는 게 좀 어려워서. 그냥 사서 먹어요. (웃음) [조사자 1: 그게 제일 현명한 방법이다.]

●● 쟈오수(角黍), 통쫑(筒粽)이라고도 부르는 중국 단오절의 전통음식이다.

중국

불상과 절에 관한 문화

● **구연정보**

조사일시 : 2018. 12. 11(화) 오후

조사장소 : 서울시 광진구 화양동

제 보 자 : 조림 [중국, 여, 1992년생, 유학 3년차]

조 사 자 : 신동훈, 오정미, 박현숙, 엄희수

● **개요**

중국에서는 불상과 절에 관한 여러 금기가 있다. 불상 앞에서 사람이 사진을 찍어도 안 되고 불상을 찍어서도 안 된다. 절에 아이를 데리고 가도 안 된다. 스님이 아이가 마음에 들면 아이의 영혼을 절에 남겨두기 때문이다.

그런데 절에 관한 거면 특히 중국에는 저는 다른 지역은 어떤지는 잘 모르겠는데, 절에 가면 일단 그 불상 같은 거기서 사진을 찍으면 안 된다는 그런 게 있어요. [조사자 2: 절에 가면?] 네. [조사자 2: 불상을 찍으면 안 된다?] 특히 불상과 같이 뭐 이렇게 세배 같은 거 하고 있으면 찍으면 절대 안 된다고.

[조사자 3: 근데 왜 안 된다고 그러는 거예요?] 모르겠어요. 뭐 물어보는 것 자체도 민감하고 좀 금기이고 그럴 수도 있고 해서 그래서 교수님 카카오톡에 그 사진 보고 오, 저도 약간. [조사자 2: 아, 옛날에 태국 가서 찍었던 사진?] 네.

아, 그게 사리가 사리에 관해서 사리는 약간 옛날 그 청나라 시대 뭐 그 첩들이 나중에 시어머니 생신에 가서 이렇게 선물로 드리는 건데 거기 뭐 사리가 나왔다고 선물에서 사리가 나왔다면. [조사자 2: 사리?] 네. [조사자 1: 사람들 몸에서 나오는.] 네. [조사자 2: 아 사

125

리.] 네. 사리. 그게 국수사리 아니에요. (웃음) [조사자 2: 스님들 사리, 아아 뭔지 알았어요.] 네. 교수님이 얘기하셔서 그냥 그 사리일 거라 고. (웃음)

[조사자 2: 그 얘기 갑자기 왜 하는 거예요? 시어머니?] 그러니까 황 제의 엄마가 시어머니가 되잖아요. 그 첩들한테 [조사자 3: 후궁들한 테] 네, 네. [조사자 2: 그렇죠.] 후궁에서 특히 그 후궁들 싸움이 굉장 히 심했는데 거기에서 한 사람이라도 잘 보이려고 그렇게 싸우는 그 런 보이지 않는 그런 싸움이 있는데 그게 실제로는 남자들이 전쟁을 하러 가는 그런 싸움보다는 진짜 더. [조사자 3: 더 치열하지] 더 심한 거 같아요. 그래서 그런 드라마 되게 많이 나왔어요. 전국에.

[조사자 2: 그런데 갑자기 이 얘기 왜 한 거야?] 그러니까 사리에 관 해서요. [조사자 2: 사리 이야기가 나와서] [조사자 3: 아까 부처 그 앞에서 사진 찍으면 안 된다고 하는 거야.] 그래서 사리를 가지고 오는 그 후궁 이면 불심이랑 굉장히 인연이 있다. 그럼 나와도 인연이 있겠다. 그 렇게 생각하고 나서 굉장히 뭐 잘 보일 수도 있고. [조사자 3: 그렇게 잘 보는구나, 그걸!] 네 그걸 사리 찾은 사람이 굉장히 힘보다 뭐 굉장 히 힘이,

'불교와는 인연이 있어서 얘한테만 간 거다. 얘한테만 찾을 수 있게 이렇게 된 거다.'

그렇게 인식하고 있는 것 같아요.

[조사자 2: 어쨌건 중국 사람들은 부처님 불상 옆에서 사진을 찍지 않 는다는 거네요. 어쨌건. 그렇죠?] 네, 그리고 뭐. [조사자 1: 부처님이랑 사 람이 같이 있는 사진이 안 된다는 거죠?] 특히 브이자 하고 이렇게 찍은 사람들 네 그런 사람들이 (웃음) [조사자 3: 경건한 곳인데.] 네!

[조사자 2: 그럼 질문, 그냥 불상 사진 자체는 상관이 없어요?] 그것도 안 될 거예요. 그 사진 자체를 남기지 않는다고 그래서. [조사자 4: 그 리고 그 절하고 있는 사람도 찍으면 안 되고?] [조사자 2: 그건 절대 안 될 거고.] 그러니까 본인이 절하는 거 다른 사람 시켜서 찍는 것 도 안 되고 일단은 거기서 사진 같은 거 일체 금지. [조사자 2: 아예 그러니 까 불상 자체를 어떤 식으로든 사진 찍으면 안 되는 거네요?] 카메라 금지.

그게 있으면 안 된다고 해서.

그러니까 일부 좀 무식한진 모르겠는데, 남자들이 약간 조금. 그러니까 딱 하지는 말라고 그러는데,

"해도 괜찮다. 내가 해볼까?"

그런 사람들이 있잖아요. 그래서 그 불신이 위에 있는데 하필이면 그 아래 가서,

"야! 내가 불신 이렇게 받들고 있다."고.

굉장히 손을 높이 들고 다리 이렇게 서고 뭐 굉장히 힘 있는 모습으로 그렇게 찍는 사람들도 있었어요. 그런데 거기에 금기나 상식에 대해 아는 사람은,

"저건 진짜 조금 이게 잘못된 건데." (웃음)

[조사자 2: 재밌다.]

그런데 들어가는 순서가 문이 3개가 있다는데 들어갈 때 이렇게 들어가는지 이렇게 나오는지 그것도 순서가 있고 문턱이 이렇게 약간 두께가 이정도 되고 이렇게 높은 건데, 그 위로 밟으면 절대 안 되는 거예요. [조사자 2: 그렇지 문지방 밟으면 안 되고.] 하필이면 그런 사람 있어요. (웃음)

[조사자 1: 일종의 신성이니까, 함부로 그렇게 하면.] 특히 아기들은 약간 걸음마를 타고나서 그런 아기들 엄마들이 데리고 들어가면 손을 이렇게 잡고 하필이면 그걸 밟고 올라가거든요. 밟고 들어가고 밟고 내려오고 하고. 그런데 특히 그런 데서 약간 좀 상식이 있는 사람인지 상식이 있는 사람과 없는 사람의 차이가 굉장히 커요. 거기에 제가 진짜 되게 웃기는 얘기가 많아서,

"상식을 모르면 진짜 저게 못 배운 사람이 저렇게 한다."고. (웃음)

[조사자 3: 잘 알고 가야 되겠네.]

아, 그리고 그 절간에만 그런 게 아니고 그런 걸 비슷한 걸 본 것도 약간 좀. 어린 애들이, 특히 어린 애들을 데리고 가는 건 금기라고 했어요. [조사자 2: 어디에?] [조사자 3: 절에.] 그 절에. 그러니까 애기가 마음에 들면 그 스님이 영혼을 남겨둔다 이런 것도 있고 해서.

그래서 저도 어렸을 때 엄마 친구분이 그 굉장히 큰 절인데 그

근처에 사는 친구가 있었는데,

"애는 보이지 말라."고.

그러니까 스님이나 안에 뭐 동승은, 동승은 약간 좀 아직 어린 애들을 가리키는 말이에요. 그런 사람들이 애가 마음에 들면 아니면 영혼 같은 게 필요해서 이렇게 남겨두고 간다. 그러고 애가 나중에 절에 가고 나면 잘못되는 경우가 굉장히 많고. 근데 그게 종류가 되게 많거든요. 그러니까 뭐 지혜의 풀이다 무슨 풀, 무슨 풀 했는데.

하필이면 엄마 친구분이 그 애가 공부를 굉장히 못했어요. 너무 못해서 엄마가 나중에 좀 어떤 정도냐면, 한국에서 수능처럼 중국에서 대학 입시가 있는데 굉장히 어려운 시험인데 그걸 보는 해에 가서 엄마가 굉장히 절을 했대요. 굉장히 절을 하는데 그날 마침, [조사자 3: 애가 왔어?] 아니요. 애가 간 건 아니고 애는 물론 장난이 심해서 안 따라갈 거고. 그날은 지혜의 뭐 불만 거기만 문이 닫혀있었다 했는데 그래도 신성한 마음에,

'아 제발 좀 대학 좀 붙었으면 좋겠다.'고.

[조사자 3: 닫혔는데.] 닫힌 앞에서 굉장히 절을 했대요. [조사자 2: 그 아이 운명이네.] [조사자 3: 엄마의 간절함이지.]

거기 안에서, 불교는 일단 고기류를 절대 섭취 안 하잖아요. 옛날에 친구랑 놀러 갔는데 저도 오징어구이 같은 걸 가져가서 굉장히 미안했어요. 그러니까 이런 걸 갖고 가도 되는지. 그래서 고양이가 지나가는 것도 거기 고양이는 사람을 안 무서워하는 것 같아요. 사람이 앉아서 뭐 음식물을 섭취하고 있으면 막 의자 위에 뛰어 올라가서 기다리거나 그러면 먹이를 주기 마련이잖아요. 특히 그런 데서는 쫓아버리지도 않고.

[조사자 3: 그러면 중국에서도 고기를 먹으면 안 되는 걸로 되어있어요? 스님이?] 그런 것 같아요. [조사자 3: 왜냐면 미얀마에서는 고기는 먹어도 상관은 없는데 대신에 저녁 시간에 식사를 안 하고 그런 것도 규칙이 있더라구요. 불교가 지역 국가마다 다른 것 같아.]

저는 이모할머니가 그 불교를 믿기 시작하면서 그러니까 설이나 되면 집에 물고기 요리를 하는데 그 산 물고기를 죽이지 않는다고

뭐 살생하지 않고. [조사자 3: 살생.] 아 살생인데 그걸 절대 하면 안 된다고. 네 그런데 절간에 들어가는 그런 진짜 스님은 먹으면 안 된다고 그게 약간 금지령처럼 그렇게 있어요.

중국의 설 문화

● 구연정보
조사일시 : 2017. 03. 19(일) 오후
조사장소 : 부산시 진구 서면
제 보 자 : 권경숙 [중국(한국계), 여, 1981년생, 결혼이주 10년차]
조 사 자 : 조홍윤, 황승업, 김자혜

● 개요
설날이 되면 중국은 마을이 온통 빨간색으로 치장된다. 모든 집 대문에는 빨
간 종이에 '입춘대길(立春大吉)'을 써서 붙이고, 붉은색 등롱을 거리 곳곳에
건다. 그리고 '추시(제석, 除夕)'라는 괴물을 물리치기 위해 폭죽을 터트리며,
만두를 해서 나눠 먹는다.

갑자기 중국의 설 쇨 때, 완전 빨간색이에요. [조사자: 옷이요?] 옷
이 보다는 [조사자: 치장하는 것도 그렇고?] 도시 자체가 빨간 색깔이에
요. 그러니까 어, 문 위에 입춘대걸, '입춘대길' 뭐 이런 거 있잖아요.
설인데 설 되어서 맞춘 것 있고요, 위에 하나 있고, 양쪽에 두 개. 이
렇게 문에다 다 붙여요. 집집마다 붙여요. 그것도 다 빨간 색깔이고.
검정색 붓으로 쓰는 그 엄청 좋은 말들이 적혀있어요. 그리고 문 앞
에는 그, 아우, 까먹.

아마 차이나 축제에서 많이 봤을 거예요. '떵롱(등롱, 燈籠)'. [조
사자: 떵롱?] 떵롱, 빨간색. [조사자: 득롱?] 그, 그 뭐죠? 아니요. 불 하
나 있고 이렇게 종이로 빨간색으로 하는 거 있잖아요. 그거 떵롱. 네,
그거 축제할 때 요기 중, 차이나타운 축제도 그 많이 거리마다 걸어
놓잖아요. 그러면 설 쇨 때도 그 분위기예요. 그런데 위에다 많이 걸

지 않고.

그 기차 타고 딱 한 번 어느 때 집에 갔는데, 설 되면 중국 사람들 다 집에 가잖아요. 기차 타고 집에 가는데, 산속에 갔어요. 산속으로 동굴 들어가잖아요. 밤이에요. 와, 너무 아름다웠어요. 산에 가는데, 다 빨간 떵롱. 크거든요. 그거를 가는데 산에 집이 있는 것도 아닌데, 다 빨간 색깔이에요. 엄청 예뻤어요. 그거를 머릿속에 많이 기억 남거든요. 도시에서는 또 집집마다 다 걸어놓기 때문에 밤이 되면, 불 켜면 그것도 빨간색, 문 앞에도 빨간색 폭죽 터뜨리고, 설 쇠는 분위기.

[조사자: 설에 가면은 아주 야경이 엄청 예쁘겠네요?] 아, 네. 산속에도 그렇고요.

그리고 그 중국인은 설날에 음력으로 1월 1일이 아니고요. 음력으로 2월, 12월 30일, 31일 마지막 날에, 1월 1일 전날에 '추시'라고 하거든요. [조사자: 추시?] 추시. 추시가 옛날에 괴물이었어요. 괴물 이름이에요. 그런 어떤 괴물 이름이 추시거든요. 추시가 그 중국의 왜 폭죽을, 12시 되면 폭죽을 11시에서 12시 즈음에 폭죽을 터뜨리거든요. 그 폭죽 터뜨린 거를 이 추시라는 괴물을 쫓아내기 위해서, 이 추시라는 괴물이 소리를 무서워해요. 그러니까 한 집만 폭죽을 터뜨리면, 안 무서워하잖아요. 그런데 집집마다 온 동네에 다 폭죽을 터뜨리면 이 괴물이 못 오는 거예요. 그러니까 우리 마을을 지키는 거, 그 행사거든요. 그런데 그 후에는 그 설에 그게 내려왔거든요. 그러니까 추시라는 괴물. 그 추시는, 무조건 12시는 만두 먹고요. 만두. 물만두 만들어서 먹고, 그리고 폭죽을 터뜨리는 것은 추시라는 괴물을 쫓아내기 위해서 하는 거예요.

[조사자: 그러면 추시라는 괴물은 어떻게 생겼는지?] 어떻게 생겼는지도 모르겠어요. 그냥 그렇게 이름이 그날, 그날 저녁도 '추시 밤'이라고 하고, 그러니까 이 괴물을 없애치우는 날. [조사자: 그렇게 해가지고 이제 안전하게 새해를 맞는다?] 응, 응.

"새해를 맞는다."

네, 그런 뜻으로. [조사자: 약간 도깨비 같은 거네요?] 네, 아마 도깨비 같은 거. 정확하게는 어떻게 그림을 본 적은 없어요. 그냥 이야기만 글자만 봤어요. 그림은 없었어요.

(잠시 조사자와 청중 간에 도깨비에 관한 대화가 이루어지며 구연이 중단됨.)

그런데 그 분위기가 지금 그립네요. 한국은 제가 제일 싫어하는 게 설이에요. 설 쇠는 분위기가 없잖아요. 중국은 폭죽 터뜨리고, 만두 먹고. 12시 되면 무조건 먹어요. 상에 맛있는 거 물, 그러니까 어, 물고기, 돼지고기, 어, 술하고 야채하고 네 가지 다 있어야 해요. 그래서 어,

'내년에 풍성하게 원하는 거 다 먹고 산다, 오늘 저녁에 이 가짓수로.'

각각 다 먹어야 된대요. 그래서 그거를 먹고. 그리고 뭐 마작 치고 화투 치고 뭐 포커 치고 하여간 놀이를 하죠, 식구들이.

[조사자: 한국에도 원래 예전에는 설날 시간에 온 동네 사람들이 다 같이 나눠먹고, 그렇게 그런 축제 분위기가 있었거든요.] 그런데 지금은 너무 조용하고. [조사자: 요즘에는 공동체가 다 없어져가지고.] 제사, 차례 하면 하고 서로 헤어지고. 큰집에 가더라도 뭐. 딱 한 번 10년 전 갔는데, 딱 한 번 윷놀이해서 재미있었는데, 딱 한 번.

[조사자: 저 어렸을 때는 그냥 동네 어른들한테 가서 세배하고, 얻어먹고, 용돈 받고 막 그랬었어요.] 음. [조사자: 요즘에는 그렇게 안 해가지고 좀 그렇지만.]

중국 지역별 음식문화

● **구연정보**

조사일시 : 2017. 11. 08(수) 오전
조사장소 : 서울시 강북구 수유동
제 보 자 : 동순옥 [중국(한국계), 여, 1971년생, 결혼이주 20년차]
조 사 자 : 박현숙

● **개요**

산둥 지역은 쌀이 생산되지 않기 때문에 주식이 밀가루이고 주로 밀가루 음식이 많다. 어떤 지역에는 안남미를 먹기도 한다. 북쪽 지역은 날씨가 추워서 장아찌 같은 짠 저장 음식과 가을볕에 말린 재료로 만든 음식이 많고 대파김치가 있다. 김치는 땅을 파서 항아리를 묻고 저장하면 얼지 않는다. 가을에서 겨울로 넘어가는 환절기에 사망자가 많다. 반면, 남쪽 지역은 따뜻하여 겨울에도 반팔을 입고 다닌다. 사람들이 땀을 많이 흘려서 단 음식이 많다. 남방쪽 윈난성 지역은 차 문화가 발달했다. 차는 숙성방식에 따라 이름이 달라지고 사람 수작업이 많을수록 찻값이 더 비싸다. 집에서 쉽게 타 먹을 수 있는 인스턴트 차 제조와 판매도 발달했다. 서쪽 지역은 사막 지역이라 시큼한 음식을 많이 먹고, 동쪽 지역은 습도가 높아서 관절이 좋지 않은 사람이 많고 겨울에는 추위가 매서워 매운 음식을 많이 먹는다.

[조사자: 권화 선생님이 해줄 만한, 아니 동순옥 선생님이 해줄 음식 이야기는 뭐예요?] 음식도 속해요? 속하죠? [조사자: 그럼요 아까 찐만두도 음식 이야기인 걸?] (웃음)

사실 저 음식은 산둥성 사람들이 많이 잘 다뤄요. 산둥 그쪽 지역들은 밀가루 생산지이다 보니 주식으로 좀 밀가루를 많이 먹어요. 그래서 중국 어떤 지역에는 쌀 같은 거 없는 지역이 있어요. 그쪽에는 쌀을 주로 먹지 않고 밀가루를 주로 먹어요.

근데 또 어떤 지역에는 인도 쌀 같은 거, 가느다란 거 그 쪄서 먹는 쌀 [조사자: 그러니까 이렇게 풀풀 흩어지는 쌀.] 어 흩어져요. 쪄도 흐트러지는 쌀. 사실 중국 음식에는 좀 지역마다 따라서 틀려요. 북쪽은 춥다 보니까 겨울에는 생산은 잘 안 되잖아. 그 하우스라 해도 그거 이렇게 보일러 이렇게 전기로 해도 많이 소비되니까 그게 타산이 안 맞으니까 사실 중국은 내수가 하는 거죠. 남쪽에서 들어와서 오는 과정에 어떠냐 하면 얼어요. 그럼 상품값 떨어지죠? 그럼 가격 싸게 팔아요. 그러다 보니까 이게 어떻게 하면 진짜 잘 가져와야 해요.

그래서 북쪽 음식은 옛날에는 그게 운수가 안 되니까 교통 안 될 때는 그때는 이게 사람들 집에서 했어요. 짱아찌, 짱아찌 식으로 많이 했어요. 아니면 가을 되면 말려서, 말려서 우리 어렸을 때는 말린 음식들을 많이 먹었어요. 가지말랭이 무말랭이 (웃음) 이런 거? 네, 대파도 심지어 대파도, [조사자: 말려요?] 어, 아니 대파는 말리는 게 아니라 김치로 만들어요. 대파김치. [조사자: 파김치?] 파김치 대파김치 [조사자: 아 그럼 쪽파가 아니라 대파로 만들어요?] 네네. 대파김치도 맛있어요.

그 당시는 냉장고 없을 때는 우리는 그 지하에다가 굴 같은 거 이렇게 만들어요. 그러면 항아리도 넣고 항아리 같은 거 저기다 넣으면 그러면 그게 저장 온도가 딱 적당해요, 얼지 않고. 지상에 나가면 얼어버리니까. 지하에다 하고 그리고 지하에다 또 모래, 모래 같은 걸로 이렇게 해놔요. 모래 같은 거는 저기 당근, 당근이나 무 이런 거 갖다 집어넣으면 걔가 상하지 않아요. 저장해서 이제 신선해요. 겨울에도. 속이 텅 비거나 그런 건 없어요. 그래서 북쪽에는 항상 음식이 그러다 보니까 음식이 짜요. 음식이 짜.

근데 남쪽에 보면 남쪽은 기후가 따뜻하잖아요. 땀 많이 흘리잖아요. 사실 북쪽은 북쪽에 있는 사람들은 추우니까 가을부터 겨울 계절 그 넘어가는 시기에 사망이 높아요. [조사자: 환절기에?] 네 환절기에. 또 저쪽에는 환절기에 그래서. 그리고 남쪽에는 항상 사계절 따뜻해요. 여름도 뭐 40 몇 도씩 올라가고 낮에는 못 다녀. 걸어 못 다녀. 차로 다녀야 돼요. 그다음 저녁에는 사람들 좀 바글바글 장 보고 다녀요. 그리고 겨울도 20몇 도씩 올라가니까 반팔도 입고 다니고 그래요.

[조사자: 그러면 거기는 음식이] 음식은 달콤해요. 땀 많이 흘리니까 당분 섭취, 당을 음식에는 거기 음식에는 요리해도 당을 많이 넣어요. 그런데 우리는 설탕 생각하잖아? 저는 뻥콰 [조사자: 뻥콰?] 뻥콰라 그래서 얼음 조각 있어요. 아니 그거 설탕 조각 조각설탕을 넣어요. [조사자: 각설탕.] 네, 각설탕 그거 넣어요. 그거 먹으면 닉닉하지 않아요. 그러나 설탕은 닉닉한데 그건 닉닉하지 않아요. 개운해요. [조사자: 그럼 그게 설탕은 아니에요? 다른 재료가 있어요?] 그거는 자세하게는 모르는데 그것도 당 속하는데 하여튼 그 뻥콰 구체적인 차이점은 모르겠어요. 어 그러다 보니까 그 설탕 땀 많이 흘리니까 설탕, 설탕하니까 뻥콰 이런 걸로 해서 차 종류도 그거 많이 넣어요.

저쪽으로 남방 쪽으로 차 문화가 발달했어요. 특히 원난성, 원난 저쪽 기후는 차 밭이 많아요. 우리 말하는 풀 차. 풀 차 그거 사실 [청자: 보이차.] 보이차, 보이차. 그거 원난, 보이 그 지역 이름 딴 거예요. 근데 차도 우리 생각만큼,

'아 차는 그냥 차지.'

차도 여러 종류예요. 저도 몰랐는데 친구가 저쪽에서 차 장사해요. 저녁때마다 물장사 하는데요. 근데 차는 우리 생각에 녹차는 숙성 잠깐 얘는 발효 안 한 거예요. 그냥 숙성만 간단하게 [조사자: 그렇죠, 예예.] 그거는 정성 덜 들어간 거죠? 그거는? 그러니까 이게 손작업 많을수록 찻값이 더 비싸요.

그다음, 어느 정도 발효하면 그건 색깔이 점점 진해져요. 진해지면 그건 홍차가 되는 거예요. 홍차. 그다음 더 진해지면, 더 진해지면 그게 저기 풀 차, 그 종류 그쪽으로 가는 거죠. 커피 색깔 나. 커피 색깔. 그러니까 이게 차이점은 뭐냐 가격 차이가 거기래요. 손으로 많이 한 작업은 당연히 시간과 인건비 많이 들어가니까 그게 그렇게 비싸대요. 근데 녹차는 그냥 쉽게, 쉽게 싸게 나가. [조사자: 그렇죠.] 그러니까 우리 저도 저기, 우리 커피숍에서 마신 녹차 라떼? 남양 우

유도 그거 제작하잖아요. 투자하잖아요. 포장해서 집에서도 타 먹을 수 있는 거. 중국도 그쪽 원난 그쪽도 나이차라는 게 있어요. 나이차. 그거 분유랑 그 홍차, 홍차같이 한 거예요. 그거 대만 있어요. 쌍크어라고 합니다. 쌍크어 [조사자: 쌍크?] 네, 쌍크어. 쌍크어라고 있어요. 네. 대만 쪽에 그게 대만 사실 원난 가까우니까 문화 저쪽이랑 비슷해요.

또 서쪽 지역에는 건조해요. 서쪽은 저쪽은 사막, 사막 그러니까 사막 지역의 그 서자나 개발 좀 안 된 예전, 옌전말. 그래서 저쪽은 좀 이렇게 시큼시큼한 음식을 많이 드세요. [조사자: 시큼한 음식?] 시큼한, 식초 이쪽으로 발달했어요. 시큼시큼한 거 모든 음식, 요리는 다 시큼시큼하게 해요, 저쪽은. 동쪽은 좀 이렇게 동쪽은 저쪽은 닭 모양이잖아.

아마 동쪽으로 봐도 동쪽은 좀 이렇게 습해요. 그리고 겨울에는 그 건조하고 좀 그 추위가 상해 가 보시면 그 추위 아시죠? 뼛속의 그 추위. (웃음) [조사자: 상해까지 가보지는 않았지만, 그 추위는 예상해 볼 수 있어요.] 그 추위가 달라요. 겉은 안 추운데 속이 추워요. [조사자: 아 속이.] 그래서 관절병 쉽게 발생하니까 사람들이 그쪽에는 음식은 매콤하게 많이 드세요. 매운 거. 그래서 동쪽은 음식은 매워요. [조사자: 그럼 사천이 그쪽이에요?] 사천 그쪽이에요. 사천 우하. 그게 습하니까 습하면 관절도 안 좋아요. 추워도 관절이 안 좋아요. 그러다 보니까 겨울에는 추우니까 겨울에는 온도 실내온도. 밖에 온도는 괜찮아요. 근데 추위가 무서운 추위야. 그러다 보니까 저쪽에는 또 우리처럼 온돌 안 돼 있어요, 다 침실 생활이니까. 온돌 안 돼 있어요. 그러니까 저쪽 음식은 매콤해요. 엄청 매워요. 그래서 사천 고추도 작고 매워요. 우리가 대형마트 가보면 작은 거 있잖아요. 그거 사천 쪽에서 나는 거예요.

사천, 무한. 무한은 왜 무한인지 알아요? 무한도 하도 이렇게 땀이 많이 나니까. 한(汗)(웃음) 그래서 그쪽에는 음식이 달콤하고 뭐 음식은 그냥 이 정도로?

[조사자: 음 그러니까 그게 지역적인 특성이] 특성, 예. [조사자: 주로

즐겨 먹는 음식하고 관련이 있는 거네요?] 네. 그리고 저쪽에는 이렇게
음식 할 때마다 팔각정. 팔가 우리가 그 향신료 있잖아요. 그 후추도
있고 후추 이렇게 알맹이로 먹어요. 알맹이가 이쪽에다 많이 넣고
[조사자: 음식에다가.] 네, 그리고 그거 팔가정 팔가라 그러나, 그게?
화지아오따료. 그 큰 거. 따료라는 게 또 있어요. [조사자: 그것도 주로
자주 넣어서 먹는 거예요?] 네, 그거 향신료. 그게 관절에 좋대요.

신강 소수민족의 음식문화

● 구연정보

조사일시 : 2017. 11. 08(수) 오전

조사장소 : 서울시 강북구 수유동

제 보 자 : 권화 [중국(한국계), 여, 1972년생, 결혼이주 8년차]

조 사 자 : 박현숙

● 개요

신강 지역은 원래 유목민족이라 보관이 용이하고 오래 가는 빵인 난을 구워 먹었다. 난은 반죽할 때 소금을 넣고 돌냄비 벽에 붙여서 딱딱하게 굽는다. 맛은 약간 짭짤하여 장시간 보관이 용이하다. 신강 지역 유목민의 음식 중 나이차도 유명하다. 차를 끓여서 우유와 소금을 넣어 마신다. 그리고 유목민은 육류를 즐겨 먹는데 피를 맑게 해주는 양파를 많이 곁들여 먹는다. 또 양고기와 야채를 쌀과 함께 볶은 밥도 맛이 좋다.

[조사자: 권화 선생님 이야기 하나만 더 해주세요.] 제가 또 음식 하나 할까요? [조사자: 음?] 음식, 음식. [조사자: 아무거나.] 제가 알고 있는 거 신지아오 원래 서북 도시 신지아오 있어요. [청자: 신강.] [조사자: 신강!] 네.

그쪽에 빵 하나 이름이 있거든요, 난. [조사자: 빵?] 네 빵처럼 이렇게 생겼어요. [청자: 인도가 가깝지 않아? 저쪽에.] 아니요 이거 그 왜냐면 그 신강 사람 원래 유목민족이잖아. (사진을 보여주며) [조사자: 그 사진 나중에 저한테 문자나 카톡 한번 넣어주세요.] 알았어요. 그 신강 왜냐하면 자꾸 유목민족이라서 자꾸 이사 가잖아요. 그래서 만든 음식이 그냥 오랫동안 먹을 수 보관할 수 있게끔 이건 제가 주변 신강 아는 친구가 있대요.

　어렸을 때 제가 기억하면 항상 그거 돌로 만든 그거 뭐야? 그거 약간 냄비 같은 게 있어요. [청자: 바로냄비.] 이거 반죽할 때 소금 넣어야 해요. 소금 넣으니까 오랫동안 보관할 수 있어요. 기름, 소금 그 만들고 약간 딱딱해요. 그 부드럽게 만들지 않고 약간 딱딱해요. 그 구워요. 그 벽에서 붙이고 불이 태워서 구워요. 굽고 나서 되게 약간 짭짤해요. 거기도 참기름 넣고 짭짤하게 잘 먹으면 [청자: 오래 보관할 수 있어.] 또 오랫동안 보관할 수 있고 또 맛도 괜찮고 유목민족이라서 어디 가서 요리 제대로 하지 못해요. 그래서 일단 먹을 수 있는 음식을 만들어야 했어요.

　또 차 있어요, 차. 나이차. 거 차 끓여서 우유 넣어요. [조사자: 우유를 넣어요?] 우유하고 소금 넣어요. 그렇게 마셔요. 유독 신강 사람들 고기 좋아해요. 좋아하는데 그래서 양파. 고기 많이 먹으면 혈관 좀 막힐 수 있잖아요. 그래서 양파 대신 많이 먹으면 좀 밝을 수 있어요. 또 혈관도 좋아요. 그래서 신강 사람들 제가 주변 소수민족 친구들 있어요. 카자흐스탄 그쪽 친구들 있는데 자기 친구 집에 가면 이거 난하고 그 나이차 그 차하고 우유하고 같이 끓인 차예요. 차하고 뭐 또 약간 신강 그 밥 어떻게 양고기? 양고기, 당근, 양파, 그거 같이 만들 쌀 같이 볶아서 하면 그냥 그 밥 만들면 되게 맛있어요.

　[조사자: 지금 그러니까 그 친구분들이 한국에 계셔요?] 아니요. 지금 미국에 있어요. [조사자: 미국.] (웃음) 왜냐면 저희가 소수민족 분들을 별로 만나보질 못해서 중국 분들 이제 조선족분들이나 한족 분들은 자주 만나는데 그러니까 기타 소수민족 분들은 만날 기회가 별로 없어서 혹시 주변에 계시면 소개 좀 받을까 했죠.] 근데 그 카자흐스탄에서 온 친구가 있대요. [조사자: 지금? 한국에?] 예예 [조사자: 아, 결혼해서 오신 분이 계시다고?] 네네. [조사자: 아 나중에 소개시켜주실 수 있으세요?] 네 고려인인데 근데 어렸을 때부터 그 카자흐스탄에서 자라니까 그쪽 음식 잘 알죠. [조사자: 그러니까.] 네네.

유목민의 생활문화와 특성

● 구연정보
조사일시 : 2017. 11. 08(수) 오전
조사장소 : 서울시 강북구 수유동
제 보 자 : 동순옥 [중국(한국계), 여, 1971년생, 결혼이주 20년차]
조 사 자 : 박현숙

● 개요
유목 생활을 하는 만주족 출신들은 체력이 좋고 힘이 세서 달리기를 잘 하고
성격이 긍정적이다. 즐겨 먹는 음식은 양젖을 끓여서 가죽 주머니에 넣어 발
효시켜서 만든 치즈와 밀가루로 딱딱하게 구운 난이다. 고기를 많이 먹는데
양꼬치와 쯔란 소스를 만들어 먹기도 하고 이동과 보관이 용이하게 육포를
만들어 먹기도 한다. 1990년도 이후 지역별 이동이 개방되면서 신강 유목민
의 양꼬치가 중국 전역으로 퍼졌다. 유목민의 늑대 사냥법은 칼을 땅에 박아
서 세워놓으면 늑대가 피 묻은 칼날을 여러 번 핥아서 스스로 죽게 만든다. 장
례 풍습은 풍장이다.

근데 유목민들 힘 세요. 저도 학교 다닐 때 우리 반 애가 고등학
교 한 네 명, 다섯 명 애가 만주. 그러니까 서태후, 서태후가 만주였
잖아요. 만주 그 이렇게 중국 정복했잖아요. 그 당시에 그 만주 애들
은 체육 시간은 그냥 신나요. 대회 가라면 걔는 나가면 무조건 상
타요.

근데 우리는 한족 애들은 이렇게 평야에서 산 애들은 체력이 딸
려요. (웃음) 조선족도 못 따라가요. 열등감이 그게 있잖아요. 50m,
100m 짧은 거리는 잘 뛰어요. 근데 있잖아요. 마라톤 같은 건 안 돼
요. 그 만주 애들은 진짜 체력이 좋아요. 아주 항상 이게 건강하니까

항상 싱글방글, 싱글벙글. (웃음) 우울증이라는 게 없어요, 걔네들이.

그래서 걔네들이 보면 이렇게 유목민족들이다 보니까 거주지 고정되어있지 않고 방목하다 보니까 자꾸 이동해야 하잖아요. 그러면 걔들이 식량으로는 주로는 우유. 우유 그 이렇게 짜서 그거 계속 놔두면 안 돼요. 끓여서 걔네들 또 가죽 있잖아요. 동물의 가죽 갖다가 안에다 넣어서 발효하면 그게 치즈 만드는 거예요. 그래서 치즈 만들고 그다음에 그 아까 말한 것처럼 그거 난 그거 밀가루도 그렇게 해서, 그러니까 고기 같은 거는 구워서 많이 먹어요. 그래서 양을 쳐도 그 유목민족 [청자: 양꼬치.] 양꼬치, 양꼬치 주로 신강 그쪽에서 나온 거예요.

[조사자: 아, 우리 지금 열심히 먹고 있는 양꼬치가 그쪽에서 나왔구나?] 신강 쪽. 그쪽에서 나온 거예요. 그 소스 쯔란하고 양 [청자: 약간 특이한 맛이에요.] 그 회색 그거 [조사자: 그럼 중국 분들도 그게 익숙하진 않은 거예요?] [청자: 익숙해요.] 잘 먹어요. [청자: 어렸을 때부터 그게 잘 먹으니까.] 그게 한 개방 이후에 우리 어렸을 때 그거 못 먹어 봤어요.

근데 개방 이후에 한 1990년도 그때부터 신강 사람들이 막 개방하니까 요동성이 있잖아요. 전에는 각 현, 각 지역마다 그 고정 지역에서만 살았어야 했어요. 이동 안 됐어요. 시골서 도시로 올라올 수가 없어요. 인구 딱 제한돼 있었어요. 도시, 도시 인구 제한돼 있고. 그래가지고 개방 이후에 이게 유동이 가능하니까 그때부터 신강 사람들 나와서 무역하고 장사하는 거예요. 그래서 자기 음식 우리한테 이제 그러니까 걔네들이 그 포도갈 그 마른 포도 같은 거 들고 다니면서 팔았어요. 그리고 양꼬치 그 양꼬치 지금은 우린 저기 중국에는 다 퍼졌어요. 그 음식 맛있어서 구워서 기름 쭉 빼고 먹으면 맛있죠. (웃음) 그리고 살도 안 찌고. (웃음) [조사자: 살도 잘 안 쪄요?] 살 잘 안 쪄요. 그건 기름 다 뺐으니까. 즉시 먹으니까 맛있죠.

그래서 저기 또 유목민족도 보니까 얘네 식량은 고기는 이렇게 굽다 보면 남잖아요. 그러면 다음 끼니도 해결해야 하니까 육포로 만들어요. 육포 말려서 그거 들고 다니면서 먹어요. 그 민족들은. [조사자: 그쪽이 유목민족들이니까.]

네. 유목민족, 근데 체력은 짱이에요. 애네들이 많이 사냥 많이 하니까 그러니까 체력은 평야 지대에서 사는 사람과 틀리죠. [조사자: 그렇죠.] 그러니까 걔네들은 사냥할 때는 늑대를 어떻게 잡는지 알아요? 땅속에다 그 소설책에 보니까 땅속에다 칼을 이렇게 박아요.[조사자: 꽂아?] (손짓하며) 이렇게 꼽으니까. 반대로 꽂아요. [조사자: 세워 놔?] 세워놔요. 세워놓으면 이게 늑대가 이렇게 있잖아요. 이게 핥으면 이게 어떻게 돼요. 피가 묻잖아요. 피가 묻으면 그 피 냄새가 또 유혹이 되죠. 또 가서 핥는 거야. 자꾸 핥다보면 걔가 죽게 돼 있어요. [조사자: 지가 지 피 냄새를 맡고] 그렇죠. [조사자: 핥아서 결국은 자기 스스로 죽게.] 결국은 죽는 거야. [조사자: 아, 머리 좋네.]

아 그리고 그쪽 지역에는 사람 죽으면 티엔장이라는 게 있어요. 이것도 참 공포스러워. 저녁에 잠 못 잘 수도 있어요. (웃음) 티엔장. 이게 '사람이 죽으면 하늘에다 바친다' 그 뜻이에요. 애네 유목민족 사냥해서 동물들 그 늑대하고 잡고 이렇게 사냥해서 먹고살잖아요. 식량 해결 옛날에 그렇게 살았으니까 그 풍습이 있어요. 그래서 죽으면 그냥 그 조금 이렇게 바위 같은데 그런 데다가 그냥 놔두어요. 그래서 동물들이 먹게 해요. 화장하거나 그런 거 없어요. [청자: 그런데 복도 있는 사람이 그 동물이 다 먹어버릴 수 없어요. 만약에 복도 없는 사람이 그냥 먹지도 않아요.] 복이 없으면 동물이 먹지도 않는다. 그렇게 돼요.

[조사자: 어, 그러면 이 유목민족들 이야기는 어디서 이렇게, 책에서 읽으셨어요?] 예, 책. 예. [조사자: 책에서 읽으셨어요?] 네.

중국의 저승관

● 구연정보

조사일시 : 2017. 03. 19(일) 오후

조사장소 : 부산시 진구 서면

제 보 자 : 권경숙 [중국(한국계), 여, 1981년생, 결혼이주 10년차]

조 사 자 : 조홍윤, 황승업, 김자혜

● 개요

중국인들은 저승이 18층으로 이루어져 있다고 여긴다. 여기에서 상대방을
저주할 때 쓰는 표현인 '18층 지옥에 갈 것이다'라는 말이 유래한 것이다. 그
리고 18층 지옥을 다스리는 지옥의 왕은 포청천(包靑天)이라고 한다.

[조사자: 그 이야기 한 번 잠깐, 사람 돌아갔을 때 어떻게, 어떻게 된다
해서 생각났는데, 중국에서는 사람이 죽고 난 다음에 어디로 간다. 뭐 이런
이야기 없어요? 한국에서는 뭐, 저기 '저승 간다.' 뭐 이런 이야기도 있고.]
있죠. 음. [조사자: 다시 살아서 돌아온 사람 이야기도 있고 그러거든요.]
중국도 있어요. [조사자: 어떤?] 아, 근데 그거는 진실인지는 모르겠는
데요. (웃음) [조사자: 진실이 아니라도 돼요.] 네. (웃음)

어, '쉬바샹뒤이(十八层地狱)'라고. '18층 지옥'이라고 있어요.
[조사자: 18층 지옥이요?] 네. 층층마다 죄를 짓는 것 따라서 18층, 제
일 악한 사람은 18층 지옥에 간다고,

"너 죽은 다음에 너는 18층 지옥에 갈 거다."

"너는 너무, 그니까 못됐다."고.

상대방이 그니까 저주를 할 때 그런 말을 했었거든요. 18층 지
옥이고.

그런데 사람들, 중국 사람들. 많은 그거를, 살다가 그다음 세상을, 다시 다음 세상을, 내가 여기서 죽더라도 다음 세상을 산다는 거를 믿어요. 믿는 사람이 종종 있죠. 그기서 내가 속하지 않고요. 그런 얘기는 있어요.

(잠시 가족들과 대화하며 구연이 중단됨.)

[조사자: 그 18층 지옥이라는, 그 지옥 관련 믿음이 있구나?] 아, 그리고 중국에 그 지옥에 있는 사람이, 지옥의 왕이 있어요. 그 지옥의 왕이 '퍼우칭띠엔(포청천, 包青天)'이에요. [조사자: 아, 포청천?] 네. 설이에요. 그러니까 살아있을 때 중국에서 퍼우칭띠엔 이야기 많이 알잖아요. 근데 어,

"그 지옥의 왕이가 포청천이다. 니는 뭘 해도 그니까 거기는 확실하게 죽으면 18층이니까 그거 따라서 하니까 퍼우칭띠엔 같은 사람이 거기 앉아있는데, 니는 꼼짝도 못 한다. 죄를 짓는 것을 숨길 수도 없고."

뭐 그런 얘기를 막 했어요.

[조사자: 오, 처음 들었어요. 포청천이.] 아, 그런데 전설이 그냥 들었어요, 뭐.

중국의 민간신앙

● 구연정보

조사일시 : 2017. 04. 15(토) 오전

조사장소 : 전라북도 진안군 진안읍 단양리

제 보 자 : 서청록 [중국(한국계), 남, 1962년생, 이주노동 6년차]

조 사 자 : 오정미, 이원영, 이승민

● 개요

제보자가 친구를 따라 맹인 점쟁이에게 간 적이 있었다. 생일과 난시를 말하고 기다리니 이야기를 해주었고, 돈을 더 주면 약을 지어주기도 했다. 딸이 병원에 가도 병이 없다 하였지만, 기운이 없어 찾아갔었다.

또 중국에는 종이를 태우는 망자를 위한 민간신앙이 있다. 기일에 동그라미를 치고 그 안에 앉아서 돈 모양 종이를 태우며 돌아가신 분들에게 하늘에 가서 잘 쓰시라고 말한다. 그리고 바라는 소원을 중얼거리며 빌기도 한다. 점쟁이한테 가지 않더라도 돌아가신 조상님께 종이를 태우며 소원을 비는 것이다. 그리고 혹시 꿈자리가 좋지 않을 때에도 종이를 태워야겠다고 생각하며, 다음 날 종이를 태운다.

[조사자 2: 그 조선족들 사이에서도 점을 보거나 이런 거가 있어요? 점 보거나 뭐.] 아, 근데 이기 한국은 이 교회가 많구 이런 거 믿는데 중국엔 이런 거 없어요. 교회 없어요. 예, 교회가 없구 근데 모르고 무슨 믿구나 무슨 하느님 믿구나 이런 게 없어요.

[조사자 1: 저희도 사실 현대에는 교회가 있었지만 저희가 이제 이런 이야기 들을 때는 할머니 할아버지들 때는 점쟁이한테 무당한테 점 보러 가고 그랬거든요.] 아, 그래도 우리도 거게도 점쟁이라고 있어요. 문맹, 눈 안 보이는 손아 그 남성분 그때 한 나이는 크게 아인마는 오십도

아인데 인제 쉰 아이 되믄서 그래 이게 용하다 해 사람들이. 차 타고
고이 가 이래 돈 주구 뭐 어트게 안 되므 뭐 그 사람 나두 한 번 가봤
어요.

  나는 아이가 친구 친구 그 운전해가지고 친구 가자 해서 갔지.
따라갔지요. 그래이깐 중국 동네니까 따라갔죠. 그래 밖에 있은 그
때 난 담배 피았어요. 담배 피구 심심하이깐 또 들으가 들었죠. 들으
간 앉아서 그 사람 말하는 게 그래니깐 우리 친국 저 저 아 그 집 딸
이 언제 어느 때 차 사고 아이 났는가? 어, 어트게 이 사람 다 아는
가? 그 사람 안다서 이래 이래 나에 생일 생일하구 무슨 나, 난 시간
말하구 그 한참 앉아서 그 앉아서 뭐 기다리까 그 담 쭉 말하지. 그
래 이래 무슨 기래 이 어터게 아이까 아가 자꾸 아파가지구. 병원 가
면 큰 뱅은 없는데 아가 자꾸 마르구 아가 영 맥이 그르니까는 맥이
없어. 기운이 없어. 그래니께네 근심 돼가지고 한번 가 점치 봐라 용
하다 해서.

  그러니까 그때 중국 돈으루 한국 돈으룬 한 사만 원, 삼만 원 내
지 사만 원 이래 받으는데 이래 게다 쪼끔 더 주믄 이래 무슨 약 같
은 거 지어줘요. [조사자 1: 아, 약두 주는구나?] 예, 무슨 가루 같은 게
무슨 진짜 뭐 효과 있는지 기루 갖다 뭐 알켜주죠. [조사자 1: 먹는
약?] 예, 먹는 약. 아 이래 타서 쪼끔씩. 약 약은 왜 이리 자꾸 이렇게
내뽀끼루 요러케 나놔가지구 요래.

  그담에 종이를 태아라. 중국 사람들이 그거 습관 있어요. 종이
루 산 산 모야 앞이루 밤이믄 이르케 기일 삼면 기일 그러니까 우리
가 삼 년제 죽으믄 무슨 기일 있잖아요. 고애가 큰기리 십사기일 가
서 그 똥그래미 치구 그 안에 나오지 말구 앉아서 종이를 태아라. 그
리니까 종이두 무슨 돈으루, 돈 모양처럼 해는 거 종이 있어요. 태우
는 거. 기러니까 내가 돈 붙여주니까 그러니께는 스승의 거기 가서
하늘에 가서 돈 써라. 돈 태와준단 말여. 기래마 그러니까 소원이 있
으믄 무슨 일 있으믄 종이 태아믄 중울중울 말해야죠. 어 그래 아버
지 어머니 아내 이름을 내 돈 부쳐주께. 내가 이리 쫌 잘 되게 바래
구 뭐 이리 앉아서 중얼중얼 태아라 그런 거두 알캐주구. 그래믄서

거 무슨 약두 지아주구. 그래니까 고래 해주믄 돈 더 받아. 그래니까 다 다 돈 버는. (웃음) 그래니까 한 뭐 시방 말하믄 한 십만 원씩 이래 다 팔고 점 치구 그래고 댕기구.

    [조사자 1: 그러면 꼭 점쟁이한테 안 가더라두 뭔가 죽은 돌아가신 부모님한테 뭔가 소원, 내 소원을 얘기하고 싶으면 종이를 이렇게 불에 태우면서 '부모님 제발 이거 저희 이 돈을 쓰시구 우리 아이 좀 대학에 합격하게 해주세요.'] 예. 한족들이 저녁에 이 밤에 이 초저녁에 큰기일 큰기일에 가서 종이 태우는 게 많아요. [조사자 1: 아. 그렇구나. 우리도 그 똑같은 지금 소원 비는 거를 베트남은 그 풍등을 날리거든요.] 아, 네. 그런 식이죠. [조사자 1: 종이를 태워서, 어.] 시방 놓고 말하믄 꿈자리 나쁘다. 아, 그래. 낼은 부모한테 종이쪽 태와야 되겠다. 그래. 이튿날엔 좀 태와고.

몽골

몽골의 문화

● **구연정보**

조사일시 : 2017. 02. 19(일) 오후

조사장소 : 전라북도 고창군 심원면

제 보 자 : 을찌마 [몽골, 여, 1971년생, 결혼이주 16년차]

조 사 자 : 조흥윤, 황승업, 김자혜

● **개요**

몽골에는 한국의 추석에 대응하는 개념으로 여름에 나듬 축제가 있다. 사흘
동안 여러 가지 전통 행사가 이루어진다. 새해에는 한국의 설과 마찬가지의
맥락으로 행사가 이루어진다. 공산화 이전의 불교 사회에서는 종교적인 의미
의 행사들이 많이 있었으나 공산화 이후로는 친지들을 문안하는 형식으로 설
행사가 진행된다. 몽골 사회에서는 종교적인 색채들을 거의 찾을 수 없다가
1990년대에 사회 변혁이 일어나면서 기성세대는 다시 불교문화를 찾고, 청
년 세대는 기독교 문화를 많이 수용하게 되었다. '징기스칸'은 하늘의 뜻을 읽
는 큰 샤먼으로서의 이미지를 가지고 있다고 한다. 또, 몽골은 바다가 없어서
춥고 건조하다.

[조사자 1: 그러면 그 몽골에서 사실 때, 그 할아버지, 할머니들이 옛
날이야기들 많이 해주셨어요?] 그런데 제가 그 이제, 네 번째 딸이거
든요. [조사자 1: 네, 네 번째 딸.] 그래서 내가 처음 이렇게 커, 커져가
지고 클 때 우리 할아버지, 할머니는 다 도, [조사자 1: 아, 돌아가셨어
요?] 돌아가셨어요. 네. 그래가지고 그런 이야기는 별로 안 듣고요.
할아버지, 할머니한테는 말 못 듣고 그냥 읽어보는 그런 것들이 여
러 가지 있어요. [조사자 1: 어머니, 아버지는 잘 안 해주시고요?] 네. 엄
마, 아빠는.

　　근데 그때 몽골은 공산주의였었어요. 그래가지고 우리 엄마, 아빠는 그 공무원 했고 그랬었거든요. 나라일 했고. 근데 흠, 그 공산주의니 그건 아시잖아? 이렇게 다 그 사회, 자원을 다 나눠, 똑같이 나눠주면서 그렇게 사는 건데. 그런데 이제 풍습, 몽골 문화가 그 한국이랑 똑같이 이렇게 설날도 있고, 여름에는 이제 여름에는 이제 여기는 추석 있는데, 몽골에는 '나듬 축제'● 있거든요. [조사자 1: 어떤?] 나, 나듬에라는. [조사자 1: 나뜨메?] 나듬엔데, 이름이 나듬엔데, 이제 그때 뭐하냐면, 이제 주민들이 이제 삼 일 동안 쉬고 일제 축제하고 그런 날이거든요. [조사자 1: 아, 여름에 축제를 하시는구나?] 예. 그때는 씨름도 하고, (활시위를 당기는 시늉을 하며) 이거 뭐죠? [조사자 1: 활쏘기.] 예, 활쏘기하고, 또 이제 말타기. 그거 이제 온 나라 그렇게, 이제 쉬고 그, 그런 날, 축제날이거든요.

　　설날은, 설날에는 이제 어, 또 여기처럼 이렇게 새해를 지나면서 그러는데. (웃음) 내가 지금 이거 하고 있다 하니까 좀 (채록하고 있는 상황을 어색해하며 웃음) [조사자 1: 아, 아니 이런 거 없다고 생각하시고 편안히] 없다고 막 생각 안 하면은 '또 무례하게 했나?'하고 생각하고 또 그런데. (웃음) [조사자 1: 그냥 저 보시면서 그냥 이렇게 아는 동생한테 몽골 소개해준다 생각하시면 돼요. (웃음)]

　　(목을 가다듬고) 그래가지고 설날에는, 이제 옛날에는 1921년 전에는 그때 이제 사회가 바꼈거든요. 그전에는 이제 음, 이제 불교가 있어요. 사람들 다 불교인데, 여러 가지 풍습이 있어요. 그때는 그, 저 불교 그 교회 같은 것을 여기선 뭐라고 말해요? [조사자 1: 아, 절이라고 해요, 절.] 아, 맞아. 절에 가서 이렇게 기도하면서 이제 새해 식구들의 이제 운, 운을 거기서 보면서 이제 새해를 이제 잘 하게 해달라고 이렇게, [조사자 1: 기도하고.] 어, 기도하고. 여러 가지 그런 거 하면서 이제 음식을 차리면서, 나눠 먹으면서 그런 거 하거든요. 그렇게 했었어요. 그런데 이제 아 내가 어렸을 때는 그것들이 다 없어

●'나듬' 혹은 '나담'이라는 말은, '축제' 혹은 '놀이'라는 뜻으로, '나듬 축제'는 세계적으로 잘 알려진 몽골의 대표 축제이다. 매년 7월 11일에서 13일까지 3간 열린다.

지면서 이제 그냥 이렇게 돌아, 돌아다니면서, 이제 친척들한테 돌아
다니면서 이렇게 선물도 받고, 그냥 밥 먹고. 그런 식으로 이렇게 지
내게 됐어요. [조사자 1: 네, 종교행사는 없어졌고요?] 없어졌고, 어.

　　그런데 이제 없어졌다고 하면서도 이제 내가 생각하기로는 엄
마, 아빠가 이렇게 하나도 안 쓰는 그런 거 하나 상자가 있는 거예
요. 거기다 한 번씩 이렇게 열어보고 하면은 거기는 진짜 신기한 여
러 가지 물건들이 있어요. 그거 그 종교적으로, 이제 그거 생각하면
은 그 종교적으로 쓰는 물건들일 거예요. 엄마, 아빠한테 물려오는
그런, 그런 것들이었어요. [조사자 1: 원래는 집집마다 다 가지고 있
던 게?] 어, 그거들이었는데, 그것을 몰랐죠.

　　'이거 뭐가?'

　　해가지고, 진짜 그때는 쓸 데가 하나도 없는 그런 것들이거든요.
그래가지고 그, 그랬었어요.

　　그래가지고 이제 나중에 1990년대 사회가 바껴, 바뀌었어요. 이
제 사익적으로 바뀌었는데, 어, 그때 이제 그것이 다시 나왔어요. 다
시 나오면서 이제 불교 스님들이 새로 이제, 어렸을 때부터 그 사람
들을 교육시켰잖아요? 이제 다섯 살짜리 애들을, 이렇게 남자 아이
들을 이렇게 스님한테 맡겨가지고 가르쳐달라고 하면서, 그래서 아
예 집에서요 그러니까 가, 가요. 그래가지고 계속 이렇게 거, 공부한
다는 집을 짓죠, 그거는. 그러면서 스님이 나중에 되고. 이제 그, 그
런 걸 다시 이렇게 바꿔지거든요.

　　[조사자 1: 그러면 또 지금은 몽골에서 불교를 또 많이들 믿어요?] 어,
옛날에 그렇게 있었으니까, 그거 이제 [조사자 1: 전통문화 차원에서?]
어, 전통, 그것을 이렇게 많이 믿었더라고. 이렇게 저 속에서 박혀 있
어요, 그거. 그래가지고 이제 다시 그거 나타났는데, 자연스럽게 받
아들이더라고, 그것을. 그런데 요즘은 그 기독교에도 많이 들어갔어
요, 몽골에는. 그런데 그거는 어, 이제 젊은 세대들은 많이 받아들이
지만은, 이제 그 나이 드신 분들은 다 그 불교적으로 해요. [조사자 1:
그 행사들은 안 하고 있었지만은 다 이렇게 마음속에 가지고 있었나 봐요.]
네. (웃음)

  그런데 몽골은 옛날부터 해서 원래 그 전설적으로는 그런 거거
든요. 이제 음, 처음에 음… 사슴하고, 그 늑대에서 이제 몽골 사람이
처음에, 처음 태어났다고. [조사자 1: 사슴하고 늑대 얘기 들어본 것 같아
요. 그 이야기를 자세히 들어보지는 못했는데, 그게 이제 신화 같은?] 맞아,
신화 같은 그런 거 있어요. 그래가지고 이제 거기에서 하는데, 그거
는 근데 나는 이제 한국말 부족해서 그것을 자세하게 설명 못 해요.
[조사자 1: 그냥 하실 수 있을 만큼만 하시면 돼요. (웃음) 중간 중간에 모르
는 말 있으면은 물어보시면서 이렇게 하셔도 되고요. 그러니깐 차근차근 이
렇게, 너무 어렵게 생각하지 마시고, 아시는 대로만 해주시면 돼요.] 그거
는 내가 나중에 딱 이렇게 찾아보고 그것을 그, 보내드릴 순 있어요.
  그거 왜,
  '왜 그, 그렇게 전설이 있나?'
  그거, 그거 이렇게 나도 많이 궁금했거든요. 사람이 그 동물에서
이렇게 태어날 순 없잖아요.
  '그런데 왜 그런 전설이 있나?'
  해보니, 이제 그 마음을 비롯해서 그렇게 나오는 말이었었거든
요, 그거. 사람이 그 연, 연(이) 쪽(가슴을 가리키며), 그런 쪽으로 좀
관련됐더라고, 그거. 그래서
  '아, 그런갑다.'
  해가지고 이제 그랬어요.
  그런데 이제 내려가면서 이제 징기스한(징기스칸) 얘기가 나오
잖아요? 그래 징기스한은 이제 어렸을 때, 징기스한 이제, 그 역사
는 아세요? [조사자 1: 네, 알고 있습니다.] 알죠. 네. 그러면은 어, 그때
몽골 사람들은 이제 하늘을 이렇게 받들잖아요, 하늘. 지금 한국에
도 많이 있는 거, 그거 있잖아. 그거 뭐라고 했죠, 그거? 이렇게 점쟁,
아, 점쟁이가, [조사자 1: 아, 무당?] 무당. 아 맞아, 무당. 그, 그거거든
요. 몽골에 지금도 무당들이 많이 있어요. 그거도 이제 없어져다가,
아예 없어졌다가. 그런데 아예 없어진 거는 아니고, 그거 무당이 그
이 그런 사람들은 이렇게 처음부터 태어났잖아요. 그러면서 이제 꼭
나타나고, 자기 능력 그런 거 나타나고, 나타나고, 사람들한테 이렇

게 그 전화 됐는데.

그런데 그 어, 징기스한이 그 하, 하늘을 섬기면서 이렇게 하늘에, 이제 하늘이랑 이야기한다고 그럴까? 그러면서 하늘에서 힘을 얻었던 그런 사람이거든요. 어, 그래가지고 하늘을 많이 믿어요. 음, 징기스한뿐 아니고, 몽골 사람들 옛날에부터 해서 이렇게 그 유민(유목)민족이잖아요. 그러면은 그거 할 때, 이제 유민, 그 소 말 그런, 다 그런 것들을 할 때, 항상 그 기후나 그것을 어떻게 돌아가는 것을 보면서, 그거 이제 어떤 규칙을 다 알아내면서 거기에다가 그것을 알면서, 이제 했었거든요.

그런데 이제 한국처럼 세, 네 가지 이제 그거 있어요. [조사자 2: 어떤?] 그 이제 겨울하고, 가을하고. [조사자 1: 아, 사계절이요?] 사계절이 있는데, 사계절이 있는데, 그런데 한국보다 너무, 너무 추워요. 한국은 이제 바다가 있으니까 습기가 있고 하지만 몽골에는 바다가 없어가지고 으, 이제 점점 이렇게 바람 많이 불면서, 거의 습기가 없으니까 좀 건조하면서 춥다고 할까? 음. 진짜 5월부터 8월 마지막까지, 9월까지는 여기 치면은 봄처럼 그런 날씨거든요. 그런데 봄인데 이제 한국에는 봄이면은, 몽골에는 여름이잖아, 이제 기후로는. 그런데 이제 그사이에 식물에서 이제, 식물이 다 번, 번성이 돼요. 그 9, 10월에 다 이렇게 들어가면서, [조사자 1: 다 익어가지고.] 어, 다 해요. 그러면 여기보다 이제 그 식물 그런 것들이 너무 다 이렇게 작아지면서 이제 그, 그것도 별로 없어요, 이제.

몽골의 문화예절

● **구연정보**

조사일시 : 2016. 11. 03(목) 밤

조사장소 : 서울특별시 동대문구 이문동 자택

제 보 자 : 툭스자르칼 [몽골, 여, 1976년생, 결혼이주 12년차]

조 사 자 : 오정미, 이원영

● **개요**

몽골은 불교의 영향을 크게 받았다. 몽골사람들은 자연이 모두 살아있다고 믿어 하늘, 해, 산, 땅에 수태차를 뿌리며 자연의 영혼들에게 가족의 건강을 기원한다. 그리고 저녁이 되거나 절에 가면 초를 켜는데 이는 죽은 사람들을 위하는 행위로, 죽은 사람들이 사는 곳과 그 길에 빛을 비춰준다는 의미를 가진다. 몽골의 식문화는 주로 고기를 삶은 물에 국수와 고기를 넣어 먹는데, 집 안의 남자 연장자가 먼저 식사를 한다. 할아버지나 아버지가 없는 경우에 연장자인 할머니 또는 어머니가 먼저 먹는 것이 아니라, 아버지나 아들이 먼저 시작하는 것이 특징이다. 한편, 자기 전에 침대에서는 아무리 행복해도 노래를 부르지 않고 너무 슬퍼도 울면 안 된다는 풍습이 있어, 지금도 제보자는 자녀들에게 그렇게 교육하고 있다. 몽골에서는 대부분 아버지 쪽 친척보다 어머니 쪽 친척과 더 가까이 지낸다.

우리 부모님들이 어릴 때, 몽골 나라는 거의 불교의 나라라고 부를 수 있을 정도로, 무의식중에 우리가 저도 모르게 저를 불교라고 생각했었어요. 근데 무의식중에. 그게 어릴 때, 제가 아침에 일어나면, 엄마가 우리나라 전통 차 있어요, 우유, 수태차*라고 있는데, 그

* 끓인 녹차 물에 약간의 소금과 우유를 섞어 따뜻하게 먹는 일종의 밀크티이다.

게 우유찬데, 그거를 끓여가지고 하늘에도 뿌리고, 해에도 뿌리고, 산에도 뿌리고 해서

"모든 가족들과 인제 모든 사람들의 건강을 위해서 봐달라."고.

먼저 해, 인제 하늘에다 뿌리고, 해 보면서 뿌리고, 인제 산을 보고 뿌리고 했는데. 이유는 봐달라고. 모든 해하고 땅이, 산이 대화하고 하진 않지만

'다들 살아있다. 살아있는 존재다. 우리와 같은 살아있는 존재다.'

다들 그런 영혼, 그 속에 다 영혼이라 그래야 되나요?

'영혼이 있다.'

그래서 살아있는 뭐 꽃도 보면 대화하진 않지만, 살아있는 것도 다 이제 자라나오면서 보이듯이.

'해도 그렇고 산도 그렇고 다 살아있다.'

그래서 모든 그 산과 하늘한테 아침부터 인제 뿌리고.

인제 그거 보면 불교의 그 예식이라고 그래야 되나요? 그래서 또 인제 그다음에 하는 거는 초, 초와 같이 생긴 거 그거를 이렇게 만들었었어요. 초를 만들 때, 우유에서 나오는 그 기름을 녹여가지고 버터를 녹여가지고 초를 만들어가지고 그거를 켰었어요. 그 저녁 되면.

그것도 불곤데, 절에 가면 그런 게 있잖아요. 초를 갖고 하는 거. 불교, 인제 티베트 인제 절에 가면 그런 게 보이는데, 몽골 절에도 가면 그런 초가 보여요. 그 초가 보이는데, 그게 인제 돌아가신 사람을 위해서. 돌아가신 사람의 가는 길에. 아니면 돌아가신 사람이 사는 곳에 빛을 비춰준다는 의미로.

그래서 제가 그거를 불교라고 부르고

'그냥 원래 그렇게 사는 가보다. 원래 이건 가보다.'

인제 다 커서 지금 여기 와서 교회 다니고서,

'아 그거 그냥 불교, 그 불교적인 일이었구나.'

하는 그런 생각은 지금 들지만, 그래도 그거 인제 그냥 배 있는 거예요. 삶에 배 있어요. 그리고 또 그것도 인제 그런, 그런 것도 하고. 그리고 집안에 어른들 있으면 인제 모든 음식을 한국에서는 한국에서도 똑같겠죠? 식사할 때, 어른들부터 먼저 드시고. 근데 우리

는 몽골 음식이 육식이잖아요. 그러면 그 주로 인제 고기를 삶아가
지고 육수를 만들어가지고. 또 인제 밀가루. 인제 국수. 한국식으로
국수를 많이 만들어요. 인제 소고기 양고기 인제 넣어서 국수를 만
드는데, 그거를 끓여가지고 한국처럼 많은 반찬을 또. 반찬이 없어
요. 그러면 그 국수를 끓이면 먼저, 그 집에 예를 들면 할머니가 계
신다, 할아버지가 계신다 그러면, 먼저 할아버지한테 드리고. 만약에
그 집에 할아버지가 안 계시고, 할머니 계시고 그리고 그 집에 가장
이, 인제 아빠가 계시면 먼저 아빠부터. 먼저 순서대로 나이 많은 남
자부터 음식을 드리고. 그런 인제 그거는 또 어떻게 보면, 불교적인
그런 행동이지 않을까라는 그런 생각 들어요. 근데 한국에서도 그러
더라고요. [조사자: 맞아요.]

근데 한국에서는, 한국에서는, 어른부터, 인제 예를 들면 우리
인제 시댁에 가면 어머님부터, 먼저 드리고 어머님부터 식사를 하면
다른 사람들이 따라서 하고. 그런 거 있는데. 우리나라는 거꾸로 남
자부터. 예를 들면, 우리 집에 딸, 아들하고 제가 오면 먼저 아들부
터. 인제 남자, 남자의 나이부터. [조사자: 똑같다. 우리나라랑.] 그렇게
식사를 하는 그런 경우가 있고.

그리고 또 인제 제 어릴 때, 우리 엄마가 그랬어요.

"사람이 너무 힘들어도 슬퍼도 침대에서 노래, 아니, 침대에서
울면 안 된다. 너무 행복해도 침대에서 노래 부르면 안 된다."

그런 이야기가 있어요. 그거를 진짜 지금도 우리 아이들한테 얘
기할 정도로 기억하고, 그게 삶에 뱄어요. 그래서 그 뜻이 어떻게 보
면, 진짜 삶의, 계속 기억하면서. 그 뜻이,

'너무 행복해도 어 난 행복하다. 절로 흥이 넘치고 막 행복이 넘
치고 그렇게 하지 말라. 적당히 해라. 적당하게. 행복해도 적당해라.'

하는.

'나는 힘들 때도 있었다. 기억해라.'

'그 침대에서도 울지 마라, 힘들어도 침대에서 울지 마라'

하는 게, 힘들어도

'그래, 언젠가는 좋은 날이 올 거다. 나도 행복할 때도 있었다.'

'그런 거를 기억하면서 살아야 된다.'

라는 그런 거를 많이 우리 엄마가 많이 얘기해줬어요.

그리고 몽골 사람들이 인제 친척과, 엄마의 친척과 많이 이렇게 가깝게 지내. 한국에서는 아빠의 쪽을 친척이라고 얘기하고, 엄마는 외가 쪽이라고 얘기하잖아요? 근데 몽골에서는 대부분 엄마의 쪽을, 더 가깝게 하고. 예를 들면, 제 아빠 쪽을 알지만, 더 가깝게 지냈던 건 우리 이모. 큰이모, 작은이모들. 우리 엄마는 여자 다섯, 오빠, 오빠 둘에 인제 여자 다섯이었었어요. 엄마가 여자 중에 둘째였어요. 그래서 인제 이모들하고 많이 지내고 그랬는데.

그래서 이모들도 그런 얘기 진짜 많이 했어요. 지금도 그렇게 얘기하는데

"진짜 힘들어도 슬퍼도 침대에서 울지 말아라."

그런 얘기도 있다고. 그래서 이모들도 아직도 그런 얘기 하고 있어요.

[조사자: 너무 막 슬퍼하는 걸 침대에서] 그래서,

'나만 슬퍼한다 하는 생각을 하지 말라.'

그리고 이제 너무 사람이 기분 좋으면 침대 누워가지고 막 노래 부르잖아요. 그러면은 우리 아이들한테

"그렇게 하지 말라."

지금도 제가 저도 모르게 그래서 우리 남편이,

"그거 그러지 마. 뭐 불곤데."

그렇게 하는데. 그래도 그거 불교라서가 아니고, 사람의 삶이 행복해도

'나는 진짜 행복하다. 흥이 넘치고 나밖에 없다.'

하는 식으로 하지 말고, 좀 그렇게

'겸손하게 살아라.'

하는 뜻인가 봐요.

게르에 얽힌 여러 습속

● 구연정보
조사일시 : 2018. 02. 13(화) 오전
조사장소 : 인천광역시 부평구 갈산1동
제 보 자 : 멀얼게렐 [몽골, 여, 1983년생, 결혼이주 14년차]
조 사 자 : 오정미, 한상효, 엄희수

● 개요
몽골의 새해에는 나이를 주는 신과 저승사자가 함께 온다. 저승사자를 혼동
시키기 위해 가시를 놓고, 게르 천장을 네모난 천으로 막아서 게르 안으로 못
들어오게 한다. 그 밖에도 게르와 관련되는 많은 습속이 있다.

아까 제가 설명했던 것처럼, 아까 게르 안에서 보시면 여기, 가
장이 여기(문 반대편) 앉아 있구, 여자가 항상 이쪽(문 쪽), 여기 냄
비랑 불이랑 이쪽에 있구. 손님들이 들어오면 이쪽으로 이렇게 앉는
거예요. 그 쭈루룩 앉아가지구. 그 아까 마두금 하는 사람은, 마두금
연주하는 사람은 중요하니까 항상 위에 앉아있구. (조사자가 사진
찍기를 기다렸다가) 네 마두금도 있구. 여기 차 끓이고 있어요. 차 끓
이고 있으면 그 만두들이 아까 막 시끄럽게 있었던 만두. (웃음) 인
터넷 찾으면 나올 수도 있어요. (조사자가 사진 찍기를 기다렸다가)
그래서 보시면 더 이해가 될 거 같아서.

암튼 여기서 대충 보이긴 하는데, 몽골 게르 있으면 위에다가 이
렇게 뚫려 있어요 동그랗게. 근데 위에 이거 덮는, 덮개가 있어요.
이 덮는 거는 원래 네모예요, 네몬데. 위에서 보면 이렇게 보이겠죠?
[조사자 1: 그렇죠.] 문이 있구? 그러면 여기 그 끈이 있어요 다 이렇

게. 끈으로 묶어져 있구. 그러면 이거 낮에, 해가 뜨면은 이거 뒤로 이쪽은, [조사자 1: 벗기구.] 이쪽은 움직 안 하구, 고정시켜 놓구 이쪽만 움직이는 거예요. 아침에 해가 뜨면 커튼 여는 것처럼 이걸 뒤로 접는 거예요. 접어서 이렇게 고정하면 이렇게 세모가 되죠? 그럼 밤이 되면 덮어 놓구, 해가 뜨면 열어 놓으니까 세모, 네모가 되는 거예요.

그래서 애들이 그, 뭐라고 하지, 뭐 퀴즈 같은 데서도,

"밤엔 네모구, 낮에는 세모가 뭐냐?"

그러면은 이렇게 하면 맞추는 이런 게임이 있어요.

뭐 이렇게 맞추는데 그래서 며느리들이 한, 아까도 시집살이 얘기 했었는데. 거기도 며느리들이 만약에 이렇게 두 가구가 있어요. 그니까 아빠 엄마 있구 아들이 있으면. 이렇게 세상, 뭐지? 동쪽 서쪽 이렇게 있으면, 동쪽에 항상 나이 든 분의 게르 있어요. [조사자 1: 따뜻하니까.] 아니요. 그냥 순서대로, 뭐든지 다 동쪽, 이쪽에서부터 이렇게 순서하거든요. 동쪽, 그 어디 가시면 집이 이렇게 두 개 거의 다 있어요, 항상. 그러면 이쪽, 동쪽에 있는 집에 먼저 들어가야 돼요. 그리구 여기가 좀 나이가 있는 분이 여기 있거든요. 그러면 예를 들어서 부모가 있고, 여기 며느리네 집이 있으면, 아침에 해가 뜨면 며느리가 가가지구 이걸 열어주는 거예요. 응. 그래서 이거, 이거는 또 여자가 해야 되는 거고. 그래서 남자들도 가끔 이거, 이거를 '우르흐', '우르흐'라고, 뭐라고 해야 되죠? '우르흐', '우르흐'라고 하는데 이거를 열어주는 사람 필요하다 이런 식으로 이야기하고 그랬거든요.

그래서 이거 왜 나왔냐면, 그 설날이 되면, 설날 첫날에, 설날 전 날에 자기 전에 해가 지면은 사람들이 음식을 엄청 많이 준비해요. 음식을 많이 해, 준비해 놓구. 가축들도 풀 이런 거 충분히 먹이구서 거기 울타리 안에 넣구. 애들도 밥 잘 먹이구. 이렇게 배고픈 사람 있으면 안 돼요. 왜냐면 그다음 해로 넘어가는 거라서, 그 깨끗한 상태로 잘 씻고, 깨끗한 상, 집에 있는 먼지 다 털고 깨끗한 상태로 배부른 상태로 다음 해로 들어가야 돼서. 다 밥 먹구.

그리구 하는데. 이때 해가 이렇게 밤이 돼서, 근까 하루가 넘어 가잖아요. 이 사이에 사람들한테 그 나이를 주구, 나눠가는 그런 신

이 있어요. 그 신이 말 타고서 돌아다니는데 이렇게 돌아다니다가, 응, 이 게르에 있으면, 예를 들어서 게르에 있으면 여기에 눈이나 물 이런 거 갖다 놓구. 눈, 보통 눈을 많이 놓구 여기는 얼음이나 눈 놓 구, 이쪽에는 가시 있는 그, 꽃이나 풀 같은 거 놔요. 여기다가 해 놓 구서 자요. 그러면 그, 그, 저승사자하고 나이 주는 신 둘이서 이렇게 싸우는 거예요. 저승사자는 그, 나이 안 줄려고, 사람들 데리고 갈라 고 막 하니까. 그 나이 주는 그 신이 싸우다가 막 도망가고 돌아다니 고 사람들한테 막 나이 주면서 가다가, 우리 집 위를 지나가잖아요. 그러면 그 눈하고 얼음은 타고 있는 말이 먹구, 힘내서 가는 거예요. 그러면 이 집에 들렀다가 물 한 모금 먹구서 집 안에 있는 식구들한 테 나이를 주구서 가는 거예요. 그르면 뒤에서 쫓아온 저승사자들 있잖아요. 그러면 그 저승사자들이 이 가시에 찔리는 거예요. (웃음) 그래서, 못 들어가구 집안에. 그래서 지나가구. 그래서 그다음, 다음 해로 넘어갈 때 나쁜 걸 못 들어오게 가시로 막아놓는 거죠. 그래서 이렇게 넘어가요.

　그런데 그때 이, 그 신이 이렇게 넘어가면 다 나이가 먹구서 다 음날이 되잖아요. 근데 밤에는 그 저승사자들이 되게 돌아다녀요. 돌 아다니다가 여기, 그 세모가 있으면 여기 열려 있잖아요. 그러면 집 들 다 뚫어봐요. 다 이렇게 하나씩 보면서 가요. 그래서 못 보게 할려 구 닫아놓는 거죠. 그 닫아놓구. 안 닫아놓구 뭐 보통 게으르다고 안 닫았다는데 안 닫아놓구 있으면은 그, 그, 나쁜 요괴 같은 것들이 들 어오는 거예요. 들어와서 그 새해에 있는 좋은 운이나 이런 것들 다 뺏어가든지, 뭐 애가 아픈지 이렇게 해가지구. (웃음) 가져가구. 나 이, 신이 준 나이를 뺏어가든지 그러면 그 나이가 짧아지잖아요 그 사람이. 그래서 그런 걸 막기 위해서 덮어놓는 거예요.

　[조사자 1: 어, 나이 좀 가져갔으면 좋겠는데.] (일동 웃음) 아니에요. 그런 나이가 주어진 나이가 있으면 오래 살잖아요. 오래 살아야 되니 까. 그래서 그런 의미로 나이 드신 분들이, 애들이나 어디 보낼 때 그,
　"세모 있는 집에 자지 말고 네모 있는 집에 자라."
　그렇게 이야기하는 거예요. 그래서

"세모 있는 집에는 그냥 밥 먹구, 네모 있는 집에는 자고 가라."
이렇게. 이런, 그런.

[조사자 1: "세모 있는 집에선 자지 말구, 네모 있는 집에서 자라." 어.]
네. 왜냐면 밤에 덮어 놓으니까 나쁜 것들이 못 들어가구 이렇게 해
가지구. 그래서, 그런 어르신들이 그렇게 이야기해요. 그렇게 얘기
하구. 음, 그냥 풍습, 문화 같은 거. 뭐지? (웃음) 아무튼 이런 거 있
어요. [조사자 1: 재밌다, 재밌다. 이게 다 지혜가 담긴 거 같애요. 밤에는
뚜껑을 덮어야지, 자다가 비가 올 수도 있구.] 네, 그쵸. 비도 올 수 있구.
[조사자 1: 경계할려고 이런 식의 이야기로. 음.] 옛날에는 그 굴뚝이 없
어서 덮을 수 있는데 요즘은 굴뚝이 생겨가지구 그냥 뭐, 그냥. 대충
덮구 있어요. 안 덮는 집도 있긴 있어요. 그런데 시골엔 거의 다 덮긴
해요.

[조사자 1: 이 게르가 아직도 시골에서는 게르에서 많이 생활하나요?]
네네. 이동해야 되니까 계속 이렇게. 하고 있어요. 그래서 제가 아까
얘기했던 게르 관련된 거는 되게 많아요. 그래서 이런 것도, 덮는 것
도 있고. 또 여자가 이걸 해야 되구. 비가 오거나, 이것도 잘 덮어야
돼요. 처음에 하는 사람 되게 못해요. 우리 같은 사람들 가면 되게 못
해요. 누가 보면 쉬운 거 같은데 이렇게 해서 힘이 들어가야 되는데.
이런 것도 하구.

이런 게르, 남자들이 만드는데 이 부분은 여자가 만든다든지, 이
런. 되게 게르에 대해서 지키는 거 너무 많아요. 뭐 들어갈 때 꼭 오
른발로 들어가야 된다든지, 뭐 이렇게. 꼭 오른발로 문턱을 넘어야
되구. 낮아서 다들 머리 숙여서 들어가잖아요. 이거는 왕이든, 가난
한 사람이든 그 집을 존경하고, 그 가장을 이제, 존대하는 의미로 이
렇게 숙이면서 들어가는 거예요.

이 게르 만들게 된 이야기도 있는데 저는 되게 길어가지구 생각
이 안 나네요. (웃음)

몽골의 여성 문화와 하닥

● 구연정보

조사일시 : 2018. 02. 13(화) 오전
조사장소 : 인천광역시 부평구 갈산1동
제 보 자 : 멀얼게렐 [몽골, 여, 1983년생, 결혼이주 14년차]
조 사 자 : 오정미, 한상효, 엄희수

● 개요

몽골에서 며느리는 게르에서 문 쪽, 특히 부엌 쪽과 가까운 자리에 앉고 남자
들은 문의 반대편에 앉는다. 며느리는 아들 셋을 낳으면 그때부터 귀한 며느
리로 인정받는다. 며느리가 시집올 때 하닥을 시집에 선물해야 하며, 그렇지
않으면 무시당한다. 하닥은 파란색 실크로 시집갈 때 외에도 장례식이나 제
사 같은 중요한 행사 때도 사용된다.

[조사자 1: 갑자기, 몽골의 그런 어떤, 음, 민속? 생활 문화? 어떤 여성
문화? 여성 문화가 궁금해졌는데요, 선생님. 몽골이 전통 사회도 그렇고 지
금도 그렇고 여성들이 가정 내에서 어때요? 남성하고 이런, 위치가?]

그러니까, 그거. 좀 몽골은 유목 생활 하잖아요? 유목 생활 하는
데, 지금 현재는 현대에서 몽골 여성들은 그 도시하고 유목 생활 하
는 지방 사는 분들이랑 좀 차이가 있어요. 도시에서 사는 사람들은
약간 서양식으로 같이 일하고, 같이 출근하고 애도 뭐 남편도 같이
애 봐주고 집 청소도 다 해주고 밥도 하고. 그런 거는 다 나눠서 해
요, 같이. 누가 먼저 집에 온 사람이 밥하고. 아침에도 출근하면 누가
가까운 사람, 시간 되는 사람이 애 데려다주고 이렇게 하는데. 지방
에 나가다 보면, 거기는 어쩔 수 없어요. 왜냐면 나가서 하는 일은 힘

들어요. 그 말, 소 이런 것들 보는 거는 여자들은 아무래도 힘드니까 그런 거 남자가 맡아서 하구. 집안일하구, 음식하구 이런 애기 동물들 보는 거는 여자들이 맡아서 하거든요. 그래서 지방에 가면은 여자들이 똑같이, 집안 살림 다, 여자들이 다 하구. 남자들은 말, 소 이런 것들 다 키우면서 이렇게 하구.

[조사자 1: 그런데 저는 궁금한 게, 집안일과 집 밖의 일이 분리가 되는 건 알겠는데. 그런 게 아니라, 집안에서의 위치.] 위치. [조사자 1: 우리나라의 경우는 가부장제. 아버지의 법이 진리고 법이고 약간 그런데. 몽골도 전통 문화 사회가 그런가요?]

아주 옛날에는 그랬었어요. 옛날엔 그랬고. 불교 있었잖아요. 거의 한 백 년 전인가? 그때 불교 영향이 좀 있어가지고 여자들이 약간, 몽골 전통 게르 보면 동그란 모양인데. 그 동그란 안에도 되게 여러가지 복잡한 문화가 엄청 많아요. 그래서 집에 동그라면 가운데 아궁이인가 불 때우는 거 있는데 거기서부터 반으로 나눠져요. 그러면 그 반은, 나눠지면, 여기 문 들어오는 문 입구, 여기 뒤에 있잖아요. 그러면 여기서부터 문까지는 여자의 공간이에요. 그 위로는 남자의 공간.

이렇게 해가지구 지금도 이렇게 손님들이 남의 집에 가면 여자들이 약간, 불에 가까운 쪽으로. 이렇게 들어가면, 이쪽이 무슨 쪽이지? 오른쪽, 왼쪽. 왼쪽 이쪽으로 들어가서 여자들이 앉구, 여자들이 함부로 이쪽으로 넘어서 앉거나 그러면 또 안 돼요. 그런 거 몸에 완전 뱄어요. 너무, 물론 손님이라고 위로 앉으라고 하는데 그래두 여자, 몽골 여자들은 웬만하면 가운데 선을 넘지 않거나 넘더라도 오른쪽으로, 왼쪽으로 하구. 근데 너무 남자 위에 가서 앉고 그러진 않아요. 일단 남자 앉고, 그다음에 여자 앉고. [조사자 1: 어쨌건 약간 문쪽은 조금 춥고, 왔다 갔다 해야 하는 자린데.] 그 불, 여기 가운데 그 불이 있으면 여기, 지금으로선 부엌이죠? 여자들이 음식하는 서랍장 같은 거 있어요. 주방용품이 들어가는 거. 그래서 거기 근처에 있는 거죠. 그 근처에 앉고, 남자들은 북쪽. 문에서 반대쪽에 앉아있어요. 근데 가장의 자리라고 하거든요. 가장의 자리에 가장만 앉아야 되구,

누군가 들어가서 거기 막 함부로 앉고 그러진 않아요. 네.

[조사자 1: 그래서 그 가장은 항상 아버지고?] 네. 아버지. 아버지 아니면 할아버지 이렇게. 높은 남자분들이 앉아 있구. 그래서 손님, 아무리 손님이라두 거기 함부로 앉으진 않구. 그래서 여자들은 불에 가까운 곳에. 요리하고, 차 끓이고 손님 대접하고 그래갖구. 그래서 또 똑같이 자기 의견 이런 거를 많이 이야기 못 해요. 못 했었죠. 그렇게 하구.

아, 며느리 같은 경우는 아들 셋을 낳으면 그 며느리는 이제 완전 귀한 며느리로 인정 같은 거 받는 거예요. [조사자 1: 소름 끼쳤어.] 그래서 아들 셋을 낳으면 이제 그 며느리가, 이제 완전 며느리처럼 어머니 밑에 자리 안 있구, 뭔가 계급이 좀 올라가는 거죠. (웃음) [조사자 1: 아, 아들 셋을 낳아야만?] 네. [조사자 2: 몽골도 딸보다 아들을 더 좋아하나요?] 네. 그랬었어요. [조사자 1: 아마 유목민이니까 더 그랬을 거 같애 진짜.] 네, 유목민도 있고. 애들 아무래도 남자애들 아니면 거기 남자가 없으면 옛날 거기서 살기 힘들어요, 여자들은. 그래서 아무래도 남자들이 많이 있어야 되는 거 같애요. (웃음) [조사자 1: 그러면 몽골의 경우도, 시집을 가면, 며느리가 되면, 그 집안에서 어찌 됐건 서열상, 아이를 낳기 전이면 가장 아래 위치인 거네요?] 네.

[조사자 1: 그리고 아들을 하나, 둘 낳아가면서부터 위치가 올라가고? 그리고 몽골도 그럼 시집살이, 우리나라에서 말하는 시집살이 같은 게 있어요?] 시집살이, 그 몽골은 같이 안 살아요. 그렇기 때문에 너무 시집살이 이런, 당하는 거 거의 없어요. 이제 아들이 결혼할 나이가 돼서 결혼하면, 엄마 아빠가 이제 집을, 그 게르, 전통 게르 있잖아요. 그걸 준비해줘요. 그럼 결혼식하고, 식을 올리면 다 게르 만들어서 거기에 완전 독립하는 거죠. 바로 독립해서 같이 살아요.

근데, 시집살이라기보다는, 그 생활 특성상 한 집, 한 가정만 혼자 안 살아요. 이사 가더라도 가축들이 많으면, 또 사는 곳 같이 있어야 하니까. 두 가구씩이나, 세 가구씩이나 이렇게 같이 움직이거든요. 그러면 예를 들어서 아들이랑, 자기 아버지랑 같이 게르 이렇게 같이 나란히 이웃으로 있으면은, 며느리가 도와주긴 하는데, 아무래도 다른 집이니까 너무 들어가서 다 하고 그러진 않아요. 그냥 할 거 있으면 적당히 해 주고 하는데, 너무 시집살이 정도는 아니고. (웃음) 자기네 삶도 바쁘니까. 물론 우유 젖 짜고 이런 건 도와주죠. 그 정도는. [조사자 1: 그렇구나.] [조사자 2: 따로 사는 거 좋네요.] (웃음) 그렇죠. 결혼하면 무조건 나가야 돼요.

[조사자 1: 한 집에 데리고 사는 경우는 없고?] 네. 요즘에 도시 생활에서는 생기는데. 괜찮아요. 뭐 시집살이 정도는 아니에요. [조사자 1: 몽골 게르의 구조 때문에 더 그럴 거 같애요.] 네. [조사자 1: 게르 안은, 방이 이렇게 따로 분리되거나, 문이 있거나 그런 게 아니고 그냥 오픈된 원룸인 거잖아요, 원룸. 말하자면. 그러다 보니.] 네. 그리고 이사 가야 되고 그러니까 결혼한다 싶으면 자기네 집을 자기가 만들어서 나가야 돼요. [조사자 1: 그렇구나.]

그것도 옛날에 결혼하면 남자가 가서 이렇게, 결혼하고 싶은 여자 집에 가서 이렇게 그런 또 엄청 식 같은 거 있어요, 약혼식 같은 건데. 가서 딸 달라고 이렇게 부탁을 해요. 그런, 물론 여자 의견과 상관없이. 그런 거는 좀 똑같은 거 같애요.

[조사자 1: 어, 그러면 남자가 그 여자랑 연애를 해서 그런 게 아니라 그냥 남자가 혼자 보고 "어, 마음에 드는데?" 이러면 그냥 가서 요청하면 그쪽에서 아버지가 허락하시면 결혼이 이루어지는 거예요?] 네. [조사자 2: 그 여자의 의견은 상관없이?] 상관없죠. 물론 같이 좋아했으면 정말 좋죠. 그런데 그런 경우가 그렇게 많지 않아서. (웃음)

[조사자 1: 그럼 결혼을 할 때에는 뭐, 남자가 그러면 딸 집에 뭔가 지참금 같은 거를 낸다거나 그런 문화가 있어요?] 그러니까 한국으로, 사주 같은 거 봐요. 약혼식. 한국어로 뭐라 그러지? 약혼식? 청혼이죠. 청혼하러 가는 날이 따로 정해지면, 거기도 그, 남자의 집안에서 높은 사람이나 뭐 띠를 많이 따져요. 띠가 맞는 사람들 골라서 가는 거예요, 여자 집으로. 그러면 그 여자 집에 가서 혹시 보셨을 거예요. 파란색 실크 같은 거 선물로 주는 거하고. 돈 주는 집도 있고. 능력에 따라서 돈도 줘도, 금이나 이런 거 줘도 되고. 아니면 결혼할 때 그냥 남자가 집을 준비해야 되기 때문에 따로 선물 주고 그러지는 않아

요. 그냥 그 청혼하러 올 때 우유나 비단이나 그런 거 갖다주는 경우도 있어요. 그 능력에 따라서.

[조사자 1: 근데 왜 꼭 파란색 비단이어야 돼요?] 그거는 또 불교 연결되어가지고. 뭐 높은 사람이나 존경하는 사람, 이런 사람이나 뭐, 오랜만에 인사하는 사람 이런 사람한테 인사할 때 그 파란색 이런 얇은 실크 같은 거 있어요. 그거를 올려드려요. 그러면 그거를 받으면 인정하는 거죠.

"딸 안 주겠다."

그러면 안 받고. (웃음)

[조사자 1: 그러니까 높은 사람한테 하는 선물이 대표적인 게 파란색 실크? 비단?] 하닥Хадар*라고 따로 해서. [조사자 1: 이름이 뭐라구요?] 하닥. [조사자 1: 하닥.] 하닥라고 하면, 약간 불교랑 연결이 되는 거 같애요. 그래서 거기, 그런 거 드리고. 설날 때 인사할 때도 나이 드신 분한테도 그런 거 들고서 인사 가고. [조사자 1: 몽골 가서 하닥을 혹시라도 받았는데 그 의미를 모르면 준 사람이 참 그러겠다. "이거 왜 주지?"] 맞아요. (웃음)

그래서 그것도 여자들한테 약간 시어머니들한테 그 하닥 갖다주고 허락받고 온 며느리하고, 그런 거 없이 온 며느리도 좀 약간 달라져요. 그러면 만약에 여자가 조금 문제 일으켰거나 아니면 시어머니 맘에 안 들거나 그러면,

"하닥도 없이 와가지고."

뭐 이렇게 하면 좀 되게 속상하죠.

그래서 웬만하면 여자 자존심 같은 거예요. 이런 거 해야지, 가면은 여자도 되게 좀 자신 있게 좀 갈 수 있죠. 부모 입장에서도 자기 딸을 누가 달라고 부탁해서 가면은 그거 좀 보내는 마음도 좀, 좋을 거 같애요. 아무것도 없이 그냥 보내버리면 허전하잖아요, 미안하고. 자존심 같은 거지 여자한테는.

● 하닥(Хадар)은 존경스러운 사람을 맞거나 선물, 편지를 줄 때 그리고 종교의식에서 사용하는 푸른색 등의 실크 천이다.

[조사자 1: 그러면 선생님 결혼하실 때 하닥을 시어머니께 드렸어요, 선생님? 물론 어머님은 모르실 수도 있겠지만.] 저는 시어머니한테 드리는 게 아니고. 그니까, 결혼할 남자가 장인어른한테 드리는 거예요. [조사자 1: 아 그렇지 그렇지. 남자 쪽에서 줘야지, 그쵸.] 저는 남편 당연히 모르죠. 모르니까 하라 그랬어요. 그냥.

"이건 무조건 하는 거야."

시켜가지고. (웃음)

"이거 안 하면 우리 아빠가 안 보낼 거야."

그랬더니 했어요. 뭔지도 모르고.

[조사자 1: 그니까 이거 의미를 알면, 오, 그렇구나. 이 하닥에 관련된 옛날이야기는 없어요, 선생님? 있을 거 같은데. 없을까요?] 하닥 관련? 그 거는 다 계속 불교적으로 들어가서 잘 모르겠지만은. 아무래도 그냥 아까 이야기에서 아무래도 딸이 있는 집안에서는 하닥 많이 받으면 되게 든든하고 막 되게 자랑하고. 아빠가 좀 아무리 딸이라고 그래도 그 하닥 많이 받으면.

하닥 관련된 거는 이야기들은, 제가 아는 기준은 뭐 그냥, 숭배하는 곳이나 높은 사람들한테 주는데, 그, 몽골에서 산, 산 누구지 유빈아? 우물에서 나타난 사람 누구지? 신령? [조사자 1: 산신령?] 산신령 같은 분들이 다 있다고 다 생각해요. 어느 지역에 가도 산마다 자기 주인, 그 신이 있고. 물이나, 강물이나 우물에도 다 신이 있고 그러기 때문에.

가축을 키우잖아요, 다들. 그리고 가축 키우려면 그 자연이 다 좋아야 되고. 비도 적당히 와야 되구, 풀도 잘 자라야 되구 그러니까 그래서 그런 의미에서도 자연에도 좀 잘 좋은 날씨도 좋고. 어떤 사고 없이 잘, 좋은 여름도, 겨울에도 너무 이렇게 눈, 서리 없이 잘해 달라고 그런 의미로 그니까 가서, 제일 높은 산이나 이런 데 가서 하닥 이런 거를 많이 올려놔요. 음식 같은 거 제단처럼 올려가지고. 그래서 그런 데 올려 놓구. 나무 없는 지역에도 우물이나 그런 데 옆에 나무 한 그루가 딱 있는 경우가 있어요. 그러면 그런 데 신이 있다고 하거든요. 그래서 함부로 안 만져요. 그래서 거기 그런 데 가서 하닥을 묶어놓거나 그러면, 해서 음식 이런 거 대접하면은 거기 있는 신이 기분 좋아지면 여름이나 그런 거 좀 풍요롭고, 좋다고.

[조사자 1: 근데, 하닥은 항상 파란색이다.] 네. 하늘색 같은 거 있어요. 그래서 제일 대표적으로 생긴 건 그 파란색이죠. 하늘색인데, 하고. 누군가 돌아, 장례식 같은 경우, 그 장례식 이렇게 해갖고 산에다 묻어요. 그 매장, 가는 길에 예를 들어서 여기 매장할 곳이 여기 있으면 가잖아요. 다 가다가 여러 가지 길이 있어요. 가는 길에 이렇게 교차로가 있으면은, 교차로마다 그 하닥을 묶어놓고 가요. [조사자 1: 아, 장례식 길마다?] 네. 그 교차로, 길이 이렇게 있으면은, 겹친 길 있으면은. 왜냐면 그, 돌아가신 분의 영혼이 아직도 몸에 있는데. 여기 도착해야 되는 곳까지 쭉 가야 되는데 중간에 교차로가 있어 버리면 그 영혼이 길을 잃어버리는 거예요. 좋은 곳에 가야 되는데 못 가지고. [조사자 1: 되게 중요한 거다.] 그래서 거기 저승사자 같은 것들 달래는 의미로 그 하닥을 교차로마다 이렇게 한 번씩 묶어주고 가면은, 가서 쭉 가서, 거기 장례식 올리고.

[조사자 1: 이 문화는 지금도, 그래도 전승이 되고 있는 거죠?] 예, 있죠. 지방에서는 교차로 많지 않지만, 가끔 있으면 하는데. 다리 같은 거, 요즘엔 다리가 생겨가지고 강 건널 때, 다리 같은 거 건널 때, 그 한 번 가시면 다리마다 뭔가 묶여있을 거예요. [조사자 2: (사진을 보여주며) 하닥이 이런 거예요?] 네, 맞아요 맞아요. 이렇게 막 파란색 여기저기 다 많이 묶여있어요. [조사자 2: 너무 예쁜데요?] 네.

그래가지고. 아까 제가 얘기했던 산, 높은 산에 가면 이런 어버라고 이런 거 있어요. 돌멩이를 모아서 만든 건데. [조사자 1: 어버?] 어버. 네. 그 어버는 돌로 만들어놓고, 거기 그렇게 산하고 신의 모든 것을 모아놓은 거죠. 그래서 지나가는 사람마다 길이 사고 없이 안전하게 해달라고 이런 의미로 가서 돌 하나 올려놓고, 하닥 있으면 하닥 올려놓고. [조사자 2: 돌 이렇게 쌓는 거예요?] 네네. 거기 사람들 계속 많이 이렇게 갈 때마다 돌 하나씩 올려놓다 보니까 이렇게 다 산이. (웃음) [조사자 1: 우리나라에서 마치 돌탑 쌓아 올리는 거랑 비슷한 거 같애요.] 네.

그래서 하닥은 항상 있어요. 그 여러 가지로 그렇게. 아마 몽골 집에 들어가면 다 있을 거예요. 마두금도 아시죠? [조사자 2: 악기.] [조사자 1: 아, 마두금?] 네, 마두금. 거기도 아마 위에 묶여있을 거예요. [조사자 2: 너무 예뻐요. 파란색으로 이렇게.] 네, 하늘색으로 되어 있어요. 한 번 몽골에 가면 여기저기 많이 볼 수 있을 거예요.

[조사자 1: 이제 몽골 가면 파란색 그, 비단이나 천이 이렇게 있으면 '아, 저게 하닥야.' 알 수 있겠네요. 근데 이 교차로 되게 의미가 있네요, 정말. 우리나라 이런 비슷한 신화도 있어요. 교차로가 아니라, 저희는 이제 저승사자 오니까 잘 데려가시라고 상차림 해놓고 이러거든요. 그런 것처럼 여기서는 교차로나 다리에 하닥을 묶어서 길을 잘 가시라고.] 네. 근데 도시 생활하는 사람은 물론 지키기 좀 어렵죠. 아무래도 그러면. 그러니까 그냥 가긴 하는데, 그냥 잘 앞에다가 하닥을 놓고서 가긴 하는데. 시골에서는 가끔 해요.

[조사자 1: 선생님 그러면, 하나만 더 궁금한 게. 현대의, 현대의 몽골 여성들은, 도시에 살든. 문화적으로 남성과 똑같이 어, 계속, 어, 일을 하는 건가요?] 해요. [조사자 1: 해요? 근데 예를 들면 어느 나라는 현대라고 해도, 여자는 여전히 집에서 살림하고 남자는 밖에서 일해야 한다는 문화가 있는 건데. 몽골은 어떻게 같이 맞벌이하는 게 일반적인가요?] 네. 맞벌이가 일반적이에요.

그 뭔가, 글쎄 처음에 와서 저도 힘들었던 건, 한국에 오면은 여자들이 지금 14년 전이니까 그때도 여자들은 집에 있었잖아요. 집에 있다고 하면, 제 대신에 더 답답해하는 거예요. 왜 이렇게 집에 있냐고. 한국에서 일자리도 많고 사람도 많은데 [조사자 1: 아, 몽골 가족들이?] 나가서 뭐라도 하라고 자꾸. 아니 내가 집에 있겠다는데 왜? 그래서 되게 많이 친정집이랑 많이 갈등이 있었어요. 왜 이렇게 일을 안 하냐고 계속 그러는 거예요. 그런 것도 좀 힘들었는데 몽골에서 현대 여성들은 다 일해요. 다 일하고. 거의 50 대 50? 거의 여자가 다 거의 많이 할 거 같아요. 더 적극적이어가지고, 많이 해요. 네.

[조사자 1: 그러면 아이를 출산하면, 일하러 가면 누가 애기를 봐 줘요?] 출산하면, 몽골에서 이런 제도가 있어요. 누가 직장 다니다가

임신하고 애 낳으면, 휴가를 줘요. 1년에서 2년. 육아휴직 주고. 그러면 일자리는 그대로 있어요. 다른 사람이 일해도 1년, 2년 끝나면 다시 그 자리에 돌아가서 일할 수 있기 때문에. [조사자 1: 그 이후는? 그 이후에도 아기가 아직 어리잖아요. 어떻게 해요?] 유치원이나 어린이집 보내면 돼요. 아니면, 엄마 아빠들이. 왜냐면 몽골사람들이 비교적 일찍 결혼하잖아요. 스무 살 정도에 결혼하기 때문에 애 낳고 나면 엄마 아빠들 한 오십? 많아도 오십 살이니까. [조사자 1: 아, 할머니 할아버지가.] 네. 그러면 다 애들 봐줄 수 있어요.

그리구 약간 가족문화, 뭐라고 해야 되지? 누구든지 와서 다 애 봐주고 그래요. 지금은 애 하나 봐달라면 되게 부탁하는 사람 많잖아요. 가서 그러구 동생도 봐도 되구, 열 살 되도 막 동생보고 다 그러니까. 그런 쪽으로는 아주 큰 걱정은 없어요. 하구, 남편 쪽에서도 많이 도와주고 그러니까, 괜찮아요. [조사자 1: 사실 한국은 현대 여성들이 생각보다 맞벌이를 못 하는 이유가 아이 때문에. 아이를 맡길 데가 마땅치가 않으니까.] 그래서 몽골은 결혼 한 스물두 살 정도에 한다고 해도, 부모님이 한 사십몇 살, 사십대 후반? 이러니까 (웃음) 그러니까 봐줄 수 있고. 능력은, 아직 몸도 괜찮으니까 봐줄 수 있고.

그래도 그렇게 키우다 보니까 아이들도 일찍 독립해요 애들이. 예를 들어서 애 정도 되면 거의 혼자 다 돌아다니고. 집, 열 살 되면 거의 엄마가, 얘네도 집안일 해요. 그래서 저도 오빠가 셋이 있고 엄마, 아빠가 맞벌이하고 그러면, 오빠들도 학교, 오전에는 학교 갔다 집에 오면, 집에 먼저 온 사람이 집안 청소 해놓고. 엄마 아빠가 더 늦게 오면 오빠들이나 누구랑 같이 해서 밥은 스스로 해 먹구. 그래서 저도 가끔 엄마한테 지금 이야기하는 게, 엄마가 집안일 하는 걸 거의 못 봤어요. (웃음) 그렇게 하니까, 그렇게 해서 어려서부터 다 훈련시켜가지고 그러니까 일찍 하는 거 같아요.

[조사자 1: 아니 이게 아주 훌륭한 거 같아요. 인제, 인제 갑자기 확 이해가 가는 게, 그, 저기 뭐야. 선생님 동화책 내신 데, 그 어디죠? 거기?] 아시안 허브. [조사자 1: 아시안 허브. 거기 몽골에 강사라 씨 지금도 계세요?] 아. [조사자 1: 일하세요, 거기서?] 아니요. 일은 안 하고 그냥 책

때문에 그냥 가끔 오시는 거 같더라구요. [조사자 1: 몇 번 제가 만나서 이야기를 하는데 그 댁도 한 번 방문했었어요. 근데 굉장히 인상 깊은 게, 초등학교 아들인데, 집에 딱 갔는데 집에 너무 깨끗해요. 저녁 분명 먹었다는데. 근데 "어머, 어쩜!" 그랬더니 딱 강사라 선생님께서 말씀이, 설거지는 항상 아들이 하는 걸로 정해져 있대요.] 어, 강사라 언니도 되게 훌륭해요. [조사자 1: 어, 딱. 이런 문화가 있어서 그런 거 같애요. 우리는, "공부해야지, 뭐 해야지." 이러구 아무것도 안 시키는데.] 그러니까요. 아무것도 안 하니까 애들이 또 그냥 생활 거를, 자기가 할 수 있는 걸 해야지.

애가 또 그런 것도 있어요. 집안일 너무 시키면 애들이 또 공부하고 싶어지는 거예요. (웃음) [조사자 1: 맞습니다, 맞습니다.] 공부하면 너무 편한 거예요. 그래갖고 그런 것도 있었어요. [조사자 1: 그렇지않아도 저희 딸이, 중 1이거든요. 근데 저희 딸이 그러는 거예요. "엄마, 다른 집들은 다들 공부하라고 하지 설거지하라고 하지는 않아." 저희도 주말에는 꼭 해야 되거든요. 어어어.] 좋은데. 저도 요즘 은근슬쩍 가끔 시키는데 그것도 더 많이 시켜야 돼요. 근데, 동생 너무 잘 봐줘서. (웃음) 내가 옆에 뭐 시켰더라. 근데 동생 너무 잘 봐줘서 되게 편해요. [조사자 1: 언니, 누나들은, 첫째들은 하여간 딸이어야 돼.]

한 두 시간씩 동생보고 그런 걸로 만족하죠. 저는 그 오빠 셋인데, 왜냐면 제가 한국에 와서 또 그거 되게 갈등 많이 됐던 게 오빠셋이, 제가 어렸을 때부터 오빠들만 청소하고 밥하고 빨래하고 이런 거만 계속 봐 와가지구. 저 숙제 시키는 것도 오빠들이구, 여기 저기 아프면 병원 가는 것도 오빠들이구 이러니까 한국에도, 남자들은 다 그런 줄 아는 거예요. 그래서 한국에 와 가지구 보니까, 남편. [조사자 1: 왕자님이시죠?] 네, 그러니까 좀, 되게 처음에 너무 낯설었어요. (웃음)

그래서 그렇게 어렸을 때부터 그렇게 많이 해왔기 때문에 애들도 스스로가 많이 빨리 독립하고 싶어지는 거 같아요. 한 스무 살쯤 되면 그, 본능적으로 결혼 준비 하게 되고. 그래서 대학교 들어가면 거의 다 결혼해요. 결혼하는데, 여자랑 같이 만나면 둘이서 이제 시작, 처음부터 시작하는 거죠. 집이 없으면은, 엄마 아빠랑 같이 살면서 돈 모으든지 공부하든지 하다가 이제 대학교 졸업하고 일하면은 자기네 살 곳을 알아서 잡고. 시작부터 같이 움직이니까, 둘이. 가정이 되게 좋다고 생각했어요.

왜냐면 남자가, 한국에서는 서른 뭐 중반, 후반까지 막 열심히 혼자 다 하고서 집 겨우 얻어가지고 결혼하고 그러면 뭔가 정이 안 갈 거 같아요. (웃음) 뭔가 딱 결혼하고 왔는데 다 준비되어있으면 뭔가. [조사자 1: 맞아요.] 나의 그런, 뭐랄까, 열정이랄까. 이런 거가 많이 없어지는 그런 느낌 있었어요. 저기, 제가 결혼했을 때. 그런데 다른 사람들이 들으면,

"뭐 배부른 소리냐."

하겠지만은.

그래서 한국, 몽골에서는 스무 살 때부터 둘이 열심히 악착같이 다 하고, 뭐 대출하면 대출 내고 하면서 살면. 삶의 힘이, 활기가 돌아가는 거 같은 그런 생각이 드는 거예요. 그래서, 운이 좋게 제가 좋은 시집 왔지만. (웃음) 같이 다 하면은 좋드라구요. 공평하게. [조사자 1: 훨씬 더 독립적이고 건강한 거 같애요. 제가 볼 때는.] [조사자 2: 그니까 한국은 다 준비를 한 상태에서 결혼을 할려고 이제 하는데.] 네. 그니깐 너무 시간도 오래 걸리고. 나이도 들고. [조사자 1: 맞아. 그리고 같이 이렇게 일궈야, 이게 같이 우리의 것이 되는데.] 네. 네 그죠. 그러면 더 이렇게 정이 가고 뭐 더 아끼고 그럴 거 같애요. [조사자 2: 그리고 맞벌이가 되고, 애기 봐주시는 가족도 많고 하니까. 그게 되는 거 같애요.] [조사자 1: 으응, 맞어.] 물론 준비하고 결혼하면 안전하겠죠. 뭐 여러 가지로 편하겠지만. [조사자 1: 근데 안전하다는 거는 다른 말로 하면 재미가 없다는 거잖아. (웃음) 아, 재밌다. 덕분에 몽골의 여성 문화, 또 하닥, 현대 여성까지.]

그래서 여성들하고, 그런 거 있어요. 전혀, 어쩔 수 없이 여자가 없는 상황이면 할 수 없지만은, 또 음식 하잖아요. 아침이랑 저녁에 음식하면. 그, 그 담는 일은 여자가 하구, 여자가 하구. [조사자 1: 아, 음식을 남자가 하면? 담는 걸?] 아니 이렇게, 남자가 가끔 요리하는 경우도 있어요. 근데 이렇게 담아주거나 나눠주고 이런 거 있잖아요.

그런 거는 여자가 하고. 응, 그, 뭐지? 아 식사할 때 예를 들어서 그 여러 사람이, 가족들이 있으면은 나이 순서로. 그 하나씩 줘요. 나이 순서대로. 제일, 먼저 가장부터 먼저 주구.

처음에 와서 놀랐던 거, 한국에서는 엄마들 보면 밥하면 제일 먼저

"애들아. 먹어, 먹어."

그러면서 애들한테 먼저 주더라구요.

그래서, 우린 반대로 가장, 무슨 일이 있어도 가장 먼저 주구, 그 다음에 나이 순서대로. 시어머니 있으면 먼저 가장 드리구, 그다음에 시어머니, 아버지 드리고, 그다음에 이렇게 애들은 순서대로 이렇게 하구. 맨 마지막에 제일 어린 애한테 주고, 이렇게. 그래서 나중에 남자들 먼저 주고, 여자들 나중에 주고 이렇게. 그래서 그런 순서도 완전 몸에 배, 뱄어요.

몽골사람들 다 배 있을 거예요. 남의 집에 가서 쭈루룩 앉아도 다, 나도 모르게 이렇게 쭈루룩 앉아있어요. (웃음) 그래서 그런 것들, 여성들도 그런 거 같아요. 그래서 남자 위에 여자가 앉거나 그러면 되게. 물론 앉아있는데 남자가 뒤에 와서, 모르는 남자가 와서 앉거나 그러면, [조사자 1: 그건 상관없지만.] 괜찮지만은, 뭐 같이 가족이나, 가족 단체로 남의 집에 가서 앉을 때 여자가 남자 위에 앉거나 그러면 별로 안 좋아해요. (웃음) 근데 그, 어렸을 때부터 그렇게 해 와서 그냥, [조사자 1: 자연스럽게.] 너무 자연스럽게 그냥 그렇게 앉아요. [조사자 1: 맞아요. 질서가 있는 건 좋은 거예요.] 나도 모르게 딱 순서 찾아서 앉아요. (웃음)

[조사자 1: 네, 그럼 인제, 선생님. 아, 너무 재미있었어요. 설화 이상으로 재미있었어요.] 근데 은근히 몽골, 그런 질서, 문화 이런 거 되게 좀 약간 까다로운 것들이 많아요. [조사자 1: 그러니깐요.] 그 게르, 동그란 게르도 그냥 사람들,

'오 그냥 한 공간. 동그란 게르네.'

이렇게 생각해도 그 안에 되게 많은 문화가 있어요. [조사자 1: 질서가 있구, 문화가 있구.] 네, 지켜야 되는 것도 되게 많구. (웃음)

몽골인이 숭배하는 네 가지 동물

● 구연정보
조사일시 : 2018. 02. 13(화) 오전
조사장소 : 인천광역시 부평구 갈산1동
제 보 자 : 멀얼게렐 [몽골, 여, 1983년생, 결혼이주 14년차]
조 사 자 : 오정미, 한상효, 엄희수

● 개요
몽골 사람들은 새, 사자, 호랑이, 용을 가장 힘이 센 동물이라고 여기며 숭배
한다. 새는 항가르드라는 새의 왕이 이야기에 많이 등장하며, 사자와 호랑이는
의리가 있는 동물로 여겨진다. 용은 물속에서 사는 신성한 동물로 여겨진다.

[조사자: 그러면 몽골에서 실제로 많이, 몽골 하면 떠오르는 동물은, 늑
대?] 늑대랑, 말, 낙타 이런 것들 있어요. 그래서 그, 옛날에는 몽골이
좀 더 넓었다고 그랬잖아요. 동남아시아, 아, 중앙아시아 그쪽에도
많이 있구. 그래서 그쪽에서 넘어온, 전해서 들어온 이야기도 있고.
북쪽으로 그 러시아 바이칼호나 그쪽으로나, 거기서 그, 누구지? 순
록 키우는 사람들? 그 사람들이 이렇게 들어가는 경우도 있어요. 왜
냐면 그쪽, 깊은 산속에 살잖아요, 순록 키우고 사는 사람들. 그쪽으
로, 그 야쿠트, 러시아 그, 시베리아 북쪽에 야쿠트족이나 그쪽으로
해서 또 넘어오는 경우도. 그 여러 가지 설명 있드라구요.

　저는 아직 거기까지는 모르고. 그러구 몽골 사람들이 되게 숭배
한다고 하나? 그런 힘이 가장 센 동물 네 개가 있어요. 그 네 개 동
물 중에 지난번에 제가 얘기했던 거, 항가르드라고 새, 새의 왕 있었
잖아요. 그, 그 동물하고. [조사자: 항가르드, 새.] 네, 그러구 사자, 호

랑이, 용. 이렇게 네 개가 있어요. 그래서 이, 이거를 네 개의 힘이 센 동물 이렇게 해서, 세상에서 가장 힘이 세다고.

그래서 뭐, 여러 가지를 지키기도 하구, 뭐, 용 같은 것도, 용은 그 물속에서 사는 물의 신의 동물 이렇게 여겨 와서, 그 물이나 이런 쪽으로 또 많이 관련되게 해서. 뱀 이런 것두 용이랑 관련, 비슷하게 그래서 같은 종류라고 생각해서 뱀 이런 거 죽이는 거를 되게 금지 해요. 그래서 이 네 가지 동물 되게 많이 중요하게 하구.

또, 어떤 몽골 전통 게르나 이런 데 들어가시면, 그 물건 놓는, 보관하는 창고 같은, 창고 아니고. 물건 놓는 그런 네모난 통, [조사자: 선반?] 선반, 이렇게 이런 거 있어요. 서랍 같은 거 있어요. 근데 거기 보면 그 사자 모양 항상 있어요. 그러면, 그 사자 왜 그러냐면, 사자가 이렇게 의리 있고, 힘이 세고 의리 있고, 이렇게 성실하게 잘 지켜준다는 의미로, 그런 집마다 사자 그 모양이 있는 그 가구 있구. 응. 암튼 생활 속에 많이 있어요. 특히 남자들한테는 뭐, 사자 이런 이름 짓는 경우도 있고. (웃음)

[조사자: 아, 남자 아이들 이름을?] 네. 그 씨름 선수들도 씨름에서 이긴, 1년에 한 번씩 씨름 대회 있어요. 전국에서. 그러면 거기서 이긴 사람한테 '사자' 이런 계급 주기도 해요. [조사자: 사자의 이미지가 어떤, 의리. 이런 거예요?] 의리, 힘. 이런 것들. 그래서 사자, 호랑이 이야기가 많아요. 근데 뭐, 어리석게 등장하는 그런 것도 있지만 용감하게 나오는 것도 있긴 있어요. 근데 제가 잘 몰라서.

몽골인들의 말 사랑

● 구연정보

조사일시 : 2017. 02. 23(목) 오전

조사장소 : 인천광역시 부평구 갈산동

제 보 자 : 바야르사이한 [몽골, 여, 1966년생, 결혼이주 10년차]

조 사 자 : 조홍윤, 황승업, 김자혜

● 개요

몽골인들은 말을 행운이나 복의 상징으로 여길 만큼 말에 대해 좋은 이미지를 가지고 있다. 말 사진이나 말의 상징을 게르의 기둥 위에 올려놓거나, 말떼가 달려 지나간 땅에 엎드려 기운을 받기도 하며, 여름에 말이 땀을 흘리면 자신의 몸에 일부러 묻히기도 한다. 특히 남쪽 지방에서는 말을 매우 귀하게 여겨 말고기를 먹지 않으며, 말이 죽었을 때는 묻어서 장례를 치르거나 탑을 세워 기리기도 한다.

말 되게 상징 동물 정도(로) 소중하게 여기는 이유는, 말 거기 사진이나 아니면 말 이렇게 나무로 만들은 거나, 은으로 만들은 거나, 그걸 만들어서 제일 위에, 그 게르(Гэр) 집 있잖아요. 그 제일 높은 곳에 올려놔요. 말 모양이라든가 아니면 사진. 그 이유는

'말 내 옆에 있기만 하면 내 운이 좋아진다.'

이거 믿어요.

그런데 말들이 이렇게 달려와서, 몽골 사람들이 되게 사진, 그거 축제할 때 봤는지 몰라도 몽골 사람들이 달려왔는 땅 나왔잖아요. 말들이 달려와서 그러면 몽골 사람들은 진짜 다 가서 말 뒤에 그 땅을 가지고 싶어(해)요. 그 이유는

'그 말에서 나오는 그 좋은 복들이 운들이 나한테 온다. 이 땅으로 전달해서 나한테 온다.'

고 해서 그 땅 이렇게 붙이고(엎드리고), 자기 몸으로. 나는 그거 몰랐는데 시골 사람들이 그거 믿어요. 그래서 가서 땅 딱 (엎드리는 시늉을 하며) 이렇게 해서 자기 몸으로,

'나는 운이 좋아진다, 복 받는다.'

이런 뜻이에요. 그래서

'내 옆에만 있기만 하면, 내가 운이 좋아진다. 복 받는다.'

이런 뜻이에요, 몽골 사람들이.

그 말 되게 열이 많대요. 그 열이 나와서 이 사람한테

'그 열이 옮기면 이 내 운이 좋아진다.'고.

믿기 때문에 그렇다고. 그래서 되게 좋아해가지고 다 이렇게 그 말, 땀나서, 더울 때는, 그 여름 축제 때, 그런데 사람들이 다 이거 좋게 땀에 배서 자기 몸으로 이렇게 붙이고(묻히고) 난리 나요. 그 이유는 그걸 믿기 때문에, 옛날이야기. [조사자: 얼마나 좋아하면 이렇게 자기 몸에 말 땀을 묻히고.] 그러니까 나는 그걸 보기만 했지.

'아이 시골 사람들 신기하다.'

라고, 나는 시골에서 태어났지만 그런 거 되게 믿지는 않아요. 듣기만 해서 신기하게만 봤지. 몽골 사람에서(사람들은) 그렇게 봐요. 그런데 계속 시골에서 사는 사람들이 그런 것 되게 잘 믿잖아요. 믿어서 말 진짜 때리거나 뭐 여러 가지 그렇게 하진 않아요. 진짜 소중하게 여겨요.

근데 그 사막에 있는 사람들은, 서쪽(남쪽)에 있는 사람들은, 말고기를 안 먹어요.

"왜 이 소중한 동물 말고기 먹냐?"고.

근데 서쪽 사람들은 먹어요. 그 서쪽 사람들이 왜 먹냐면 걔들은 진짜 몽골인들이 아니에요. 그게 카자크Козакй 민족들이 있어서. [조사자: 카자크?] 응, 카자크.

걔넨 러시아에서 넘어오는 민족이 있잖아요. 그 서쪽이 되게 추워요. 저기 여름 별로 없어. 내가 여름에 갔는데 너무 추운 거예요.

가을인 거 같아요. 그래서 내가 물어봤는데 이게 여름이라고, 그래서 그 추울 때 그 말고기 먹으는 이유는 그 말고기 열이 많아서 사람의 몸을 따뜻하게 해줘서 거기 사람들은 다 말고기 먹어요.

근데 이 남쪽에 있는 사람들은 서쪽에 있는 사람처럼 말고기 안 먹어요.

"왜 이 소중한 내 동물을 먹냐?"고.

이러면서 안 먹어요. 개도, 개도 안 먹어요. 나는 여기 와서 개 먹어봤지 몽골에서는 안 먹어요.

왜냐면 몽골에서도 그게 있잖아요. 유목 생활을 하다가, 하는 사람들이 말 가축들이 이렇게 풀 먹으러 다니잖아요? 그럼 따라다녀야 해요. 따라다닐 때 이 집 보는 사람이 없는데 개만 보고 있는 거예요. 개(가) 집 보고 있는 거예요. 그래서 [조사자: 개도 소중하게 여기는군요?] 어. 그래서 개도 먹지는 않아요.

[조사자: 그러면은 말이 잘 살다가 이렇게 말이 죽잖아요. 죽으면 그냥 그대로 장례를 지내주는 거예요? 묻어줘요?] 그렇게 소중하게 여기는, 그 묻어주는 그런 사람들이 있어요. 탑도 세워주고. 말 탑이 되게 많아요, 시골에 가면. 왜냐면 내게 소중한 동물이 죽었으니까 그래서 탑도 세워주고, 그 말 달리기 경기했잖아요? 그때 일등하면 그 금메달도 여기 걸어주고, 네.

"우리말은 이런 많은 금메달이 있다."

사람한테 자랑하고. 이런 거 되게 많아요. [조사자: 금메달 걸어주는 거예요?] 금메달 바로 걸어주고, 거기에 뭐 오토바이라도 그거도 상 주는 거예요, 그 말한테. 일등으로 달려왔다 해서 그거 되게 자랑하고, 일 년 내내 그 말 잘 달리기 위해서 먹고 뭐 어떻게 잘 관리해가지고, 일 년 한번 저 여름 축제 때만 그 말 달리게 하는 거예요. 그거 위해서 사는 사람이 되게 많아요.

"그 말 일등 했다."

라고 하면, 뭐 저기 멀리 있는 거기에서도 와서 개 말 살려고(사려고) 그래요. 그래서 되게 잘 달린 말 비싸요.

[조사자: 그러니까 외국에서 축구선수 야구선수가 이렇게 돈 많이 벌고

인기 있듯이 몽골에서는 말?] 응, 말. 말만 좋으면 걔들도 이제 돈 벌어요. [조사자: 그렇구나.]

몽골의 대표적인 다섯 동물

● 구연정보

조사일시 : 2018. 05. 17(목) 오후

조사장소 : 경기도 하남시 덕풍동

제 보 자 : 바트 [몽골, 남, 1986년생, 이주노동 9년차]

조 사 자 : 김정은, 황승업

● 개요

몽골 사람들은 소, 양, 염소, 말, 낙타를 대표 동물이라고 여기며, 다섯 마리의 가축이라는 뜻의 '타옹 코슈 맛'이라고 부른다. 이 동물들은 보통 시골에서 많이 기르며, 사람들이 많이 먹기도 한다. 이 다섯 동물들은 역사적으로도 의미가 있으며, 동화나 신화 같은 이야기에도 자주 등장한다. 그런데 다섯 동물 중에서 염소는 별로 좋지 않게 본다. 염소는 풀을 뜯어 먹을 때 앞발로 땅을 파서 그 풀이 다시 자라지 못하게 만들기 때문이다. 염소를 '귀신 가축'이라고 부르기도 한다.

[조사자 1: 혹시 몽골에서 제일 많은 동물은 낙타인가요?] 그렇죠. 아니요, 낙타는 제일 많은 거 아니고. 아무래도 그 소, 양, 염소, 말, 낙타 이 다섯 가지는 몽골의 그, 이 다섯 가지를 몽골 시골 사람들이 키워가지고 그 '타옹 코슈 맛ТАВ ГЭШҮҮ МАЛ'이라고 하는데. '타옹'이라는 게 '다섯'이고, '코슈'라는 게 좀 '마리'라고 할까? 뭐 다섯 마리 [조사자 1: 다섯 마리.] 가축? 가축인가 뭐 그렇게 이야기해요, 우리가.

그래서 그 다섯 가지, 가지는, 그 여기 한국에서는 지금 뭐 애들이 뭐 얘기하면, 뭐 여기에선 뭐 호랑이, 돼지. 제일 물으면 많이 이렇게 나오는 것들 그런 거 있잖아요. [조사자 1: 네.] 네, 그래서 우리나라에선 그 다섯 가지가 제일 많이 나와요. 역사적으로도 그렇고,

182

동화나 신화나 이런 것들이. 그리고 좀 돼지나 뭐 개라고 하면, 좀 이 상하게 이렇게 좀 여기고. [조사자 1: 오히려?] 네. 개는 뭐 아니지만, 닭이나 돼지들은 좀 이상하게, 그때는.

뭐 그 언제까진지는 모르겠지만, 제가 어렸을 때는 뭐 닭고기나 돼지고기나 개 먹어본 적은 없어요, 제가. 물론 제가 좀 이렇게 (웃으며) 그렇게 잘 사는 집이 아니라서, 우리 집이. 뭐 그때 또 이렇게 여러 가지 있었는데. 그래서 안 먹어봤는지. 제 생각에는 그런 건 어렸을 땐 뭐 얘기가 없었어요. 근데 요즘은 많지만. 그 정도로 그 다섯 가지만 좀 유명해요. 또 많이도 먹고.

그 다섯 가지 중에서 염소 있잖아요. 염소는 좀 안 좋게 봐요. [조사자 1: 아, 오히려요?] 오히려. 그게 왜냐면은 '귀신 가축'이라고 그런 얘기도 있어요. [조사자 1: 염소가요?] 염소가. 왜냐면 염소는 풀을 먹을 때, 아이 뭐 그냥 위에서 먹는 거 아니고, 아예 그 발로 이렇게(땅을 파는 흉내를 내며) [조사자 2: 아, 파서.] 풀을 파가지고 다시 못 자라게 [조사자 일동: 아!] 그렇게 망가져 버리니까. 망가뜨리니까. 그래서 그거를 좀 그런 식으로 얘기하는 거 있어요.

몽골의 장례문화

● 구연정보
조사일시 : 2017. 03. 13(화) 오후
조사장소 : 충청남도 천안시 동남구 안서동 단국대학교
제 보 자 : 노로브남 [몽골, 여, 1970년생, 이주노동 4년차]
조 사 자 : 신동흔, 오정미, 이원영, 이승민

● 개요
몽골의 풍장은 인적이 전혀 없는 지역에서 이루어진다. 돌을 베개 삼아 시신
을 눕히면 바람으로 인해 시체가 없어진다. 제보자 부친이 열네 살 때 할아버
지가 돌아가셨는데 삼촌이 우차에 시신을 싣고 가다가 스스로 시체가 떨어지
게끔 했다. 아버지가 다음 날 할아버지를 찾으러 갔을 때 이미 할아버지 시신
은 사라지고 없었다. 집에 돌아와 말하니 할머니가 좋은 데로 간 거라고 말해
주었다.

풍장은 해요. 제가 그거 우리 고향에서는 그렇게 안 해요. 그냥
토장을 하거든요. 그런데 제가 여기 12년에 와 있을 때 같은 또 몽
골 선생님이 계셨어요. 근데 그 선생님이 형이 돌아가셨다고 들어갔
다 나오셨는데 풍장을 했다고 그러시드라구요. 그래서 아니 지금 지
금도 풍장 있냐고 그러니까, 그렇게 스님한테 가서 이거 봤는데 그
풍장 하라고 그랬다고. 그래서 풍장 그 자기 고향, 자라난 그 고향 그
지역에 가가지구 풍장을 했다고 그러더라구요.

근데 풍장을 하는 건 진짜 인적이 없는 그런 지역에 가서 그냥
이거 돌, 이거 베개처럼 이렇게 해가지고 눕혀, 눕혀가지고 손으로
이렇게 말아가지고 그냥 눕히는 거야. 그냥 그렇게 두는 거야. 그래

야 그러면 이거 스스로 이렇게 없어지거든요. 바람, 진짜 풍장이 돼 가지고.

[조사자 3: 대부분이 요즘 다 토장을 하세요?] 예. 토장. 울란바토르 시내 이쪽은 토장일 수밖에 없고 그리고 시골에서만 그 풍장이 쪼금, 그 중부지역 그 지역에선 있다고 그러드라구요. [조사자 2: 사람이 없는 곳이어야 되니까?] 네, 안 그러면 살아있는 사람을 놀라게 하잖아요. 그러면 안 되거든요.

[조사자 1: 화장은 안 해요?] 화장도 해요. 불교식으로. [조사자 1: 불교식.] 예, 아예 아주 화장하는 그거 사업화 돼가지고 한국처럼 이렇게 상 그런 거 있어요. [조사자 3: 상조회?] 다 이렇게 해주는 상조회처럼. 거기서 다 맡아서 해주고 돈만 내고.

[조사자 2: 새, 새, 새가 이런 건 조장이라고 하나요?] 아, 그건 없어요. 그건 티벳에서 하는 식으로는 안 하요. 그걸 사람들이 그걸 한동안 사람들이 몽골에서도 그렇게 하는 줄 알고 그렇게 이렇게 티벳에서 하는 것처럼 이렇게 던져주고 잘라가지고 던져주고 하는 거 그건 아니고 몽골에 풍장은 진짜 아무것도 없는 그런 데 가가지고 그냥 가만 놔두는 거예요. [조사자 2: 그냥 정말 자연으로 돌아가게 그냥.] 예.

우리 할아버지는 우리 아버지 아바, 아버지는 우리 아버지가 열네 살 때 돌아가셨다고 하거든요. 그리고 우리 아버지가 하는 얘기가 그 아버지 장례식 때 같이 이렇게 가는데 그 아버지의 형이 되는 사람이 우차에 이렇게 실어가지고 갔대요. 근데 같이 갔대요. 그때 어린 나이에 열네 살 때 돌아가셨으니까. 열네 살 때 이렇게 같이 간 거예요.

근데 이렇게 계속 가다가 그냥 이렇게 우차에 뒷부분에 쉽게 이렇게 빠져 스스로 이렇게 떨어질 수 있게끔 스스로 떨어질 수 있게끔 놔가지고 계속 이렇게 덜컹거리고 가잖아요. 그러면 스스로 이렇게 빠져서 그거 흘러내린 거여. 그거 흘러내렸다는 거 알면서도 모르는 척하고 계속 가다가 돌아왔다는 거예요, 집에. 그래서 아버지가 하는 이야기가 대충 그때 거기쯤 우리 아버지가 빠져서 거기 떨어졌다. 그런데 나중에 우리 아버지가 그걸 그때 그 삼촌이 무서우니까 아무 소리 안 하고 그냥 따라왔는데 그다음 날 찾아갔었는데 못 찾았다고. 그래서 진짜 못 찾은 거 아마 자연으로 그냥 간 거 같다고.

그렇게 엄마한테 와서 아버지 못 찾았다고 그러니까 진짜 그 우리 할머니가,

"진짜 이렇게 좋은 데로 간 거다."

그렇게 알려줬다고 그러더라구요.

[조사자 3: 그렇게 하는 가족들이 있는 거예요?] 우리 어렸을 때 그렇게 했다고 그래요.. [조사자 1: 자연장이네.] 예. 그걸 아마 그 풍장을 그 티벳 거랑 이렇게 섞여가지고 한동안 그거 되게 90년대에 특히 많이 물어봤어요. 제가 그거 들어본 적도 없는데 그거 풍장인지 그거 조장인가요? 조장(鳥葬). 아, 새 조. 그거 조장이랑 풍장이랑 섞여가지고,

"그 자연으로 돌아간다는 의미다."

이렇게 하니까 이거 그때 연구하는 사람들도 제대로 이해를 못했든 거 같애요.

[조사자 3: 논문에도 그 왜 제주도에 보면 빻아서 날리는] [조사자 1: 높은 바람에?] [조사자 3: 예, 그런 거를 다른 학자들이 할 때 제주도가 원나라의 지배를 받았던 적이 있습니까? 그 조장이나 천장이? 풍속을 받아들여서 그렇게 있는 것이 아닌가? 논문을 쓰셨어요. 저는 그게 아니라고 봤는데.] [조사자 1: 그것보다 훨씬 더 원시적인 거로 봐야 될 거 같은데.] [조사자 3: 그렇게 해석하신 분도 있어서.]

일본

한국과 일본의 제사와 민속문화의 차이

● 구연정보

조사일시 : 2016. 12. 16(금) 오후

조사장소 : 강원도 강릉시 교동 강릉문화원

제 보 자 : 곤도 사끼에 [일본, 여, 1966년생, 결혼이주 20년차]

조 사 자 : 박현숙, 김민수

● 개요

제보자는 제사를 절에 맡기는 일본과 다른 한국 문화에 처음에 적응하기 어려웠다. 잠을 자다가 새벽에 일어나서 세수를 하고 음식을 준비하는 과정이 잘 이해되지 않았고, 새벽에 제문을 읽는 소리가 귀신을 부르는 의식 같아서 무서웠다고 한다. 한국 제사 음식에 고춧가루 넣지 않으며 과일 중에는 복숭아를 제수로 올리지 않는다는 것을 경험을 통해 알게 되었다. 동짓날에는 한국에서는 팥죽을 먹지만 일본에서는 단호박을 쪄 먹는다. 한국에서는 모내기를 할 때 팥밥을 먹지만, 일본에서는 생일이나 축하해야 할 일이 있을 때 팥밥을 해 먹는다.

아, 이게 옛날얘기인데 이게 제가, [조사자: 그게 다 옛날얘기예요. 그게 불과 이제 이십 년 전 이야기잖아요.] [청자: 다문화 이야기.] [조사자: 맞아요.] 아, 이게 제사가 이제 한국에서는 이제 기일마다 하시잖아요. 게다가 또 기일에 또 그날 되자마자 저희는 새벽 제사 지냈었어요. 그래서 그 시댁에 가서 문화도 모르는데 갑자기 손님 오신다고 하니까 마당 쓸으라고 하셨어요. 그래서 열심히 마당 쓸었는데 아무도 안 오셔요. 그랬더니 어머님이 부엌에서 분주스럽게 고기 찌거나 하시면서 근데 저는 할 줄 모르니까 뭐 하라, 뭐 하라 하시는 거 했었죠.

　근데 밤에 되면 어디든지 사람이 많이 오잖아요. 근데 저녁에 식사 대접하는데 이게 뭐가 일어나는지 하다가 식사하고 또 주무시잖아요. 주무시다가 열한 시 반쯤 되면 또 물 끓이라고 하셨어요. 그래서 끓인 물을 다 세숫대야에 갖다 드리면 한 사람씩 다 세수하고 갓 모자 쓰고 도포 입고 희한한 분위기죠. 그거는 한국 분들에게는 당연하지만 저는 처음 보는 거니까 이걸 강시가 오는 것처럼 느낀 거예요. (웃음) 밤에 그렇게 하니까.

　그랬는데 이제 제사를 지내는데 희한한 뭐 '유-세차' 같은 거 그렇게 어이고 무서워라. (웃음) 그리고 뭐 '부꾸 부꾸' 하면서 새소리도 듣죠. 근데 그 제사가 뭔지 잘 몰라서 근데 여자는 안에 안 들어가서 안 보이죠, 여자는 항상 뒤에 있어야 되니까. 두 번 뭐 절을 해서 이제 식사하신다고 뒤에 좀 봐야 된다고. 제사 문화에 대해서 너무 신기한 거 많았었고 그러다가 또 잠깐 주무시다가 아침에 식사해야 된다고 해서 저는 설거지 끝나자마자 아침 식사 챙기래요. 그래서 아이고 이게 무슨 문화가 이렇게 되어있나. [조사자: 저녁에 조금 먹고 아침에 또 먹고.]

　그래서 또 한국에서 집집마다 이불이나 베개가 너무 많은 이유가 그거예요. 밤새 제사 지내니까 주무시고 가시는 손님 있으니까 가족분만. 가족 인원수만 이불이 있으면 안 되는 거죠. 거기다가 한국 강릉에서는 단오제가 있는데 단오제에서 왜 이불을 많이 파나 했더니 제사 때 제사가 많아서 농사하는 사람은 여러 가지 보름 제사, 동지 제사 다 하잖아요.

　"그거 제사할 때마다 사람들이 모여서 주무시고 가시니까 이불이 많이 필요하다."

　그 얘기를 들어서,

　'아, 그렇구나.

　[조사자: 그러면 사끼에 선생님은 막내며느리세요?] 네, 막내며느리. [조사자: 그러면 시부모님하고 같이 살아서 제사 준비 하신 거예요?] 네, 그때는 아직 그게 살 집이 없었어요. 근데 지금 아주버님이 집을 시내에 지으시는데 그때 아직 완성이 안 돼서 그래서 시부모님하고 같

이 살게 돼서. [조사자: 그럼, 일 년에 몇 번 지내셨어요?] 제사 그때 세
네 번 있었을걸요, 지금 합쳤으니까. 명절 때도 제사가 있고, 보름 제
사, 동지 제사 근데 제가 봤을 때 이제 단오 제사는 이제 안 하게 됐
다 하셨어요. 그래도 조상님 제사 있고 친척분들이 제사하면 제사
보러 가고 그런 거. 근데 뭐,

"점점 직장에 다니시니까 이제 새벽 제사하지 말고 저녁 제사로
하자."

그렇게 해서 저녁 제사 지금 지내고 있어요.

[조사자: 그러니까 자다가 갑자기 밤 열한 시 돼서 일어나서 물을 끓
이고.] 네네. 세수를 해야 한다고 하고. [조사자: 옷을 갖춰 입고 갓을 쓰
고.] 그런 거 입으시고 이런 거 갓 쓰시고 하시니까 놀랐죠. [조사자:
강시가 온다고 생각을 하셨어요?] 중국에서 그 강시 영화를 봤어요. 거
기 뭐 조상님이 온다고 하니까 이렇게 '퐁퐁퐁퐁' 오는지 그렇게 해
서 (웃음) 그랬죠. 거기다 한국에서 유교 문화도 있지만, 기독교 문화
도 있고 근데 기독교는 제사를 안 본다면서요? [조사자: 네.] 그래서,

"너는 기독교냐? 아니냐?"

물어보시니까,

"잘 모르겠습니다."

해서 제사 같이 봤는데 네.

문화들이 좀 일본에서는 그렇게 해마다 제사를 안 지내요. [조사
자: 그러면 어떨 때?] 거의 뭐 사십구재 지내면 삼 년째, 오 년째 거의
홀수 때 하는데 짝수 때는 팔 년째 그때하고 뭐. 거기다가 음식도 그
렇게 가지가지 안 챙기고 그냥 스님한테 맡겨요, 다 돈으로 해결하
는 문화가 정착됐으니까. 스님께 어느 정도 봉투를 하면 스님이 다.

"나무아미타불."

해 주시고 그 외 가까운 식사 식당에 가서 식사하죠. 여자들이
그렇게 음식 준비에 분주스럽지 않아요.

그래서 한국 여자분들 일이 진짜 많은 거 같아요. 김장도 하죠,
제사도 하죠. 진짜 바쁘고 잠도 맘대로 못 자고 집에서 거의 손수하
시는 문화가 아직도 남아있는데 일본은 이미 거의 다 수퍼마켓에서

사는 문화가 많이 있으니까. 한국도 올해 뉴스 보면 김치도 사다 먹
는 시대가 점점 왔다고 하니까. 음, 그럼 좋은지 안 좋은지 모르겠지
만 문화가 점점 간소화되는 거 같다 싶어요.

　　[조사자: 제사 올리는 음식도 해야 되는 게 너무 많았었어요?] 네네네,
그게 고춧가루 쓰면 안 된다면서요? [조사자: 네.] 한국에서도 왜 고
춧가루 좋아하시는데 왜 조상님들은 고춧가루 안 좋아하시지? (웃
음) 하면서 이렇게. [조사자: 고춧가루는 이렇게 나쁜 거 물리치는 그런
게 있어서.] 귀신이 이렇게. [조사자: 네, 그래서 고춧가루 뿌리지 말라고.]
그렇죠. 복숭아도 안 된대요. [조사자: 왜 안 된다고 그렇게 말씀하셔
요?] 귀신이 복숭아 싫어한대요. [조사자: 싫어해서?] 근데 저는 복숭
아 싫어해요. 그래서,

　　'나는 귀신인가 보다.' (웃음)

　　아니 복숭아 먹으면 알레르기 생겨요. 여기 가려워지니까 그래
서 저는 복숭아 잘 안 먹어요. 통조림은 먹는데 깎아서 먹는 건 안
먹으니까 야 저는 귀신과 똑같은 습성을 가지고 있어요. 그랬어요.
(웃음)

　　동지팥죽 먹는 것도 그것 때문에 드신다고 하시더라구요. 근데
일본도 동지가 있는데 일본에서는 늙은 호박을 쪄서 먹어요. 그거는
비타민 A가 많아서 겨울에 감기를 잘 이겨내라고 겨울에는 동지 때
는 호박 쪄서 먹는데 한국에서는 그거 귀신을 쫓아내기 위해서 팥죽
을 먹는다고 알고 있고.

　　[조사자: 그럼 호박을 쪄서 드셔본 적 있어요?] 네네. 저희 엄마가 많
이. [조사자: 아니 여기 한국에서.] 네네. 한국에서도 쪄서 먹고 근데 동
지라서보다 그냥 반찬의 하나 해서 먹고. [조사자: 늙은 호박도 단호박
쪄서 먹는 것처럼 이렇게 쪄서 먹으면 되는 거예요?] 네, 늙은 호박도 (청
자를 쳐다보며) 이렇게 큰 거 없죠? [청자: 없어요.] 큰 거는 없고. 이
렇게 반쪽 하는, [조사자: 단호박.] 네. 단호박 그거는 일본에서 있으니
까 그거는 일 년 내내 반찬 해서 먹기도 해요.

　　[조사자: 그러니까 그게 그 동짓날 늙은 호박을 일본에서 먹는 이유 같
은 거 없어요? 우리처럼 이렇게 나쁜 액운을 물리친다는 의미에서 팥을 받

고 하는 건데.] 동지에는 팥은 안 먹어요. 그 대신 호박을 막 영양가가 있어서 겨울 이렇게 겨울 동안 감기를 잘 안 걸리기 위해서 그 영양 보충? 보충을 위해서 호박을 먹는 거고.

　　근데 팥을 먹는 문화는 일본에서는 이게 빨간 밥을 먹는 문화는 이게 뭐랄까? 세키한(せきはん)이라고 하는데 한국에서는 생일에서 미역국 드시죠? 근데 일본에서는 멥쌀하고 찹쌀하고 반반해서 팥을 삶은 그 물 빨갛게 나오죠. 그 물 넣고 밥을 빨개. 근데 한국에서도 그게 모내기할 때 먹는 밥하고 똑같대요. 모내기하실 때 항상 팥을 넣고 밥을 하시는 습성이 있는데 일본에서는 그거는 생일이라든가 축하할 때 팥밥을 먹어요.

　　[조사자: 이게 지방마다 조금 다른데 이 팥밥을 빨갛게 해서 생일날 반드시 먹어야 하는 지방은 경상도 지방이고 미역국이랑 같이 팥밥을 해서 먹어요.] 그럼 일본 문화하고 조금 섞여 있네요? [조사자: 네, 그렇죠.]

추석에 수신에게 올리는 음식과 조상신을 위한 춤

● **구연정보**

조사일시 : 2017. 05. 01(월) 오전

조사장소 : 인천시 부평구 삼산동

제 보 자 : 노마치 유카 [일본, 여, 1974년생, 결혼이주 10년차]

조 사 자 : 신동흔, 조홍윤, 황승업

● **개요**

일본에서는 추석에 수신적 성격을 지닌 조상신을 모시기 위해 물과 친연성이
높은 소면, 오이, 가지 등을 올린다. 그리고 조상신이 후손들과 즐거운 한때를
보낼 수 있도록 봉오도리 춤을 추기도 한다.

돌아온다고 생각하는 거는 추석 때, 오봉[●]. 오봉 이제. 한국에
는 뭐야, 설날에도 돌아오시고 명절, 여러 명절 때도 돌아오시고 하
는데, 일본은 유일하게 남아 있는 게 추석 때. 오봉 때. 그때 오봉 때,
그 제사상에다가 올리는 것이 그렇게 뭐 힘들지 않아요, 한국처럼.
그 사람 좋아했던 과자, 그리고 소면. 일본은 원래 물신, 물신을, 물
신, 산신, 그리고 농신 그 세 개가 신, 대표적인 신이에요. [조사자: 물
신하고 또?] 예, 물신. 산신, 산. 그리고 논, 농사. 농사를 도와주는 신.
그게 전부 다 조상들이 신인 거예요.

그래 그 물신을, 물신을 모시는데 소면, 소면. 소면이 왠지 그게
물신이 좋아한다고. 소매, 소면. 한국에도 먹잖아요? 일본에서 여름
이 되면은 나무, 대나무를 반 잘라서 이렇게 연결을 시켜요. 그런데

● 오봉(お盆)은 양력 8월 15일을 전후로 4일간 지내는 일본 최대의 명절이다.

물을 이렇게 약간 경사지게 해서 물을, 물도 같이 그 소면을 이렇게 흘러내리게, 사람들이 이렇게 그 옆에다가 이렇게 소면을 던져 먹는. 예, 그렇게 소면을 즐기는데. 약간 물이랑 똑같이 흘러가고. [조사자: 그래서 소면이 물신을 위해서?] 예, 위해서 바치는 음식처럼. 그래서 소면은 요리도 안 해요. 그냥 소면 이거를 올리는 거예요.

　그리고 그 물신 좋아하는 거. 그 오이. [조사자: 오이?] 오이랑, 오이랑 그 가지. 그런데 물에 사는 괴물, 괴물 좋아하기도 하고, 약간 또 뭔가, [조사자: 갓파(かっぱ)도 좋아하지요?] 예, 갓파도 좋아하니까. 우리 지방에서는 그냥 잘라서 올렸어요. 그런데 다른 지방에서는 그거를 말, 말, 오이는 말처럼, 다리는 그 나무젓가락을 잘라서 이렇게 끼우면은 약간 말처럼 생겼잖아요? 그런데 가지는 좀 두툼하니까소. 둘을 이렇게 딱 제사상에다 올려요.

　그게 뭐냐면, 저승나라에서 조상들 돌아올 때 말 타고 빨리 오시라고 말 준비해주는 거고, 소는 힘은 좋잖아요. 그런데 빨리 가라고 아니라, 천천히 가시는데 좀 선물도 많이 받고 천천히 가라고 소를 준비를 해준다, 그런 의미가 있어요. 그러니까 우리 지방에서는 안했지마는 좀 다르죠, 지방마다. 그 모양 만드는 지역 좀 많아요.

　그런데 봉오도리(ぼんおどり, 盆踊) 같은 거, 춤. 그 가을 축제 때 봉오도리 춤을 춰요. 그거 가면 쓰고 하는데, 조상이 돌아오는 시기잖아요. 같이 놀자고 한자리를 같이 하는 건데. 조상, 그 조상들은 좀 어색하잖아요? 우리 세계의 사람이 아니니까, 같이 하기가. 그래서 마음 편하게 놀아라고 그 가면, 가면 쓴 사람이 몇 명 있으면 좀 모르는 얼굴이 있어도 그냥 같이 놀자고 해요. 그런 의미에서 가면도 쓰고. 여자 가면, 남자 가면. [조사자: 조상님들 어색하지 말라고?] (웃음) 네, 그렇게 배려를, 배려를 했다고.

일본의 설날 전래 놀이

● **구연정보**
조사일시 : 2016. 11. 18(금) 오후
조사장소 : 강원도 강릉시 초당동 ,
제 보 자 : 코마츠 미호 [일본, 여, 1969년생, 결혼이주 20년차]
조 사 자 : 박현숙

● **개요**
일본에는 설날에 하는 전통 놀이가 여러 개 있다. 기모노를 입고 나무 라켓을
사용하는 일본식 배드민턴 '하네츠키'는 주로 여자들이 한다. 그리고 일본식
윷놀이인 '스고로쿠'가 있는데, 주사위와 말을 사용한다. '카루타'라는 카드놀
이는 아이들이 히라가나를 배울 때 많이 하는 놀이이며, 순발력이 필요하다.
전통 방식은 시를 읊거나 노래를 부르는 놀이로 '하꾸닌잇슈'라고 한다.

[조사자: 전래 놀이라고 해야 되나? 뭐 특별한 날에 하는 놀이들이 있
어요?] 그런 놀이들은 역시 그 설날에. 지금 일본은 양력으로 다 하
니까 설날 1월 1일에 뭐 연날리기, 그리고 그 '하고이타(羽子板)'가
뭐지? '하네츠키(はねつき)'라고 그 나무로 생긴 라켓 같은 거 있어
요. 그거로 그 깃털 붙어 있는 그 공 있어요. 그걸 이렇게 쳐요. [조사
자: 콩?] 공. [조사자: 공. 그러니까 한국 그 배드민턴 같은?] 네. 배드민턴
처럼. 근데 나무 판이에요 그 라켓이. (라켓으로 공을 치는 시늉을 하
며) 그거를 이렇게 쳐요. 그거 여자들이 하는 놀이예요. 기모노, 원래
기모노 입고 이렇게 노는 거 있구요. 그 라켓이, 라켓, 나무판이 비싼

● 제기와 유사한 전래놀이로 하고(羽子)를 쳐서 올리고 받고 하는 나무판이다.

거는 장식으로 비싼 것도 있고요. 또 장식으로 하는 것도 있고.

그리고 전래놀이. 아, 윷놀이처럼. 스고로쿠(すごろく). (제보자가 잠시 전화를 받은 후에 이어서) '스고로쿠'라는 놀이가 있어요. 윷놀이처럼, 그 윷 말고 주사위로. 그래서 이렇게 말을 이렇게 [조사자: 잡아요?] 네. 말을 이렇게. [조사자: 말이 가고?] 네. [조사자: 주사위 던져서? 그 숫자만큼?] 네, 숫자만큼. [조사자: 그게 다 설날에 하는 놀이예요?] 네. 그것도 옛날부터 있는 놀이고.

그리고 '카루타(カルタ)'*라는 놀이가 있는데. 여기 그림이 있고, (그림을 그려서 보여주면서) 여기, 여기 있는 카드하고 또 한 사람은 그 카드에 대해서 읽는 카드가 있어요. 그걸 읽으면 거기에 맞는 카드를 찾아서 탁 이렇게. [조사자: 짝이 되는 카드?] 아니에요. [조사자: 그러면?] 아, 네네. 여기 맞는. 지금 현재 노는 놀이는 여기 '카루타'라는 놀인데. 여기 히라가나로 '아'라고 있고. '아'가 있으면 아기? 아기 그림이 여기 있고. 여기 그냥 '아'라고 있어요. 그럼 이쪽에서 읽은 사람은,

"아기가 울고 있어요."

뭐 그런 식으로 읽으면 '아', 그 '아'라고 써 있는 카드를 찾아요. 그랬을 때 '탁'하고 때려서 잡아요. 그거 몇 명 있어요, 사람이. 그래서 빨리 '탁'하는 사람이 그 카드를 받을 수 있어요. 그걸 많이 모은 사람이 일등.

아 근데 원래 이건 현대식 놀인데 옛날에는 노래. [조사자: 노래로. 노래가 있어요?] '와카', '와카'라고 그 옛날 노래, 시. 시로 하는 거. [조사자: 혹시 기억나세요?] 아, 그건 어려워서. [조사자: 어려워요?] 네. 아무튼 이쪽에서 노래를 부르면 이쪽에 또 맞는 카드가 있어요. 그 노래에 대한 카드가 있어서 빨리 잡아서 탁 하는데 그거는 진짜로 대회가 있어요. 에, 설날 때. [조사자: 설날 대회?] 네. [조사자: 와카?]

● 주로 정월에 실내에서 하는 카드놀이다.

또 그때는 '햐꾸닌잇슈(ひゃくにんいっしゅ)'● 백인. 백인의 수
(百人一首). '햐꾸닌잇슈'라는. 현대인들은 '카루타 카루타'라고 하
는데. 옛날에는 그 '햐꾸닌잇슈' 그거 대회가 있어요. 다 그 기모노를
입고 나와가지고. 뭔가 전문적으로 하는 그 경기가 있어요. 노래로
하던데 그 시를. [조사자: 시로?] 네. 저는 그거는 안 해봤으니까. 일
반적인 카루타는 서점에 많이 파니까. 애들이 히라가나를 배울 때도
좋고. 그게 설날 때 노는 거예요.

● 백 명의 가인(歌人)의 노래를 한 수씩 모은 것이다.

가고메 가고메 놀이와 노래

● **구연정보**
조사일시 : 2017. 01. 12(목) 오후
조사장소 : 인천시 부평구 삼산동
제 보 자 : 노마치 유카 [일본, 여, 1974년생, 결혼이주 10년차]
조 사 자 : 조홍윤, 황승업, 김자혜

● **개요**
일본 아이들이 놀이를 하면서 부르는 〈가고메 가고메〉의 노랫말을 풀이하면
'잡힌 새, 잡힌 새, 우리 안에 있는 새는 언제 나올 수 있을까, 새벽에 밤에, 학
도 거북이도 넘어졌다. 뒤에 앞에 누구냐?'이다. 놀이는 눈을 가린 아이가 가
운데 앉아 있고 다른 친구들이 손을 잡고 돌면서 노래를 부르는 형식이다. 이
때 노래의 마지막 순간에 한 아이가 술래의 뒤나 앞에 서며 내고 싶은 소리를
내면 술래가 누가 서 있는지를 맞히는 놀이이다.

[조사자: 그냥 뭐 그래도 어렸을 때 친구들끼리 "야, 이런 얘기 있대."하
고 들어보신 것 중에 좀 재밌어서 기억에 많이 남는 것들 있잖아요.] 어, 많
이. [조사자: 정확하지 않아도 됩니다.] 아, 네, 〈가고메 가고메(かごめ
かごめ)〉. [조사자: 카고메?] 예, 놀이예요. 이렇게 한 네다섯 명 동그
랗게
　　"가고-메, 가고-메."
노래를 하면서 돌아요. [조사자: 아, 〈강강술래〉 같이?] 그렇죠. 그
런데 가운데 한 명이 이렇게 술래처럼 이렇게 눈 가리고 있어야 돼
요. 쭈그리고 앉아있는데, 그 둘레를 돌아요.

가고메 가고메(かごめ かごめ)

카고노 나카노 토리와(籠の中の鳥は)

이츠이츠데야루 요아케노반니(いついつ出やる 夜明けの晩に)

츠루또 카멧또 스벳타(鶴と亀と滑った)

우시로노 쇼멘 다아레(後ろの正面だあれ)

이렇게 노래를 하는데, 그 내용이 잘 이해가 안 가는 내용이죠. 앞뒤가 안 맞다고 해야 되나요? [조사자: 그래도 한 번 그대로 한 번 얘기를 한 번 해줘 보세요.]

"가고메 가고메."

카고, 가고메라는 게 그 새 같은 거를 잡는 거를 가고메라고, 가고므(かこむ)라는 말이 있는데, 거기서 나온 것 같아요.

"카고노 나카노 토리와."

카고(かご)가 우리. 우리 안에 있는 새는,

"이츠이츠데야루."

언제 나올 수 있을까? [조사자: 어, 우리 안에 있는 새가 언제 나올 수 있을까?] 음, 가고메가고메가 그 뜻이 맞는 것 같기는 하네요. 네.

"이츠이츠데야루 요아케노반니."

요아케(よあけ)가 새벽이에요. '새벽에, 밤에.' 그렇게 노래를 해요.

"요아케노반니 츠루또 카멧또 스벳타."

츠루(つる)가 학, 카메(かめ)가 거북이예요. 일본에서 장수의 상징, 좋은 동물이잖아요? 걔네들이 넘어졌다고,

"츠루또 카멧또 스벳타 우시로노 쇼멘 다아레?"

뒤에 정면은 누구냐? 뒤에 정면 누구냐. 그런데 그 술래는 뒤에, 뒤에 정면인가? 뒤에 딱 서요.

"쇼멘 다아레?"

하면서요. 그때 뭔가 목소리를 내줘요. 뭐 아무 소리나 상관이 없는데. 뭐 고양이라면,

"야-옹"

누군지 맞추는 그런 놀이가 있어요. 예.

이게 뭔가 좋은 것들이, 학이라든지 거북이 넘어지기도 하고. 그러니까 '별로 좋은 뜻이 있지 않는다.'다고, '무서운 뜻이 숨어 있다.' 그런 얘기를 [조사자: 뭔가 좀 계속 가려져 있는 이미지가 있네요.] 네. [조사자: 우리 속에도 새가 들어 있고.] 네. 언제 나올 수 있을까. 갇혀 있는 거죠. [조사자: 그리고 밤에, 새벽에 못 볼 때에 나오고. 그리고]

"츠루또 카멧또 스벳타."

그러니까 새벽, 밤, 새벽에 학하고 거북이가 넘어져 버리는 거. [조사자: 그리고 술래는 자기 눈을 가리고 있고?] 눈 가리고 있고 뒤에 있는 사람 맞추는 건데, 뭐 그거에 대해서도 여러 가지 가설이. [조사자: 굉장히, 굉장히 심층적인, 뭔가 큰 의미가 있는 것 같은데.] 예예.

책에 그런 게 나오는데. (웃음) 가고메, 〈가고메 가고메〉도 나와 있어요. 그러니까 이 설이 여러 가지가 나와 있어요. 그러니까 그런 우리에 갇혀 있는 새를 애기, 애기라고, 애기에, 애기를 빗댄 표현이라고 하고. 그런데 결국은 언제 나오지가 않는 거예요. 그러면은 유산되기도, 위험하고 그러잖아요? 그러니까 그런 것을 노래했다는 가설이. [조사자: 가설에도 여러 가지가 있을 수 있겠네요, 워낙 상징적이어서.] 네, 그렇죠. [조사자: 재밌네요.] 그러니까 놀이, 어렸을 때 했던 놀이 중에 그런 게 있어요. [조사자: 이렇게 무슨 뜻인지 모르겠는데, 우리도 모르게 노래를 하고 있던 그런 것들 있잖아요. (웃음)]

도랸세 놀이와 노래

● **구연정보**

조사일시 : 2017. 01. 12(목) 오후
조사장소 : 인천시 부평구 삼산동
제 보 자 : 노마치 유카 [일본, 여, 1974년생, 결혼이주 10년차]
조 사 자 : 조홍윤, 황승업, 김자혜

● **개요**

도랸세 놀이를 하면서 노래를 부른다. 노랫말을 풀이하면 '돌아가세요, 돌아
가세요. 여기는 어떤 길입니까? 여기는 천신님이 계시는 신사(神社) 길입니
다. 그렇다면 나를 지나가게 해주세요. 용무가 없으면 못 갑니다. 아이가 일곱
살이 되어 데리고 왔습니다. (2절: 아이가 죽어서 왔습니다.) 부적을 반납하고
새로 받아야 합니다. (2절: 부적을 반납하고 와야합니다.) 갈 때는 좋아요, 좋
아요. 올 때는 무서워요, 무서워요. 무섭더라도 돌아가세요, 돌아가세요.'이다.

〈도랸세 도랸세〉, 도랸세(通りゃんせ)라는 놀이도 있어요. 도랸
세가 '동대문을 열어라.' 하는 거랑 비슷한데. [조사자: 아, 이렇게 (두 손
을 올려 동대문 놀이하는 자세를 취하며) 문 만들어 놓고?] 그렇죠, 그렇죠.
"도랸세 도랸세."
그런데 좀 무서워요, 내용이.

도랸세 도랸세(通りゃんせ 通りゃんせ)
고코와 도코노 호소미치자(ここは どこの 細通じゃ)
덴진 사마노 호소미치자(天神さまの 細道じゃ)
좃토 도시테 구다샨세(ちょっと 通して)
고요노 나이모노 도샤세누(下しゃんせ 御用のないもの)

202

　　고노코노 나나쓰노 오이와이니(通しゃせぬ この子の 七つの)
　　오후다오 오사메니 마이리마스(お祝いに お札を納めに まいり
　　ます)
　　이키와 요이요이(行きは よいよい)
　　가에리와 고아이 고아이(帰りは こわい こわい)
　　나가라모 도랸세 도랸세(ながらも 通りゃんせ 通りゃんせ)

　　하는데 [조사자: 고아이, 고아이(こわい こわい)도 나오네요.] 고아이
가 나와요. (웃음) '도랸세', '가세요, 가세요.'라는 뜻이에요.
　　"도랸세 도랸세 고코와 도코노."
　　여기는 이야기하는 거예요.
　　"가세요, 가세요."
　　하는 그 뭐랄까, 경비원 같은 사람이 있고. 그런데 어떤 지나가
는 사람이 물어봐요.
　　"여기는 어떤 거리냐?"
　　"여기는 텐진사마, 텐진사마. 천신님의 사시는 신사가 있다. 신
사로 이어지는 길이다."
　　그래서 대답을 해줘요.
　　"그러면 나 좀 가게 해주세요. 나도 일이 있다."
　　그런데,
　　"그 안건이 없으면은 못 간다."
　　안, 안건? [조사자: 할 말이 없으면 못 간다?] 할, 그러니까
　　"거기서 일을 보는 사람이 아니면은 못 간다."
　　그런데 그 사람이 아이를 데리고 있는데, 이 아이의 일곱 살에,
　　"고노코노 나나쓰노 오이와이니."
　　일곱 살이 됐다는 기념, 기념이라고 해야 될까. 예,
　　"텐진사마한테 가서 기도 좀 받아야 되겠다."
　　하는 거예요. 일본에서 세 살, 다섯 살, 일곱 살 때 신사를 가는
게 있잖아요.
　　"일곱 살 됐으니까 데리고 왔다."

"오후다오 오사메니 마이리마스."

오후다(おふだ)가 그 뭐랄까, 자기를 지켜주는 뭐라 해야 되나? 갖고 다니는 거. [조사자: 뭐라고 해야 되지?] 오후다는 액을 막, 안 좋은 액을 막는다고 집에 붙이기도 하고요. [조사자: 부적?] 부적? 예예. 부적을,

"오후다오 오사메니 마이리마스."

일곱 살까지 무사히 살게 해주고, 부적을 다시 돌려주고, 또 새로 받으러 갔는데, 그것 때문에 간다고 얘기하는 거고요. 그런데 노래가

"이키와 요이요이."

"갈 때는 좋고, 올 때는 무서워요."

하는 거예요.

"이키와 요이요이."

"좋다, 좋다."

그런데,

"가에리와 고아이."

예예.

"올 때는 무섭다."

"고아이 나가라모 도랸세."

"무섭더라도 가세요, 가세요."

하는. [조사자: 아, 무섭더라도 가야 된다?] (웃음) [조사자: 굉장히 상징적이다.] 네, 신사가 나오는 게. 도랸세, 그런데 2절이 있는데, 더 무서워요. [조사자: 2절도 해주세요.] 놀 때는 1절만 갖고 놀아요. 그런데 2절이 있는 걸 몰랐는데, 2절은 (잠시 찾아보다가) 여기도 안 나오네. 네, 2절은, 2절은

"그 애가 죽었다."고

얘기하고 오는 거예요, 엄마가. 애가 죽어서 부적, 부적을 다시 돌려준다는 거. [조사자: 반납을 해야 된다고?] 네, 반납을.

"그래서 가야 된다."

한다는 게 2절이에요.

[조사자: (2절에서도) 계속 갈 때는 혼자 오고 올 때는 무서워요?] 그렇게 하는데, 뭐 정말 신의, 신의 의지로 해서 살았잖아요. 옛날에 의사도 없고. 그래서 모든 게 신의 의향에 따라서 애가 자라는 것도 그렇고, 애가 죽는 것도 그렇고. 그러니까 그때마다 신사를 찾아갔던 것 같아요. 도랸세.

[조사자: 아이들 놀이로 쓰기에는 너무, 너무 의미심장한 노랜데.] 네, 그런 게 많았던 것 같아요. 그런데 해석이 워낙 많아서. [조사자: 네. 많을 수밖에 없겠네요.] 네, 그렇죠? [조사자: 저도 해석해보고 싶은 이야기인데? (웃음)]

옛날에 그 자유롭게 통과를 못 하게 했던 시대가 있어서 데가따(てがた)라고, 그러니까 신분증 같은 거. 통과, 통과증명서 같은 거를 가지고 있어야지 통과를 할 수 있어서, 그래서 노래에도 그런 내용이 나오는 [조사자: 그런 문화적인 부분이 남아 있다?] 네. 쉽게 다른 지역으로 못 넘어가게 했는데, 신사가 많이 생기면서, 아 도로가, 도로도 생기면서 여행을 많이 다녔어요.

"어떤 신사는 잘 소원을 들어준다더라."

하면 사람들 찾아가고. 그런 문화가 만들어지면서 사람들 많이 찾아다녔죠. 신사 많이 가죠. 그렇게 종교처럼 막 믿지는 않지만.

[조사자: "아키타현에 학문의 신이 있는 신사가 있다."라고 들었는데.] 어떤? [조사자: 학문의 신.] 항문? (웃음) [조사자: 네, 공부 신.] 아, 학문. 아키타에도 있고 큐슈도 있고 많아요. [조사자: 그래서 고등학교 때 거기 가가지고 "대학 가게 해주세요." 그런다고. (웃음)] 아, 유명한 거는 큐슈에 있는 곳인데. 동북은 모르겠네요. 동북, 동북 지방에는 있는지 모르겠지만, 스가와라노 미치자네(菅原道真)라는. [조사자: 네, 스가와라노 미치자네.] 예예. 그런데 나눠서 가져가지고 하고. 뭐랄까, 체인점은 아니지만, 신사 본가가 있으면은 다른 지방에도. [조사자: 지점이? (웃음)] 지점이죠. (웃음)

[조사자: 지사들이 있군요. 다들 거기 간다고 그러더라고요.] 아, 그렇죠. 어렸을 때 특별히 생각도 없이, 그러니까 기말시험이나 전에 가서 기도하고 그랬었어요. [조사자: 기말시험 날 공부를 해야 되는데.] (일

동 웃음) 기말시험 전에.

　아니, '고마따토끼노 카미다노미'라는 말이 있어요. 고마따토끼가 힘들 때? 불편한 일이 있을 때 신에게 손 벌리는 거. (웃음)

　"신에 의지를 하자."

　그런.

　[조사자: 그래서 이렇게 굉장히 막 "나는 믿어요." 그런 거보다는 그냥] 생활. [조사자: 생활적으로 많이 남아 있는 것 같아요.] 예예, 생활이죠. 네. 그냥 종교의식은 불교 쪽으로 많이 하고요. 네. 일본에서 그 설문 조사를 하면은 안 믿는다는 사람이 많이 나오잖아요. [조사자: 머리로는 안 믿는데, 그냥 생활은?] 그렇죠. 그냥 의식적으로.

　아, 그냥, 한국도 기독교 믿는 사람도 돌을 (돌멩이를 어딘가에 올리는 동작을 하며) 이렇게 얹고, 이렇게 쌓지 않아요? [조사자: 네.] (일동 웃음) [조사자: 그거 목사님이 알면 혼나요.] (일동 웃음)

인도

카스트 제도에 대한 오해

● **구연정보**

조사일시 : 2017. 02. 20(월) 오후

조사장소 : 광주광역시 북구 금남동

제 보 자 : 바수무쿨 [인도, 남, 1964년생, 이주노동 25년차]

조 사 자 : 조홍윤, 황승업, 김자혜

● **개요**

제보자는 한국 사람을 만날 때마다 자신의 카스트가 무엇인지 묻는 질문을 받고 당황했다고 한다. 한국에 오기 전에는 카스트라는 것에 대해 한 번도 깊이 생각해 보지 않았기 때문이다. 아버지에게 전화를 걸어 자신의 카스트가 뭐냐고 물어보기도 했다. 나중에 자세히 알아보니, 인도의 카스트제도에 대한 잘못된 정보들이 세계에 널리 알려져 있는 상황이었다. 전체 계급을 4계급으로 나누는 카스트제도는 자이나교와 불교가 성립되던 시기에 이미 해체된 것과 마찬가지이고, 현재까지 인도인들의 삶에 영향을 미치고 있는 것은 직업과 씨족을 나누는 개념이다. 같은 직업 계통에 다른 씨족 출신과 결혼해야 한다는 인식은 아직도 강하게 남아 있는 상황이다. 그와 관련된 문제는 보통 도시보다는 시골 지방을 중심으로 잔재해 있다.

인도 문화 관련되는 또 한 가지 내가 당황스러운 일이 뭐가 있었나 하면, 여러 나라에 다녔는데 누구도 나한테 내 카스트에 대해서 물어본 사람이 없었더라고, 다른 나라에. 한국에 오는 거의 90프로 모든 사람이 나한테 질문을 했어요.

"아, 인도에 카스트 제도가 있다고 들었는데, 어디 카스트에 속해요?"

그렇게 질문을 하더라고.

그래서 사실은, 내가 인도에서 자랐어도 내가 무슨 카스트인지 모르고 자랐어요. 우리 아버지한테까지 내가 연락을 했어요. 우리가, 이 성이 어디 카스트, 카스트라는 말이 포르투갈 말이에요. 인도말도 아니고, 영어도 아니고, 인도의 카스트 대신에 다른 뭐 비슷한 말이 있을 것 아니에요. 그 단어가 뭔지도 전 세계 모든 사람들이 의식하지가 않고, 이렇게 세상의 역사가, 그냥 학자들 무식했을 때, 그렇게 전달되는가 봐요.

아무리 훌륭한, 막스 뮐러Max Müller라는 학자가 한 번도 인도에 가본 적이 없는 사람이에요. 책으로만 계속 번역을 했고. 그래서 그 책에 '바르나varna'라는 제도가 나와. 인도에는 카스트라는 단어가 없어요. 인도의 카스트의 개념으로, 비슷한 개념으로 존재하는 것이 인도에 있는 단어들이 세 가지 단어가 있어요. 세 가지가 있어요. '바르나', '자띠jati', '고뜨라gotra'. 인도 사람들이 이 세 개를 잘 지켜요. 카스트라는 개념으로 지키는 개념은 없지만.

그래서 이 세 개 중에서 가장 오래되는 것은 바르나예요. 그래서 인도의 신화 이야기 속에서, 내가 그 이야기를 꺼낼 거니까 이따가 『베다veda』라는 베다 문화, 베다 이야기가 우리한테 어떻게 전달되어 있고, 그런 이야기에 대해서 말을 할 건데, 그 바르나라는 말은 색깔이라는 뜻이에요. 색깔, 컬러, 색깔.

이 색깔의 개념이, 다문화의 역사는 인도만큼 오래된 역사는 아마 전 세계에 없을 겁니다. 지금의 브라질이고 미국이고 이런 나라들은 최근에 되는 일들이에요. 인도가 이거를 옛날부터 굳혔어요. 인도 사람들이 살고 있는 땅이 드라비다Dravida족 사람들이 살고 있었어요. 그들은 블랙black계였어요. 그리고 이 나라의 그 인도-유러피안 쪽, 그 사람들을 아리안Aryan이라고 말하는데, 그거에 대한 지금 학자들끼리의 의견이 틀려요. 원래 살고 있었던 사람들이 아리아인이라고 주장하는 거고, 그 사람들은 오히려 외국인들이고, 대신에 그 사람들이 여행을 많이 하고 싸움 짓에 선수였어요. 싸움을 잘했다고. 그래서 왕들이 그 사람들을 모셨어요. 싸움 짓을 공부하려고.

그 사람들이 스승으로 모시다 보니까 거기 사람들이 제일 위에 있고 왕이 그다음이었어요. 그런데 이 두 가지 색깔이 확실히 인도에 처음에 있었다가, 그다음에 이제 몽고 레이스race에 있는 사람들이 사업하러 인도에 투입을 해요. 그래서 이 세 가지 색깔이 인도에 같이 살기 시작하는 거였어요. 그 속에서 분열들이 생기고, 그 분열들이 인도의 수드라sudra로 자리를 잡았어요. 가장 못하고, 일, 낮은 일들 시키고, 그때 당시에는 하얀색들이 그 유럽에서 오는 사람들이 제일 위에 지도자 역할을 하고, 선생 역할을 하고, 스승의 역할을 하고, 그 밑에 왕들이 두 번째 역할을 했고, 세 번째는 사업하는 사람들이.

그래서 그때 당시가 아마 BC, 문자도 없는 시대였으니까. BC 8,000 넘어서 BC 10,000년 전 이야기였는지도 모르겠어요. 그 문자라는 것도 없었던 시대였으니까. 그때 당시에 인도 사람들의 그 이야기가 이제 내려오는 것이 입에서 입으로 내려오는 거였어요. 그게 인도, 말로 듣고 내려오는 전통.

그래서 그런 전통으로 뭐라고 말하나 하면 수르띠 문화, 수르띠, S-H-R-U-T-I, 수르띠 문화. 듣고 내려오는 문화. 그리고 그것을 기억해야 하는 문화. '수므리띠', 산스크리트 말로 수므리띠, S-M-R-I-T-E. 그래서 이 수르띠와 수므리띠의 문화를 통해서 인도의 그런 다양한 문화, 다양한 정신세계든지 명상이든지 요가의 철학이든지 이 신화든지 모든 것들이 그렇게 듣고 내려오는 전통을 통해서 내려왔어요.

그래서 이 그 카스트 제도라고 말하는 이런 '바르나', 네 개의 바르나가 그 인도라고 말하면은 대표적으로 인도는 정신세계에 역사적으로 앞서있는 문화 중 하나예요. 정신세계에. 그래서 철학, 또는 정신세계를 대표하는 인도의 경전을 가장 오래된 경전을 『베다』라고 봅니다. 『베다』, 그래서 그 『베다』가, 『베다』의 다른 이름이 수르띠예요. 문자가 만들어지고 나서는 아리아인들이 인도에 들어오면서 문자를 들고 와요. 그게 산스크리트어예요.

이 산스크리트어 독일어하고도 비슷해서, 막스 뮐러가 독일인인데, 영국에서 처음으로 독일학자로서 인도에 있는 경전, 베다와 『우파니사드』Upanisad를 제대로 번역을 했어요. 그러고 나서 인도의 정신

세계나 인도의 철학이 그렇게 훌륭하다는 것을 그분이 한편으로는 신학자들에게 알려주기도 했고, 또 반대로 무식해서, 가보지 않은 인도의, 인도에 있는 모든 성을 제 나름대로 4개로 나눠서,

"인도에 있는 카스트가 4개다."

라고. 영국의 지배를 받는 나라였기에 영국 정보부에게 그렇게 전달을 했고, 실제로 카스트라는 단어가 인도의 말도 아닌데, 그렇게 잘못 전달되는 거였어요.

그거에 대해서 깜짝 놀랐어요, 내가. 전 세계에 내가 돌아다니면서, 그 누구도 나에게 카스트에 대해서 물어보지 않았는데, 알고 보니 한국에 카스트 제도가 존재했었구나. 한국의 카스트하고 인도의 카스트하고 좀 차이가 있죠? 한국은 왕이 젤 위에고, 양반이고. 인도의 왕은 둘째 계급이고. 그래서 어쨌든 인도의 그런 카스트라는 개념이 다르게 존재한다는 말이에요. 그래서 첫 번째 단어 하나가 아까도 말했지마는, 그런 바르나라는 개념으로 그때 당시에 사회에 있었던 일이에요.

그런데 그거를 인도 사람들이 없애는 운동을 어마어마하게 해서 인도의 다양한 자이나교Jainism, 불교, 이 철학들이 인도의 요가 철학부터 시작해서 불교 철학과 자이나교 철학 이 모든 철학 안에는 아예 그런 카스트라는 개념조차 없었던 운동들이었어요. 그래서 BC 500 그때 당시에 부처님 당시에도 이런 카스트 제도가 없어지던 시대였어요, 카스트 제도가. 그런데 이것이 어떻게 존재하고 있었냐 하면 인도에, 아까 말했지요?

두 번째 단어가 자띠라고, 자띠는 '직업'이라는 뜻이에요. 이 직업이 다양하게 존재해요. 인도의 지역별로. 인도가 사실은 국가가 아니에요. 대륙이에요, 대륙. 수많은 왕들이 존재했어요. 왕들끼리 자꾸 싸웠어. 그래서 이스트 인디아 컴퍼니East-India Company(동인도회사)가 등장하며 싸움을 막아주는 역할을 하니까, 결국 인도 대륙 전체를 아예 컨트롤하고 지배하는 개념으로 넘어가는 거였죠.

그래서 그 인도 사람들에게 두 번째로 그 자띠가 지역별로 틀려요. 어떤 지역에는 20개의 자띠가 있고, 어떤 지역에는 30개의 자띠

가 있고, 어떤 지역에는 50개의 자띠가 있고. 지역별로 틀려요. 그래서 몇 개의, 네 개의 카스트로 나누어졌다는 것은 찾기가 어려운 거예요.

그런데 그거를 다시 재해석을 하는 거예요. 우리 이 막스 뮐러라는 학자가,

"아, 그거 그거 그거는 아마 이 수드라에 속할 거고, 이거 이거 이거는 브라만brahman에 속할 거고, 이거 이거 이거는 크샤트리아kshatriya에 속할 거다."

이렇게 재해석해서 이제 그냥 학문적으로 놔두는 어떤 형식이에요. 그래서 인도 사람들 사이에 아직도 존재하는 거는, 바르나 개념으로는 존재하지가 않아요. 아까 깨졌다는 게 아까도 말했잖아요. BC 500 당시에 기록을, 역사를 봐도 없어졌어요.

그때 당시만 해도. 그래도 존재한다는 것은, 자띠로 존재한다는 거예요. 직업,

'같은 직업끼리 결혼해야 한다.'

라는 어떤 제도. 그래서 이거를 인도 사람들이 도시 생활을 하면서도, 도시 안에서 누가 안 따져 봐도 결혼할 때는 꼭 따지더라고.

'결혼할 때는 꼭 같은 자띠 끼리 결혼해야 한다.'

라는 제도가 있어요. 그러면서 이 자띠끼리 결혼을 하게 돼요.

그런데 또 결혼식을 할 때 꼭 한 가지씩 또 따지는 게 있어요. 그게 뭔가 하면은, 고뜨라라고 아까 세 가지 단어를 말했죠? 고뜨라는 부족이라는 뜻이에요.

'같은 부족끼리 결혼하면은 안 된다.'

같은 피, 그래서 결혼식 할 때는 인도 사람들이 꼭 고뜨라와 자띠를 보고 결혼식을 합니다. [조사자: 다른 고뜨라로?] 아니, 그렇죠. 다른 고뜨라와 같은 자띠, 이거를 봅니다.

이거를 이해를 못 하는 거예요. 전 세계에 카스트를 공부하는 학자들이 엉뚱하게 그냥 인도의 카스트 제도에 대해서 말이 돌고 있어요. [조사자: 저희도 잘못 배웠네요. (웃음)]

(웃으며) 그런데 여기는 학교에서 아예 그거를, 아예 고등학교에

중학교에서 계속 가르쳐 주었다면서요? [조사자: 아까 말씀해주신 거랑 명칭도 달라요. 저희는 브라만, 크샤트리아, 수드라, 그리고 또 하나 뭐였지?] 브라만이 젤 위에고? [조사자: 네.] 그다음에 크샤트리아고, 그다음에 바이샤고, 그다음에 수드라, 수드라. 그거 순서는 맞아요. 그때 당시에도. 아까 말한 브라만이라고 하는 것은 아까 그 아리아인들이 들어와서, 그 외국에서 들어오는 사람들. 그 사람들을 스승으로 모시게 되었으니까, 왕들이. 왕들이 크샤트리아고.

그래서 그렇게 따지면은,

"내 성이 어디에 속하냐?"고.

내가 우리 아버지에게 다시 물어봤다고, 그때. 그랬더니 이제 왕 밑에서 땅 관리하는 이들이 '바수Basu' 성이더라고. 성이 직업을 의미하는 거야. 인도에 모든 성들이, 그래서 자띠라고 말하는 것은 성으로. 그런데 영국 때부터 누구든지 성을 바꿀 수 있고, 한국에서도 성을 바꾸는 운동이 한창 있었죠, 일본 사람들이 여기를 지배하는 당시부터? 그래서 인도도 그런 것들이 많이 있어요. 특히 방글라데시에서 들어오는 사람들, 파키스탄에서 들어오는 사람들, 인도가 이렇게 갈라지는 순간에 난민으로 들어오는 사람들이 누가 모르니까 그냥 아예 성도 바꾸고 그랬다고. 어쨌든 아직도 그 큰 도시에는 교육 받는 사람들 사이에서는 별로 큰 문제가 없어요.

이 모든 문제는 인도의 시골에 존재해요. 예를 들어서, 교육 받는 사람들끼리의 지방이 따로 있고, 교육 못 받는 사람들끼리의 지방이 따로 있다. 그래서 아까 말하는, 낮은 교육을 받은 사람들 마을에는 교육받은 집안 사람들은 살지 않아요. 마을 자체가 틀려버려요. 그런 식으로 시골이 내려왔으니까, 시골에는 그런 자띠 관련되는 따지는 곳이 심각하게 아직 존재하지요. 인도의 70프로니까, 그 도시 생활이 30프로밖에 안 되기 때문에. 그렇게 따지면은 자띠 가지고 싸우는 일이 벌어지고. 서로,

"니네들은 낮은 자띠니까 이쪽으로 오면은 안 되고, 그쪽 자띠에는 이 낮은 자띠의 사람들이 가면은 안 되고."

도시는 공부하는 사람이 최고지. 돈 버는 사람이 최고야. 아무것

도 없어요. 그런 것들은. 그래서 나는 그냥 큰 도시에서 아버지랑 살았으니까 몰라요. 이런 것들도, 아무것도.

그런데 나도 딱 18살 되자마자 인도를 떠났어요. 그러다 보니까 나는 시골에 가서 막 이런 것들을 깊이 접할 것도 없었고 방학 동안 잠깐 놀다 오는 것이지 그런 문제들을 못 봤어요. 몰라요. 그런데 한국에 와서 사람마다 물어보길래 놀랐어요, 이거를. 그래서 말 그대로 말하면 진짜로 내가 당황했어요, 내가. 인도에 카스트 제도라는 것이 뭔지를 내가 제대로 공부하게 되는 배경이 되었어요, 한국에 들어와서.

인도에서 갠지스강의 의미

● **구연정보**

조사일시 : 2019. 02. 21(목) 오후

조사장소 : 서울시 광진구 화양동

제 보 자 : 파드마 [인도, 여, 1992년생, 유학 3년차]

　　　　　단야지 [인도, 여, 1993년생, 유학 4년차]

조 사 자 : 신동흔, 김정은, 강새미

● **개요**

인도 사람들에게 갠지스강은 정말 마지막에 가는 곳인데, 한국 사람들은 여행지로 간다. 갠지스강은 죽을 때 가는 곳이다.

파드마 : 그 바라나시라는 갠지스강 있는 데에는, 특히 남인도 사람들 갠지스강은 죽기 전에 가는 곳이라고 믿어요. 그래서 원래 한국 사람들 여행할 때 갠지스강 가는데, 우리 할머니한테 얘기하면 "왜 굳이 젊은 사람이." 이렇게 얘기해요. 인생을 포기하는 이미지래요.

청자(레오나르도) : 인도 사람들도 그러면 죽기 전에 아니면 잘 안 가는 거예요?

파드마 : 네 특히 남인도 사람들은 안 가요. 저도 안 가봤어요.

단야지 : 다른 데 가는 데가 많거든요. 틸파티라는 절에 많이 가요.

파드마 : 강이 우리 동네 나올 때 거기 갔는데, 굳이 바라나시에 있는 강을 보러 안 가요. 갠지스 거기만 안 가요.

조사자 : 거기는 진짜 죽음 직전인 거구나.

파드마 : 네. 뭔가 우리말에, 델구르어에 '가시'가 원래 바라나시의

본명이었는데, '가시 간다' 하면 '인생 버리고 죽고 싶다.' 이런
이야기예요.

조사자 : 우리는 거기 가면 뭔가 깨달음을 얻는다고 하잖아요. 내려
놓는다.

파드마 : 그러니까 반대예요. 우리 내려놓으면 죽는 거잖아요. 끝이
에요.

단야지 : 우리 지역 결혼식에 이러한 문화가 있습니다. 신랑이 "이제
나는 인생을 포기했다. 나는 스님이 되겠다."라고 할 때 '가시아
트라'라고 있습니다. 가시 여행. "가시로 가겠다."라고 할 때, 신
부네 아버님께서 "안 된다. 너는 가지 말아야 된다. 우리 아이랑
반드시 결혼해야 되지." 부탁하는 듯이.

파드마 : 결혼식 거의 2주 가는데요. 그중에 한 행사가 이렇게 돼요.
그냥 신랑이 "가시 간다."고. 하고 신부의 아빠가 "가지 말라."
고. 하는 거예요. 우리 아빠도 그 사진 봤어요. "이게 뭐야?" "가
시 가는 장면이야." 이렇게 얘기해요.

청자(레오나르도) : 모두 그 절차를 하는 거예요?

파드마 : 네 모두 그 절차를 하는 거예요. 힌두교.

청자(레오나르도) : 남자만?

단야지 : 남자만.

파드마 : 남자가 가고, 신부의 아빠가 가지 말라고 붙잡고.

청자 : 그러면 무슨 뜻이에요?

파드마 : 그냥 남편이 "내가 인생을 포기하고 가시 간다." 하면, "아
니다. 인생은 끝나지 않고 내 딸을 줄 거니까 그냥 행복하게 살
아라." 이렇게.

일곱 개의 씨족끼리 결혼해야 하는 풍습

● **구연정보**
조사일시 : 2017. 11. 29(수) 오후
조사장소 : 서울시 중구 필동
제 보 자 : 파드마 [인도, 여, 1992년생, 유학 1년차]
조 사 자 : 김정은, 강새미

● **개요**
일곱 개의 씨족이 있는데 이 씨족은 7개의 씨족 내에서만 결혼한다. 제보자
는 차크라바르티라는 가장 큰 부족 출신인데 제보자의 부모님도 서로 사촌
사이였다고 한다.

일곱 개의 클랜clan이라고 하는데, [조사자 2: 부족?] 네, 일곱 개의
뭐라고 하지. 예를 들어서 김씨. [조사자 1: 아 씨족인가보다.] 아 씨족.
일곱 개 씨족이 왔었어요. 근데 일곱 개 씨족끼리만 결혼해야 돼요.
[조사자 1: 자기들끼리만이 아니라 씨족끼리는 이렇게, 일곱 개는.] 일곱
개만. 이 일곱 개만 다 거기 있는, 거기 원래 사는 원어민들이랑 엮이
면 안 된다고 생각해.

'우리는 좀 깔끔하고 얘네들은 아니고.'

이런 생각이었대요. 그래서 우리 어머니 아버지도 원래 그 사
촌? 사촌이에요. 우리 할아버지랑, 우리 아빠의 아빠랑 엄마의 엄마
도 사촌. 이렇게 끼리끼리, 끼리끼리 결혼해야 해요. 그래서 그중에
제일 큰 씨족은 '차크라바르티' 씨족이에요.

그래서 우리 엄마는, [조사자 1: 아 그래서 차크라바르티 이름에 있
는 거구나.] 네. [조사자 1: 차크라바르티가 씨족 이름인가 봐요?] 네, 제

씨족 이름이에요. [조사자 1: 이름이 차크라바르티가 들어가더라고. 파드마 차크라바르티 되게 길어.] 그게 제 성씨예요. 그래서 그것이 씨족이, 김씨처럼. 저는 차씨? (웃음) 차크라바르티 줄임말.

그런 게 있어서 저도 이런 얘기 엄마한테 들으면 엄청

'와 자존심 세우고 와 대단하다.'

이렇게 생각하는데 또 지금 다시 생각하면

'다른 씨족이랑 결혼해야 되나?'

이런 생각이 들어.

[조사자 1: 나도 물어보려고. 파드마도 사촌이랑 결혼해야 돼요?] 안 돼요. 싫어요. (웃음)

인도어와 한국어의 비슷한 점

● **구연정보**

조사일시 : 2018. 12. 26(수) 오후

조사장소 : 서울시 광진구 화양동

제 보 자 : 파드마 [인도, 여, 1992년생, 유학 2년차]

조 사 자 : 신동흔, 황혜진, 김정은, 김민수

● **개요**

드라비다어족 중 타밀어 단어에는 한국어 단어와 발음이 비슷한 것들이 약 오천 개가 있다. 제보자가 사용하는 델구르어는 산스크리트어와 타밀어가 섞여 있다. 특히 아빠, 암마, 맘마 등의 단어들의 발음이 한국어와 비슷하다. 또, 한국에서는 어린아이들이 오줌을 누게 할 때 쉬라고 하는데, 제보자는 '스'라고 한다. 그리고 한국의 뱀을 인도에서 밤이라고 하는 것도 발음이 비슷하다. 또, 한국에서는 어디 가자고 할 때 쓰는 어야라는 말이 있는데, 인도에서는 아치라고 한다.

[조사자 2: 궁금한 게 드라비다어*가 세 종류가 있잖아요. 타밀어 델구르어 뭐 이렇게 있는데 타밀어는 한국어랑 굉장히 비슷하다고 얘기가 많이 되는데.] 네, 맞아요. 제가 하고 싶은 게 그거라 시작했었어요. [조사자 2: 그런데 그 델구르어도 비슷한 게 많나요?] 네 왜냐면 타밀어에서 델구르어가 왔어요. 그래서 타밀어만큼은, 왜냐면 델구르어가 타밀어랑 산스크리트어가 합친 언어예요. 그래서 델구르어는 산스크리스트어의 영향을 많이 받아서 산스크리트 단어랑 타밀 단어랑 그 지역

● 인도 남부 및 실론섬의 북반부에서 쓰는 드라비다 어족 언어를 통틀어 이르는 말. 타밀어, 텔루구어, 말라얄람어 등이 있다.

단어 만들어서 쓴 언어기 때문에 저도 아빠를 '아빠'라고 불러요, 엄마를 '암마'라고 하고.

　　[조사자 2: 쌀은?] 쌀도 그러니까 네, 그 이야기 쌀이랑 관련된 단어들이랑 어린 아이들한테 쓰는 단어들 맘마, 맘마 준다 이런 것도 우리가 '맘마'라고 해요. 그래서 제가 최근에 친구한테도 들었는데 어린아이가 화장실 가고 싶으면,

　　"쉬-"

　　라고 하잖아요. 우리,

　　"스-"

　　라고 해요. [조사자 2: 그거는 나올 때 소리가 비슷해서 그런 거지.] 아 그걸 모르겠어.

　　아 그런가요? [조사자 3: (레오나르도 제보자에게) 브라질에서는 뭐라고 해요, 브라질에서는?] [청자: 뭐, 뭐요?] 쉬 할 때.

　　(제보자가 영어로 청자인 레오에게 브라질에서는 아이가 소변을 보게 하려고 할 때 "쉬"하는 소리가 있는지 물어보자 레오가 모르겠다고 함.)

　　봐요. 없잖아요. 그런 거 없어요.

　　"그냥 해."

　　라고 해요. [조사자 3: 선생님, 우리 파드마가 연구 잘한다니까.] 아이 아니에요. 저도 그렇게 생각했는데, [청자: 아 이해했어, 이해했어. 뭔 말인지 이해했어. 유도하려고 소변보려고 유도하기 위해서.] 네, 근데 우리는 그런 단어들 비슷해요. 맘마나 아가, 밖에 나가는 걸 뭐라고 해요? 어린아이한테,

　　"우리 밖에 나갈까?"

　　이렇게 할 때? [조사자 3: 외출? 뭐.] [조사자 1: 애들한테 하는 말.] [조사자 2: 나가자.] [조사자 3: 나들이?] 우리는 '아치'라고 해요. 아치라고 하면 밖에 가자 이런 거예요. [조사자 2: 가자도 같아?] 가자 (웃으며) 아니 오천 개밖에 비슷한 단어 없어요. 그런데 [조사자 2: 오천 개가 비슷하면 오천 개가 비슷하면] [청자: 나가서 가자, 나가서 가자 이런 뜻?] [조사자 2: 어야 가자 그래.] 어야가 아치예요 우린. [조사자 3: 어여

가자?] [조사자 1: 어여는 빨리 가자는 뜻.] [조사자 2: 아니, 어야 가자. 밖으로 나갈 때 아니에요?] 어 네네네, 맞아요.

　　[조사자 3: 어야는 빨리라고 선생님은.] [조사자 1: 어여 가자는 말은 빨리 가자는 거 아니에요?] [조사자 2: 아니 아니 어야가 있어.] [조사자 1: 그런 말은 많이 못 들어봤는데] [조사자 4: 어여 아니에요? 어여 어여.] [조사자 2: 아니야 어야가 있어.] 경상도 분이신가 봐요. (웃음) [조사자 2: 서울 사람. 어야 가자고.] 어여를 많이 쓰니까 경상도에서는 [조사자 1: 나는 그런 말 써본 적 없어요.] 아 그런 게 있어요.

　　그래서 오천 개 단어들 비슷하다고 하는데 너무 비슷한 게 아니라 비슷하게 들리는 거죠. 그래서 뱀도 우리는 '밤'이라고 해요. '바무, 밤'이라고 하니까 이런 단어들이 비슷하고 문법성이 문법이 좀 비슷하게 쓴다고 제가 교수님한테 그 얘기 했어요. 뭐,

　　"우리도 영어랑 다르게 쓴다."

　　이러니까 교수님이,

　　"그런 걸로 연구하지 마."

　　이런 거예요.

　　"그거 대부분의 언어들 다 그래. 영어 아닌 다들 그래. 그거 영어 대상 아니야."

　　[조사자 1: 단어로 비교하는 건 쉽지 않지.] 네 그래서 문법도 이제 먼저 주어랑 다음에 목적어랑 동사 이렇게 나오잖아요.

　　"우리도 그런다."고.

　　하니까,

　　"95% 언어가 그렇다고 그래서 그걸 얘기하면 안 된다."고.

네팔

네팔의 티하르 축제

● **구연정보**

조사일시 : 2018. 03. 10(토) 오후

조사장소 : 경기도 고양시 덕양구 현천동 한국항공대학교

제 보 자 : 비멀 [네팔, 남, 1987년생, 유학 10년차]

조 사 자 : 오정미, 한상효, 엄희수

● **개요**

네팔에서는 죽음의 신을 에머라즈라고 부른다. 네팔에는 티하르라는 축제가
있다. 누나가 수명이 다한 자기 남동생을 데리러 오는 죽음의 신 에머라즈를
막기 위해서 한 행동에서 시작된 축제라고 한다.

[조사자 2: 혹시 저승에 관련된 저승을 지키는 신이 있어요?] 저승 뭔
데요? [조사자 2: 죽고 나는.] [조사자 1: 천국, 지옥.] 있어요. 있어요. [조
사자 2: 지키는 신에 대한 이야기.] 그 신은 에머라즈라고 부릅니다. [조
사자 2: 에머라즈.]

이런 게 있어요. 우리 힌두교 뭐지, 여기 추석, 아니, 추석 맞아,
추석처럼 있었어요. 더사인*라고 더사인라고 15일 동안 하는 거 하
나 있고, 하나는 티하르**라고 있었어요. 티하르. 티하르는, 더사인
은 그때는 우리가 뭐지, 첫째 아들은 첫째부터 시작합니다. 첫째 문

● '더싸인(Dasain)'은 모든 네팔인들에게 공식적인 대축제로써 9월 말에서 10월 초까
지 두 주간에 걸쳐 지켜진다.

●● 티하르(Tihar) 축제는 네팔에서 가장 큰 규모의 축제이다. 매년 네팔 달력 일곱 번째
달(11월 초 또는 말)에 5일간 펼쳐지는 이 축제에서는 다양한 활동이 펼쳐지는데, 이 가운데
서도 동물을 숭배하는 날이 가장 길게 이어진다. 올해는 10월 17일부터 21까지 이어진다.

화는 티하르라는 문화는 막내부터 시작합니다.

티하르라는 건, 티하르는 왜 하는 거는, 옛날에 뭐지, 남자, 여동생이나 남동생 있었어요. 남동생가(남동생이) 아까 말한 그 신 있잖아요. 뭐지? [조사자 1: 에머라즈.] 에머라즈라는 신가(신이) 그 죽는 날가(날이) 거의 들어오고 있었어요. 죽어야 되는 예정돼 있었어요. 예정 있으니까, 거의 여동생가(여동생이) 자기 남동생 죽으면 좋지 않잖아요.

그래서 개네가 기름은 놓고, 남동생 놓고, 그 남동생 옆에서 동그란 거 뭐, 선 하나 그렸어요. 동그랗게, 그리고, 에머라즈한테는 말하는 거는,

"너가 이 선 있을 때까지 이거 태울 때까지 내, 내 뭐죠? 내 남동생 죽으면 안 된다."

고 했었고.

그다음에는 뭐, 하나 뭐 굿이 같은 거 있었어요. 사에버티라고 굿이라고 있었어요. 굿을, 그다음은, 그다음은 월넛 아시죠? 월너트. [조사자 2: 월러트?] 뭐지. [조사자 1: 아 월넛, 땅콩.] [조사자 2: 호두.] 아, 호두 호두. 호두 버리고 이 딱 버리고, 얘네들 다시 인간 할 수 없잖아요. 그죠?

"그거 내 남동생이란 이거이다. 너가 하면 이거 다시 인간 해줘라. 제대로 인간 할 수 있으면은 갖고 가라."

이거 하고 그다음부터는 이거 티하르하고 행사 시작했어요. 그래서 이제는 보면, 티하르는 여자랑 남자, 여동생은 남동생한테 티카● 같은 거 해주고, 힌두교 아시잖아요. 이렇게 해주는 거. 더사인은 우리가 근데 뭐라 그러지, 선비들이 우리 가족에 더사인은 우리 가족에 첫째니까 나는 나부터 시작해요. 티하르는 내 막내부터 시작해요.

문화가 그렇게 있고, 다음은 까먹었네요. [조사자 2: 아니에요. 남동생을 지키기 위해서 선을 긋고 호두 깨뜨려가지고 이거를 다시 붙일 수 있으면.] 갖고 가라. [조사자 2: 데려가라 이렇게 된 거죠.]

● 힌두교에서 하얀색 진흙이나 붉은색 가루로 이마에 그려 넣는 종교적 표식이다.

힌두교에 대한 네팔인의 인식

● 구연정보

조사일시 : 2017. 09. 24(일) 오후
조사장소 : 경기도 의정부시 민락동
제 보 자 : 기리라주 [네팔, 남, 1975년생, 이주노동 8년차]
조 사 자 : 박현숙, 김현희

● 개요

네팔인들은 대부분 힌두교를 종교로서 접근한다. 집집마다 사당 같은 곳에 신을 모시고 기도를 한다. 신에 따라서 기도의 종류가 다르며 대부분 여자들이 믿는다.

[청자(제보자 아내): 그런데 네팔사람들이 힌두교인데 실은 종교에 대해서는 몰라요. 대부분 모르고 우리나라 옛날에 성황당 가서 빌고 그런 것처럼 민간신앙 그런 거 같아요. 보면.]

아니 우리 애기 때부터 힌두교, 할아버지, 할머니들이 힌두교라고 그랬는데 우리 애기 때 추석이에요 염소 나와요. 염소 잡아야 돼요. 이거 해야 돼요. 기도해야 돼요. 하는데 모든 사람들이 그거에 대해 아는 사람들은 없어요.

[청자(아내): 공부 안 해. 힌두교에 대해서는] 힌두교에 대해서 공부는 안 해요. [청자(아내): 그 대신 집에 모든 집에 그런 사적같이 다 있어요.] [조사자: 집집마다?] 기도하는 거야. 아침에 일어나서. [청자(아내): 그냥, 기도를 그렇게 하더라고 다.] 거기 신 사진 놓고, 신한테 기도하는 거야. [청자(아내): 아주 거기가 빨개. 이마에 붙이는 거 빨갛잖아요. 거기 주위가 빨간 거야.] [조사자: 깜짝 놀라셨겠다.]

[청자(아내): 아 그런데 깜짝 놀라기보다 너무 지저분한 거야. 우리가 작년에 가서 집을 하나 샀어요. 새집이야. 새로 지은 집이야. 아직 아무도 입주 안 한 새집인데 거기 3층에다가 그 자리를 만들어 놓은 거야. 그렇게. 내가 그랬자. "여기 절대 빨갛게 해놓으면 안 돼." 엄마보고 여기 와서 사시라고 했는데. 엄마 와서 살아도 여기다가 기도하는 건 괜찮은데 빨간 건 붙이지 말라고. 깨끗하게 쓰라고. 새집에 그렇게 더럽게 하지 말라고.]

가장 중요한 건 그거야. 사람들이 한 끼만 먹고 그렇게 기도하는데. 아침부터 저녁때까지 기도하기 위해는 신 믿고 기도하는데. 기도하려고 아무것도 안 먹는 날도 있어요. [청자(아내): 촛농 떨어져 있어. 빨갛게 묻어 있어.]

[조사자: 금식기도를 하는 날이 따로 있어요?] 아니, 신마다 다른데. 어떤 신한테 기도하면 남편이 좋고, 어떤 신한테 기도하면 결혼 못하는 사람이 결혼할 수 있고, 여러 가지 있어요. [청자(아내): 자식한테 좋고.] 자식한테 좋고. 사람이 아침부터 아무것도 안 먹고 그 신한테 기도하려고 준비했는데 기도하지 말라고 하면 그 집에서 누가 거기 살아? [청자(아내): 깨끗이 쓰라고 그러니까.] 뺄칠 때, 뺄칠 때 딱 지저분하면은 예쁜 거야. 그거는 신한테 이렇게 주는 거야.

[청자(아내): 근데 집이 3층짜리 집인데] [조사자: 뿌려가지고.] 여기에 묻잖아. [청자(아내): 그래서 그렇게 지저분한 거야?] [조사자: 그러니까 이게 흩어지는 거지.] [청자(아내): 옥상에서 올라가서 보면 집집마다 다 있는 거야. 그렇게.] [조사자: 그러니까.] 하루이틀 살아도 방 하나만 있잖아. 여기서 자고, 여기서 요리하고, 여기서 먹어야 하는데, 여기도 조그만 것도 만들어요.

[조사자: 기도는 남자분들도?] 아니요. 안 해요. [조사자: 여자분들이 하시죠? 결국은 그 신 이야기는 여자분들이 많이 하시는 거야.] [청자(아내): 남자들은 안 해?] [조사자: 남자들은 안 하는 거 같아. 한국도 대부분 그렇잖아. 할머니들이 많이 하시니까.] 남자들은 잘 안 믿고, 안 믿어서 안 하는지 모르겠어요.

쿠마리의 의미

● **구연정보**

조사일시 : 2017. 09. 24(일) 오후
조사장소 : 경기도 의정부시 민락동
제 보 자 : 기리라주 [네팔, 남, 1975년생, 이주노동 8년차]
조 사 자 : 박현숙, 김현희

● **개요**

네와르족에서는 첫 생리하기 전 성 경험이 없는 여자아이를 쿠마리라는 여신
으로 만든다. 그러나 다른 네팔 사람들은 '쿠마리'라는 단어를 네와르족과 다
르게 성 경험이 없는 여성을 지칭할 때 쓴다.

쿠마리라는 것은 네와르족에서 [청자(아내): 무슨 뜻이야? 쿠마리
는?] 네와르족에서 쿠마리라고 우리도 쿠마리라고 하는데. 네와르족
에서는 그렇게 신을 하는 거예요. 사람 태어났잖아요. 태어난 다음에
생리하기 전까지 섹스 못 할 때까지는 쿠마리라고 하는 거예요.

[청자(아내): 쿠마리가 무슨 뜻인지는 몰라?] 그것들. 그거는 이 사람
이 여자로 태어나서 이거 생리하기 전에 섹스 못 할 때까지는 쿠마리
라고 하는 거예요. [청자(아내): 생리 전까지지.] 생리 전까지. 생리 전에
섹스할 수도 있잖아. 그렇게 안 하는 사람을 쿠마리라고 하는데. 그
쿠마리는 특별한 쿠마리라고 신이라고 하는데, 모든 동네에 사람들
이 쿠마리는 있다고.

걔네들이 그렇게 말하는데 쿠마리는 있고. 우리가 네팔사람들은
쿠마리도 이야기하는 거 있어. 섹스한 다음에 여자가 결혼한 다음에
여자랑 섹스할 때 피 나오면 쿠마리였다고, 피 안 나오면 이 여자는

쿠마리 아니라고, 그렇게 하는 거 있어요.

　[조사자: 그럼 어때요? 쿠마리인 여성과 첫날밤 보낸 사람과 그렇지 않은 사람이면 서로 기분 차이가 있어요?] 기분의 차이는 없는데. 그런 말이 있다고. [조사자: 그런 말은 있고.] [조사자: 근데 여신이 되는 거잖아요. 쿠마리가] 또 그거는 여신이 되는 것은 네와르족에서만 여신. 걔네들이 어떻게 카트만두 지역 있잖아. 이 동네 사람들이,

　"이번에 이 사람이 쿠마리야."

　했어요. 그다음에 다음에는,

　"이 사람 딸 할 거예요."

　처음부터 쿠마리 하기 위해 조신하게 이 여자를 키운 거예요.

　[청자(아내): 이거는 네와르족만 신으로 하는 거예요.] 신으로 하는 거예요. 다른 족에서는 신 아니고. [조사자: 쿠마리라는 말은 다 같이 쓰는데 네와르족만 여신으로서 쿠마리라는 표현을 쓴다는 거죠?] [청자(아내): 그러니까 아까처럼 대부분 네팔의 문화는 네와르족 문화를 많이 우리가 알고 있어요. 아까 찌우라 이런 것도 네와르 쪽 음식이고. 그리고 왜 텔레비전에 나왔던 수잔 걔가 네와르족이에요. 그래서 그 사람들은 카트만두에 자기네들이 원주민이야. 카트만두 원주민, 네와르족이.]

계급에 따른 식용 고기의 종류와 염소 잡는 방법

● **구연정보**
조사일시 : 2017. 09. 24(일) 오후
조사장소 : 경기도 의정부시 민락동
제 보 자 : 기리라주 [네팔, 남, 1975년생, 이주노동 8년차]
조 사 자 : 박현숙, 김현희

● **개요**
체트리와 바운 계급은 돼지를 만지지도 않고 먹지도 않는다. 만약 돼지를 만
졌다면 샤워를 하고 집에 들어가야 한다. 돼지고기, 물소고기, 닭고기 모두 먹
는 사람들이 따로 있다. 체트리와 바운은 주로 염소고기만 먹는다. 네팔의 추
석은 구 일 동안 매일 다른 신에게 기도를 한다. 마지막 구 일째에는 염소를
잡고, 그전에는 구빈누라는 과일을 올린다. 마지막 날 염소에 물을 뿌리면 염
소가 물을 흔들어 털어내는데 신이 그 염소를 받아들이겠다는 뜻으로 이해하
고 염소를 잡는다. 만약 염소가 물을 털어내지 않으면 잡지 않는다.

[조사자: 한국에는 동물, 여우, 뱀. 이런 게 사람들한테 안 좋다고 많이
생각해요. 네팔에서 안 좋아하는 동물이 있어요? 사람들이?] 그런 거는 없
고 사람마다 좋아하는 동물이 있고 안 좋아하는 동물 있고. 먹기 위
해서는 체트리, 바운 계급에 있는 사람은 돼지 만지지도 않고, 돼지
는 우리 집에 들어오면 안 되는 거야. 집에 들어와도 안 되고. 만져도
안 되고 바운들은.
[청자(아내): 체트리, 바운은? 체트리, 바운이 브라만하고 크샤트리아.
걔네는 이름이 달라요. 인도는 브라만 크샤트리아잖아. 체트리, 바운 이렇
게 말해] 바운. [청자(아내): 바운, 체트리지.] 우리도 그거 만지면 안 된
다고. [청자(아내): 돼지고기? 여기는 체트리 계급이라서.] 돼지고기도. 돼

지도 만지면 안 되는 거야. 돼지 만지면 집에 와서 샤워하고 안에 들어갈 수 있어. 아니면 못 들어가. [조사자: 부정해서? 그게 나빠서?] 나쁜 거는 아니고 모르겠어요. 옛날부터 이야기 나왔는데.

　[조사자: 그러면 다른 계급들은 동물이 달라요?] 달라요. 걔네들은 아니에요. 그런 거 돼지고기, 물소 고기 먹는 사람처럼 따로 있고. 이거 닭고기도 걔네들이 먹고. 체트리, 바운이라는 거는 주로 그거만 염소 고기만 먹어. [조사자: 염소 고기?] 그거 보면서 안 좋은 거 좋은 거는 없고, 걔네들이 먹는 거 저기 해.

　[조사자: 네팔은 어떤 신들이 있어요?] 우리나라 신들은 상황에 따라서 바뀐다고. 언제 어떤 신 나오고 기도할 때 매일매일 신마다 기도하는 사람이 있어요. 에스만빠르마띠 건빠르마띠 이거 부부예요. 아니. 버니스 버니스 말고, 시바. 빠르마띠.

　[조사자: 각각 신들이 어떨 때 부르는 신인지 알려주세요.] 그거는 다들 [청자(아내): 돈이 필요할 때 기도하는 신.] 러치미. [청자(아내): 건강?] 건강은 모르고 그거도 자주 써야 돼요. [청자(아내): 잘 몰라.] 지금 이 두르가라는 신이 지금 곧 명절이잖아요. 구 일 있어, 그날. [청자(아내): 추석] 추석이라는 거. 구 일 있는데. [청자(아내): 네팔 추석] 네팔의 더송이라고 하는데. 매일매일 신이 바뀌어요. 오늘 이 신한테 주고, 첫 번째는 이 신한테 주고, 두 번째는 이 신한테 주고, 세 번째는 이 신한테 기도하고. 막 주는 거 있어.

　[조사자: 그 음식이 달라요?] 아니, 똑같은데. 첫 번째 이거 구 일째는 두르가라는 신한테는 염소 잡아주는 거야. 그전에는 이거 어떤 과일 있어. 과일 잘라서 주는 거야. [조사자: 과일은 뭔데요?] 구빈누라는 건데 여기서는 못 봤어요. [조사자: 구빈누?] 구빈누. [조사자: 그건 며칠째 준다고요?] 삼일 정도 주고, 처음에는 기도만 하고, 세 번째는 그게 염소인데 매일 염소 잡을 수 없어서 염소 대신에 그거 해주는 거예요, 그 신한테는.

　[청자(아내): 과일을 주는 거야?] 근데 우리가 딱 자르면 흰색이 있어. [청자(아내): 그 과일은?] 응. 염소 잡으면 피 나오잖아. 그다음에 이 과일도 자르면 흰색이 있기 때문에 가루, 우리가 여기 보는 가루

있잖아. 신느리라고 하는데. 피 나온다고.

　　[조사자: 피같이 나온다고?] [청자(아내): 그걸 여기다 묻혀? 띠까를?] [조사자: 그래서 이걸 염소고기에 묻혀서 주는 거죠?] 염소고기처럼 대신에 주는 거야. 구 일째는.

　　[청자(아내): 아, 그 과일에다 띠까를 먼저 하고 잘라?] 먼저 띠까하고, 머리에다 띠까하고. 구 일까지 다 기도하고, 그다음에 우리가 염소 딱 기도한 다음에 머리에다가 물 뿌려. 물 뿌리면 걔가 그 물을 버린 거야. 염소가, 머리 이렇게 흔들리고 몸도 이렇게 하고, 다 버려.

　　그렇게 신이 좋아진다고 오케이 했어. 신이. 절대 그거 머리 안 흔들면 안 잡어. 그렇게 하는 거는 신이 오케이. 니가 주는 거는 오케이라고 했어. 이제 잡으라고 하는 거라고 그런 거 있어요.

　　[청자(아내): 그래서 한 번에 딱 자르잖아.] 한 번에 딱 잘리면 좋고, 안 잘리면 안 좋다고.

네팔 만두 모모

● 구연정보
조사일시 : 2017. 09. 24(일) 오후
조사장소 : 경기도 의정부시 민락동
제 보 자 : 기리라주 [네팔, 남, 1975년생, 이주노동 8년차]
조 사 자 : 박현숙, 김현희

● 개요
네팔 사람들은 대다수가 소를 먹지 않는다. 그런데 물소를 먹지 않는 계급도
물소로 만든 모모라는 만두는 먹는다.

[청자(아내): 회사에서도 원래 소고기 안 먹었는데 식당 아줌마가, "아
니야, 힘들어서 고기는 먹어야 돼." 그랬잖아. 뭐라 그랬지, 그때?]

아, 어떤 사람들이. 처음에는 내가 소고기 안 먹는다고 했어요.
소고기 나오는데 먹을 게 없어요. 그다음에 아줌마가,

"야. 한국에서 일하면 힘들어. 먹어야 돼요. 먹어. 네팔에서는 안
먹어도 한국 소는 괜찮아."

그렇게 이야기했어요. 그래서 먹었어요. 다음에는,

"야, 너는 소고기 안 먹는다더니. 먹어?"

"한국 소는 괜찮아요. 네팔 소는 안 먹어요."

그래요.

[조사자: 네팔 소는 안 먹고, 한국 소는 먹고?] 아니, 근데 우리는 소
안 먹는 성이라서. 네팔에서도 몰래는 먹는데, [조사자: 아, 몰래 먹어
요?] 우리 동네에서는 먹으면 안 돼. 우리 동네 사람 알면 안 되는 거
야. [조사자: 몰래 먹는구나.] 네.

　카트만두에 가면 우리나라는 모모. 만두 물소고기로 만들어요. 사람들이 바운, 체트리, 물소 안 먹는 사람들, 모든 사람들이 모모라는 거는 먹어요. [청자(아내): 모모야? 만두가] 응. 모모 먹는데 집에 가서는 물소고기를 안 먹어요.

네팔의 식사문화

● 구연정보
조사일시 : 2018. 02. 06(화) 오후
조사장소 : 경상남도 진주시 상대 2동 YWCA
제 보 자 : 스레스탄 졸티 [네팔, 여, 1987년생, 결혼이주 11년차]
조 사 자 : 신동흔, 한상효, 이승민

● 개요
네팔에서는 밥을 먹은 후 트림을 하는 것이 좋다. 밥을 잘 먹었다는 표시이기
때문이다. 또 어떤 집에서는 한쪽 다리를 들고서 밥을 퍼주기도 한다.

[조사자 1: 혹시 네팔에 재미있는 속담 같은 거 없어요? 한국에 보면
뭐 예를, 어떻게 하면 밥 먹고 누우면 어떻게 된다. 뭐하면 어떻게 된다. 속
담이나 아니면 어른들이 막 이렇게 하시던 얘기들, 뭐.]

한국에는 밥상 앞에서 꺼억하고 이렇게 트름(트림)을 못 하자잖
아요. 우리나라에는 밥 딱 먹고, '커억' 하면,

'아 애가 밥 잘 먹었구나.'

그거 엄청 좋은 거거든요. 근데 한국에는 되게 뭐라 하는 거예
요. 처음에.

그래서 네팔, 네팔에는 따로 뭐,

"잘 먹었습니다."

"잘 먹겠습니다."

이런 인사가 잘 없어요. 깨끗하게 잘 먹어주고, 다 딱 그 자리에
서 '커억' 해주면은,

'어 애가 맛있게 잘 먹었구나.'

이렇게 생각을 하거든요.

이제 어떤 집안에는 며느리든, 밥을 퍼주는 집안이 이렇게 한 발을, 계속 들고 있으면서 밥을 주는 집안도 있고, 어떤, 그 먼저 인제 며느리든 누구든 식구들 다 먹을 수 있게끔, 먹고, 먹고 마지막에 먹고. (청자인 걸퍼나 씨가 네팔어로 말하자) 그런 것도 있고.

[조사자 3: 왜 며느리가 한쪽 다리를 들고 밥을 주죠?] 그 풍습 그냥, 다 그런 게 아니고 어떤 카스트마다 우리나라에 있잖아요. 어떤 집안에는 그런 문화도 있대요. 아직까지도. 그 하는 사람이 있는데 옛날에 한쪽 다리를 계속 들고 있으면서 이유는 잘 저도 정확하게 모르겠는데 그런 집안도 있대요.

변소가 없던 시절의 네팔 모습

● 구연정보

조사일시 : 2017. 09. 24(일) 오후

조사장소 : 경기도 의정부시 민락동

제 보 자 : 기리라주 [네팔, 남, 1975년생, 이주노동 8년차]

조 사 자 : 박현숙, 김현희

● 개요

옛날 네팔에는 화장실이 없어서 밖에 대변을 보았다. 농사철에는 정해진 용변 장소가 있었는데 사람들이 계속 대변을 보다 보니 더러워져 각자 다른 곳으로 옮겨갔다. 돼지하고 개, 닭이 그 똥을 먹었다.

절마다 가면은 거기 신들은 다 섹스하는 거 조각상 가서 만드는데 그 믿는 사람들은 팬티를 벗으면 안 된다는 거야. 근데 우리 힌두교 믿는 사람들은, 그거 몰라요. 처음부터 보여주면 안 된다고. 애기일 때 몇 살까지는 팬티를 안 입는데 그다음부터 보여주면 안 된다고.

[청자(아내): 애기 때는 팬티 안 입고 키워?] [조사자: 애기 때는 팬티 안 입고?] 없어서 안 입은 거야. 옛날에. 요새는 다 입어요.

[청자(아내): 옛날에 시골에는 화장실도 없었대, 어릴 때. 자기네 집이 처음으로 화장실 만들었다고.] [조사자: 동네에서? 그럼 화장실 없으면 아무 데나?] 아무 데나 안 해요. 자기 땅에다가 해야 돼요. [조사자: 자기네 땅에? 남의 땅에 안 되고?] 아침에 사람들이 일어나서 여기저기 다니기 전에 자기 땅에다가 똥 싸야 돼요.

[청자(아내): 그러면 묻어?] 안 묻어. 뭐하러 묻어? [조사자: 그럼 일정한 장소에 정해져 있어요? 아니면 여기저기 막?] 아니, 처음에는 일정

한 장소 있는 데 파서 거기서 천막 같은 걸로 이렇게 하는 사람도 있는데 호랑이 오는데. 거기가 겨울? 가을? 가을에는 나뭇잎 없을 때는 여기저기 아니고, 농사도 없고 농사지을 때는 정해진 장소가 있고, 아니면은 여기저기 어디 가도 돼요. 여기는 계속 똥이 있어서 냄새나니까 사람들이 다른 데로 가요.

[청자(아내): 개들이 먹잖아.] 거기 우리 동네는 조금 밑에 돼지 키우는 사람도 있어서 돼지도 오고. [청자(아내): 돼지가 와? 돼지를 우리에다 가둬놓고 키우는 게 아니고 왔다 갔다 해? 돼지가?] 돼지도 그거 다 그렇게 하는데. 개도. [청자(아내): 개도 먹고?] 개도 먹고 돼지도 먹어.

[청자(아내): 그래서 개하고 돼지고기 안 먹는다고. 똥 먹은 거라고 안 먹는다고] 닭도 안 먹어. 옛날에. 닭도 우리가 거기 가서 똥 먹어. [조사자: 고기를 안 먹어요?] [조사자: 염소만 먹어요.] [조사자: 염소만? 염소는 풀 뜯으니까?] 그렇게 했는데. 지금은 다 먹어요.

네팔에서 고양이보다 개를 많이 키우는 이유

● **구연정보**

조사일시 : 2018. 02. 06(화) 오후
조사장소 : 경상남도 진주시 상대 2동 YWCA
제 보 자 : 스레스탄 졸티 [네팔, 여, 1987년생, 결혼이주 11년차]
조 사 자 : 신동흔, 한상효, 이승민

● **개요**

개는 사람이 많은 것을 좋아하고 고양이는 사람이 없는 것을 좋아한다. 고양
이는 사람이 없는 아궁이에 들어가는 것을 좋아하기 때문이다. 그래서 네팔
에서는 고양이보다 개를 키우는 것을 좋아한다.

이제 고양이는 개는, 아 개, 개, 개 기우고(키우고), 고양이 기우
고 그런 거 있잖아요. 이제 개 기우면은 사람이 많아지면 많아질수
록 자기가 이제 남긴 거 먹을 수 있으니까 좋다고 하고, 고양이는 이
제 아궁이는 가는 그런 습관이 있다고 하거든요. 아궁이 이제 군불
때우니까, 따뜻하게 자기가 항상 고양이 코는 춥대요. 저는 잘 모르
는데, 자기는 자기 코가 춥기 때문에 항상 아궁이를 잔다.

그래서 고양이는 아궁이를 파고 있을래면 사람이 없어야 되잖아
요. 그러니까 사람이 없어야 자기가 따뜻하게 앉아 있으니까 고양이
는 사람이 집에 집안에 사람이 없는 거를 좋아하고, 개는 사람이 있
는 거를 좋아하기 때문에 사람들이 개 키우는 거 고양이 키우는 사
람들도 있지만 개 키우는 거 좋아하고. 고양이가 있는 거를 쥐 잡아
먹는 거는 좋은데.

그러니까 고양이는 여기 있는 주인이 죽었으면 돌아가시면,

'내가 계속, 따뜻하게 있을 수 있다.'

이래 생각하고. 개는 이제 여기 사람이 점점 더 많아지고 점점 우리나라는 사람 많아지면 사람 많이 왔다 갔다 하면 그 사람 집안이 좋다, 뭐 이런 얘기는 안 좋은 집안은 사람이 안 간다, 그런 얘기가 있기 때문에. 그런 이야기도 있고.

네팔의 민간요법

● 구연정보

조사일시 : 2017. 09. 24(일) 오후

조사장소 : 경기도 의정부시 민락동

제 보 자 : 기리라주 [네팔, 남, 1975년생, 이주노동 8년차]

조 사 자 : 박현숙, 김현희

● 개요

네팔에서는 뼈가 부러졌을 때, 특정 풀 세 가지를 섞어 붙이고 대나무를 깁스
처럼 받쳐 놓으면 한두 주 만에 낫는다고 한다. 머리가 아플 때 무당에게 가면
무당이 머리를 잡고 주술을 외운 뒤 집에 가서 자라고 하는데, 집에 가서 자고
일어나면 낫는다. 제보자는 무당이 마사지를 해서 낫는다고 생각한다. 무당
은 피가 날 때도 환부를 누르며 주문을 외우는데 제보자는 주문보다는 지혈
을 하기 때문에 피가 멈춘다고 여긴다.

뼈 부러졌을 때 치료법

[조사자: 한국에는 옛날에 병원 없고 할 때, 어디 아프고 체하거나 하면
손을 따서 피를 내기도 하고, 상처가 나면 된장 갖다 붙여서 낫게 하기도 하
고 이런 걸 민간에서 하는 치료법이라고 하거든요? 네팔에도 있을 거 같은
데.] 네. 우리나라도 있어요. 그런 거는.

[조사자: 네, 그런 거 어디 다쳤을 때] 이거 부러질 때, 손 부러질 때.
뼈 부러질 때. 손이나 다리 어디 부러질 때. 우리나라에 풀이 있어.
풀 가지고 와서 세 가지 있어. 풀 이름. 그걸 섞어서. [청자(아내): 세
가지 풀을? 갈아서?] 갈아서 쏘이나무. 쏘이 뭐지? 대나무 있잖아. 대

나무 이렇게 손가락처럼 만들어서 [청자(아내): 깁스처럼? 딱?] 깁스처럼 딱 묶어 놔.

묶어 놓으면 일주일? 이 주 뒤에는 나아요. 붙어요. [청자(아내): 뼈가 붙어? 진짜?] 응. 그런 거 있어요. 근데 병원 가면은 이거 뼈가 안 맞으면 당기고 맞춰주잖아. 그거는 있는 대로 붙어. [청자(아내): 원래대로 붙어?] 응. 붙은 거야.

머리가 아플 때 치료법

[조사자: 그럼 뼈가 부러지면 그렇게 하는 게 있고, 또 어떤 게 있어요?] 그런 거 있고. 머리 아프거나 배 아프거나 그렇게 할 때, 무당 같은 사람한테 가서,

"나 머리 아프다."

그렇게 하면 그 사람이 여기 잡고,

"아아아아아아."

이렇게 불러서. [청자(아내): 주술을 외워서?] 어, 불러서 '후하하하하후' 그렇게 하는 거야. (웃음) 그거는 하나님의 이름으로 하나님이 여러 가지. 아니 하나님이 아니고 신이, 신 이름인데 '마대 빠르바티'라는 신이 있어. [조사자: 마대 빠르바티?] 남편은 '마대', 부인은 '빠르바티'. 아니 그거 그렇게 불른데 '마대 빠르바티'. 그 이름 부르면서 걔네들 힘으로 좋아지라고 그렇게 하는데. 머리 아플 때 그렇게 하고.

"집에 가서 자."

이야기하는데, 가서 자다가 일어나니까 좋아지는 거야. 그러니 믿어, 사람들이.

그다음에 어떤 의사들이 어떤 뉴스에서 나와. 머리 아프면 여기 딱 눌러서 마사지하면 좋아진다고. [조사자: 양쪽에?] 걔네들이 그거 부를 때, 이렇게 잡아. 이렇게 잡는 거야. 이렇게, 이렇게 눌러서 마사지 해주면 좋아진다고 나중에 알았어.

'아, 애네들이 그렇게 하면 안 되는구나.'

나는 안 믿었어. 그때. 병원에 가면 두통약 주잖아요. 그 약 먹어도 좋아지고. 어떤 거 믿어요. 그렇게 옛날에 동네 있는 사람들은 그렇게.

팔 베었을 때 치료법

[조사자: 이 아플 때는?] 이 아플 때도 걔네들이 부른 거예요. 여러 가지 그거 [청자(아내): 풀.] 아니. 머리 아프거나, 배 아플 때, 이 아플 때, 무당들이 하는 말이 있어. 우리 매형이 가르쳐줘서 아는데. 우리가 딱 자르잖아. 그다음에 여기는 하는 말이 있어. '후후후후후' 이렇게 잡고, '후후후후후' 하면서 하는 말이 있어.

[조사자: 뭐라고 하는데요? 아시는 거 해주세요.] [청자(아내): 해봐. 나한테 해줬잖아. 여보. 나 배 아플 때 해줘.]

아니 그런 말이 있는데, 이렇게 하는데 조금 이따가 이거 피 안 나오는 거야. [청자(아내): 피 안 나와?] 응. 근데 여기 제가 나중에 봤을 때는 여기 피 나오잖아. 여기 쭉 누르고, 후후 여기 식었잖아. 식으면 [청자(아내): 굳어서?] 굳으면 또 안 오는 거야. 그거 말이 안 맞아. 나는 안 믿었어.

[청자(아내): 근데 뭐라고 말하는데?] 있어. [청자(아내): 해봐.] 네팔말로는 아는데 한국말로 어떻게 해. [조사자: 한국말로 말고 네팔말로.] [청자(아내): 나 배 아플 때 해주던 것처럼] (네팔말로)

"오모느더느밀리사라사라삿다삿다송도 바리삿다따르수괴부리시보리수고부리시수괴바리자옴마데바르디마짜끼푸푸푸."

이렇게 세 번 하는 거야. 이거.

[청자(아내): 자기 여기 베였을 때는 어떻게 했어? 뭐 발랐어?] 병원 갔어. 이거. [청자(아내): 처음에는 뭐 발랐대매. 거기다가.] 어떤 풀이 있는데. [청자(아내): 낫으로 베었는데] 우리 숲에 가서. [청자(아내): 슈퍼에 아니고 숲에] 숲에 가서 그거 풀 가져올 때. 나무 막 올라가서 자를 때 낫 이렇게 됐어. 나 여기 나무 잡고 이러고 위에 자르고 있는데 이렇

게 됐어. 그다음에 이 낫이 딱 여기 오는 거야. 이 손 잡고 있는데 이 거 안 잡으면 떨어지잖아. 떨어지는데. 그래도 아픈 거 있어도 천천 히 내려왔어, 밑에까지.

그래서 어떤 사람이 거기서 풀 같은 거 묶었어. 그때 피 많이 나 왔다고. 혈관까지 잘리잖아. 이거 잘리면 피 많이 나와요. 그다음에 그 사람이 여기 묶어서 그거 때문에 여기 꿰맬 수 없어서. 이틀 걸렸 어, 거기 병원 갈 때까지 이틀 걸렸어. 이거 보험에는 안 된대.

[조사자: 그러면 아까 머리 아플 때는 '마대 빠르바티'하고, 배 아플 때 는 아까 하셨던 그런 식으로] 배도 이렇게 마사지 해주고 그렇게 하는 거야. 머리도 마사지해 주고. 부르는 말은 다르지만 다 마사지해 주 는 거야, 실제적으로.

네팔의 치병 의례 경험

● 구연정보

조사일시 : 2017. 09. 24(일) 오후

조사장소 : 경기도 의정부시 민락동

제 보 자 : 기리라주 [네팔, 남, 1975년생, 이주노동 8년차]

조 사 자 : 박현숙, 김현희

● 개요

제보자의 형이 간경화가 심해 배가 볼록하게 나왔고 병원에서 치료를 포기하는 지경에 이르렀다. 가족들이 무당을 불러서 의례 행위를 하기로 하였다. 가족들은 제물로 바칠 고기를 샀는데 가족들이 먼저 고기를 많이 먹어버려서 제물로 올릴 고기가 조금 밖에 없었다. 무당이 화를 내며 제를 지내는 밤에 갑자기 닭을 잡아 오라고 하였다. 가족들이 키우던 닭을 잡았고 무당이 닭을 밖에서 요리해 먹어야 한다고 해서 가족들이 무당에게 닭을 주었다. 이후 형이 몸이 좋아졌다. 그러나 제보자는 형의 치유과정이 무당의 주술 때문이 아니라 형이 자식들을 키워 점점 걱정거리가 줄어들고 마음이 편해져서 몸이 나았다고 생각한다.

[조사자: 그리고 또 있어요? 다른 거 기억나는 거?] 그런 거는 많아요. 그렇게 무당 같은 거 하는 거. [조사자: 대부분 옛날에는 무당한테 가서 많이들 예전에도 했어요?] 지금도 해요. [청자(아내): 미친 사람한테도?] 미친 사람은 병원 데려가야죠. 병원도 데리고 가고.

근데 우리 형 있잖아. [청자(아내): 형수?] 아니. 형수도. 미친 사람은 무당이 해주는 거야. 무당도 안 되면 돈 있는 사람은 병원 데려가고. 우리 형도 지난번에 죽어서, 죽어서 병원에서,

"이제 못살아."

246

그렇게 했는데

[청자(아내): 아, 형. 간경화인데 배 볼록했는데.] 그다음에 어떤 사람이,

"너희 집에 뭐 안 좋은 거 있을지도 몰라. 그거 때문에 너는 왜 아플 수 있어."

무당한테 이야기하고,

"뭐 있는지 봐라."

걔네들이 막 이렇게 쌀 같은 거 다 이래 놓고. 쌀 어디 들어가는지 보고 이렇게 했는데. 걔네들 어떻게 하는지 몰라. 근데 그 무당이 이렇게 하라고 시켜서. 조금 좋아졌어. 약 먹어서 좋아졌는지.

[조사자: 뭘 시켰는데요? 기억나요?] 어떤 거 이거. 닭 한 마리 잘라서 어떤 신한테 주고. [청자(아내): 피?] 피 주는데 피는 안 가잖아. 거기 있는데 신 만들어. 집 안에서 만들 건지 집 밖에서 만들 건지 시켜. 시켜서 그렇게 해주라고 했는데 해줬어. 그 신이 먹었는지, 안 먹었는지 몰라.

옛날에 친구 있는데 무당 하는 사람. 아까 머리 안 좋은 사람 뭐야? [청자(아내): 미친 사람?] 우리 친구의 우리 동네 아주 멀리멀리 장사하니까. 멀리멀리부터 알아, 걔네들이. 어디 어디 그런 거 있다. 어떤 친구 무당 하는 사람이랑 친구였어.

그 사람이,

"우리 친구 와이프는 그렇게 아픈데 니가 해줘."

하는데,

"안 한다."고.

하는 거야. 누가 부르는데도 안 오는 거야.

[청자(아내): 누가, 형이?] 아니, 그 사람. 친구가.

"너랑 나랑 돈 벌자. 반만 벌고 그 사람한테 얼마 받아야 되는지 제가 이야기할 테니까 너는 가서 해주기만 해."

그렇게 했어.

근데 어떤 친구가 우리나라 십만 원 큰돈이잖아. 그 사람이 와이프 병원 데리고 가도 어디어디 데리고 가도 안 좋아지는 거야. 근데

이 사람이,

"십만 원에 해준대. 다른데 좋아졌대. 이 사람이 해주는 거. 한 번 해봐."

그런데 이 사람 여기 친구 집에 갔어. 가서 그 사람도 한국에서 일하고 있는데 그날 왔어. 날짜 맞춰서 왔는데,

"그 사람 올 때는 맛있는 거 해줘."

그렇게 했는데 그 사람이 조금 이렇게 앞 키로 정도 고기 사왔어. 가족들이 다 먹었어. 그런데 밥 먹는데 조금만 남은 거야. 그다음에 그 사람이 그다음에 화냈어, 고기 없다고.

"뭐야, 이거!"

[청자(아내): 무당이?] 응. 무당이. 그 사람이 딱 봤어. 우리 형이 거기서 문 앞에는 닭 키워. 닭 집이 있어. [청자(아내): 닭을 문 앞에서 키워?] 아니 여기서, 아니 이 집이 있으면 여기서 요리하고, 여기서 먹고, [청자(아내): 닭장들이 쭉 있어?] 닭은 닭장 만들고. 염소 같은 거 같이 있어. 하는 사람들은 일 층에서. 그러니까 딱 보니까 거기서 이만큼 있어. 닭 한 마리. 그다음에 그 사람이 무당 하면서,

"큰 거. 크고 좋은 거. 닭 한 마리 필요해요."

이야기하는 거야.

그 밤에 하는 거야, 그 일이 밤에. 밤에 10시쯤에 하는데. 밤에 어디 가서 가지고 와. 그다음에 그 사람이 어디서 가지고 와. 갖고 와야 되잖아. 갖고 와서 잡았어. 멀리서 잡았어.

무당이 하는 말이,

"이 닭 잡으면 이 닭이 이 집에 가져올 수 없어. 밖에서 요리하고 먹어야 돼요."

이야기하는 거야. 그러면 어떻게 해. 이 집에 가져올 수 없으면 우리가 가져가야 하잖아. 무당이 가져가라고 해야 되잖아.

그다음에 그 사람이 주의깊게 하는 거야, 머리를 쓰다가, [청자(아내): 잔머리 쓴 거야?] 닭 잡았어. 잡아서 나중에 우리가 갖고 왔어. 집에 갖고 왔는데. 자 우리한테 먹으라 그래. 난 안 먹어. 그 사람 집에까지 갖다줬어.

얘네들이 다 머리 쓰는 거야. [청자(아내): 무당들도 다 머리 쓰는 거야? 다 그게 진짜가 아니라?] [조사자: 무당 안 믿으시네.] 아니, 여기저기 다니면서.

[청자(아내): 근데 형 좋아졌다며?] 아니, 형 좋아지는 거는 사람이 어떤 병 걸리고 있으면 마음이 편하면 좋아진다고. 그런 거는 있어.

네팔 결혼식에 올리는 음식

● **구연정보**

조사일시 : 2017. 09. 24(일) 오후

조사장소 : 경기도 의정부시 민락동

제 보 자 : 기리라주 [네팔, 남, 1975년생, 이주노동 8년차]

조 사 자 : 박현숙, 김현희

● **개요**

옛날 네팔에서 결혼식이 있으면 동네 사람들이 모여서 음식을 만들었다. 쌀을 굽고 볶아서 찌우를 만들고, 쌀가루로 도넛같이 생긴 로띠를 만들고, 쌀가루에 사탕수수를 넣어 무지개떡처럼 생긴 꼬사르를 만들었다.

[청자(아내): 무슨 과일에 대한 이야기는 없어? 엄바라든가 자기네 집에 자몽이 이만해 집에 자몽이. 엄바 네팔 전통 과일 이런 이야기는 없어?] [조사자: 결혼할 때 꼭 올려야 하는 음식 같은 게 있어요?] 꼭 올려야 되는 음식은 결혼할 때 옛날이랑 지금은 달라요.

[조사자: 옛날에요.] 옛날에 결혼하려면 쌀도 없고 쌀 없어서 동네 사람들이 모여서. [청자(아내): 모여서.] 일주일 전부터 아까 보여준 기계. [청자(아내): 방아.] 방아로 쌀 만드는 거야. 그다음에 그런 거 있어. 나무 있는데 큰 거 있어 조그마한 거 구멍 만들어서 그다음에 이렇게 하는 거야. 쌀 찌우라는 거. [청자(아내): 아, 찧는 거야?] 쌀로. 쌀로. 쌀로 먼저 구워서 다시 어떻게 볶아서 찌우라라는 거 만들어. [청자(아내): 그렇게 만들어?] 동네 사람들이 옛날에.

[청자(아내): 볶은 거야? 그냥 익힌 거야?] 처음에 익혀. 아니, 처음에는 뜨거운 물에 넣어. [청자(아내): 스팀 해가지고?] 스팀 하고, 그다

음에 다시 볶아. 볶아서 뜨거울 때 막 치는 거야. 안 부서져. 안 부서져 빠짝바짝해. [조사자: 그걸 찌우라라고 해요?] 찌우라. 결혼하려면 동네 사람들이 일주 이주 전부터 못 자. 낮에는 일하고 저녁때는 그거 모아서 그렇게 해주고.

[조사자: 그럼 찌우라가 올라가야 하고, 또?] 로띠. [청자(아내): 찌우라는 거는 쌀이 납작한 거 있잖아요. 쌀 튀김 같은 거 납작해. 로티는 쌀가루로 만든 도넛 같은 거예요. 그래서 손으로 이렇게 기름에다가 하면 도넛처럼 이렇게. 로띠. 그게 맛있는 거라고. 명절에는 그걸 먹어야 된다고.] [조사자: 아, 명절에도 꼭 로띠를 먹어야 된다고.] 네. 로띠 꼭 있어야 되는 명절이 있어요. 옛날에는 그거 맛있는 거 없으니까 집에서 하는 거야. 지금은 여기저기서 파니까 그것보다 맛있는 거 팔아. 그다음에 집에서 하면 시간도 걸리고 하기도 힘들고 사는 사람 많아.

[조사자: 꼬사? 코사? 뭐예요?] 로띠. [청자(아내): 로띠 말고.] 꼬사르. 결혼식에는 무조건 꼬사르가. 쌀가루로 어떤 양념 있어. 그 양념 넣고 그다음에 이거 소콰르 설탕 같은 거 있어. 소콰르는 어떻게 만든지, 설탕나무 있잖아. 설탕 나무 뭐예요? [조사자: 사탕수수.] 사탕수수 그거 짜서 나오는 물에다가 끓이면 까만색으로 바뀌어요. 까만색 그거는 조금 모아서 이런 데에다가 놓으면 조금 이따가 한 시간 두 시간 뒤에 딱딱해져요. 그거는 소콰르예요. 그 소콰르 넣고 만들어요. 꼬사르는.

[청자(아내): 쌀에다가] 쌀가루에다가 딱 넣어서. 이렇게 동그랗게 만들어요. 여기 떡 있잖아요. 떡. 몇 가지 떡 나오잖아요. 색깔별로 [청자(아내): 무지개떡처럼?] 어. 그렇게 만들어요. 모양이 [조사자: 떡같이?] 결혼식에 온 사람한테 찌우, 로띠, 꼬사르 이렇게 줘요. 옛날에는. 지금은 파티 플레이스에서 하니까 거기서 나오는 음식 먹고. 옛날에는 그런 거 먹고. [청자(아내): 지금은 뷔페처럼 해.]

[조사자: 대부분 쌀로 된 거네요. 그게 무슨 의미가 있을까요? 쌀 종류들을 결혼식에 올리는?] 아니, 동네에서 농사지으니까. 쌀 많이 나오잖아요. [조사자: 아, 농사지으니까.]

[청자(아내): 쌀 없을 때는 뭐 먹었어?] 쌀 없을 때 뭐 먹은지 몰라.

우리 어렸을 때 쌀 있었는데.

　[청자(아내): 여보. 그때 뚤사랑 같이 호텔에서 먹은 거 있잖아] 디로. 아니, 우리나라의 전통음식이라고 하는 건 문둑수리 문둑수리 [청자(아내): 그것도 전통음식이야? 그게 아마 수수? 빨간색이잖아. 수수인가 그 걸로 만드는 건데.] [조사자: 빨간색이요? 그게 왜 빨간색이 됐는지 그런 유래와 관련된 이야기는 없어요?]

　[청자(아내): 수수가 빨갛지?] 아니, 그거는 뽀도라는 거 있어. 옥수수에서 대로 만들고, 옥수수 가루로 또 대로 만들고 그거 또 가루 만들고. 그 수수로 술 있잖아. [청자(아내): 네팔 술? 네팔 막걸리 같은 거?] 막걸리, 막걸리도 만들고. [청자(아내): 퉁바? 퉁바라고 하나?] 퉁바Tongba도 그거 만들고. 퉁바라는 건 지금 그 어떤 성에서 하는 거야. 만드는 방법 달라요.

네팔의 장례식

● 구연정보
조사일시 : 2018. 02. 06(화) 오후
조사장소 : 경상남도 진주시 상대 2동 YWCA
제 보 자 : 스레스탄 졸티 [네팔, 여, 1987년생, 결혼이주 11년차]
조 사 자 : 신동훈, 한상효, 이승민

● 개요
네팔에서는 13일 동안 장례식을 치른다. 소금이 들어간 음식은 먹지 않고 깨끗한 음식을 하루에 한 번만 먹으며 하얀 천을 두른다. 아들은 13일, 딸은 5일을 장례를 치러주는데, 이는 아들을 중요시하기 때문이다. 아들의 장례에서는 고기, 양파, 술을 안 먹으며 장례를 45일, 6개월, 1년 동안 유지하는 경우도 있다. 영혼이 13일 동안 머문다고 생각하여, 13일 동안 밤을 새워 지킨다. 대나무로 만든 양동이로 음식을 덮어 놓으면 다음 날 발자국이 있는데 발자국을 보면 무엇으로 다시 태어났는지 알 수 있다.

우리나라도 그런 거 있어요. 사람 돌아가시게 되면은 사람 돌아가시게 되면은 집집마다 다른데, 날짜는 다, 여기는 에 3일? 장례식을 하잖아요. 우리는 거의 13일. [청자(걸퍼나): 13일이요.] 장례식을 하거든요.

13일 하는데, 9일 하는 데도 한 군데 있는데, 거의 13일 장례식을 하는데, 13일 동안 소금을 안 먹어요. 소금 들어가는 음식을 안 먹고. 그날, 그날 깨끗하게 해가지고 하루에 한 끼. 딱 하루에 한 끼만 먹고, 대신 깨끗하게 해가지고, 그날 받아온 물로 그날 한 밥을 이제 먹는 거예요. 남으면 버려요, 그날. 남으면 버리고, 딱 낮에 딱 목욕하고 씻고.

이제 하얀 천 같은 이렇게 둘러 가지고, 인제 남자들, 아들들 그렇게 하고, 딸은 다섯, 5일. [조사자 2: 딸은 5일.] 딸은 5일인데, 인제 [청자(걸퍼나): 아들은 13일인데.] 아들은 그래서 아들이 중요하게 생각한 게 아들 없으면 인제 13일 동안 인제 그 장례식을 치러주는 사람이 없어서 옆집 아들이나 아니면 큰집, 작은집 아들이 대신 해주기도 하고 아니면 그런 게 있는데. 아들 없는, 그래서 몇 명은 나누고, 아들을 낳아야 된다. 옛날에 얘기하는 거 있었는데, 요새는 거 한 사람, 두 사람 놓고 안 낳는 집이 있어요.

[청자(걸퍼나): 한국에서 술이나 고기 다 먹었잖아요. 고기.] 사람 돌아가면은 양파, 마늘, 뭐, 술, 고기, 그다음에 장례식 13일 끝나도, 45일 동안 또 똑같이 해가지고,

"내가 하겠다."

부모님을 위해서 하는 분들도 있고, 아니면 6개월,

"내가 하겠다."

해서 6개월 하시는 분들도 있고.

"나는 시간의 여유가 있다."

해가지고 1년을 딱 해가지고 1년 뒤에 다시 또 딱 1년 되는 기에, 크게 이렇게 사람들 불러서 뭐, 이제 천국 가라고 막, 사람들한테 불러서 음식도 많이 해가지고, 나눠주고, 다시 또 제사처럼. 하는 데 있거든요. 그렇게 사람도 있어요. 집집마다.

[조사자 1: 한국에도 예전에 삼년상이라고 해가지고 3년 동안 이렇게.] 예, 3년 동안. [조사자 1: 3년 동안 했었어요. 근데 13일 동안 하는데 특별한 이유가 있을까요?] 뭐 특별한, 그래 13일 동안 이제 해야 된다는 옛날부터 그래 해왔기 때문에 하는 이유가 있을 거예요. [조사자 1: 돌아가신 분 영혼이 그.] 영혼이 13일 동안은 거기 주위를 돈다, 13일만 인제 [청자(걸퍼나): 만지면 안 된다고.] 그러니까 그 인제, 13일 동안 자기 영혼이 잊지 않고 계속 와서 인제 지켜보고 한다고 13일 동안 계속 밤마다 밤만 새는 거예요. 밤새고 인제 사람들 주위에 가는, 이제 13일 동안 계속 밤을 새다 보면 힘들잖아요. 그럼 주위의 사람들이 계속 예대로 와가지고 뭐 화투 치고 놀 때 해가지고 밤새고.

인제 그 인제 그것도 카스트마다 다른데 저희는 네와르거든요. 네와르는 인제 며칠 돼, 며칠 6일이나 9일 되면 또 인제 맛있는 거 뭐 음식 같은 거 해가지고 딱 밖에, 뒤가지고 밖에 놨두고, 인제 그 대나무로 만드는 대나무로 만드는 약간 바케스 같은 거 큰 걸로도 덮어놓으면은 이제 가만히 지켜보면은 이제 발자국이 인제 밥 같은 거 많이 해가지고, 음식 같은 거 많이 해가지고 깨끗하게 인제 흙으로 이제 그거 바닥에 해가지고 갖다 놓면은 이제 발자국이 다음 날 아침에 일찍 가서 보면 발자국이 보인대요.

그래서 그 사람 돌아가 가지고, 돌아가셔서, 어떻게 변했는지, 뭐 다시 또 돌아가서 인제 그걸로 끝이 아니고 다시 동물이 된다든지, 다시 또 사람으로 태어난다든지, 까마귀가 됐다는지, 뭐 인제 개가 됐다든지, 이래 되면 그 발자국이 남는다. 그 발자국을 보게 되면은 이 영혼이 뭐로도 다시 환생이 됐다는 것을 알 수가 있다. 뭐 그런 얘기도 있어요.

[조사자 1: 보통 죽으면은 다른 동물이나 사람이나 다시 태어난다?] 다시 태어나게 돼 있다. 뭐 그런 전설, 그런 이야기를 대부분 해요. 그래서 다시 뭘로 태어나는지 어떻게 되는지에 그게 위해서,

"우리가 지금 살아 있을 때, 좋은 일을 하지 않으면, 또 도와주자. 아픈 사람을 도와주자."

뭐 그런 이야기가 많이 있어요.

네팔의 과거 순장 풍습과 장례문화

● **구연정보**

조사일시 : 2018. 02. 06(화) 오후

조사장소 : 경상남도 진주시 상대 2동 YWCA

제 보 자 : 스레스탄 졸티 [네팔, 여, 1987년생, 결혼이주 11년차]

조 사 자 : 신동흔, 한상효, 이승민

● **개요**

예전에 남편이 죽으면 여자가 따라가야 해서 여자를 같이 태웠다. 남편이 죽어서 여자를 태웠는데 할머니가 반만 탄 여자를 정글 속 동굴 안에 숨겼다. 나중에 여자가 사람들에게 들켜서 마을이 난리가 났다. 이와 같은 의식은 지식이 생기면서 점점 없어졌다. 또한 남편이 죽으면 빨간 옷을 못 입는다. 남편이 죽으면 아내가 차고 있는 모든 액세서리를 벗긴다. 그리고 1년 동안 하얀 것만 입어야 한다.

옛날이야기가 하나 생각났어요. 남편이 죽으면은 여자가 깥이 (같이) 가야 되는 거예요. 죽든 살아 있는데 같이. [청자(걸퍼나): 같이 태워야 돼요.] 같이 태워야 되는 거예요. [조사자 2: 여자를 같이 태워요?] 옛날에. [청자(카멜라): 남편하고 같이.]

그게 '사티자누'라고 하거든요. [청자(걸퍼나): 사티.] [청자(카멜라): 사티.] 사티자누. 이런 얘기를 하면은 사티자누 얘기가 뭐냐면은 이제 남편이 돌아가면 와이프가 무조건 그거는 너무 억울한 그런 거잖아요. 옛날에 실제로 그런 게 있었대요. 이제 우리는 흘려들은 이야기지만 돌아가면은 그냥 와이프가 같이. 태우는 거예요. 우리는 태우는 문화가 있거든요. 사람을. 화장을 시키는 같이 그냥, 살아있는.

[청자(걸퍼나): 이번에도 조금 전에 저기 같은 거 영화도 만들어졌어요.

256

〈조예〉라고 영화 봤어요. 전에서도 남편에 죽으면서 마누라가 아, 아내가
앞에 가가지고, 같이 태워하는데 할머니 이모 같은 거들이 할머니 아들과
숨어가지고, 그 저기 너무 큰.] (걸퍼나 씨의 네팔어를 듣고 나서) 정글,
정글 하면 알아들어. [조사자 2: 아 정글.] [청자(걸퍼나): 정글 안에 저기
돌 안에서 저기 숨어가지고 동굴 안에서.] [청자(카멜라): 동굴 안에서 숨어
가지고 아 할머니가 아들과 옷도 다 갖고 오고, 어 먹는 음식도 가 다 갖고
오고 주고 나중에 다 알게 돼서 집에 가는 거 저렇게 봤어요. 요즘에 영화에
서, 네. 네.]

(스레스탄 졸티와 걸퍼나 씨가 네팔어로 대화함.)

어 거는 영화 이야기인데 이제 최근에 나온 영화가 있대요. 저는
안 봤는데 이제 같이 남편 죽으면 와이프도 같이 이제 이렇게 화장
을 당하게 되는, 반만 타 버리는 거예요. 몸이, 몸이 반이 남아 있는
상태에서 이제 태워 다 태웠다고 사람들은 집에 돌아가잖아요. 태워
놓고.

이제 근데 아들이 인제 반만 타고 반이 남아 있는 이제, 엄마는
발견하고 다시 마을로 델고 갈 수 없으니까 이제 정글 안, 숲속 안에
이제 동굴 같은 데 숨겨 놓고 먹을 것도 갖다주고 옷도 갖다주고 해
서 보살피고 있었는데 나중에 마 들켜가지고 마을이 인제 뒤집어지
는 그런 영화 이야기가 있었대요.

그렇게 하면, 원래 이제 다 태우고 그래야 되는데 남아 있어서
돌아왔다는 마을이 난리 나는 거예요. 점점 더 나중에 점점 뒤에 오면
서 이제 그게 천천히 없어지는데 실제로 옛날에는 그렇게 했었어요.

[조사자 2: 혹시 그럼 이런 풍습이 없어지게 된 이유가 있나요?] (스레
스탄 졸티와 카멜라 씨가 네팔어로 대화하다가) 그렇게 내버려 두
기에는 점점 더 그때는 뭐 공부도 안 했고, 사람들이 아는 것도 많
이 없고 지식이 없어 노니까 점점 더 이제 지식이 조금씩 생겨가면
서 이제 사람들이 조금 똑똑해지고 뭐 알게 되고 공부도 조금 조금
씩 하게 되면서 이제 한 사람이 실천하, 하고 두 사람이 실천하고 하
면서 점점 더 없어진 건데, 처음에 이제 만약 한 사람이 만약에 처음
에 실천한 사람이 그 사람 너무 많이 핍박을 당하고 마을에서도 쫓

겨 나가게 되고 다른 데 가서 이제 살게 되고.

　(스레스탄 졸티와 카멜라 씨가 네팔어로 대화함.)

　요새는 이제 얼마 전까지만이더라도 남편이 돌아가면은 와이프가 하얀 빨간 옷을 못 입는 거, 왜냐하면 우리나라에는 남편이 이제 결혼하면서 우리나라 빨간 거를 행운을 불러준다고 빨간 거를 많이 사용하거든요. 이제. [청자(걸퍼나): 결혼하면.] 제대로 결혼하면, 이제 반지 끼워주는 거만으로 결혼이 완성된 거 아니고, 이게 이제 요기 (이마를 가리키며) 바르는 거 아시죠? 네팔에서는. 이제 이거는 남편이 결혼식장에서 이제 해줘야지만 그 이제 둘이서 부부가 되는 거예요.

　그 남편이 돌아가고 나면 그거를 못 하게 되요. 그 남편이 딱 돌아가면은 잡아가지고, 사람들이 물로 씻겨주거든요. 모든 게 벗겨줘요. 결국엔 이런 게 하는 것도 밝은 거 하는 거 악세사리 이런 거 하잖아요. 이제 여기 (팔을 가리키며) 다 하거든요. 빨간 거, 그럼 다 벗겨줘요. 주라이, 여기(팔목) 하나 있는 거는 깨 줘요. 깨줘요. 돌로, 깨주고, 여기 다 씻겨줘 가지고.

　그 뒤로 남편 없으면은 남편 없는 여자는 밝은 것도 입으면 안 되고, 뭐든 게 하얀색 입고, [청자(카멜라): 아니 밝은 거.] 밝은 거 빼고 하얀 거, 노란 거, 막 이런 거 빨간 거는 못 하는 거예요. [청자(걸퍼나): 하얀 거 입는 동안 하얀 거만 입어야 되는 거.] 아직까지도 그런 거 지금도 있어요. 그런데 지금은 거의 안 하는 사람이 반이고, 하는 사람이 반이에요.

　[청자(걸퍼나): 이렇게 공부 많이 요렇게 좋아하든 조금도 조금 밝은 색 입어도 돼요. 하는 사람도 있고, 있는데.] 내가 결정은 내가 빨간색 입고 다닌다, 집안에서 우리 집안에 문화가서 못 하겠다 하고.

　저희가 알고 있는 거는 문화하고 풍습. 왜냐하면 그쪽에 제가 또 그, 유치원 같은 데도 아니면 이렇게 다문화센터 이쪽에, 그쪽으로 하여튼 많이 하거든요. 그쪽에만 이제 제가 지식을 가지는 거예요. 이쪽에는 처음, 진짜 처음입니다. (웃음) 옛날이야기는.

소를 바치는 네팔의 번제 풍습

● **구연정보**

조사일시 : 2018. 02. 06(화) 오후

조사장소 : 경상남도 진주시 상대 2동 YWCA

제 보 자 : 스레스탄 졸티 [네팔, 여, 1987년생, 결혼이주 11년차]

조 사 자 : 신동혼, 한상효, 이승민

● **개요**

네팔에서는 동물을 제물로 바쳐서 신을 모신다. 물소는 수컷만 제물로 바친다. 소를 우상으로 섬긴다.

이제 저희는 번제물을 동물로 번제물 드리거든요. 신에게. 신에게 동물로 이제 피로서 번제물을 드리거든요. 그런 풍습이 있고, 풍습에 대해 문화에 대해서는 많이 아는데, 살아있는 이제, 동물을 신에게 바치는.

[조사자: 아, 산 동물을.] 번제물을 드리고 집집마다 신을 섬기는, 모셔놓고 이제 집집마다 인제, 제사를 지내거든요. 염소, 비둘기, 닭, 대부분. 비둘기는 이제, 가서 날리는 거예요. 그냥 풀어주는 거고, 물소, 물소 중에 이제 숫, 숫물소, 어떻게 표현해야 되지, 한국말로? 암소 말고, 숫물소를 많이 번제물로 드리고, 이제 암물소는 저 먹기 위해서, 우유 위해서.

소는 아시다시피 네팔 사람들은 소를 안 잡고, 소를 섬기는 거예요. 우상으로서 섬기거든요. 그래서 이제, 네팔에서 안타깝게도 소를 섬기고 소를 못 잡다 보니까는 황소들이 길바닥에 널브러져 있는 그런 것들이 있어요.

카자흐스탄

카자흐스탄의 부족

● **구연정보**

조사일시 : 2017. 03. 24(금) 오후

조사장소 : 서울특별시 광진구 화양동 건국대학교 국제학사 311호

제 보 자 : 아쑤바이에바 [카자흐스탄, 여, 1991년생, 유학생 3년차]

　　　　　사니아 [카자흐스탄, 여, 1992년생, 유학생 6년차]

조 사 자 : 오정미, 이원영

● **개요**

카자흐스탄 사람들은 동쪽에 사는 나이만 민족에 대해 믿을 수 없는 부족, 교활한 부족이라고 생각한다. 한편, 카자흐스탄 사람들은 부족마다 부족에 관한 책을 가지고 있으며, 같은 부족끼리는 결혼하지 않는 문화가 있다.

아쑤바이에바 : 저 그리고 좀 재미있는 거 있는데 부족 떼랑 관련된 거 있는데 저는 원래 동쪽에 있는 사람 태어난 사람들이 보통 대부분 나이만이라는 부족이에요. 저도 나이만, 나이만. 그 나이만이란 부족이랑 관련된 거 있는데 나 어떻게 생겼는지 잘 모르겠지만, 나이만은 어 그,

사니아 : 믿음스럽지 않다.

아쑤바이에바 : 믿음스럽지 않다고 샤이탄 있잖아요. 샤이탄. 샤이탄을 바보같이 만들 수 있는 그 뭐 이렇게.

사니아 : 민족을, 민족은 나이만이라고

조사자 1 : 동쪽 부족은 믿을 수 없다? 아니면 믿음직스럽지 않다?

사니아 : 아니 나이만의 어느 부족이 조금 사람들을 잘 속이고 좀 믿을 만한 사람들은 아니고 그런 뭐가 있어요.

조사자 1 : 아 믿을 만한 사람들이 아니다. 아 사탄처럼 다른 사람에 게 나쁜 짓을 좀 하고 속이고 사기꾼 같다 이거예요?

아쑤바이에바 : 지금 이 나쁜 뜻으로 보이지만 원래 어떤 일이 있었 는지 나중에 다시 알려드릴게요. 저도 이제 궁금해요. 어떻게 생 겼는지 저도 나이만인데. 많이 들었는데 근데 따지지 않았어요. 왜 그렇게 불렀는지 근데 뭐 믿음직스럽지 않다고 보면 돼요. 그 냥 여유(여우)처럼 뭐 이렇게 좀.

조사자 2 : 교활하다?

아쑤바이에바 : 교활하다.

조사자 2 : 혹시 나이만이 장사나 무역을 해서 뭐 이렇게 장사를 한 다든지 무역을 한다든지 이런 업종을 했던 거는 아닌가요?

아쑤바이에바 : 아닌 거 같아요.

조사자 2 : 똑똑하고 셈에 밝고.

아쑤바이에바 : 네 똑똑해서 뭐 네 이런 말이 생긴 거 같아요. 뭔가 어떤 일이 있었는데 저 다시 이렇게 다시 확인하고 나중에.

사니아 : 그래서 우리가 부족들이 있잖아요. 부족마다 그런 책이 있 어요. 이 부족에서 이름까지 있어요. 이렇게 이렇게.

아쑤바이에바 : 원래 다 알아야 돼요.

사니아 : 이렇게 누가 누가 아들 누구의 아들, 누구의 아들 이렇게 그런데 그것도 아들로 하는 거예요.

조사자 1 : 아 각 부족의 이름이 있고 각 부족마다의 어떤 특징이 있 는 거예요.

사니아 : 네.

조사자 2 : 계보를 정리해 주고.

사니아 : 예를 들면 저는 아흐른이라는 부족이고 거기서 아흐른이라 는 사람이 있었기 때문에 그 아흐른은 아들 중에서는 좀 카라흐 키새기, 카라흐기새기가 뭐 이렇게 이렇게 내려오는 거예요.

조사자 1 : 우리도 그런 거 있거든요. 족보 같은.

사니아 : 네. 맞아요. 그래서 그거 우리는 말, 우리 글이 없었잖아요. 근데 글이 없었으니까 말로 기억했었어야 됐고 지금은 책도 있

어요. 그거. 부족마다. 근데 그거 결합 검사도 해보니까 진짜 맞
는다고.

아쑤바이에바 : 그 그래서 이것 때문에 같은 부족들끼리, 부족들끼
리 결혼하면 안 된다고. 안 된다는 말이 있어요. 왜냐하면 그 혈
액이 섞여서.

사니아 : 일곱 가지. 일곱 피가 이렇게.

　　　(사니아 제보자가 아쑤바이에바 제보자에게 카자흐스탄 말로 물
어봄.)

사니아 : 그거 예를 들면 일곱 그 제 아버지 있고 아버지의 할아버
지, 할아버지의 아빠 이렇게 이렇게 일곱 개까지 서로 끼리끼리
결혼하면 안 된대요.

조사자 2 : 아 7대조.

사니아 : 아 네네. 일곱 개.

조사자 1 : 그러니까 그런 식으로 엮여 있는 일곱 개.

사니아 : 그래서 우리 확인해요. 결혼하기 전에 물어보고, 확인해요.

조사자 2 : 자기 위로 위로 올라갔을 때.

사니아 : 자기 7대조까지 같으면 그 안에선. 안 돼요.

조사자 1 : 지금도?

사니아 : 지금도 진짜 안 돼요.

조사자 2 : 그렇게 근친이라고 보는 거예요.

사니아 : 네.

조사자 2 : 7대조까지면 굉장히 멀 텐데 그래도 안 돼요?

사니아 : 확인할 수 있어요. 그런데 그게 사인, 사이언티픽으로도 그
거 이상하게 나온대요. 얘기가.

아쑤바이에바 : 유전자가 좀.

사니아 : 이상해진다고.

아쑤바이에바 : 지금도 상대방 부모님을 보러 가면은 항상 그런 질
문 많이 받아요. 부족이 뭐냐? 이렇게

사니아 : 부족이 다르면 아예 문제없고. 같으면 이제 확인.

조사자 1 : 그러면 총 몇 개의 부족이 있는데요?

사니아 : 굉장히 많은데요?

조사자 1 : 대충? 정확하지 않더라도.

사니아 : 40개는 있는.

아쑤바이에바 : 40개 정도는 있을 거예요.

조사자 1 : 그런데 40개 정도의 부족에서 일곱 개의 부족이 못한다
　　는 건 되게 확률이 너무 높은데?

아쑤바이에바 : 확률이 높죠.

카자흐스탄 사회와 가족문화

● **구연정보**

조사일시 : 2017. 03. 24(금) 오후

조사장소 : 서울특별시 광진구 화양동 건국대학교 국제학사 311호

제 보 자 : 아쑤바이에바 [카자흐스탄, 여, 1991년생, 유학생 3년차]

　　　　　사니아 [카자흐스탄, 여, 1992년생, 유학생 6년차]

조 사 자 : 오정미, 이원영

● **개요**

카자흐스탄 사람들은 저마다의 민족과 부족을 가지고 있다. 또한 제보자들이 느끼기에 카자흐스탄의 빈부격차는 그리 심하지 않지만, 자신이 부자인 것처럼 뽐내고자 하는 생각들이 있다. 한편 카자흐스탄에서는 딸은 남의 집으로 시집을 가기 때문에 딸을 손님처럼 여기며, '딸 세 명 낳으면, 바로 천국으로 간다'라는 말이 있다. 재산은 주로 막내에게 상속하며 막내가 부모에 대한 책임을 맡는다고 했다.

조사자 1 : 카자흐스탄도 그 한국처럼 뭐 전라도 경상도 강원도처럼 차이가 있어요?

아쑤바이에바 : 그런 건 있어요.

조사자 2 : 차이가 있어요?

아쑤바이에바 : 차이가, 문화 차이, 크게 나요.

조사자 1 : 문화 차이가.

사니아 : 사투리도, 사투리처럼 그런 것도 좀 그런 것도 있고.

조사자 2 : 민족은 다 같아요?

아쑤바이에바 : 민족은 원래 다양하지만, 그 백 개 정도 있어요. 그 작은 소 민족들, 많은데 근데.

사니아 : 근데 우리가 그 카자흐스탄에서 원래부터 그 '슈즈'라는 게 있었어요.

조사자 1 : 슈스?

사니아 : 슈즈, 백 개라는 말인데 백, 숫자 말인데, 근데 세 개 있어 요. 큰 거, 좀, 대, 중, 소. 그런 거 있는데 지역별로 그거 있고, 그 리고 그 안에서도 엔니스지처럼 좀 작은, 작은 민족은 아니지만 그 뿌리가 똑같은 사람들.

조사자 2 : 계통이나 그런 거?

아쑤바이에바 : 네 맞아요.

사니아 : 그런 거 있어요. 그래서 우리 물어봐요. 너는 뭐야, 너는 뭐 야 서로.

조사자 1 : 카자흐스탄이 어찌 됐건 작은 소수민족들이 함께 이렇게 살아가다 보니까 너는 어느 민족이야. 조상을 물어보는 거예요?

사니아 : 그거 민족이라고 안 하는데.

아쑤바이에바 : 그거 계통 같은 거예요. (사니아 제보자에게) 그 옛 날 어느 뭐라고 하죠? 브로트.

사니아 : 그래서 그 같은 어떤 사람은, 어디서 온 거가 아니라, 그

아쑤바이에바 : 카자흐 인들한테만 해당되는데 원래 카자흐 외에는 러시안 사람들도 있고, 고려인들도 있고 이거는 이것은 그러니 까 카자흐인들한테만.

조사자 1 : 진짜 카자흐인들한테만.

아쑤바이에바 : 네. 옛날에 진짜.

사니아 : 부족, 부족들. 부족이에요. 근데 그 부족들이 사실 예를 들 면 제가 부족에서, 부족인데 그 타타르 민족 아세요? 부족이 있 더라고요. 그래서 그거 지금은 우리 국경도 있고 이제 민족도 다 양하지만 근데 튜르크 나라 중에선 같은, 같은 부족이 좀 있는 거, 있더라고요. 그거 그때는 그거. 구별 안 했으니까.

조사자 2 : 지금 국경은 아니었지만 같은 계통의 민족이다. 이렇게.

아쑤바이에바 : 네. 네. 네.

조사자 1 : 그러면 왜 키르키즈스탄도 있잖아요? 사실은 거의 같은

패밀리인 거죠?

사니아 : 네. 그쵸. 국경이 나뉘어서 나뉜 것뿐인 거지. 언어도 엄청 비슷하고, 서로 들으면 이해할 만큼 거의 90% 정도, 우즈벡어도 비슷해요. 그냥 가끔 자음이나 모음? 우리가 '쓰'라고 부르는 건, 우즈벡 사람들 '슈'라고 부르고. 아라고 부르는 건 '아'라고 부르는데, 그 사람들 '오'라고 부르는데 그 사투리, 거의 사투리죠.

조사자 2 : 우리가 제주도 말 어려워하듯이.

사니아 : 네.

조사자 2 : 그럼 터키랑은 좀 달라요?

사니아 : 네. 터키는 좀 멀어요. 멀어요.

아쑤바이에바 : 그래도 한 50%를 알아들을 수 있어요. 네.

사니아 : 원래 터키 사람들도 우리 땅에 살다가 이제 오래 오래 전부터 그래서 터키 쪽으로 옮기고. 거기서 살게 됐다고.

조사자 2 : 거기도 투르크 쪽?

사니아 : 네.

조사자 1 : 음. 투르크. 투르크가 가장 일반적인 민족인 거예요? 그럼 가장 많은.

사니아 : 투르크는, 투르크 안에 우리 있는 거예요. 투르크 안에는 우리만 있는 게 아니라 이제 우즈벡 사람들도 있고. 키르키스, 바슈코르토스탄 엄청 많아요. 그게.

조사자 1 : 그러면 궁금한 게. 카자흐스탄도 지금 경제가 잘 사는 사람 되게 잘 살고. 못 사시는 분들도 되게 못 살고. 층위가 많이 나뉘어 있어요?

사니아 : 있어요.

조사자 2 : 많이 나뉘어 있어요?

아쑤바이에바 : 네. 빈부격차가 그렇게 많이 나지는 않는데.

조사자 1 : 일부러 빈부격차란 말 안 쓸라고 했는데 (웃음).

아쑤바이에바 : 그래서 층은, 층은, 제일 흔해요. 네.

조사자 1 : 중산층은 많기는 한데, 상위와 하위의 층이 확실하게 나뉘어 있어요? 왜 물어보냐면, 예를 들면 필리핀 같은 데는 가보

면, 아예 잘 사는 사람들이 사는 마을 지역은 일반인들이 못 들
어가게 경계까지 딱 하고 있어요. 군인들 같은 사람이.

사니아 : 그런 거까지는 아니에요.

조사자 1 : 그러지는 않고. 그러니까 대한민국 같은 분위기.

사니아 : 대한민국은 완전, 그런 건데 우리는 조금은, 차이가 조금 있
을 수 있는데 심하지는 않아요.

조사자 2 : 심하지는 않고.

조사자 1 : 왜 물어보냐 하면, 내가 가르치는 학생 중에, 대학원 수
업, 다른 대학의 카자흐스탄, 결혼은 했고. 남편도 카자흐스탄
사람이고, 한국에 살아. 애기가 한 명 있고. 그리고 대학원을 다
녀. 여기 왜 사는지 물어보니까 한국어도 잘해. 물어보니까, 한
국에 예전에 한국에 언어교육원을 다니면서 한국이 너무 좋아서
한국에 집을 샀대. 빌렸다는 건지, 진짜 샀다는 건지 모르겠는
데. 여기서 사는 거야. 남편은 무역업을 하는 거야. 그래서 왔다
갔다 하고. 다이아 반지를 하고 있고. 지금 애 키우면서 너무 답
답해서, 어머니는, 어머니나 남편이 봐주러 오시면 오시는 기간,
혼자서 못 보고. 대학원에서 또 공부를 하고.

아쑤바이에바 : 솔직히 말하면 카자흐 사람들이 그 중국 사람들처럼
부자 티를 낼려고 해요. 잘사는 거 보여주기 위해서 그래요.

사니아 : 꼭 잘 살지 않아도.

조사자 1 : 잘 살지 않아도.

사니아 : 쇼잉업처럼.

조사자 1 : 쇼잉업으로, 아 그렇게 있구나. 그래 내가 되게 잘 사는
사람인가 보다.

사니아 : 한국에 오면 완전 부자라도, 평범한 사람처럼 보이잖아요.
카자흐스탄 절대 아니에요.

아쑤바이에바 : 부자인 걸 다 보여줘요.

사니아 : 그거 문화인 거 같아요.

조사자 1 : 맞아요. 그건 문화의 차이예요. 아. 그렇구나. 카자흐스탄
은 지금 그 경제가 필리핀이나 이런 나라처럼 완전히 극과 극인

건지, 그런 게. 치안은 어때요? 안전한지? 도둑이 많고. 밤에 다
녀도 되고.

아쑤바이에바 : 치안?

조사자 2 : 안전한지.

조사자 2 : 안전. 도둑이 많고. 아 밤에 다녀도 되고.

아쑤바이에바 : 위험해요. 이 이면에서는.

조사자 1 : 밤에 잘 안 다녀요?

사니아 : 잘 안 다녀요.

아쑤바이에바 : 10시 이후로는 잘 안 다녀요.

조사자 1 : 10시 이후론. 위험하구나.

조사자 2 : 여자들.

사니아 : 여자들. 남자라도. 위험할 수 있어요.

조사자 1 : 그럼 총도 소지해요?

아쑤바이에바 : 아니에요. 그건 불법이에요.

사니아 : 그건 아니에요. 불법이에요.

조사자 1 : 그럼 카자흐스탄에서 굉장히 인기 있는 직종은 뭐예요?

사니아 : 직종?

조사자 1 : 직업.

사니아 : 아 직업. 어. 음.

조사자 2 : 한국 같은 경우는 사무직 같은 게 인기잖아요. 공무원 같
은, 의사, 변호사, 뭐 이런 것들이 많고.

아쑤바이에바 : 저희는.

조사자 2 : 농업이나 어업이나 이런 거 조금 인기가 없고.

사니아 : 우리나라에서 그냥 자기 가족 사기나 사업.

아쑤바이에바 : 사업을 하려고 해요. 네. 반대로 한국과 달리 의사나
어, 선생님들이 좀 적어요. 연봉이 적어서 잘 안 해요.

조사자 2 : 그럼 공산주의적인 그게 남아 있어서 그런가요?

사니아 : 그럴 수도 있어요. 네.

조사자 1 : 사업, 사업을 하는 게 그게.

사니아 : 나는 나를 위해서 일하는 게 낫다. 누구를 위해서 일하는

것보다. 그런 의식을 가지고 있는 거 같아요.

조사자 1 : 그 말이 맞는 거 같애. 그분도 보면 사업을 하는 걸 강조
　　　하시더라고.

사니아 : 언제 짤릴지도 모르고, 어떻게 될지 모르니까. 좀

조사자 2 : 창업이나 자영업.

사니아 : 네. 네. 네.

조사자 1 : 그럼 남녀는 어때요? 우리는 왜 알겠지만, 많이 좋아지긴
　　　했지만, 전통 사회에서부터 아들딸 차별이 좀 있잖아요.

조사자 2 : 한국 드라마 같은 거 보면, 이렇게 나오잖아요. 남자를 아
　　　들 좀 더 좋아하고. 딸은 좀 차별받는 게 있다면 사회에부터 차
　　　별받는 게 있고.

사니아 : 그렇게까지는 아닌 거 같애요. 우리나라에서 조금 이제 딸
　　　을 태어나면, 딸을 손님으로 생각해요.

조사자 1 : 아 딸을 손님으로 생각해요?

사니아 : 네. 제가 누구에게 집으로 초대받으면 제가 좋은 자리에 앉
　　　아요. 항상 왜냐하면 제가 다른 어떤 남자랑 결혼하게 되고 다른
　　　집으로 가게 되고, 그 가족의 딸이 되니까.

아쑤바이에바 : 자기 부모한테도 손님이에요.

사니아 : 손님이라고 생각하고 보내주는.

조사자 1 : 슬프다. 언젠가 다른 집으로.

사니아 : 그래서 지금 잘 해줘야지. 그렇게 생각하는 거 같아요.

조사자 1 : 가슴 아프다.

아쑤바이에바 : 저희도 딸이라서.

사니아 : 그래서 부모님이 조금 그렇지 않아도 우리가 결혼하고 떠
　　　나는데 지금 이렇게 멀리 있는 거 조금.

조사자 1 : 그렇겠다.

사니아 : 그렇지않아도 시간 짧다고.

조사자 2 : 자녀, 자식들은 보통 많이 낳나요? 적게 낳나요? 중국처
　　　럼 뭐 한 명밖에 안 나는.

사니아 : 그냥 되는 대로.

아쑤바이에바 : 되는 대로. (웃음)

조사자 2 : 한국은 보통 한두 명. 요즘 이렇게 낳는데.

아쑤바이에바 : 저희도 그런 거 있어요.

사니아 : 그런데 보통 세 명이라고 생각하는 거 같아요. 왜냐하면 한 명은 아버지 죽으니까 아버지, 한 명 어머니, 그 아는 꼭 인구를 위해서, 원래 세 명 가장 완벽하다고 생각하는 거 같아요.

아쑤바이에바 : 근데 옛날에 그 아들을 중요시하는 거 아직도 남아 있는 거 같아요. 왜냐하면 이런 말도 있어요. 뭐 아버지가 이렇게 남자가 이렇게 아 딸을, 세 명 낳으면.

사니아 : 딸을 세 명 낳으면.

아쑤바이에바 : 가지면 바로 천국으로 간다고.

사니아 : 천국으로 간다고.

조사자 1 : 음? 딸을 뭐라고?

아쑤바이에바 : 세 명 낳으면 바로 천국으로 간다고.

조사자 1 : 조국으로 간다고?

아쑤바이에바 : 천국!

조사자 1 : 왜 딸을 세 명을 낳으면 왜 천국으로 가요?

아쑤바이에바 : 좀 부정적인 의미에서 그러는 거 같아요. 아들 아니라서, 그래서 딸만 낳으니까.

사니아 : 위로해 주는 거 같아요. 그냥 위로해 주는 거 같아요. 그거.

조사자 1 : 아 위로. 위로 아 그러니까 카자흐스탄에서는 딸을 세 명 낳으면 '너 천국으로 가.' 이런 구전적인 말이 있는데, 그 이유가 어떻게 보면 아들이 없이 딸만 낳은 게 조금 불쌍하고 안됐으니까. 위로. 괜찮아.

사니아 : 보내니까 집에는 아들이 필요하잖아요.

조사자 2 : 다 남의 집으로 시집가고 나면 자기네는 없으니까 인제 그냥 천국 가야 돼. 이런 거.

조사자 1 : 넌 그래도 천국은 갈 수 있을 거야. 이런 말을.

사니아 : 그리고 아들 예를 들면 두 명 아니면 세 명 있어도. 이제 아들들은 장가가면 따로 사는데, 근데 막내아들이 항상 부모님이

　랑 같이 살아요.

조사자 2 : 그러면 막내아들 상속 문화가 있어요? 상속을 부모한테
　　물려받는 것들 이런 거.

사니아 : 주로 막내.

아쑤바이에바 : 주로 막내예요. 여기선 장남이잖아요. 한국에선 우리
　　는 반대로.

조사자 2 : 그렇다고 하더라고요.

조사자 1 : 우리도 제주도는 막내예요.

아쑤바이에바 : 막내예요?

조사자 2 : 말자 상속이 있으니까.

아쑤바이에바 : 제주도 우리랑 비슷한 거 같아요. 말고기도 먹고. 네.

조사자 1 : 그러네. 진짜.

사니아 : 신기하다.

조사자 1 : 다 그게 이유가 있을 거야. 그쵸.

조사자 2 : 몽골이랑도 좀 가깝나요? 문화 같은 거.

사니아 : 문화는 네. 유목민족이다 보니까 좀 비슷한 거 많은 거 같
　　애요.

조사자 2 : 몽골도 말자 상속이라고, 막내가 받는다고 하더라고요.

조사자 1 : 난 그게 합리적인 거 같애.

조사자 2 : 늦게까지 부모님이랑 있으니까.

사니아 : 음. 맞아요.

조사자 1 : 젊은 사람이 힘이 좋잖아. 아픈 부모를 업으려고 해도, 막
　　내아들이 업는 게 맞고.

사니아 : 네 그래서 여자들이 막내아들이랑 결혼하는 거 조금.

조사자 2 : 싫어하죠.

아쑤바이에바 : 싫어하지.

조사자 1 : 그건 우리나라랑 똑같네.

조사자 2 : 우리는 오히려 막내라 그러면 부담 없겠다. 형들이 다 해
　　주니까. 그러게 그게 반대구나.

아쑤바이에바 : 저희 작은아버지만 해도 지금 우리 할머니를 모시고

살고.

조사자 2 : 사니아 씨는 그러면 형제자매 관계가 어떻게 몇 명 있어요?

사니아 : 어 저는 어 오빠랑 언니 있어요. 저 막내예요.

조사자 2 : 오빠 언니. 사니아 씨.

사니아 : 그런데 오빠는 따로 살아요. 왠지.

조사자 2 : 결혼하시고.

사니아 : 네.

조사자 1 : 잠깐. 언니 오빠 있고.

조사자 2 : 언니 오빠 있고 막내딸 너무 보고 싶으시겠네.

사니아 : 아 지금 조카 나와서 지금 괜찮아요. (웃음)

조사자 1 : 참 사니아 씨는 몇 살이에요? 몇 년 생이에요?

사니아 : 아 92년생이에요.

조사자 1 : 아 92년생.

조사자 1 : 카자흐스탄에 대한 궁금증이 많이 풀렸어요. 카자흐스탄
     에 대한 마지막 질문. 여행을 가면 언제 가는 게 제일 좋아요?

아쑤바이에바 : 아무래도 한 오월쯤.

사니아 : 오월 유월. 근데 이거 끝에도 추울 수도 있어요. 어디를 가
     냐에 따라.

아쑤바이에바 : 어디 가냐에 따라 남쪽에 가면 언제든 따뜻한데.

사니아 : 아스타나는 뭐 여름도 좀 시원하고. 맞아요.

조사자 2 : 아 그럼 둘이 동갑이에요? 나이가.

아쑤바이에바 : 아 저 91.

조사자 1 : 아 (나이를) 따지네. 여기도. (웃음)

조사자 2 : 한국으로 치면 띠가 다른 거잖아요. 우리는 원래 원숭이
     띠 한국으로 치면.

사니아 : 원숭이띠.

조사자 2 : 한국으로 하면 원숭이띠. 거기는 띠 이런 거 문화가 없나요?

사니아 : 있어요.

아쑤바이에바 : 있어요.

조사자 1 : 그때 띠 이야기해 줬잖아. 설화에서.

조사자 2 : 띠 10개인가 있다고.

조사자 1 : 8개.

아쑤바이에바 : 8개 맞아요.

조사자 1 : 맞아. 맞아.

사니아 : 12개 아니야?

　　(아쑤바이에바와 사니아 두 제보자가 카자흐스탄어로 대화함.)

사니아 : 아 근데 그거 12개 있잖아요. 그것도 따지기는 하는데, 근
　　데 그거 나이 12개 그거 있잖아.

　　(두 제보자가 카자흐스탄어로 대화함.)

조사자 1 : 아니. 틀려도 상관없어요.

조사자 2 : 지금 두 분 다 이슬람 쪽이세요? 무슬림?

사니아 : 그게 좀 우리나라는 음 조금 우리가 무슬림 가족에서 태어
　　났으니까 우리가 생각하고 이거 아 우리가 이 종교를 믿겠다 그
　　런 거 아니라. 좀 문화 배경이에요. 그냥.

조사자 2 : 아 우리나라 유교는.

사니아 : 아 네. 네. 네. 맞아요.

아쑤바이에바 : 진짜로 믿는 사람도.

조사자 2 : 진짜로 믿지 않아도 제사 지내고 이러는?

사니아 : 네. 맞아요.

카자흐스탄의 여유로운 분위기와 결혼 풍경

● **구연정보**

조사일시 : 2017. 03. 24(금) 오후

조사장소 : 서울특별시 광진구 화양동 건국대학교 국제학사 311호

제 보 자 : 아쑤바이에바 [카자흐스탄, 여, 1991년생, 유학생 3년차]

　　　　　사니아 [카자흐스탄, 여, 1992년생, 유학생 6년차]

조 사 자 : 오정미, 이원영

● **개요**

카자흐스탄인들은 여유로운 문화가 있다. 그래서 카자흐스탄인들은 결혼식
도 12시에 시작한다고 하면 2시나 3시에 방문하는 경우가 종종 있다. 그것
이 급하지 않고 여유로운 카자흐스탄의 문화이다.

조사자 2 : 근데 한국 사람들이 가지는 오해 중에 하나가 몽골 사람
　　　　들은 다 말 잘 타고, 다 게르 살 거 같고. 이동식 집이나 이런 거
　　　　있잖아요. 그런데 여기도 가진 오해가 있으면, 거기도 도시이고
　　　　하고 하니까 그거도 도시는 그냥 도시인 거죠?

아쑤바이에바 : 네. 네. 네. 도시예요.

사니아 : 한국 사람들이 어떤 한국 사람들이 왔는, 봉사활동 하러 오
　　　　셨는데 아 처음에 그렇게 기대하고 왔다가 아무것도 없고. "바깥
　　　　에 말도 항상 타고 그런 줄 알았는데."라고.

조사자 2 : 항상 우리한테 보여주는 카자흐스탄에 그 풍경은 자연
　　　　풍경, 자연의.

사니아 : 우리가 좀, 왜냐하면 카자흐스탄 사람들, 좀 여유가 중요한
　　　　거 같아요. 좀 자유랑 넓은 거랑, 여유 되게 중요하게 생각해요.

그래서 우리가 좀 느려요.

아쑤바이에바 : 느린 편이, 다. 이렇게 차 마시면서 한두 시간씩 세 시간씩 차.

조사자 1 : 그래서 자꾸 게으른 이야기가 자꾸 나오는구나.

아쑤바이에바 : 네.

조사자 1 : 근데 그 여유를 즐기는 게 중요하잖아요. 그게 문화인 거죠?

아쑤바이에바 : 그리고 자주 카자흐인들이 자주 늦는다고. 네.

조사자 1 : 올드?

사니아 : 늦어요. 늦어요. 결혼식은

아쑤바이에바 : 결혼식 할 때는 미리 세 시간 앞에.

사니아 : 원래는 열두 시라고 하면은, 초대장에 열두 시라고 써 있어 요. 근데 확실히 다들 세 시에 와요.

조사자 1 : 결혼식장에? 그러면 끝났을 거 아냐?

사니아 : 우리는 결혼식은.

조사자 2 : 세 시에 시작해요?

아쑤바이에바 : 세 시, 네 시쯤 시작해요.

사니아 : 밤 열두 시까지.

조사자 1 : 재밌다. 늦는 문화가 있구나.

사니아 : 그리고 결혼식 너무 짧지 않아요? 한국에서는.

아쑤바이에바 : 저는 깜짝 놀랐어요. 처음에 와서.

사니아 : 너무 비싸고. 너무 짧고.

조사자 2 : 우리도 길었는데 너무 짧아지고 아마 자본주의 때문에 그런 거 같아요. 웨딩홀에서 많은 커플을 처리해야 하니까.

사니아 : 우리는 웨딩홀이 그거, 오피셜 쪽으로 하고, 그리고 레스토 랑 따로 빌려서 해요. 하루 동안.

조사자 2 : 그렇게 하죠? 우리는 그게 많이 없어졌어요? 옛날에는 있었는데. 다들 너무 바쁘게 사니까.

사니아 : 우리는 오히려 그런 거 기다려요. 누가 좀 결혼하고 놀았으 면 좋겠다고. 그리고 우리가 준비도 너무 하고 좀 화려하게 좀 결혼식이고, 있고 좀 그렇죠.

조사자 2 : 파티처럼.

아쑤바이에바 : 좀 가봤는데 보니까 다 이렇게 너무 공식적인 옷차
    림을 이렇게 하고 너무 화려하게 가고 제가 너무 알고 가서.

사니아 : 알고 갔어? 아.

조사자 2 : 전통 혼례복 이거 한복 같은 거 입지 않고 드레스 입어요?

아쑤바이에바 : 아 네 저희는 드레스.

조사자 1 : 서양 드레스를 물어보는 거야. 전통 카자흐스탄 옷도 있죠?

사니아 : 손님이에요? 손님.

조사자 1 : 신랑 신부.

사니아 : 아.

아쑤바이에바 : 요즘은 네 어떤 가족은 네 이렇게.

사니아 : 여자를 보낼 때 전통적으로 입고 남자가 결혼식 할 때는 서
    양식으로.

조사자 1 : 두 번 하니까.

사니아 : 두 번 하니까.

남쪽 부족의 혼인 풍습과 정절 의식

● **구연정보**

조사일시 : 2017. 03. 24(금) 오후

조사장소 : 서울특별시 광진구 화양동 건국대학교 국제학사 311호

제 보 자 : 아쑤바이에바 [카자흐스탄, 여, 1991년생, 유학생 3년차]

　　　　　 사니아 [카자흐스탄, 여, 1992년생, 유학생 6년차]

조 사 자 : 오정미, 이원영

● **개요**

카자흐스탄 남쪽에는 여자들을 약탈하여 결혼하는 일종인 보쌈 문화가 있다.
보쌈을 당한 여자들은 창피해서 그러한 사실을 잘 말하지 못한다. 또한 첫날
밤을 보내고 이불을 걸어놓는 풍습이 있었다.

아쑤바이에바 : 그리고 그거 제 말 좀 정확하지 않겠지만, 그 보삼에,
　　맞아요? 보삼에?

조사자 2 : 보쌈?

아쑤바이에바 : 보쌈. 네. 보쌈해가지고 아직도 그런 문화 남아있어
　　요. 남쪽에 가시면 그것도 시골 가면은 이렇게 그냥 여자를 훔쳐서.

사니아 : 맞다. 맞다.

아쑤바이에바 : 강제로 이렇게 결혼시키는 거예요.

사니아 : 아직도 남아있어요.

조사자 2 : 일부러?

사니아 : 일부러. 네.

조사자 2 : 일부러 그렇게 하는 예식의 하나죠.

사니아 : 네.

조사자 2 : 훔쳐 가는 거처럼 해가지고.

사니아 : 아 진짜로 있어요.

아쑤바이에바 : 근데 진짜로 진짜로 훔쳐 오는 거예요. 저도 아무 사
　　람 중에서 이렇게 가다가 길을 가다가도 그냥 잡아, 이렇게

사니아 : 맞아요.

아쑤바이에바 : 그리고 집에 가가지고 뭐 이렇게 부모님 가족들 다

사니아 : 이미 있어요.

아쑤바이에바 : 다 준비되고.

조사자 1 : 결혼을 준비하고 있는 거지? 남자 부모가?

아쑤바이에바 : 네. 그리고 여자가 이렇게 그 문지방.

조사자 2 : 문지방.

아쑤바이에바 : 문지방 있잖아요. 그 문지방에 코란 있잖아요. 그 이
　　슬람의 코란, 그 바이블처럼 그 놓고, 지금 이걸 넘으면 너 이렇
　　게 이제 안됐다. 이제.

사니아 : 절대 결혼 못 한다.

아쑤바이에바 : 네. 못한다 이런 식으로.

사니아 : 가끔은 코란말고 그 할머니가 아직도.

아쑤바이에바 : 할머니가 아직도 어른한테.

사니아 : 근데 가끔 그냥 넘어가서 요즘 여자들 너무 화나서 그냥 가요.

조사자 2 : 밟고 가라고.

사니아 : 네. 네.

조사자 1 : 집을 못 나가게 할려고. 많이 프레싱이잖아요. 근데 그거.

아쑤바이에바 : 못 나가게 하는 거예요.

조사자 1 : 그러면 내가 궁금한 게 아쑤바이에바나 사니아는 만약
　　그렇게 보쌈을 당했어. 전혀 전혀 모르는 남자인데 보쌈당했어.
　　그럼 어떻게 할 거 같애?

사니아 : 저 갈 거 같아요. 그냥. 그냥.

조사자 1 : 그냥 건너가요?

아쑤바이에바 : 저도 건너갈 거 같아요.

사니아 : 그거 의식이 좀 이상하다고 생각해요. 그렇게 하면은 모르

는 사람인데

아쑤바이에바 : 그래도 아직 수도나 큰 도시에서는 아직 이런 일이
벌어지는 게 없는데.

조사자 1 : 시골에.

아쑤바이에바 : 네. 시골에 가면 네. 남쪽.

사니아 : 남쪽에.

조사자 2 : 다큐멘터리에 보면 그쪽에 보니까 일부러 이쪽에 여자
쪽에서 보쌈을 해올 거라고 알고 있고 일부러.

아쑤바이에바 : 그런 사람들 있어요.

조사자 2 : 친척 사람들 중에서 장난으로 하는 웃으면서 훔쳐 가고
안 뺏길려고 하는 그런 문화가 있더라고요. 그래서 결혼시키는
우리나라도 옛날에 있었다고 하더라고요. 약탈혼이라고. 여기는
내가 잡혀갈지 모르고 잡혀가는 거도 있다는 거잖아요.

조사자 1 : 리얼이. 내가 봐도 리얼이 있었을 것 같애.

조사자 2 : 옛날에는 리얼이 먼저고 현대에 와서 퍼포먼스로 바뀌고.

사니아 : 근데 요즘은 그냥 잡혀가는 척하는 데도 있어요. 도시에 그
렇게 해요. 왜냐하면 그거 돈 절약하기 위해서 그렇게 해요. 왜
냐하면

아쑤바이에바 : 결혼식.

사니아 : 네. 네. 네. 결혼하기 전에 여자한테 귀걸이도.

아쑤바이에바 : 해야 되고.

사니아 : 약혼해야 되고 선물도 많이 줘야 하고 그거 다 없이, 그거
없이 그냥 결혼만 하면 되는 거예요. 절차를 그냥 건너간 거죠.
그러기 위해서.

조사자 1 : 옛날에는 그렇다 치지마는 현대에 만약 진짜로 이렇게
보쌈을 해서 여자를 데리고 오면, 그게 어떤 법률적으로 뭐 감옥
을 간다거나 처벌을 안 받아요?

사니아 : 남쪽에 잘 안 되는 거 같은데

아쑤바이에바 : 남쪽은, 남쪽은 잘, 왜냐하면 그 여자가 스스로 이렇
게 부끄러워서 챙피해서 안 가요. 알려주고 싶지 않아요. 이런

일이, 생겼다고.

조사자 2 : 겉으로 이렇게 얘기를 하지 않는 거.

조사자 1 : 갑자기 딸을 왜 손님으로 생각하는지 다 알 것만 같애. 어느 순간 자고 일어나보니, 딸이 없어져 있어.

조사자 2 : 그전에 얼마나 잘해주고 싶어.

조사자 1 : 그러니까. 언제 보쌈당할지 모르는 거잖아. 내 딸이.

조사자 2 : 그러면 요즘엔 도시의 젊은이들의 결혼 방식이나 연애는 한국과 비슷한 거예요? 자유롭게 연애하고 데이트하고, 프로포즈하고 결혼하고?

사니아 : 네. 근데 좀 한국은 길게 연애하지만, 우리나라에서 2년 이상 연애하면 이상하게 생각해요.

아쑤바이에바 : 오래 안 사귀어요.

사니아 : 2년하면, 결혼하고. 결혼할 생각 없으면, 그냥 할머니나 어머니가 말할 수 있어요. 남자친구한테. "결혼할 생각 없으면, 시간 낭비하지 말고. 가라."

조사자 1 : 맞는 말이야. (웃음)

조사자 2 : 남자친구한테?

사니아 : 여자 쪽에서 말하죠.

조사자 2 : 우리 딸과 결혼 안 할 거면, 더 만나지 마! 이렇게. 저는 10년 연애했거든요.

사니아 : (웃으며) 진짜요!

조사자 1 : 결혼했어.

　　(조사자의 개인적인 이야기를 간단히 나눔.)

조사자 2 : 근데 카자흐스탄이 약간 결혼문화가 독특한 거 같은.

조사자 1 : 이 얘기 저번에 저번에 다른 키르키스탄 어머니도 해 줬거든.

조사자 2 : 그럼 결혼식은 우리 지금, 우리 보통 젊은 사람들 결혼식은 우리나라처럼 웨딩드레스 입고 결혼하는 거예요? 아니면 전통혼례 방식이 아직 남아 있는 거예요?

사니아 : 결혼식 두 개 있어요.

아쑤바이에바 : 그러니까 신랑, 아 신부 측에서 한 번 하고 그다음에
　　　　신랑 쪽에서.

사니아 : 딸을 보내주는 그거 있어요. 그 첫 번째가 딸을 보내주고
　　　　공식적으론. 집에서 신부가 와서 데려가고. 뭐뭐, 레스토랑에서
　　　　뭐뭐하고 데려, 데려가서 이제 남자 신랑이 집으로 데려오고 보
　　　　통 3일 후에 아니면 일주일 후에 결혼식을 바로 하고. 그게 여자
　　　　를 보낼 때는 이제 전통적으로 다 하고, 근데 첫 번째 결혼식은
　　　　이제 웨딩드레스 입고.

아쑤바이에바 : 예전에 결혼식이라고 하면, 그냥 그, 뭐라고 하지 점
　　　　점 그 뭐 이 세레머니는 아 그냥 시라갈라Sırğalar라고 하는데 귀
　　　　걸이를.

사니아 : 그거 약혼식이지 그거.

아쑤바이에바 : 약혼식 아냐.

사니아 : 약혼식이잖아. 먼저

조사자 2 : 결혼의 과정 중에 절차인 거예요?

아쑤바이에바 : 네.

사니아 : 절차가 첫 번째는.

조사자 2 : 이 집에 뭐 보내고, 주고받고 이런 과정이 있거든요, 뭐
　　　　그런 거랑 비슷한, 혼례 예물.

아쑤바이에바 : 혼례 예물. 아 맞아요. 약혼식에 처음에 귀걸이를 주
　　　　고 그다음에 그 여자 신부 측에서 이렇게 결혼식을 하고 그다음
　　　　에 남자 쪽에서 신부를,

사니아 : 그중에 완전 선물을 엄청 많이 교환하고.

조사자 1 : 신랑이 신부한테 또 신부가 신랑한테 서로서로.

사니아 : 네.

아쑤바이에바 : 네. 그리고 약혼식 할 때는 그 부모님이 시부모님들
　　　　에게 이렇게 만나서, 이렇게 내 딸을, 딸을 이렇게 뭐라고 하죠?
　　　　값을.

조사자 1 : 키워줘서.

아쑤바이에바 : 네 키워줘서, 이렇게 돈을 달라고 해요.

조사자 1 : 누가 누구에게? 신랑?

아쑤바이에바 : 신부 부모님이 신랑 부모님한테.

사니아 : 투자했으니까.

조사자 2 : 키워줬으니까. 지참금이 필요하다.

아쑤바이에바 : 지참금, 네.

조사자 1 : 사우디도 그래요.

아쑤바이에바 : 네. 사우디도 그래요.

조사자 1 : 우리나라만 신부가 신랑 쪽에서.

사니아 : 옛날에는, 옛날에는 뭔가, 신부가 예쁠수록 또 뭔가 뭔가 좋
　　　을수록 케토우, 소 아니 말 좀 많이 많이 주고. 그러게.

아쑤바이에바 : 요즘 이런 말도 있어요. 뭐 이렇게 여자가 대학원 들
　　　어가면 또 더 많이 받는다고.

조사자 1 : 그래서 대학원을. (웃음)

아쑤바이에바 : 유학 가면 돈을. (웃음)

조사자 2 : 또 부족이 현재도 보니까 여자 뭐 소 100마리 값, 50마
　　　리 값. 뭐 이런 것들이 있더라고요.

아쑤바이에바 : 네.

사니아 : 그리고 돈도 줘요.

아쑤바이에바 : 돈도 줘요.

사니아 : 돈도 줘, 그거 말, 진짜 말 있잖아요. 말, 못, 말도 줄 때 있
　　　어요. 말도 주고.

조사자 2 : 신랑 부모가 신부 부모한테 주는 거?

사니아 : 우리도 이제 그 오빠 결혼식 했을 때 우리도 선물 줘요. 신
　　　부 아빠 엄마, 할머니 다 이렇게 친척들한테 다 주고.

아쑤바이에바 : 선물해 주고.

조사자 1 : 선물도 주고, 돈도 주고.

사니아 : 돈은 우리한테 주죠. 보통. 아, 돈도 줘요.

아쑤바이에바 : 돈도 줘요.

사니아 : 돈도 줘요. 맞아 맞아 맞아.

조사자 1 : 근데 신부 쪽에서 신랑한테는 안 주고? 신랑 부모님이 신

랑부모님한테.

사니아 : 줘요. 줘요.

조사자 2 : 선물, 선물?

사니아 : 선물 줘요.

조사자 2 : 돈은 안 주고 선물만.

사니아 : 네.

조사자 1 : 훨씬 신부 쪽이 더 많이 받는 거예요. 많이 받는 거예요?

조사자 2 : 딸을 주니까.

사니아 : 근데 그래서 제가 언니나 오빠 결혼은 제가 줬죠. 저도 선물 많이 받으니까.

조사자 2 : 주변에, 왜 우리도 예물하면 고모님도 주고, 이모도 주고.

사니아 : 그래서.

아쑤바이에바 : 네. 똑같애요.

사니아 : 선물도 금이나 보통 그럴 걸로 주면 좋아해요. 그런 걸로 받는 거.

(조사자 1과 조사자 2가 한국의 예물과 예단에 대해 설명함.)

조사자 2 : 요즘에는 그런데 옛날에는 이불, 뭐 옷, 그러니까 시아버님, 시부모님, 아니면 고모님, 이모, 시누이 이런 사람들한테 이불이라든지, 옷 같은 거. 옛날, 옛날에, 옛날에 그렇게 해주고 그리고 이불채, 우리도 이불.

조사자 1 : 비단이불 이런 거.

조사자 2 : 근데 그걸 할 수 있게끔, 그냥 비단 채로 준다든지.

아쑤바이에바 : 우리도 있었어요.

조사자 2 : 굉장히 큰 두루마리.

사니아 : 우리도 그런, 그냥 좀이나 그런 거 줘요.

아쑤바이에바 : 맞아요. 서로한테 우리도 그냥 손님한테 초대받거나 그런 거 꼭 가져가거나, 지금은 그거 만들, 만들지 않잖아요. 그래도 그 전통이 남은 거예요. 주는 거 그런 거.

조사자 1 : 그다음에 궁금한 거 아까 그 보쌈. 그건 남쪽 지역에서만 해요? 아니면?

아쑤바이에바 : 주로 남쪽. 그래서 그리고 그것 때문에도.

사니아 : 남쪽 가지 말라고.

아쑤바이에바 : 남쪽 사람들이 남쪽, 남쪽 사람, 남자랑 여자랑 결혼 하지 말라고 반대한.

사니아 : 생각이 좀 너무 보수적이고. 너무 좀.

조사자 2 : 그럼 부족이 다른 거예요?

사니아 : 네. 다르죠.

조사자 2 : 북쪽 부족 사람들이 남쪽 부족 사람들 결혼할 때 꺼려 하 는 그런 거 조금 있어요.

사니아 : 네. 조금 있어요.

조사자 1 : 그게 이제 남쪽에서 주로 하는 거지, 남쪽에서만 하는 건 아니죠?

조사자 2 : 옛날에는 북쪽에서도 했던 건가요?

아쑤바이에바 : 에, 이렇게 따지고, 따지고 보면은 그 서쪽이랑 남쪽, 그 남동쪽, 동남쪽, 이렇게 이 지역에서 많이 해요.

조사자 2 : 이쪽에서 많이?,

사니아 : 이슬람도 그쪽이 강해요.

조사자 1 : 아 남쪽이.

조사자 2 : 이쪽이 여성 인권이나 이런 거에 대해서 약하니까.

사니아 : 네. 맞아요.

아쑤바이에바 : 그리고 부모님이 싫어하는 이유 중에서 하나는 이렇 게 이렇게 아 신부가 여자가 그 남쪽에, 남쪽 남자랑 결혼하게 되면은 이렇게 아침에 이렇게 일어나자마자 이렇게 가서 인사를 드려야 돼요.

조사자 1 : 시부모한테.

아쑤바이에바 : 네. 시부모한테.

조사자 2 : 그게 문안 인사라는 게 있어요. 그래서 아침에 일어나면 문안 인사드리고.

아쑤바이에바 : 맞아요. 맞아요.

조사자 2 : 뭐 잘 주무셨냐 뭐, 아침에, 식사 준비하고.

아쑤바이에바 : 고생을 많이 해서.

조사자 1 : 남쪽은?

아쑤바이에바 : 네.

조사자 1 : 그럼 북쪽은 안 그래요?

사니아 : 북쪽은 좀 러시아 영향을 많이 받아서,

아쑤바이에바 : 러시아 사람들도 많고.

조사자 2 : 남쪽으로 시집가기 되게 싫어하겠네요?

아쑤바이에바 : 네. 네.

사니아 : 네, 아예 좀.

조사자 1 : 그러네. 나라도 그러겠네.

조사자 2 : 여기는 신식 좀 그런 쪽이고.

조사자 1 : 서양, 서구적인 거고.

조사자 2 : 남성 중심의 그 전통이 강한 데고.

사니아 : 그래서 그 결혼 우리, 지역별로 결혼할 때면, '아 우리 이런
　　전통이 없는데.' 갈등이 엄청 많이 생겨요. 결혼식 준비할 때는,
　　"우리 이런 거 없고, 이런 거 없어"
　　라고. 예전에 어떤 부족들이 그냥 리스트 보내요. 이 사람한테
　　이거 사달라고, 이런 거. 우리는 정말 없어요. 그래서 보내 달라
　　고 해요. 그냥 마음대로 하라고 해요.

조사자 1 : 북쪽이 그거잖아. 지금

사니아 : 네.

조사자 1 : 북쪽인 거고.

조사자 2 : 결혼할 때 혼례 갈등이 많은 데 여기는 더 심하겠네요.

아쑤바이에바 : 네. 맞아요.

조사자 2 : 다르니까. 근데 나중에는 다 편한 쪽으로 바뀌더라고 우
　　리나라도 옛날에는 유교 전통이라 그런 게 많은데 결국에는 편
　　한 쪽으로 다 바뀌더라고. 성도 바뀌고 하니까는 여기도.

사니아 : 앞으로 좀 많이 바뀌었으면 좋겠어요.

조사자 1 : 만약에 운명적으로 공부를 하다가 우연히 만났는데 그게
　　하필이면 남쪽 남자야.

아쑤바이에바 : 있어요. 이런 사람.

조사자 1 : 그럴 수 있잖아.

아쑤바이에바 : 네. 저도 제 친구 중에서 이렇게 절대로 남쪽의 남자랑
　　　결혼하지 않겠다는 친구가 있는데 결국에는 결혼했어요. (웃음)

조사자 2 : 참 자기 마음대로 안 돼.

조사자 1 : 재밌다. 약간 카자흐스탄의 결혼 문화가 굉장히 독특한
　　　거 같애요. 그 보쌈하는 것도 그렇고. 아우 재밌다.

조사자 2 : 그게 아마 유목 민족? 그게 좀 남아 있어가지고. 키르키
　　　스탄도 유목 족이고, 몽골족도 유목민이고. 유목 족이 많이 하더
　　　라고.

아쑤바이에바 : (사니아에게 카자흐스탄어로 말을 한 다음에) 좀 이
　　　상한 거 있는데요.

조사자 1 : 그 이상한 거 해줘.

아쑤바이에바 : 그 남쪽 다시 남쪽, 남쪽에 있는 거 있는데 그 여자
　　　가 (웃음) 어 말을, 어떻게 말씀드려야 되는지 그 여자가 그.

조사자 2 : 남쪽.

아쑤바이에바 : 네. 남쪽에 있는 문화인데 그 여자가 결혼을 하기 전
　　　에 그 남자랑 자면 안 된다는, 아직도 남아있어요. 그리고 실제
　　　로 서쪽이나 남쪽이 결혼한 날 그다음 날 아 아침에 뭐 이렇게.

사니아 : 걸어놓는 거야?.

아쑤바이에바 : 확인하는 거예요. 그 네.

조사자 1 : 여자가 처녀였는지 확인하는.

아쑤바이에바 : 처녀였는지 확인하는.

조사자 1 : 핏자국이 남아 있는지.

아쑤바이에바 : 네. 네.

조사자 2 : 아 혼전순결 문화가 있었죠.

아쑤바이에바 : 이런 시골, 시골.

사니아 : 근데 이타르(이태리)에서도 있었던 거 같아요. 옛날에. 이
　　　렇게 발코니에서 걸어놓고.

아쑤바이에바 : 맞아. 맞아.

조사자 1 : 그러고 나서 그걸 걸어놔?

사니아 : 지금 안 걸어놓는데.

아쑤바이에바 : 안 걸어놔요.

사니아 : 우리나라에서 안 걸어놓는데 그냥 어디서 봤어요.

조사자 2 : 우리 집 며느리는 처녀였다. 자랑할려고.

사니아 : 그거 자랑하는 거예요. 네. 네.

조사자 : 옛날엔 그랬어? 카자흐스탄에서?

아쑤바이에바 : 그랬었어요. 네. 이제 그냥 확인만 하고 그 남쪽에 있는.

조사자 2 : 그 확인을 남편이나 뭐 시댁 부모만

아쑤바이에바 : 남편, 시부 네.

조사자 2 : 지금은 어때요? 지금도 걸어놓진 않지만 남쪽에서는 혼
        전순결을 중요하게 여겨요?

아쑤바이에바 : 그 집마다 이렇게 다르지만 그 특히.

사니아 : 남쪽은.

아쑤바이에바 : 시골은, 네 남쪽이나 서쪽도 그랬다고. 네.

사니아 : 서쪽도 좀 이슬람이 강해서.

아쑤바이에바 : 이슬람이 강해서.

조사자 2 : 이런 풍속은 이슬람에서 온 거예요? 이슬람 전에는 없었
        던 거예요? 이슬람 문화가 오기 전에는?

사니아 : 이슬람 전에도 있었겠죠.

아쑤바이에바 : 있었어요.

카자흐스탄의 대부 문화와 결혼 문화

● **구연정보**

조사일시 : 2017. 09. 22(금) 오전

조사장소 : 인천광역시 중구 운서동

제 보 자 : 발누라 [카자흐스탄, 여, 1986년생, 유학 2년차]

조 사 자 : 오정미, 한상효, 엄희수

● **개요**

전쟁이 많은 나라였던 카자흐스탄에는 아이가 부모를 잃었을 경우를 대비하여 대부와 대모를 지정해두는 풍습이 있었고, 이는 지금까지도 이어져 내려오고 있다. 제보자의 딸 역시 대부가 있는데 한국 사람이며, 한국 명절에는 대부의 어머니 집에 놀러 가기도 한다. 한편, 카자흐스탄의 전통 의상에는 여자는 부엉이의 깃털이 달린 모자를 쓰고, 남자는 전쟁을 대비하여 창과 방패를 들고 다닌다. 결혼식 의상에도 깃털은 빠지지 않는다. 카자흐스탄의 전통 결혼식은 성대하게 이루어진다. 몇백 명에 달하는 친척들이 모이고, 길게는 한 달 정도 식이 진행된다.

옛날에 그 전쟁 나라였기 때문에 전쟁을 많이 했기 때문에 이런 상황들이 많이 있었어요. 아, 애기가 어렸을 때 태어나자마자 대부를 정해주든가 아니면 애기 여자가 예를 들면 같은 집이면 이웃집 아니면 아시는 친구, 친구인데 얘가 아들이 있고 저는 딸이 있어요. 한 몇 살밖에 안 됐어요, 한 2살 3살. 그래서 서로 어, 나중에 애들 같이 결혼할 수 있게 그때부터 정해진 약속을 했어요. 왜냐면 만약에 무슨 일 있으면 둘이 그렇게 하니까

"내가 돌아가거나 무슨 일 있으면 내 딸 봐줘. 둘이 결혼시켜줘."

아니면 아들도 그런 식으로 미리부터 약속을 했어요.

　[조사자 1: 전통문화에서부터 대부를 두고 대부에게 모든 것을 맡기고.] 네. 그런 거 우리나라에 남아 있어요, 아직도. 젊은 사람들 지금 생각에 없을 수도 있어요, 아마. 근데 우리는 잘 지키고 가요. 그런 교육을 받았기 때문에.

　[조사자 1: 그러면 지금 가족들이 다 각자 다른 대부가 있어요?] 있어요. 저희도 있고, 남편도 있고. 그리고 예를 들면 우리 대부, 엄마 아빠의 친하신 분들이기 때문에 가족처럼 친해요, 다들. 그게 진짜 우리 가족이 한 명 중, 가족 같은 사람이에요.

　[조사자 1: 지금 따님의 대부인 거네요?] 네. 우리는 한국 사람이에요. (웃음) 그래서 아이한테 한국말 가르쳐주는 거예요. 이유가 그것 때문에도 있어요. 아 그분이 지금 우리랑 얼마 전에 우리 큰 오빠 아들 결혼했어요. 거기서도 가족처럼 지내 와요. 우리 가족처럼. 우리 가족처럼 다 하니까. 우리 큰 오빠, 시어머니, 우리 엄마, 우리나라에서 유명한 이미자 같은 분이에요. 저희 고모예요, 이분이. 그분이 고모예요. 그래서 저희 오빠 아들 결혼식에도 그때 오셨어요. 그분들이. 그래서 여기 우리 엄마가 아들, 아들 이런 거 해요. 그분을. 그래서 한국, 우리나라 이름도 지어주고, 우리가 이렇게 집에서 항상 같이 있어요. 가족 같은 사람이에요. 우리는 백프로 믿고, 다 믿고 가요.

　[조사자 1: '너가, 당신이 대부다'라고 했을 때, 그걸 어떤 징표가 있어요?] 우리는 돌잔치 때 했어요, 정했어요. 우리 애기 돌잔치 우리가 크게 했어요. 그때는 우리가 그렇게 다들 우리 남편 쪽, 저희 부모님 쪽 다 친척들 모였어요. 한 200명 정도? 그때는 우리가 공식적으로 해가지고, 우리 이슬람 사람이잖아요, 무슬림이잖아요? 거기서도 음, 그, 와요. 스님 같은 사람이 와가지고 그 사람이 공식적으로 얘기를 해요. 이 사람이 이런, 이런 아이 대부라고. 그래서 이 대부가 전체 책임을 져야 돼요, 지금부터. (웃음)

　그래서 우리는 여기 있으면서 우리 남편 둘이 편한 게 대부가 있으니까. 우리가 이용해요, 가끔 장난쳐요. 왜냐면 편하게 다 해주니까. 그분이 우리 고향에 계시면서 거기서 다 돌봐 주고. 우리 엄마, 부모님들께서 우리 오빠들 형제들 다 봐줘요. 우리는 가족 어떤 행사라도 다 같이 있어요. 항상 같이 있어요. [조사자 1: 그러니까 카자흐스탄에 워낙 전쟁도 많고, 약간 역사적으로 그렇다 보니까 대부라는 전통이 문화가.] 옛날부터 있어요.

　　한국도 그런 거 있지 않아요? [조사자 1: 저희는 공식적인 대부는 없죠. 그냥 가족 안에서 모든 걸 해결하죠, 가족 안에서.] 우리는 그런 게 있어요. 그리고 남자 한 명 여자 한 명 정해줘요. 만약 부부면 부부를 해요. 부부가 없으면 그러면 예를 들면 지금 대부가 있잖아? 예를 들면 저희 친구 여자 한 명 제일 친한 사람 있으면 그 사람을 또 정해줘요. [조사자 1: 아 한 사람한테 대부가 남자 한 명 여자 한 명 이렇게 있는 거예요?] 네. 그런 식으로. [조사자 2: 대부, 대모.] 대모. 그랬어요. 만약 부부면 부부를 하는데 부부가 없으면 그렇게 해요. [조사자 1: 그렇구나.] 그런 점들이 많아요. 한국에도 그런 거 조금 아마 있어요? [조사자 1: 한국에는 없어요.] [조사자 2: 카톨릭 믿는 사람이 대부가 있지.]

　　이거 지금 그때 어머님. (사진을 보여주며) 이번 추석 때 가요. 그래서 우리는 조금, 엄마도 일 년에 한 번은 무조건 와서 인사드려요. 그래서 제가 얘기했죠, 저는 한국에서 전혀 불편이 없어요. 두 번째 고향 같아요. [조사자 1: 그러네요.] [조사자 3: 명절 때 갈 집도 있고.] 언제든지 올 수 있으니까. [조사자 1: 굉장히 좋은 문화 같다. 대부라는 게. 마음으로 얼마나, 그치?]

　　지금 여기 보시면, 동영상이. 이게 애기 돌잔치거든요? 그때는 아까 대부가 왔어요. [조사자 1: 대부와 대모는 보통 아이의 가족 안이 아니죠? 아이의 가족이 아닌?] 가족으로도 해도 되고, 가족 아닌 사람 해도 돼요. 근데 우리는 제일 믿을 만한 사람이기 때문에 믿고 하니까. 애기 한 살 되면 애기가 잘 걸을 수 있게 이렇게 실로, 그런 거를 묶어가지고 그다음에 잘라요. 그 자르는 거 그거를 아까 대부가 그다음에 누가 데리고 가면. [조사자 1: 그래서 이 실을 대부한테 주는 거죠?] 아, 대부. 여기 대부가 데리고 가요. 아빠가 주면서 이거 다 공식적으로. 그리고 대부가 들고 있으면서 아르샤(아기 이름)가 선택을 해요. 이게 돈이나 볼펜이나 그런 거 있잖아요. 한국에도 있잖아요 그런 거? 근데 그런 것도 우리가 했어요. 이거 대부예요. 우리 가족. [조사

자 1: 본인 아이가 없으니까 진짜 예뻐하시겠다.] 너무 좋아해요. (웃음)

그리고 부모님들, 이거 시어머니, 이거 남편 쪽, 이거 우리 엄마. (동영상을 보여주며) 왜냐면, 왜 이렇게 선물 주냐면 우리 엄마가 돌까지 애기 봐줬어요. (웃음) 한 살까지 봐주셨어요. 왜냐면 시어머니 보실 시간이 없었어요. 손자 손녀들 많았기 때문에. 손자 손녀들 많았기 때문에. 우리 엄마가 봐줬어요. 우리 조카들. 이거 돌잔치 때. 애기가 자기 이렇게 가까운 사람들한테 케이크 하나씩 줘요. 아무튼, 이거 저희 대부. 아무튼 그런, 있어요.

[조사자 1: 아, 재미있었어요. 아, 또 카자흐스탄 새로운 민속, 대부라는 얘기를 수업 시간에도 몇 번 하셨는데 그거 그냥 지나쳤거든요. 그냥 뭐, 한국 와서 만나신 분인가 보다 그러고 생각했는데. 아 이게 민속이네요, 진짜로.] 그런 거 있어요. 그리고 아까 나중에 인터넷에 서 보실 수 있지만 아까 그거, 대부분들이 어디 갔지? [조사자 3: (제보자가 찾아준 사진을 보며) 사진이 있으니까 재미있네요.] 제가 일부러 이거를 들고 왔어요. 제가 일부러 들고 왔어요, 보여드릴려고. (웃음)

아, 그거 보여드리고 싶었어요. 아까 전통으로 여자들 보내주는 거 있잖아요. [조사자 3: 아 시집갈 때?] 아, 시집갈 때. 아마 우리나라에 우즈벡에, 그리고 키르키즈에 있어요. 이 문화가. 어디 갔지? (사진 찾는 중) 그거 보여드리고 싶었어요, 그 전통으로. 그게 엄청 큰, 큰, 행사처럼. 옛날에는 우리나라에 이런 말이 있어요.

'여자가 시집가면 30일 놀고.'

30일 동안 놀아요. [조사자 1: 여자가 시집가면?] 네. 결혼을 하면. 결혼식. 한국은 2시간이면 끝나잖아요. (웃음) 우리나라 결혼식은 장난 아니에요. 우리 결혼식 때 한 일주일 이상? 힘들었어요. (웃음) 이렇게 예를 들면 여자가 먼저 남자에서 와서 여자의 집에 가서 약혼 같은 걸 해요. 그다음에 선물 서로 주고, 부모님들 그렇게 하고. 그다음에 여자 데리고 갈 때 그 행사를 하잖아요? 너무 유명해요 지금.

그 보내고 나서 그다음에 부모님들 가요. 여자 부모님들 남자 쪽으로, 신랑 쪽으로. [조사자 2: 부모님이?] 신부의 부모가 신랑의 집으로 가가지고 혼수를 갖다줘요. 혼수. 한국에도 혼수 있죠? (웃음) 그

혼수를 갖다주고 그런 거 하면서 그다음에 신부 부모님 전에 신부의 새언니들 가요 먼저. 왜냐면 신부의 옷을 갖다줘야 돼요. 옷들 갖다 줘야 되고, 그다음에 새언니들 가신 이후에 부모님들 가요. 친척들이 가가지고 선물 갖다주면서 혼수를 갖다줘요. 전체.

그거 며칠이잖아요? 그다음에 결혼식, 결혼식, 결혼식도 우리는 오늘 시작하면 내일 끝나요. 결혼식이. 그다음에 결혼식 이후에 전체 친척을 모여가지고 잘 끝났다는 그런 식으로. 그러니까 힘들어요, 너무. [조사자 1: 그게 거의 30일 동안 계속하는, 진행되는 거예요?] 옛날에는 그렇게 했었어요. 옛날에는 그래서 이런, 카자흐스탄에 이런 말이 있어요.

'30일 놀고, 40일. 결혼식은 40일 하고 30일은 놀고.'

그런 식으로 한다고. 옛날에 부자들 돈 많잖아요. 그러니까 많이 했어요. 지금은 절약하게 됐지만, 그렇게 할 수밖에 없어요. 그리고 제가 가끔 생각하기에 우리나라 땅이 넓으니까, 예를 들면 우리 얼마 전에 오빠 아들 결혼했어요. 저, 조카, 조카라고 하나요? [조사자 1: 음 맞아요.] 신부를 우리가 남쪽에서, 고향 남쪽이에요. 부모님들 기차 타고 오면 24시간, 24시간 기차 타고 와요. 비행기로 하면 한 세 시간. 그래서 오자마자 갈 순 없잖아요. 며칠 동안 모셔야 돼요. 그런 것들 했어요.

옛날에는 아마 말 타고 우리나라에 낙타 많이 유명해요. 제가 이번에 일부러 들고 왔어요. (낙타 인형을 보여주며) 교수님, 아까 제가 그, 우리나라의 신랑 신부 있잖아요. 그게 이렇게 생겼어요, 전통으로. [조사자 1: (제보자가 제공한 전통 인형을 보며) 아, 이게 카자흐스탄 전통⋯.] 그래서 이렇게 생기길래 제가 일부러 가져왔어요. 그거 역사랑 관련됐기 때문에. 이거 새 있잖아요. [조사자 2: 깃털.] 이것도 음, 의미가 있어요. 보호해주는 거라고. 그래서 우리 집에, 새로운 집에 집들이할 때 또 집에 하고, 그리고 여자가 시집갈 때는 엄마가 여기다가 그걸 묶어줘요. 여자한테, 너를 보호할 수 있게, 그런 식으로.

제가 이번에 교수님 만나신다고 해서 제가 얼마 전에 오신 분 있어가지고,

"그거 가져와, 기념품."

그래서 좀 나중에 필요하실 거니까. 별로 안 이쁘게 생겼지만. (웃음) [조사자 1: 선생님 그러면 요고, 기왕 나온 거 조금 더 자세히 설명해 주실 수 있으세요? 이게 전통 복장인 거죠?] 이거 전통 옷이에요. [조사자 1: 이름이 있어요? 카자흐 말로?] 음, 한복처럼? [조사자 2: 네.] 없어요. 그냥 전통 옷이에요. 그거 저도 보여드릴려고 아까부터 찾고 있는데. [조사자 1: 이거는 여자는 항상 깃털, 깃털 달린 모자를 쓰는 거고. 남자는.] 남자는 항상 전쟁 의미로 [조사자 2: 방패.] 항상 그렇게 다녀야 되니 까 남자들은 그랬어요. [조사자 1: 아, 꼭 그거 같아요. 저희도 보면 신랑 신부 이런 나무 그런 게 있거든요. 그게 항상 연지곤지 이렇게 찍고 머릿속 으로 그리는 그게 있거든요, 선생님. 근데 이게 카자흐스탄의] 전통 복장, 남자 여자. 신랑하고, 신부 말고. 신랑 신부는 다르게 나와요, 조금.

이게 전통, 그거예요. 이거 나무로 만든. [조사자 1: 그럼 이 복장은 명절 때 약간 이런 복장이에요?] 항상. 항상 입고 나가야 되고 이거 벌 써 부부 때는 여자가 이런 걸 해요. 모자. 모자도 의미가 있어요. 예 를 들면 여자들은 집에 있을 땐 모자 잘 안 써요. 아가씨들. 아, 근데 모자도 달라요. 예를 들면 이제 시집갈 때는 제가 그거 보여드리고 싶은데. 여자는 시집갈 때는 [조사자 1: 결혼한 여자만 이 깃털 달린 모 자를 써요?] 해야 돼요. 네. 무조건.

그다음에 (노트북으로 사진을 찾아서 보여주며) 아, 여기 있다. 저희 집에서 시집갈 때. 이거 전통이에요. [조사자 1: 그러네, 진짜 깃 털.] 이거, 이거 안 이뻐요. 이거 남자가 왔을 때. [조사자 1: 아니야, 안 이뻐도 돼. 선생님 너무 이뻐요. 뭐가 안 이뻐. (사진을 찍으며) 깃털이 보 호해 준다는 의미예요?] 그렇죠. 그리고 엄마들은 이런 거를 여기다가 묶어줘요, 여자 시집갈 때는. 그거 보호해 달라고. 이렇게 목걸이처 럼. [조사자 3: 깃털을?] 이거 깃털 있잖아요. 여기다가. 저는 아직까지 보관을 해요, 집에서. 왜냐면 우리 아이를 보호해주라고 그런 식으 로. 그런 의미가 있어요.

[조사자 1: 이거가 새의 깃털인 거잖아요?] 새인데, 일반 새 아니에

요. [조사자 1: 그러니까. 그게 무슨?] 어, 무슨 새인데, 이름이 뭐였지? [조사자 1: 독수리?] 독수리 말고. 이거 새 있잖아요. 밤에…. [조사자 2: 올빼미?] 올빼미 말고. [조사자 2: 부엉이?] 부엉이. [조사자 1: 왜 부엉이에요? 밤에도 지켜주란 뜻인가?] 원래 부엉이란 새가 원래 항상 지켜주는 새이기 때문에 새로 그런 거를 해줘요. 지금 이렇게 보시면 전통으로 옛날에 이렇게 전통적으로 하고. (노트북으로 자신의 결혼식 사진을 보여주며) 이건 2012년도의 사진이라. 이건 저의 새언니들. 이거 전통 옷으로 여자들은 이렇게.

[조사자 1: 결혼하신 분들이어서 다 깃털 달린 모자를 쓰고 있는 거예요?] 아가씨도 이렇게 쓰고. 그다음에 이제 시집갈 때는 조금 높이고. 애기 낳을 때는 조금 이렇게 편하게 동그랗게 나오는 게 있고. 그다음에 할머니 때는 조금 달라요. 그런 여러 가지 의미가 있어요, 모자도. 이거 우리 새언니들. 그리고 이거 보시면 여우, 늑대 털이에요. 그게 우리 팔에다가 해줘요. 항상 너를 보호해주면서 좀 그렇게 다니라고 하는데. 좀 의미가 있어요.

이거 저예요. (사진을 보여주며) 이거 우리 새언니들. 그래서 아까 어르신분들 그거를 해 줘요. 좋은 말씀 해주면서 우리는 이슬람이니까 좀 하나님 받아주시게 그런 식으로. [조사자 3: 근데 남자는 그냥 양복을 입어요?] 남자도 원래 전통 해야 되는데 근데 그냥 그래요. 이거 여자 쪽에서 했기 때문에. 근데 저는 이거는 유명한 디자이너가 해줬어요. 그래서 조금 달라요. 다른 일반 사람들보다. 왜냐면 제가 직접 선택하고 그랬기 때문에. [조사자 1: 좀 달라 보여요.] 다른 사람들 같지 않아요. 이거 진짜 전통으로 만들었기 때문에.

[조사자 1: 어쨌건 이 위의 깃털은 항상 현대에도 결혼식을 할 때 저게 지켜지고 있는 거잖아요.] 이거는 시집보낼 때. [조사자 1: 그러니까.] 결혼식에는 웨딩드레스 있어요. 결혼식에는 웨딩드레스, 이거 집에서 보냈어요. [조사자 1: 카자흐스탄에 좋은 남자 있으면 좀 소개시켜 주세요. (웃음)] 이거 결혼식 때, 일반 이런 식으로. 일반 드레스 입고 결혼식 때.

한 번 가서 결혼식 보셔야 돼요. [조사자 2: 네.] 결혼식 안 보면 재미없어요. 카자흐 갔다 오는 느낌 아니에요. [조사자 1: 카자흐스탄 가면 진짜 결혼식을 봐야 하는구나.] 아 카자흐스탄 가실 때 저랑 같이 가면 제가 재미있는 거 많이 보여드릴 수 있어요. [조사자 1: 가실 때 미리 얘기만 해주세요. 제가 티켓 사가지고 얼른 따라붙을게요.] (웃음) 많이 보여드릴 수 있어요, 그런 거. 우리는 11월 달이라 엄청 추워 죽겠어요. [조사자 1: 지금?] 11월 달에 결혼식 했어요. 죽는 줄 알았어요. (웃음) 너무 추워서.

[조사자 1: 카자흐스탄이 언제부터 겨울인 거예요?] 우리는 사계절 있어요. 사계절 있는데, 한국이랑 똑같아요. [조사자 1: 근데 우리는 11월에 그렇게 안 추운데.] 왜냐면 남쪽은 따뜻하기는 해요. 근데 북쪽은 지금은 영하예요, 벌써. 영하예요, 벌써 지금. 그리고 어, 북쪽은 겨울에는 55도까지 가요, 날씨가. 영하 55도까지. 그러니까 다니기 쉽지 않아요.

[조사자 2: 결혼식 할 때 반드시 해야 되고 그런 거 있어요? 전통 같은 거?] 무조건 있죠. 여자? [조사자 2: 뭐, 여자든 뭐 할 때.] 그니까, 여자 보내는 거 아까 말씀드렸다시피 원래는 해야 하는 게 그게 여자의 이미지거든요? [조사자 1: 하얀 게?] 해야 하는 게. 원래 여자 이미지거든요? 이미지이고 풍습이에요. 그게 해야 하는데. 그런데 그게 자금 문제로 그게 쉽지 않아요. 왜냐면 300, 400명 불러야 돼요. 친척들 다 불러야 되고, 선물도 해야 되고.

그리고 남자, 우리 결혼식 때 700명 있었어요. 남자 쪽에서는. 근데 남쪽은 1,000명까지 해요. 그런 거 엄청. 근데 그게 집안에 따라 달라요. 북쪽은, 조금 러시아처럼 한 50명이면 간단하게 해요. 근데 우리 남쪽은 친척이 많아요. 친척들 많았기 때문에. [조사자 1: 남쪽이 동양적이다.] 친척들 많았기 때문에 어쩔 수 없이 다 해야 돼요. 저희 가족만 우리 엄마, 시엄마, 우리 새언니들, 오빠들, 언니 이렇게 많아요 다 친척들이에요. 우린 대가족, 대가족이에요.

카자흐스탄의 며느리 문화

● **구연정보**

조사일시 : 2017. 09. 22(금) 오전

조사장소 : 인천광역시 중구 운서동

제 보 자 : 발누라 [카자흐스탄, 여, 1986년생, 유학 2년차]

조 사 자 : 오정미, 한상효, 엄희수

● **개요**

카자흐스탄에서는 손님을 중요시하며 항상 잘 대접해야 한다는 생각이 있다. 자리에 앉을 때에도 손님에게는 항상 좋은 자리를 내준다. 한편, 며느리들은 가장 낮은 대접을 받는데, 이와 비교해보았을 때 한국의 며느리들은 편하게 사는 것처럼 보인다.

우리나라에 그런 풍습 있어요. 손님은 최우선이에요. 집에, 우리나라는 예를 들면 이런 거예요. 아마 카자흐스탄 가시면 보실 거예요. 무조건 집으로 초대해요. 집으로 초대해가지고 밥을 차려가지고. 손님은 그리고 손님 올 때 항상 위에 앉아야 돼요. 그게 손님 자리예요. 왜냐면 이런 데 앉으면 안 돼요. 며느리들 앉아요, 이런 데. 잘해주는 사람.

그래서 우리도 좀 며느리는 카자흐도 한국이랑 비슷해요. (웃음) 여자들은 예를 들면 우리는 우리 집에 가면 부모님 집에 가면 저는 항상 저쪽에 앉아야 돼요. 저는 이런 데 앉으면 부모님 가난해진다는 그런 말이 있어요. 왜인지는 모르겠어요. [조사자 2: 끝에 앉으면?] 아가씨가 끝에 앉으면 부모님들 가난해진다고 얘기해요. [조사자 1: 아가씨가?] 아가씨가 항상 위에 앉아야 되고. [조사자 1: 좋은 자리에 앉아야 돼요?] 좋은 자리.

만약에 그, 차, 하는 데서 앉으면 가난해진다는 얘기가 자꾸 얘기하는데 근데 왜인지 모르겠어요, 저도 이유를. 그런 데 며느리들 앉아요. [조사자 1: 나쁜 자리는?] 근데 어떻게 밑에 아. 항상 서비스 해줘야 하는 자리. (웃음) 그래도 한국 며느리들은 부러워요. 저는. [조사자 1: 그래요? 뭐 어떤 면이?] 어, 모르겠어요. 제가, 아마 친구들이 얘기하더라구요.

"요새, 누라, 한국 설날 때문에 이혼하는 사람도 있다."

상 차리기 때문에 힘들어서. 근데 우리는 맨날 그렇게 해요, 집에 맨날. 손님들 많이 오고 그리고 밥도 많이 만들어야 되고.

그리고 우리나라 남자들은 집에서 밥 먹는 거 좋아해요, 밖에서보다. 그래서 무조건 친구들도 데리고 이것저것 다 데리고 와요. 그래서 다 차려야 해요. 특히 남쪽 며느리들 불쌍해요, 저는. 아침에 5시 새벽에 일어나가지고 집에 청소하고, 부모님, 남편, 부모님들 같이 살잖아요. 시어머니, 시아버지랑. 일어나가지고 그 사람들한테 아침밥 만들어 줘야 되고, 다 해야 되는데 아, 저는 그렇게 못 살아요. (웃음)

우리는 남쪽에 시집가기 싫어해요. 왜냐면 남쪽은 우즈베키스탄이랑 가까워요. 국경도 있기 때문에. 우즈베키스탄 아줌마들 그래요. 새벽부터 4시, 5시에 집주인이 일어나기 전까지 자기가 일어나가지고 집 앞에 청소하고 닦고 음식 만들고 애들 다 일어나게 하고, 남편 일어났을 때 상 차리고. 다 왕처럼 살아야 돼요. 그런 식으로. 저는 모르겠, 저는 그런 거를 받아들이기 힘들어요. 저는 그런 거 받아들이기 힘들어요. [조사자 1: 맞아, 저도 그래요.]

근데, 그 엄마가, 우리 엄마가 한국에 오셨어요. 작년에. 그때 오시면서 여기 3개월 계셨어요. 우리 저희 아이를 봐주셨어요. 그래서 엄마가, 일산에 살았어요. 그때. 돌아다니면서, 한국 아줌마들, 진짜 여자들 부럽다고 해요. 세탁이면 세탁소 많고, 다 맡기면, 남자 옷 셔츠까지 맡기고. 양말까지 맡기고. 음식 집까지 배달해주고. (웃음) 애기 봐주는 사람도 또 많고. 애들은 이렇게 커피 들고 다니면서 계속 수

다만 떨고 다닌다고 엄마가 그래요. 엄마가 그렇게 얘기하더라구요.

"여기 진짜 부럽다."고.

그래서 내가, 엄마 이렇게 하더라구요.

"누라, 여기 와서 살아라. 내가 너희 애 봐주겠다."

그래서,

"엄마."

우리 아버지 돌아가셨거든요.

"엄마가 와서 여기 시집가는 게 낫지 않아요?" (웃음)

"우리는 방문할게요."

그랬더니 엄마가 웃으시더라구요. [조사자 1: 맞아요. 좋은 할아버지 많아요.] 그랬더니 엄마가 웃으시더라구요. 한국 아저씨 용돈을 많이…

우리 엄마가 적극적이에요. 엄마 의사거든요? 32년 의사 업무 하셨고. 우리 아빠가 경찰서장 근무하셨어요. 아버지가. 그래서 엄마가 항상 운동하는 거 좋아하고 그런 사람이에요. 사람들과 대화하는 거 좋아하고. 그래서 아, 제가 엄마한테,

"여기서 재혼하지? 한국 남자랑?"

하고 웃었더니,

"이 아저씨 너무 건강해서 내가, 내가 죽은 후에 두 번 더 재혼할 걸?"

그렇게 하더라구요.

"내가 죽은 후에 두 번 더 재혼할 걸?" (웃음)

그렇게 많이 웃었어요.

납치 결혼 풍습

● 구연정보
조사일시 : 2017. 12. 22(화) 오후
조사장소 : 서울시 서대문구 신촌동
제 보 자 : 악지라 [카자흐스탄, 여, 1997년생, 유학 3년차]
조 사 자 : 신동혼, 김정은, 황승업, 강새미

● 개요
카자흐스탄에서는 결혼식을 매우 성대하게 치른다. 여자결혼식과 남자결혼
식이 따로 있고, 한 번에 한 달이 넘게 식을 치르다 보니 비용이 매우 많이 든
다. 남자가 여자를 훔쳐 가는 경우에는 여자결혼식과 신부 대금을 생략해도
되는데 결혼 비용을 아끼려는 사람들이 서로 합의한 후 여자를 훔쳐 가는 경
우도 있다.

카자흐스탄은 여자결혼식이 따로 있고 남자결혼식이 따로 있어
요. 카자흐스탄 사람들은 결혼식이 되게 비싼데 되게 노는 걸 되게
좋아해요. [조사자 2: 그것도 우리랑 비슷하다. 우리도 노는 거 되게 좋아
해요.] 네. 한 번에 이제 놀면은. 막 우리 그래서 이러잖아요.

"결혼식 하면은 40일 준비를 하고, 30일 결혼식 잡자."

라고. 그래서 그렇게. [조사자 1: 큰 축제네요.] 네 그렇게 이제, 그
정도까지는 아닌데 지금은. 아무튼 어쨌든 되게 그렇게 많이 놀아요.

처음에 여자결혼식이 있어요. 여자 친척들이랑 남자 쪽에서는
그냥 부모님만 이런 사람들만 이렇게 불러가지고, 여자 쪽에서만. 여
자 지금도 카자흐스탄 전통 옷을 입어요. 그래서 이게 만약에 여자
를 훔쳐 가면은 여자결혼식을 안 해도 돼요.

그래서 이런 거 아끼려고 실제로 5년 전까지만 해도 부모님들이. 제 아는 사람 중에 한 명이 남자친구랑 이제 합의해가지고.

"훔쳐 가라, 훔쳐 가라."

이렇게 얘기해서. 와서 훔쳐 왔으니까 여자 쪽 결혼식은 안 해도 돼요. [조사자 2: 결혼식도 안 하고 신부 대금도 없어도 되고?] 네. (웃음)

여자 쪽 결혼식을 왜 하냐면, 집에서 우리 딸을 이렇게 보낸다, 이렇게 해서. 그래서 옛날에 여자 집에서 했는데 근데 요새는 또 요즘 뭐 레스토랑에서 하죠. 집에서 잘 안 하죠, 요새는.

라마단 풍속

● 구연정보

조사일시 : 2017. 05. 12(금) 오후

조사장소 : 서울특별시 광진구 화양동 건국대학교 국제학사 311호

제 보 자 : 아쑤바이에바 [카자흐스탄, 여, 1991년생, 유학생 3년차]

　　　　　　사니아 [카자흐스탄, 여, 1992년생, 유학생 6년차]

조 사 자 : 오정미, 이원영

● 개요

이슬람교 신자가 많은 카자흐스탄에서는 라마단 기간 동안 금식, 금욕을 하는 문화가 있다. 자신을 돌아보며 감사한 마음으로 인내와 헌신하는 마음으로 신에게 기도한다. 라마단 기간인 한 달 동안은 해가 떠 있는 동안, 즉 해가 뜨고 떨어질 때까지 식사를 하지 않는다. 대신 늦은 저녁을 먹고 동트기 전 이른 새벽에 아침 식사를 한다. 그러나 산모나 어린이, 환자와 같이 건강에 위험이 있는 사람들은 금식 대상이 아니다. 라마단 기간에 금식을 하는 것은 자유로운 선택으로, 어린 자식이 있는 부모는 자녀 양육을 위해 남편과 아내가 한 번에 같이 금식을 하지 않는 편이다.

조사자 1 : 그러면 왜 금식을 하는 거예요? 지금 다음 주부터는 인제 그 기간이잖아.

사니아 : 아 금식은.

조사자 2 : 그건 종교적 이유 아닌가요?

사니아 : 네. 네. 종교적이에요. 종교적이고. 조금 아 나한테 있는 것을 조금 이제 좀 가치를 느낄 수 있게. 그리고 제가 하는 행동 다 컨트롤 할 수 있게끔 하는 거예요. 네.

조사자 1 : 금식 문화를 하는 그 이름이 뭐죠? 금식하는 그 기간을.

사니아 : 라마단[*].

조사자 1 : 라마단. 맞아. 라마단을 하는 이유는, 지금 내가 현재 가
   진 것에 대한.

사니아 : 네, 감사한 마음을 좀. 네. 참을, 참으려? 참을, 참을성이.

조사자 2 : 참을성.

사니아 : 키우기 위해서.

조사자 1 : 참을성. 그거는 남자고 여자고 다 할 수 있는 거죠?

아쑤바이에바 : 네, 다할 수 있는 거. 근데 좀.

사니아 : 근데 애기들 하고.

아쑤바이에바 : 네. 산모 빼고요.

조사자 1 : 산모 빼고.

사니아 : 빼고 애기들. 그리고.

아쑤바이에바 : 아픈 사람들.

사니아 : 네, 노인들도.

조사자 1 : 근데, 굉장히 길던데? 하루 이틀이 아니던데.

아쑤바이에바 : 네.

사니아 : 한 달.

아쑤바이에바 : 한 달.

조사자 1 : 한 달. 그러니까.

조사자 2 : 그게 해가 떨어지면 먹을 수 있는 거예요?

아쑤바이에바 : 먹을 수 있는 거죠. 네, 네. 해가 뜨기 전에, 해가 떨
   어지기 전에^{**} 네, 먹어야 돼요.

조사자 1 : 해가 뜨기 전, 해가 떨어지기 전.

사니아 : 한국에서는 괜찮다고 들었어요. 다른 나라.

조사자 2 : 그러니까 밤에만 먹을 수 있다는 거예요?

---

 [*] 이슬람교에서 단식과 재계를 하는 달로, 이때는 해가 떠서 질 때까지 식사, 흡연, 음
주, 성행위를 금한다.

  ^{**} 실제로는 해가 떠 있는 동안에 식사를 할 수 없으므로, '해가 지고 다시 해가 뜨기
전'까지의 시간을 말한다.

사니아 : 네.

조사자 1 : 새벽, 정확히 말하면 밤에 얘기도 안 돼. 새벽 아냐? 새벽.

아쑤바이에바 : 새벽.

이슬람의 설날 음식 나우르스 코제

● **구연정보**
조사일시 : 2017. 02. 07(화) 오후
조사장소 : 서울시 광진구 화양동 건국대학교 상허연구관 414호
제 보 자 : 아쑤바이에바 [카자흐스탄, 여, 1991년생, 유학 3년차]
조 사 자 : 오정미, 이원영, 이승민

● **개요**
3월 22일이 '나우르스'라는 카자흐스탄 명절이고, 이날에는 '나우르스 코제'
를 먹는다. 나우르스 코제는 7개의 재료, 쌀, 물, 소금, 소고기, 우유, 밀가루
등을 준비해 요리하는 음식이다. 일곱 집을 돌아다니며 나눠 먹어야 하는 풍
습이 있다.

이슬람의 설날 같은 거 있는데 3월 22일 날이요. '나우르스'*라
는 명절이에요. [조사자 2: 그때는 3월쯤 돼야 봄이 되니까.] 네. [조사자
1: 1월 1일이 아니라 3월 22일이야?] 네. 이슬람 설이에요. 그때는 어
떤 그 요리가 한국에 구절판이 있는 것처럼 우리는 그, 나우르스 코
제라는 요리가 있어요.

[조사자 1: 구절판같이 생긴 거야?] 아니에요, 구절판이 있는 것처
럼 우리도 이렇게 대표적인 거 있는데. 구절판이 이렇게 재료가 이
렇게 아홉 개 있잖아요? 저희는 나우르스 코제는 일곱 개 있어요. 칠
은 복의 숫자라서 중요한 숫자예요. 칠. 그래서 그 일곱 개 재료를 이
렇게 준비해가지고 그 요리를 만드는 거예요. 그래서 그날이 요리를

* 중동의 고대 명절이다.

307

만들고 그 이웃들 있잖아요? 그 일곱 개의 가족들한테 나눠야 돼요. [조사자 1: 7명의?] 7명, 네, 네. 그리고 그 사람도 이렇게 저도 이렇게 일곱 집을 이렇게 돌아다녀야 돼요. 그래야 이렇게 한 해 동안 행복할 수 있다. 는 뜻이에요.

[조사자 2: 나눠 먹는 문화구나!] 나눠 먹는 거요. 네.

[조사자 1: 그 일곱 개의 재료라는 건 대표적 재료가 있을 거 아냐? 그러니까 음식의 종류가 아니라 만드는 재료가 일곱 개여야 되는 거야?] 네. [조사자 2: 주로 어떤 거예요?] 저 있어요. 잠시만요. 그 한국말로 하면 그, (한동안 침묵하다가) 아! 그 쌀, 그다음에 소고기, 그다음에 물, 그다음에 소금, 그다음에 밀가루, 우유, 그리고 벼과. [조사자 1: 벼과가 뭐야?] (핸드폰을 보여줌.) [조사자 1: 아! 벼과. 그게 쌀인데?] 쌀이에요? 아 그런데 그 쌀, 밥. [조사자 2: 쌀 말고 다른 곡식?] 네. 그 밀가루를 만드는. [조사자 1: 아! 밀!] 네. 밀이요.

[조사자 2: 밀이랑, 밀가루랑 같이 넣어요?] 어, 네. 어 그런데 밀은, 밀가루가 이렇게. [조사자 1: 반죽해? 밀가루는?] 네, 네. 반죽해요. 그런데 밀을 그대로 있는 거. [조사자 2: 낟알?] 낟알! 낟알요! 네. [조사자 2: 그럼 낟알 그대로도 넣고, 가루로도 넣고 그러는 거예요?] 네. [조사자 1: 그럴 수도 있지 왠지 약간 그런 것 같은데?] [조사자 2: 귀리 같은 거?] [조사자 1: 그렇지 응. 약간 우리로 말하면 잡곡 같은 거.] [조사자 2: 오트밀 같은 그런 건 아닌가요?] 아니에요. [조사자 1: 콩도 아니고.]콩도 아니에요. [조사자 2: 그러니까 귀리. 귀리 같은 거 아니고?] 귀리는? [조사자 2: 귀리 몰라?] 네. [조사자 1: 어찌 됐건 낟알이라는 건 쌀 껍질 벗기기 전에 오리지널 약간 알맹이? 껍질 안 깐. 그런 거를 넣는다는 건가?] 껍질 벗겨요. [조사자 1: 탈곡은 하고.] [조사자 2: 하나는 가루로 내고 하나는 그냥 낟알 그대로 넣고.] 네.

[조사자 2: 그러면 이건 조리 방법이 어떤 식이에요? 사진 보여줄 수 있어요?] (핸드폰으로 찾아보며) 여기 있어요. 네. 여기 그 재료. (핸드폰의 화면을 조사자에게 보여주며) [조사자 1: (사진을 보며) 어떤 개 낟알이야?] [조사자 3: 저거 아닌가요? 저거, 노란 거 위에.] [조사자 1: 아! 이거 옥수수 아냐? 아닌가? 옥수수?] (사진을 보더니) 어? 이거? 잠시만

요. [조사자 2: 다른 건가?] 다른 것 같아요. (웃음) 아, 잘못 찾았어요. (만드는 방법이 담긴 영상을 틀어서 보여주며) 아! 아까 그거는 그, 그거는 그 어떤, 지역마다 다 다르대요. 그래서 재료는 그 들어갈 수 있는 대표적인 거 아까 말했던 것들 맞아요.

[조사자 2: 그럼 보통 일반적으로 먹는 그 나우르스 코제 모습 하나만 검색해줄 수 있어요?] 네. [조사자 2: 여기는 달력, 달력 따로 써요? 마호메트 쪽에는?] 아, 네 그 이슬람 달력이 따로 있고.

(인터넷에서 나우르스 코제와 전에 이야기한 칼라복의 사진을 보여주며) 네. 이렇게 먹어요. 우리도. [조사자 2: (핸드폰 속 사진을 보며) 이건 뭐예요? 술이에요?] 그 나우르스 코제 만들어서 이런 식으로 나와요. [조사자 2: 아! 진짜요? 떠먹는 거예요?] 떠먹는 거예요. 네. [조사자 1: 나우르스 코제가 이걸 다 끓여서 스프처럼 만든 거예요?] 네. 스프처럼 만든 거예요. [조사자 1: 왠지 나우르스 코제라는 이름의 느낌에 우리는 스프가 아니라 그냥 뭐 볶는다. 야채랑 고기를 볶는다거나.] [조사자 2: 스튜 같은 그런 건 줄 알았어요.] 아! 아니에요. 아니에요. '코제'는 그 국이라는 뜻이에요. [조사자 1: 그래서 이걸 일곱 가족에게. 그럼 집집마다 들어가는 게 조금 다르면 이 나우르스 코제는 약간 조금 맛이 다 다르겠네?] 네. 맞아요.

[조사자 1: 딱 정해져 있는 레시피가 없는 거잖아?] 네. 재료가 대표적인 게 있긴 있지만 없으면 다른 걸로 이렇게 대신해서 넣어도 되고. [조사자 1: 소고기가 없다면 닭고기를 넣어도 되고, 양고기를 넣어도 되고?] 아! 양고기나 소고기 중에서 이렇게. [조사자 1: 닭고기도 안 먹나?] 닭고기 먹는데 이 요리에는. [조사자 1: 어렸을 때 이 나우르스 코제를 막 새해에는 원하던 원치 않던 막 옆집에서 가져오겠네?] 네. (웃음)

[조사자 2: 그런 거 있어요? 우리나라 떡국 먹으면 한 살 더 먹는다. 이런 이야기가 있는데 이런 거 먹으면 뭐 남기면 안 된다. 뭐 이런 거 있어요?] 아! 그냥 남기면 안 된다는 이야기 있어요. 끝까지 먹어야 된다고. [조사자 1: 배부른데 또 옆집에서 가져오면 그럼 어떡해?] 그래서 조금씩, 조그마한 아까 보여줬던 것처럼 이렇게. [조사자 1: 이렇게 조그마한 공기에?] 네. [조사자 1: 막 이만한 그릇에 주면 예의가 아니구나.] 네. 아

니에요. [조사자 1: 그러면 어떤 집건 더 맛있고, 어떤 집건 맛이 없고. 그럴수가 있겠네?] 네.

[조사자 1: 그러면 어렸을 때 엄마가 이 나우르스 코제 끓였어. 그리고 아이다한테 "옆집에 가서 이것 좀 드리고 와라." 그러면 아이다가 가서 드리고 오고 그랬어요?] 아, 네. 그리고 보통 이렇게 주택가에 사는 사람들이 이렇게 쉽게 할 수 있는데 이제는 아파트 사는 사람들은 그 별로 안 해요. 그냥 이렇게 방문은 하는데 근데 막 들고 가는 거 아니고 그냥 그 이웃집에 가서 이렇게 먹는 거예요.

[조사자 1: 내가 들고 가지 않고 지금은 바뀌어서 그냥 이웃집에 방문만 해. 그러면 그 집에서 끓여서 나오면 이제는 그냥 먹는 거구나.] 네. [조사자 1: 바빠졌네?] 네. 그래서 시골 사는 사람들은 아직도 이렇게 하고 도시인 사람들은. [조사자 2: 정말 친한 사람들끼리만 하는구나?] 네. [조사자 1: 그런데 만약에 낯선 사람이 똑똑똑 하고 찾아오면 어떡해?] 아! 이거 좀 이상해요. [조사자 1: 아! 이상한 거구나.] 네. 거의 없어서. [조사자 1: 왜냐면 할로윈 같은 경우는 아이들이 아무 낯선 집이나 똑똑똑 하고 트릭엔 트리트 하면 사탕을 받아 가잖아. 그건 아니고 아는 집.] 아는 집이요. 네.

[조사자 2: 봄에는 약간 설날 같은 게 있으면, 추수하는 수확하는 가을에 우리나라 추석 같은 거 있어요?] 아 추석 같은 건 없어요. 우리는 없어요. [조사자 2: 그럼 카자흐에서 제일 큰 명절은 이거예요?] 네. 이거랑 이제 러시아 문화 영향도 받아서 이렇게 '뉴이어 이브New Year Eve'도 해요. 12월 31일 날 밤에.

돼지를 먹으면 안 되는 이유

● **구연정보**

조사일시 : 2017. 02. 07(화) 오후

조사장소 : 서울시 광진구 화양동 건국대학교 상허연구관 414호

제 보 자 : 아쑤바이에바 [카자흐스탄, 여, 1991년생, 유학 3년차]

조 사 자 : 오정미, 이원영, 이승민

● **개요**

이슬람 국가에서 돼지고기를 먹지 않는 이유에는 두 가지가 있다. 첫째, 돼지
를 더러운 동물로 생각한다. 둘째, 돼지와 인간의 유전자가 같다고 생각한다.

[조사자 1: 이슬람 국가가 (앞의 이야기에 이어서) 돼지 없잖아?] 네.
[조사자 1: 돼지에 대한 특별한 이야기는 없어?] 그, 특별한 이야기는 없
어요. 그냥. [조사자 1: 약간 신성시한다거나?] 아뇨. 그냥 오히려 먹으
면 안 된다는 듯이 이슬람에서 이렇게 금기해요. [조사자 3: 이슬람은
돼지를 불결하게 생각해요.] 네.

[조사자 1: 먹으면 안 되는 이유가 뭐야?] 네. 그 우선은 그 더러운
동물이라고 생각해요. 이렇게 이슬람, 이렇게 아랍어로 '하람'*이라
고 해요. 하람. 그거는 돼지는 다 먹을 수 있잖아요? 실제로 막 인간
까지 이렇게 먹을 수 있어서 안 된다고.

그리고 또 학자들이 그 돼지의 그 유전자가 그 인간의 그 유전자

● 하람(haram)이란 아랍어로 종교적·도덕적·윤리적 금기 사항을 의미하며, 《코란》과
수나(Sunnah)에 구체적인 행위가 언급되어 있다. 금기 사항에는 매춘·살인·문신·고리대금·음
주·돼지고기 섭취·예배를 거르는 행위가 있다.

랑 거의 비슷해서 그래서 돼지를 먹으면 인간을 먹는 듯이 이렇게, 이런 식으로 이렇게. [조사자 1: 그래서 생각해서 돼지를 먹지 않는다.] 네.

그리고 과학적으로 이렇게 그 왜 안 된다고 할 수, 아, 뭐라고 하지? 그, 실제로 그 돼지가 다 먹을 수 있잖아요. 그래서 그 나쁜 것까지 막 이렇게 먹을 수 있어서, 그런데 그 안에는 그 독이 다 안 나가서. 네. 몸에 안 좋다고, 위생적이지 않다고. 몸에 안 좋다고.

[조사자 1: 만약 돼지를 먹으면 어떻게 돼? 이게 돼지인지 모르는 거지.] 아! 그 실수로 먹으면 괜찮아요. 의도적으로 먹으면 안 되는 거죠. [조사자 2: 만약 먹었을 경우에 다시 정결하게 하는 방법, 몸을 깨끗하게 하는 방법 있어요?] 깨끗하게 하는 방법은 따로 없고요. 그냥 네, 이제 기도해야 돼요. [조사자 1: 아, 돼지를 먹었다는 걸 안 순간?] 네.

[조사자 2: 아니면 주변에 돼지를 먹었더니 탈이 난다더라, 뭐 재수가 없었다더라, 이런 이야기들 있어요? 뭐 벌을 받았다더라 뭐 이런 거.] 아, 이런 이야기는 없어요. 네, 없어요. [조사자 1: 그러면 돼지를 키우지도 않아?] 아, 그런데 안 기르는데 카자흐스탄은 그 다민족국가라서 러시아인들이 많이 키워요.

[조사자 2: 그럼 거의 소고기를 먹겠네요?] 네. 소고기나 양고기.

카자흐스탄의 토론대회

● **구연정보**

조사일시 : 2017. 12. 22(화) 오후
조사장소 : 서울시 서대문구 신촌동
제 보 자 : 악지라 [카자흐스탄, 여, 1997년생, 유학 3년차]
조 사 자 : 신동흔, 김정은, 황승업, 강새미

● **개요**
카자흐스탄에서는 현재까지 전통 옷을 입고 전통악기 돔브라를 치면서 시를
읊고 상대의 의견을 비판, 반박하는 대회가 있다.

　카자흐스탄에 지금도 있는 게, 아까 제가 카자흐스탄에서 마을,
뭐랄까 그 시로 얘기를 많이 한다고 그랬잖아요. 카자흐스탄에 특이
한 대회가 있어요. 이렇게 나와가지고, 누가 더 말을 잘하냐, 이렇게.
말, 토론 있는데. 돔브라*를 갖고, 카자흐스탄 전통 옷을 입고.
　만약에 내가 그 여기에서 근데 무조건 그 뒤에 맞아야 돼요. 모
두 그 뭐지. [조사자: 라임rhyme이? 운이?] 네 그래서 라임이 다, 네 운
율을 다 맞아야 되고, 근데 또 뜻도 깊어야 되고 상대방 비판을 해야
돼요. 그래서 이렇게 두 명이 이렇게 앉아, 솔직히 대회를 해요. 이렇
게 앉아가지고 투표를 하고, 올라가면 다른 올라가고. 이거 막 이런
거 해요. 그래서 돔브라를 딱, 즉각적으로. 조절을, 그냥 일단 처음에
그냥 뭐 인사 이렇게 해가지고. 인사 막 바로 공격 시작해서.
　"뭐 옷은 어쩌고 어쩌니, 너는 취업을 안 하면 어디서 어떻게 와

● 돔브라(Домбыра)는 카자흐스탄의 전통 현악기로, 줄이 두 개인 것이 특징이다.

서 어떻게 했니?"

막 이래면서 이렇게 얘기를 해요.

근데 굉장히, 카자흐어를 알면 굉장히 재밌는데. 근데 그 사람들 쓰는 언어가 굉장히 이제 카자흐어를 알아도 그 정도로 쓸 수가 없어요. 그래서 되게 그런 게 있어요.

고려인에게 코르트 과자로 나눈 인정

● 구연정보

조사일시 : 2017. 03. 24(금) 오후

조사장소 : 서울특별시 광진구 화양동 건국대학교 국제학사 311호

제 보 자 : 아쑤바이에바 [카자흐스탄, 여, 1991년생, 유학생 3년차]

　　　　　사니아 [카자흐스탄, 여, 1992년생, 유학생 6년차]

조 사 자 : 오정미, 이원영

● 개요

고려인들이 중앙아시아로 강제 이주 당시, 카자흐인들은 수감되어 있던 고려
인들에게 우유로 만든 코르트라는 과자를 던져주었다. 코르트는 마치 돌처럼
생겨서 러시아 군경은 카자흐인들이 고려인들에게 돌을 던진다고 생각했다.
카자흐인들이 고려인들을 도와주어 두 민족 간에는 지금까지 사이가 좋다.

조사자 2 : 그럼 혹시 카자흐스탄 내의 카자흐스탄 사람들이랑 고려
　　　인의 그 문화라든지 그런 거에 대해서는 어떻게 생각하세요?

사니아 : 아. 그건.

조사자 2 : 좀 친해요? 친하죠. 원래 그 스탈린 때 디포르테이션(디
　　　포테이션) 했을 때 카자흐스탄 사람들이 많이 도와줬어요. 그 고
　　　려인 사람들한테 들었던 이야기인데 이 감옥처럼 이렇게 감옥처
　　　럼 있었는데 코르트 아세요? 코르트 과자 같은 건데. 우유로 발
　　　효된 우유, 소금이 많이 놓은 거고, 좀 짠 거예요. 어쩌면 돌처럼
　　　보여요. 그래서 어떤 시골의 고려인들 가둬놓은 데. 근데 남자들
　　　이 아예 없는 거예요. 어디, 전쟁이나 갔었던 거예요. 그거 1900
　　　년, 뭐 초예요. 아마 20년대쯤 때. 네. 그리고 그 어머니들이 애

기들한테 이렇게 말한 거예요. "그 코르트. 음식이잖아요. 그거 돌처럼 그거, 던지라고 사람들한테." 근데 그거 감시하고 있는 사람들, 러시아 사람들이었어요.

아쑤바이에바 : 그런데 몰랐죠.

사니아 : 네. 네. 맞아요. 그거 돌이라고 생각하고 애기들이 일부러 이렇게 던진 건데. 아 러시아 사람들이 비웃는 거예요. 그 고려인한테. "아 니들 여기 카자흐인들이 니들 싫어한다. 니들 아무 것도 아니라, 아니라."고.

아쑤바이에바 : 실지로 하는 건데.

사니아 : 맞아요. 실지로 밥. 밥 주는 거예요. 그래서 그렇게 살아남은 거예요. 그래서 그게 우유잖아요. 그래서 처음에는 몰랐대요. 그거 음식이었던 거 다음 이렇게 해보니까 음식이라고.

조사자 1 : 고려인들이 고마워하는 거.

사니아 : 네, 네, 네. 맞아요.

조사자 1 : 누가 카자흐 인. 카자흐 인. 애기들이에요. 그런데 애기들 엄마들이 보낸 거죠. 근데 그거 밝게 되면 죽임, 다 죽이죠.

조사자 1 : 착한 카자흐스탄인들이 그 감옥에 갇힌 고려인들이 불쌍해서 마치 돌을 던지는 냥 하는 것처럼 해서 돌의 모양의 과자를 던져준 게 코르트다. 네.

조사자 2 : 네 그래서 고려인들의 공동체, 그쪽이랑 카자흐 사람들이랑 우호 관계가 있겠네요.

사니아 : 네. 네.

조사자 2 : 지금 그럼 고려인들도 카자흐 쪽에 잘해주나요? 그냥 편하게.

사니아 : 편해요? 조금 이렇게 우리가 민족이 너무 많아서 스탈린 때도 엄청 여러 가지 민족을 보내게 됐는데 우리 다 이렇게 받아들이니까 그냥 자연스럽게 같이 살게 된 거요.

조사자 2 : 잘됐네요.

아쑤바이에바 : 그리고 아 3월 1일 날은 아니, 5월 1일 날은 제이로스 데이. 다 이렇게 다민족의 날이라고.

사니아 : 네. 공휴일이에요.

조사자 : 5월 1일?

아쑤바이에바 : 네. 5월 1일이요. 네.

사니아 : 네. 그래서 우리가 외국인들도 그냥 오면 그냥 반갑게 생각
해요. 원래 손님에 대한 어떤 생각이 되게 소중하게 생각해요.
손님이 오면 복이 온다고 생각해요. 그 유목 민족 때부터.

아쑤바이에바 : 그래서 외국 사람이 이렇게 보면 카자흐스탄 사람들
진짜 대접을 잘해준다는 말을 많이 해요. 네.

사니아 : 거의 모르는 사람이라도. 뭐뭐 집에 초대해 줄 수도 있어요.
네, 네. 식사를 해주고.

조사자 1 : 그게 유목민들의 특징이네요. 그게.

사니아 : 네. 네.

조사자 2 : 재워주기도 하고.

조사자 1 : 그래 러시아 사람들이 고려인을 가둔 거죠.

아쑤바이에바 : 네 강제로, 이민.

조사자 1 : 그랬는데 카자흐스탄인 보기에 그들이 너무 불쌍하니까
던져 주는.

조사자 2 : 강제 이주시켰을 때. 네, 네 그때 또 춥잖아요. 우리나라
가. 그거 고려인들한테.

조사자 1 : 그 코르트라는 과자는 지금도 먹어요?

아쑤바이에바 : 네. 지금도 먹어요. 지금도 먹어요.

사니아 : 엄청 유명하고.

조사자 2 : 발효한 우유, 치즈 같은 거예요? 네, 네. 근데 딱딱해요.

조사자 1 : 언뜻 보면 돌처럼 생겼고? 돌처럼 생겼어요. 네.

조사자 1 : 그래서 러시아 사람들은 그게 돌인 줄 알았구나. 돌 던지
는 줄 알고, 네.

조사자 2 : 그러면 학생들이 수업 때 다양한 다민족 국가, 아니 민족
에 대해서 배우나요? 이야기 같은 거 지금 뭐 이런.

사니아 : 이런 건 학교에선 안 배우죠. 이런 거 처음 들었죠.

아쑤바이에바 : 이거는 제가 고려인한테 들었어요. (사진을 보여주

면서) 이렇게 생겼어요.

조사자 1 : 코르트가? 아니 이거는 익기 전인가? 익으면 이 색깔이
　　　아니에요? 네, 익기 전, 네 익을 때 딱딱해지는 거예요.

아쑤바이에바 : 맞아요. 맞아요.

조사자 1 : 그 코르트가 무슨 뜻이 있어요?

사니아 : 코르트, 무슨 뜻인지 몰라요. 그냥 먹는 건데.

조사자 1 : 그냥, 그냥 과자가 무슨 뜻이 있냐고, 과자는 과자지. (웃음)

사니아 : 근데 유목민들이 많이 먹었던 거예요. 왜냐하면 그 긴 먼
　　　길을 가잖아요. 그래서 먹을 거 상하지도 않고, 보통 여름에 만
　　　들고, 겨울 내내 먹어요. 그거. 우리도 그래서 우리도 시골에 사
　　　는 가족들한테 쉽게 만들어 달라 그래서 우리도 먹고.

조사자 2 : 팔아요? 네. 엄청 많이 팔고.

아쑤바이에바 : 투르크족이 많이 먹는.

조사자 1 : 마트 가서 코르트 살 수 있는?

사니아 : 살 수 있어요.

아쑤바이에바 : 그 옛날에 그 중앙아시아에 몽골에 요리에 자주 쓰
　　　이는 유제품의 종류라고. 말린 요거트나 다른 발효유 제품.

조사자 1 : 말린 요거트. 말라 있어야 함이 재료로 쓰이며 질감이 치
　　　즈와 비슷하다. 비슷한 거예요.

조사자 2 : 마른 상태로. 마른 상태로.

사니아 : 그리고 소금도 많이 넣었죠. 그래서 상하지 않게.

조사자 1 : 그 당시 고려인들은 진짜 고마웠겠다. 배고픈데 그거 하나
　　　가 얼마나 우리도 "당 떨어졌어." 그러는데 초콜릿 하나 먹으면.

조사자 2 : 끌려와서 굉장히 그 사회에 대해서 고맙다

조사자 1 : 고려인한테는 카자흐스탄인에 대한 그 어떤 이 밑에 고
　　　마음이 깔려 있겠어요.

사니아 : 그런 거 같더라고요.

조사자 2 : 우리를 받아줬다.

조사자 1 : 여기 한국에도 고려인들 무슨 단체가 있더라고요. 우리
　　　나라에도 있어요.

아쑤바이에바 : 저희도.

사니아 : 엄청, 힘이 많은 거 같아요. 그 단체가.

러시아

밭의 신을 깨우는 풍습

● 구연정보

조사일시 : 2018. 01. 29(월) 오전

조사장소 : 대구광역시 중구 남산동

제 보 자 : 나탈리아 [러시아, 여, 1983년생, 결혼이주 13년차]

조 사 자 : 김정은, 황승업, 강새미

● 개요

러시아에서는 겨울이 끝나고 봄이 오는 시기에 밭에 가서 춤을 추기도 하고 닭싸움을 하면서 밭을 깨운다. 이러한 마슬레니짜 축제를 일주일 동안 하는데, 요일마다 하는 행사가 정해져 있다. 월요일에는 짚으로 허수아비를 만들고, 화요일에는 여자의 친청집에서 해를 닮은 동그란 전을 만든다. 수요일에는 아직 결혼을 하지 않은 여자들이 미래의 남편을 알아볼 수 있는 의식들을 한다. 목요일에는 마을 남자들이 힘겨루기를 하고, 금요일에는 시댁에 가서 동그란 전을 만든다. 토요일에는 벼룩시장을 하고, 일요일에는 월요일에 만들었던 허수아비 옆에서 춤을 춘다. 이 허수아비는 겨울을 상징하는데, 그래서 마지막에는 허수아비를 태우며 겨울을 보내준다. 옛날에는 일주일 동안 축제를 했지만, 요즈음은 다들 바쁘고 따로 살아서 토요일에만 한다.

그러니까 이제 숲이나 물이나 밭에 이렇게 신이 또 있었는데. 그러니까 밭은, 농사는 잘 지고 이카면은 그, 그거 봄에. 봄에 농사짓잖아요? [조사자: 네.] 그러니까 그때 밭 좀 이렇게, 뭐라캐야 되노? 자고 있잖아요, 겨울에. 그러니까 일어나게 해야 되는.

[조사자: 아, 신이 일어나게 해야 되는구나.] 예, 신. 밭, 밭에는 신 해야 되나? 그러니까 밭 일어나서 일해야 되잖아. 밭, 밭 이렇게. [조사자: 밭도?] 밭도. 우리는 뭐 이렇게 야채 하거나 뭐 곡식을 줘야 되니까.

그러니까 깨우는 작업은 어떻게 하냐면은, 이제 춤 많이 추고. 아니면 이제 뭐라캐야 되나? 일부로 싸움처럼, 왜 닭싸움이라든지. [조사자: 일부로 거기서 춤도 추고 닭싸움하고 하는구나?] 네, 그렇죠, 그렇죠. 아니면 이래 몸싸움도 이렇게 스모처럼 있잖아요? 이런 것도 많이 했고.

그래가지고 일주일 동안 원래 이렇게 했던 거야. 월요일부터 시작해서, 월요일에는 이제 그 아까 말했던 그, 그 일주일 동안 하는 축제 이름이 '마슬레니짜Масленица'●라고 하거든요. [조사자: 마슬린?] 마슬레니짜.

마슬레니짜는, 그러니까 마슬레니짜 뭐냐면은, 어떤 단어에서 나왔냐면은 '마슬라мáсло' 마슬라는 '기름'. 어, 마슬라, 기름이거든. 그러니까 기름인데, 이거 뭐라캐야 되노. 땅은 기름으로 이제 발라야 이리 잘 돌아간다고 그런 뜻이. 그러니까 월요일은 사람들이 다 모여서, 이제 마을 사람들이겠죠. 도시, 도시에도 지금은 재미 삼아 그렇게 하기는 하는데요, 그래 도시의 사람들이 그냥 토요일만 이렇게 이제 다 같이 모여서 그런 거 하는데. 하루에만.

그런데 시골에 사는 사람들 월요일은 그 짚으로 만드는 허수아비 만들고, 만들어서 이렇게 어디에, 사람들이 많이 모일 수 있는 자리에 이렇게 놔둬. 화요일은 뭐하냐면, 빵, 아까 둥그란 빵. 태양처럼 생기는 거 그거 만들고. 어디, 어디에 만들면은 장모 집에 만드는 거야. 그러니까 이제 왜 딸 결혼해가지고 본가 말고, [조사자: 시댁?] 장, 뭐야? [조사자: 처가?] 처가. 처갓집에는 그거 만드는 거야. 그라믄 저녁에 이제 우리나라에는 딸이 엄마 모시고, 아빠 엄마 모시고 막 그러는 거야. 한국에는 반대로. [조사자: 아, 그래요?]

그래서 그 시댁 말고, [조사자: 처가에서.] 응, 처가에서 만들고. 그러면 가족이 이제 딸, 아들, 그리고 사위, 애들 다, 손자들이 오면은

● 러시아의 카니발이자 봄맞이 축제다. '버터, 기름'이란 뜻의 러시아어 '마슬로'에서 유래된 마슬레니차는, 유제품을 마음껏 먹을 수 있어서 붙은 이름이다. 마슬레니차는 원래 풍요의 신인 블레스를 기념하던 봄맞이 축제였다.

다 같이 인제 묵는 거예요. 화요일에.

수요일에는 뭐하냐면은 밤에 결혼 아직 안 한, 못 하는 여자들이, 안 하는 여자들이 그거 하는 거야. 이제 밤 열두 시 되면 귀신이 나오잖아요. 그러면, 귀신들이 내 미래 신랑을 보여줄 수 있다고 이런 거 믿거든요. (일동 웃음) 신랑도, 신랑도 보여줄 수 있고, 내 미래의 삶 어떻게 살 건지 이런 것도 알 수가 있다고. 수요일 마슬레니짜의 기간 때.

그거는 음력으로 하는 거라서, 해마다 달라요. [조사자: 음력 대략 며칠이에요?] 음. 그거는 또 우리나라에 부활절이 있는데, 부활절이 40일 지나서 뭐 그런가? 하여튼 그것도 계산이 있어요. 계산이 있는데 나는 정확하게 몰라요. 그거는 옛날 거라서. 그러니까 원래는 2월 중에. 2월쯤 시작해서, 뭐 2월 16일부터? 그래가지고 일주일 가면은.

그래서 열두 시에 어떻게 하냐면 여러 가지 방법이 있어요. 사실은 여러 가지 방법이 있는데. 음. 어떤 방법은 이렇게 친구랑, 여자 친구들이 열두 시 밤에 나와서, 러시아에는 눈이 많거든요. 그러니까 나와서 이렇게 등으로 눈 위에 이래 눕는 거예요. 누웠다가 일어나면 아침에 가서 보면은 이렇게 또 신랑 모습이 나타난대. 아니면 촛불 가지고. [조사자: 그거는 우리나라도 하는데, 그거는.]

응, 촛불을 가지고 종이를 태우면서 이렇게 뭐지, 벽에, 흰 데다가 그림자를 보는 거야. 이 종이를 여기 뒤에 불 놔두면은 그림자가 나타나거든. 그러면 그 대충 내가 어떻게 올해가 뭘 생기는지. 어떤 데에는 아기 모양 나오고, 그러면,

"임신하겠다."

어떤 데에는 남자, 남자 머리 이렇게 나타나면은,

"아, 결혼하겠다."

뭐 집 그런 거 하면은,

"시집가겠다."

아니면

"집 사겠다."

뭐 하여튼 이거 종이를 그냥 닿는데, 이거 뭐 보는 사람 보고 싶은

거 보겠지. [조사자: 그렇지요. 보고 싶은 거 보겠네요.] 보이고 싶은 거.

아니면 촛불을 물에다가 이렇게 '땡땡땡' 띄우면은 왁스? 왁스 모양 뭐 이렇게 나오잖아요. 그러면 그것도 보고 이렇게. 저도 몇 번 해봤는데, 나는 뭐 아무것도 안 보여요. [조사자: 그런데 보이는 사람은 또 보인다고 그러잖아요.]

아니, 우리 엄마도 봤어요. 나는 졸업해가지고 이렇게 있으니까, 이제 한국에 갈 준비하고 있었는데, 우리 남편이 이제 와서 한국에 도 공부 좀 하고, 나는 또 여기 자리 잡고. 엄마가 그거는 밤에 했대, 자기 이웃 사람이랑 와가지고. 했는데 나한테 전화 왔는 거야.

"야야, 아기 봤다."

카면서. [조사자: 너 아이 낳겠다.] 어, 그래가지고 임신해가지고. (일동 웃음)

"엄마는 왜 뭐 그런 거 보냐!"고.

"그런 거 왜 봤냐."고.

정말 이러잖아. 나는, 엄마는 여러 번 했지만, 나는 그런 거 무서 워서도 못 했고. 엄마는 몇 번 본 거 다 맞았어요. 다 맞았는데. 이거 는…

(조사자가 재채기를 하느라 중단됨.) 맞다. 이런 것도 우리나라 에 왜 이야기하잖아. 옆에서 누가 재채기했잖아. 그러면 진실이라고. [조사자: 이게 진실이구나.] (일동 웃음) 지금 말하는 거는 진실이야. [조사자: 재채기를 하면.]

(잠시 재채기를 소재로 한 이야기로 넘어가서 다시 원래의 이야 기를 요청함.)

목요일에는 뭐하더라? 아, 목요일에 또 남자들이 자기 이 마을 에 힘이 누구 센지. 또 이렇게 나와서 옷, 위에 옷 벗고. 아직 겨울이 거든 2월 달에도. 그래도 옷도 바지까지는 벗고, 아 바지는 그냥 입 고, 그래가지고 막 싸우는 거야. 그러니까 이제 싸웠다가 여기 이기 면, 그러면 나중에 이기는 사람끼리 싸우고 그래 최고 잘 싸우는 사 람을 뽑는 거예요.

그러면 그 사람은 나중에 젊은, 아 젊은 사람이에요. 그러니까 마을은 무슨 마을 짱 아니지만, 그래도 뭐 힘이 세다 인정, 일 년 동안 인정해주는 거야. 그러면 내년에 다시 사람들이 싸우다가 이 사람이랑 1등이 되는 사람 또 싸우다가, 이제 이기면 또 이 사람이 힘이 짱이 되고, 아니면 뭐 그냥 그전에 하는 사람이 계속 힘 짱이 되는 거야. 뭐 이런 거 있고. 목요일에 그러니까 제일 센 사람을 뽑는 거야.

금요일에는 이제 엄마가 다시 전 구워서, 동그란 전이 '블리니(блины)'라고 하거든. 그 블리니 구워서, [조사자: 블리?] 응, 블리니. 블리니 구워서 자기 아들 가족을 불르는 거야. 아까 목요일, 화요일은 딸이 왔잖아. 그러니까 딸한테는 잘하고, 사위한테 잘해야 이 나중에는 다 같이 농사를 지어야 되니까. 그죠? 그래서 이번에는 또 아들이 있으면 아들 가족하고. 그리고 그러니까 며느리들 오라카는 거지요. 시엄마가. 그러면 그때는 이제 이렇게 좀 뭐 싸우는 거나, 아니면 미안한 거나, 뭐 말하고 싶은 거 있으면 시엄마가 며느리한테 해주는 거야.

그러니까,

"일 년 내내 내가 뭐, 뭐, 뭐, 뭐 이런 거 있었다."

"그때는 뭐 때문에 그랬다."

뭐 그런 시간을 가지는 거야 이제. 며느리하고 시엄마가 블리니 같이 이제 만들면서 부엌에 둘이 있으면서 이런 이야기, 저런 이야기 하는 거야. [조사자: 아, 좋네요.] 네.

토요일은 그래 아까 제일 재밌거든. 토요일은 그 게임하는 거야. 애들도 모이고, 어른들 다 모이고 그냥 축제. 한국이랑 비슷한 거야. 나와서 이렇게 박람회? 벼룩시장 같은 거. 자기 집에 뭐 쓸 데 없지만, 그런데 좋아. 그런데 자기한테는 필요 없는 거, 그죠? 벼룩시장은 뭐 옷도 팔고, 무슨 기계도 팔고, 뭐 동물. 사람들이 겨울에 내내 키우다가, 아니면 원래는 돼지 키우는 사람들 어떻게 돼가지고 이제 2월 달에 새끼를 낳거든. 그러면 이 새끼를 팔면은 그래 나중에 사는 사람도 앞으로 따뜻하고 이 돼지 키우기 딱 좋잖아, 가을까지. 그러니까 잘 사, 그때는.

가을에는 돼지가 잘 안 팔리고. 왜냐하면 겨울 되면은 돼지 똥. (웃음) 돼지가 잘 안 파(팔리고). 그래서 가을에 태어나는 돼지가 짐이라고 하고, 인제 이렇게, 겨울 말이나 봄에 태어난 그거는 아주 복이고. 뭐 그러는 거야.

그러니까 그 동물들 있으면 그런 것도 팔고, 시장 같은 것도 벌리고, 음식 만들어서도 팔고. 옆에는 이 왜 허수아비 가지고 옆에서도 춤추고, 마지막 날이, 이 허수아비 겨울이거든. 마지막 날이니까 재밌게 해주는 거야. 겨울한테.

그리고 노래 많이 불러요. 이제 잘 가라고. 이제

"겨울이 그만하고 잘 가라."고.

마지막에 이제 놀아줘가지고 일요일에 또 다 같이 마을 사람들이 모여서 이 허수아비를 태워버리는 거야. 태워버리고 그 일주일은 그만하는 거야. 마슬레니짜 끝나는 거예요.

[조사자: 지금도 하는 거죠?] 지금도 하는데, 마을에는. 마을도 요즘 마을은 다들 바뻐 살고 그카니까 딱 토요일에만 하는 거야. 그전에는 일주일 동안. 요즘은 며느리나 뭐 이래 젊은 사람들이 마을에 잘 안 살잖아. 그죠? 그래서 왔다 갔다 주말, 주말에도 몰라도 월요일이나 뭐 화요일이나 쉽지 않잖아. 그렇고.

타지키스탄

라마단 풍습

● 구연정보

조사일시 : 2018. 05. 16(수) 오후

조사장소 : 서울시 광진구 화양동 건국대학교

제 보 자 : 무나바르 [타지키스탄, 여, 1995년생, 유학 2년차]

조 사 자 : 신동흔, 오정미, 한상효, 엄희수

● 개요

매년 양력 5월 정도가 되면 무슬림들은 30일간의 라마단 기간을 겪는다. 라마단 기간에는 장소에 상관없이 해가 질 때까지 물을 포함한 음식을 먹을 수 없고, 씻을 수도 없다. 라마단 기간에 금식을 잘 지키면 죽은 후에 눈썹이 금식을 잘 지켰다고 말해준다. 제보자도 어렸을 때에는 라마단 풍습을 지키지 않았지만, 스무 살 때부터 지금까지 지켜오고 있다.

[조사자 3: 타지키스탄 명절이 어떤 것들이 있어요? 명절.] 제일 큰 거는 3월 21일 날 설날인데. 그리고 무슬림이다 보니까 라마단*. 네. [조사자 2: 라마단이 몇 일이죠?] 오늘부터 이제, 올해. [조사자 2: 아, 그래서 안 먹는 거예요. 지금?] 네. [조사자 2: 아, 음료는 괜찮은가?] 아니요. [조사자 2: 아, 그래서 음료도 못 마시는구나.] [조사자 3: 아, 라마단 기간이구나. 저녁에 만났어야 됐는데.] [조사자 2: (준비한 간식을 보며) 이거 가져갔다가 저녁에 먹어요.]

[조사자 2: 라마단 기간이 그러면 언제부터 언제인 거예요? 정확히?]

● 이슬람교도들이 이슬람력의 아홉 번째 달에 해가 뜰 때부터 해가 질 때까지 식사, 흡연, 음주, 성행위 따위를 금하는 의식이다.

30일 동안 하는데, 어, 매년 똑같진 않아요. 10일 앞당겨요. 10일인
가? [조사자 2: 올해는? 올해는?] 오늘부터. [조사자 2: 하필 오늘부터야.]
30일 동안 하는데. [조사자 2: 음, 오늘부터 30일.] 네.

　[조사자 2: 그 라마단도 조금, 설명해줘 볼래요? 어떻게, 어, 라마단 기
간 동안 하지 말아야 되는 게, 못 먹는, 먹으면 안 되는 거.] 먹으면 안 되구
물도 마시면 안 되고. 어, 씻으면 안 돼요. 씻으면 안 되고. [조사자 2:
30일 동안? 아무것도 먹으면 안 돼요? 해가 지면 먹어도 되는 거죠?] 네.
네.

　이제 해가 질 때랑 뜰 때 이제 그거는 시간이라고 생각할 수 있
고. 해가 뜨기 전에는 다 먹고. 배부르게 먹고. 하루종일 안 먹고 해
가 지고 나서는 먹을 수 있구. 밤에는 먹을 수 있고 다음 날 아침 뭐,
새벽 5시인가? 저녁 8시? 7시 반? 그 시간까지는 먹으면 안 돼요.

　[조사자 2: 그러면 해가 지면 물, 씻어도 돼요? 그거는?] 네. 금기. [조
사자 2: 금기되는 게 다. 아.] [조사자 3: 라마단 기간 끝날 때, 맨 마지막 날
에 축제 같은 거 하죠?] 네. 맨 마지막 날은 이제, 새벽에 이제, 밥 먹고
안 먹다가 가서 기도를 하고. 사원에서 기도를, 남자들은 여자들은
못가니까 남자들은 사원에서 기도를 하고, 돌아와서 이제 여자들은
집에서 밥도 만들고, 차리고 기다리고 있으니까. 어, 밥 먹고 8시쯤,
9시쯤 되니까 어, 밥 먹고 나서 이제 어, 죽은 사람 뭐 있는 가족들,
아는 사람 있으면은 그 집 가서 기도해주고. 밥도 조금 먹고, 그 집에
서. 돌아와요. 그렇게 하고. 애기들은 이제 하루종일 다른 이웃집 가
서 사탕 주라고 해요. 이제 축제이니까. 그 라마단도 끝났구. 이제 그
렇게 하루를 지내요.

　[조사자 2: 그럼 내가 오늘은 말을 많이 시키면 안 되겠다.] [조사자 3:
배가 고파가지구.] [조사자 2: 아니, 배도 고프지만 물을 못 마시잖아. 아.]
[조사자 3: 하필.] [조사자 2: 물도 못 마시네. 진짜. 그렇구나. 어떡해.] [조
사자 3: 타지키스탄은 보통, 순리? 순리대로 하는 거예요?] 네. 순리. [조사
자 2: 어 갑자기 미안해졌어. 죄책감이 느껴져.] 아니에요, 아니에요. [조
사자 2: 아, 어떡해. 물도 못 마시고. 음, 30일은 후에 만나야 되겠다. (웃
음)] [조사자 3: 그러게. 맞아요. 5월 달인 건 알고 있었는데.]

[조사자 2: 그러면 지금 혼, 혼자서 지금 이걸 다 지키고 있는 거네요? 어디에 살던. 어디에 살던 무조건 지키는 거죠, 그죠?] 네. [조사자 2: 태어나서 한 번도 안 지킨 적이 없어요? 그러면?] 제가, 어, 한 4년 전까지는 안 지켰어요. 이제 어리고, 부모님들 다 지키고, 오빠들도 지키고 그러니까 이제 아이들은 금식하면은 위도 안 좋아지고 그러잖아요. 그래서 안 지켰었어요.

이제 다른 친구들한테도 듣고, 뭐 이렇게,

"금식하면은 죽고 나서는 그것이 너한테는 도와줄 거라."고.

"이제 그, 눈썹이랑 어, 뭐, 속눈썹이랑 입이랑 다 증언한다."고.

이렇게, 죽으면 증언한다고, 금식했다고 증언한다고. 네, 그래서 이제 저도 지키게 되고.

[조사자 2: 어떤 증거? 어떤 증거? 죽으면 어떻게 되는데요? 눈썹을 뭐.] 눈썹이랑, 눈이랑 다 이렇게 말한대요. 이렇게 했다고. 얼굴에 있으니까 다 보이잖아요, 눈처럼. 말을 한대요. 그렇게 금식했다고, 다 지켰다고.

[조사자 2: 음, 그렇구나. 그럼 인제 지킨 지는 4년? 스무 살 때부터 한 거예요, 그러면? 그런 거 같아 아까 나이, 그죠?] 네. [조사자 2: 성, 성인이 되면 이것도 하는 거구나.] 어려서부터도 할 수 있는데 우리 부모님이 하지 말라고 하고. [조사자 2: 힘드니까.] 네. [조사자 2: 살이 쪽 빠지겠는데요?] 근데 뭐 밤새 먹을 수 있으니까 안, 오히려 찔 수도 있어요.

[조사자 1: 그러면 오늘, 오늘 밤 해가 지고라는 게 몇 시부터인 거야, 대충? 그러면?] 8시. [조사자 2: 저녁?] 네. 8시부터 먹고 4시 반, 4시까지는 쭉 먹을 수도 있어요. [조사자 2: 더 먹겠다, 나라도. 먹어놔야지.]

[조사자 3: 그럼 해가 긴 나라에 간 사람은 더 불리하겠네요?] 네. (웃음) [조사자 2: 그러네. 그렇지, 그렇지. 저쪽 가면은 해 안 지잖아. 그렇구나, 음. 재밌다.]

전통음식 수마낙

● 구연정보
조사일시 : 2018. 05. 16(수) 오후
조사장소 : 서울시 광진구 화양동 건국대학교
제 보 자 : 무나바르 [타지키스탄, 여, 1995년생, 유학 2년차]
조 사 자 : 신동흔, 오정미, 한상효, 엄희수

● 개요
3월 21일은 새해로, 타지키스탄에서는 수마낙이라는 음식을 만들어 먹는다.
가난한 사람이 먹을 것이 없어 벼의 가루와 물 등을 넣고 만든 죽같은 음식으
로, 새해에는 항상 만들어서 주변에 나눠 먹는 문화가 있다. 어떤 사람이 만드
느냐에 따라 맛이 다르고, 먹을 때에는 새끼손가락으로 찍어서 먹는다.

그, '수마낙'이라는 음식이 있어요. 우리가 3월 21일 무조건 만
들어야 되는 음식 있어요. '수마낙'이라구. 그거를 이제 한 가족이 살
았어요. 가족이 이제 너무 가난하니까 그 엄마가, 어느 날 먹을 것도
없고. 아무것도 없으니까 가루랑 뼈(벼)랑 그거를 섞어서 같이 이제
물도 넣고 그, 호두도 넣고 그, 그거를 이제 섞어서 죽 같은 거를 만
들어요. 죽 같은 거를 만들어서, 밤새 만들어요. 그거를. 밤새 만들어
서 다음날 먹을 수 있게 하는데. 그런 역사를, 담아서 우리가 이제 지
금까지 그 음식을 3월 21일 날, 전날 하구 21일 날까지 이렇게 만들
어요. 그거를 이제 너무 가난하고 그랬으니까.

　그 음식을 만들고 나서 다음 날 열, 열 때 그 뭐죠? 그림이 나와
요. 그 위에, 죽 위에. 그림이 나오는데. 무늬가 이제 있는데 그거를
보고 이제 이번, 올해는 어떤 일이 있을 거야. 좋은 일이 있을 거라

고. 어떻게 나쁜 일이 있을 건데 뭐 그런 식으로 해석을 하고 그 음
식을 나눠줘요. 다른 사람한테. 가난하고 그런, 돈 없고 그런 사람한
테 나눠주고 같이 먹어요.

　　[조사자 2: 수마낙. 근데 왜 3월 21일이에요?] 3월 21일 이제, 그,
한국에 그, 뭐죠? 1월 1일. [조사자 2: 설날.] 네, 설날같이 이렇게 우
리도 설날 같은 거 있는데. 그때 이제 새로운 날이 이렇게 왔다. 새로
운 해가 왔다 이러면서 그, 음식을 만들고, 다 이렇게 새롭게 맞이하
고 그래요. [조사자 1: 그날이 새해가 시작되는 날이구나.] 네. [조사자 1:
왜냐면 3월이면은 싹이 막 트려고 하는 봄이 막 시작하는 그때부터, 그때부
터 새해 시작으로 보는 거구나. 우리나라 입춘 뭐 이런 식으로.]

　　[조사자 2: 이번에 3월 21일에 만들어 먹었어요?] 저 못해요. 그거
어려워요. 그거를 뼈를, 며칠. [조사자 2: 뼈? 무슨 뼈? 아까부터 궁금했
어요.] 쌀, 쌀. 그 [조사자 3: 벼.] [조사자 2: 벼, 벼. 쌀, 쌀, 라이스rice 쌀 얘
기하는 거죠? 아.] 그거를 며칠 동안 그, 뭐죠? [조사자 2: 물에 불려요?]
네. 물에 불려서 이렇게 어, 양파처럼 초록색 뭐 그런 거 나와요. 그
거를 짜서 물을, 그 물로 만들어요. 음식을. [조사자 2: 양파 물에, 불린
쌀을 넣고.] 그래서 그 물을, 그걸로 만들어요.

　　잠시만요 사진을 보여드릴게요. (제보자가 사진을 찾아 보여주
고) 이렇게 만들어요. 이렇게 밤새 만들고. 갈색으로 변하는데. 아침
에 열어보면 무늬가 새겨져 있어요. [조사자 1: 맛은 없어요? 보기에는
초코렛처럼 그런 느낌도 나는데.] 맛은 이렇게 사람마다 그런, 그런, 얘
기도 있어요. 좋은 사람이 만들면 달달하게 만들어지구, 나쁜 사람이
나쁘게 살아왔던 사람이 만들면은 쓰게 나온다구. [조사자 2: 아, 진
짜? 재밌다.]

　　[조사자 1: 그럼 저거는 보관을 해서 오래오래 먹는 거예요?] 어, 한 5
월까지는 먹을 수 있어요. 너무 많이 해서, 음, 솥이고, 솥 있는데. 너
무 커서. 한 50키로㎏? 그 정도 하구. 이 음식을 먹을 때 새끼손가락
으로 먹어요. [조사자 2: 매번? 한번만이 아니라.] 이렇게 먹어요. 숟가
락으로 먹을 수도 있는데, 이제 그런 전통인가 모르겠는데. 먹을 때
이렇게 먹어요. 새끼손가락으로. [조사자 2: 의미가 있겠네요. 아껴먹으

란 뜻인가?] 맛있어요. [조사자 2: 다른 음식은 새끼손가락으로 안 먹죠?] 안 먹어요. [조사자 2: 얘만? 수마낙만?] 네. 새끼손가락으로 먹어요. [조사자 1: 먹으면서도 음식하고 내 손, 몸이 같이 교감을 하는 걸 수도 있겠네요.]

결혼 풍습

● **구연정보**

조사일시 : 2018. 05. 16(수) 오후

조사장소 : 서울시 광진구 화양동 건국대학교

제 보 자 : 무나바르 [타지키스탄, 여, 1995년생, 유학 2년차]

조 사 자 : 신동흔, 오정미, 한상효, 엄희수

● **개요**

타지키스탄에서는 결혼할 때, 잘살자는 의미로 신랑이 신부를 안고 불 주변
을 세 번 도는 풍습이 있다.

　결혼할 때, 남자가 여자가 이제, 들어서 불, 불, 불 있는 곳을 이
렇게 세 번 돌아요. [조사자 2: 남자가 여자를 들어서? 어떻게? 불 주변?]
네, 주변을 세 번. 네. [조사자 2: 파이어fire 주변, 불 주변을?] 네, 세 번
돌아요. 이제 나쁜 일들이 없도록 이제 잘살자는 의미로 그렇게 해요.

아제르바이잔

아제르바이잔 국가 소개

● **구연정보**

조사일시 : 2018. 01. 11(목) 오전
조사장소 : 인천광역시 미추홀구 용현동 인하대학교
제 보 자 : 레일라 [아제르바이잔, 여, 1991년생, 유학 5년차]
조 사 자 : 박현숙, 김민수

● **개요**

아제르바이잔은 유럽과 아시아 사이에 있는 나라이다. 한국에서 흔히 알려진
것과는 다르게 중앙아시아에 포함되어 있는 나라가 아니다. 아제르바이잔은
조지아, 아르메니아와 함께 코카서스3국을 구성하고 있으며 카스피해 근처
에 위치해 있고 석유로 유명하다.

[조사자: 그 아제르바이잔에 한국이 많이 알려져 있지 않은 것처럼, 한
국에서도 사실 아제르바이잔을 잘 모르잖아요.] 네. [조사자: 그 나라에 대
해서 좀 얘기를 해주시겠어요? 아시는 대로?]

아, 아제르바이잔은 유럽과 아시아 사이에 있는 작은 나란데요.
사실 아제르바이잔을 유럽 나라 동유럽이라고 생각하시면 되고, 특
히 아제르바이잔은 지금 한국에서 중앙아시아가 계속 중앙아시아라
고 하는데 사실 그거는 틀린 말입니다. 아제르바이잔은 중앙아시아
에 들어가는 나라 아닙니다.

중앙아시아에 딱 다섯 개의 나라가 들어가는데 저는 사실 이해
안 가는 것은 한국 사람들은 지리를 배울 때 어떻게 다섯 개 나라를
배우면서도 어떻게 아제르바이잔을 거기 포함시킬 수 있는지 진짜
이해 안 가는데요. 중앙아시아, 딱 세계 어딜 가도 다섯 개 나라가 있

잖아요.

그래서 중앙아시아는 아니고 그 코카서스 지역이라고 하는데 코카서스 3국*, 그 코카서스 3국에서 제일 큰 나라는 아제르바이잔입니다. 코카서스 3국은 아제르바이잔 조지아, 아르메니아인데, 아제르바이잔은 그 나라들 중 하나입니다.

지리적 위치는 그 뭐 터키 있고 러시아, 이란, 조지아 이렇게 있는데 그리고 수도 근처에 카스피해가 있는, 카스피해 수도는 카스피해 근처에 위치합니다. 또 아제르바이잔은 세계에서 뭘로 유명하냐면 주로 석유로 유명하고 그 석유가 많기 때문에 '불의 나라'라고도 합니다. 석유가 되게 많이 나와서.

● 코카서스 3국은 코카서스 산맥에 위치한 조지아, 아르메니아, 아제르바이잔을 가리킨다. 코카서스는 캅카스(Kavkaz)의 영어 명칭이고 동쪽으로 카스피해, 서쪽으로 흑해와 아조프해를 경계로 한 지협상(地峽狀)의 지방이다.

아제르바이잔에서 예지드의 의미

● **구연정보**

조사일시 : 2018. 01. 11(목) 오후

조사장소 : 인천광역시 미추홀구 용현동 인하대학교

제 보 자 : 피루자 [아제르바이잔, 여, 1990년생, 유학 2년차]

조 사 자 : 박현숙, 김민수

● **개요**

예지드는 아제르바이잔 민족을 괴롭혔던 민족으로 물을 주지 않았다. 그래서 예지드는 인색한 사람의 상징이 되었다. 아제르바이잔에서는 아무리 타인이라 하더라도 물을 주는 것에는 인색하면 안 된다.

옛날에 그런 거 있었어요. 전쟁 때 '예지드'라는, 예지드라고 그 때 제가 기억하기로는 아빠가 그렇게 예지드라는 어떤 민족이 있었는데 민족 아니고 그 사람들을 예지드라고 그렇게 명칭이 있었어요. 그 사람들이 아제르바이잔 민족을 너무 힘들게 살게 하고 물까지 안 줬어요. 마시고 싶어도, 목이 말라도 물을 안 줬으니까 죽는 사람들이 엄청 많았어요.

그래서 물을 안 주는 사람을,

"예지드 되지 말라. 물을 줘."

그렇게 얘기해요. 그래서 아빠가 항상 그렇게 말했어요. 모르는 사람이라도 물 부탁하면 줘야겠다고. 왜냐하면 우리 집에서 모르는 사람들도 와서 예를 들면 우즈베키스탄에선 그런 거 있어요. 대접하는 방식이 좀 틀려요. 모르는 사람이 예를 들면 노크하고,

"화장실 좀 갈 수 있냐?"고.

"오오, 오케이. 들어오라."고.

모르는 사람한테도 그렇게 허락해줘요. 그래서 지나가다가 물 먹고 싶은 사람은 노크하고 물어볼 수 있어요. 그래서 아빠는 항상 그래요.

"아, 예지드 되지 마. 물 줘, 물 줘."

[조사자: 그럼 이 예지드와 관련된 속담 같은 건 없어요?] 속담 같은 거는 잘 몰라요. [조사자: 거기서 초등학교 1학년 때까지.] 아 그거는 러시아권이잖아요. 제가 러시아권 학교에서 나왔으니까 그냥 그거는 아빠한테 계속 듣는 이야기였어요. [조사자: 아버지가 늘 이제.] 늘 이야기해줬으니까 귀찮았어요. [조사자: 인색하게 구는 사람한테는 무조건 예지드라고 표현하신다는 거죠.] 네, 예지드라고.

"예지드 되지 마."

그리고 예지드는 좋은 뜻이 아니었어요. 왜냐하면 그거 찾아봐야겠다. 그 예지드 이야기 제가 나중에 찾아줄게요. [조사자: 예예, 찾아 주세요.] 왜냐면 그때는 민족이 너무 힘들게 살고 안 먹기도. 물까지 안 줬대요. 물 먹고 싶은 사람들이 많아서 죽는 사람도 많았어요. 물을 안 줬으니까. [조사자: 그렇구나.]

아제르바이잔의 설날 음식과 풍습

● **구연정보**

조사일시 : 2018. 01. 11(목) 오후

조사장소 : 인천광역시 미추홀구 용현동 인하대학교

제 보 자 : 레일라 [아제르바이잔, 여, 1991년생, 유학 5년차]

조 사 자 : 박현숙, 김민수

● **개요**

아제르바이잔 설 명절 노브루지는 3월 21일이다. 노브루지 때에 가족이 모여서 대표 음식 플로브와 케라부라 파흘라바라 과자를 만들어 먹는다. 그리고 밀 싹을 틔운 세멘을 집집마다 두어 봄맞이를 준비한다. 집 마당에는 불을 지펴서 불 위를 세 번 건너뛰고 지난해의 액운을 떨치고 새해의 행복을 기원한다. 아제르바이잔에서는 노브루지 때에 행해지는 여러 풍습이 있다. 새해 처음 듣는 말로 소원 성취의 가부(可否)가 결정된다고 믿기 때문에 되도록 긍정적인 말을 한다. 아이들은 누군가의 집 앞에 모자를 던져두었다가 집주인이 모자에 음식을 담아주고 사라지면 모자를 찾아와 모자 안의 음식을 먹으며 논다. 그리고 헌 옷 뭉치에 불을 붙여 돌리면서 밖에서 놀기도 하고 여러 색깔로 물들인 삶은 계란을 치는 게임도 한다. 처녀들은 문 앞으로 슬리퍼를 던져서 슬리퍼가 문 쪽으로 향하는 방향으로 그해의 결혼 여부를 점친다. 노브루지 날이 되면 어두운 곳에 계란 두 개와 빨강 볼펜, 검정 볼펜을 하나씩 놔둔 뒤 나중에 계란 위에 쓰인 엑스의 색깔로 그해 소원성취 여부를 점치기도 한다. 조로아스터교는 불을 소중히 여긴다. 아제르바이잔 사람들은 불을 하나님처럼 여기기 때문에 불을 믿는 조로아스터교를 믿는다.

아제르바이잔 설날, 노브루지^{Novruz}의 음식과 풍습

[조사자: 그럼 아제르바이잔은 한국은 설, 추석, 이게 굉장히 큰 명절이란 말이에요. 근데 아제르바이잔 같은 경우는 그런 명절들이 있어요?] 아,

네, 노브루지Novruz라는 명절이 있는데 그거 주로 3월에 하는 명절인데 한국의 설날이랑 거의 똑같아요. [조사자: 날짜가 정해져 있어요?] 네, 3월 21일. [조사자: 3월 21일.] 네. 그때 새해 돌아오는 거잖아요. 그래서 새해 그 새해 그 봄이 돌아오니까 새해 시작한다고 겨울 끝나고 봄이 돌아온다는 뜻으로 3월 21일은 새해라고 해요. 그래서 그때도 거의 설날이랑 비슷해요.

[조사자: 그러면 그때 이제 하는 한국은 설날 떡국 먹고 뭐 이렇게 이제 먹는 음식이 있잖아요?] 네. [조사자: 그런 것처럼 이제 이날에 먹는 음식이나 뭐 놀이? 문화? 이런 것들이 어떤 게 있어요?] 아, 그날에는 특히 플로브Plov라는 음식을 만들어야 돼요. 대표 음식은 플로브인데요.● [조사자: 플로브?] 네, 아마 아실 거예요. 우즈베키스탄에서도 많이 하고 여러 나라에서 하고 있어요, 그 음식은. 그거 플로브를 만들어야 되고, 또는 세케라부라 파흘라바라는 과자도 있어요. 그것도 꼭 만들어야 되는 거예요. 세케라부라 파흘라바 나중에 제가 사진 보여드릴게요. 아니면 보내드릴게요. [조사자: 네네.]

그리고 세멘이라는 상징은 원래 세멘이라고 하는데 보리? 밀? [조사자: 밀?] 밀 씨를 작은 접시에서 [조사자: 씨?] 씨, 씨앗? [조사자: 씨앗.] 네. 밀이라고 하죠. 밀의 씨앗? 밀 같은 거 나오기 전에. 그거 작은 접시에서 이렇게 (종이에 계속 그리며) 몇 개를 둬서 계속 물 주고 아무튼 자라게 하는 거죠. [조사자: 싹? 아, 싹이 나게 해요?] 네네. 자라면서 이렇게 그 초록색 되는 건데 이거는 상징이라고 봄이 들어오니까 그때 이거 꼭 있어야 돼요. 집마다 들어가면 이거 있고 여기서 빨간색 벨트 같은 거 있고 예쁘게 꾸며지는 거예요, 사람들. [조사자: 아, 그게 장식용이구나, 먹는 게 아니고.] 아, 먹는 거 아니에요. 이것도 상징적인 거예요. [조사자: 그게 꼭 있어야 되고?] 네 꼭 있어야 돼요. [조사자: 그다음에 이제 과자랑 플로브를 만들어 먹어야 되고?] 네.

● 쌀이나 으깬 밀과 같은 곡식을 기름에 볶은 다음 양념을 넣은 육수를 부어 가열하여 조리하고 지역에 따라 다양한 종류의 고기, 채소를 곁들여 넣기도 하는 아제르바이잔 대표 음식이다. 중앙아시아, 남아시아, 서아시아, 라틴 아메리카, 서인도 제도에서 흔히 볼 수 있다.

그리고 온 가족이 다 한자리에 모여야 되고 설날 때도 똑같잖아요. 온 가족이 다 한자리에 아무리 다른 데 있어도 되도록 집에 가서 가족이랑 같이 명절을 보내려고 또 명절 전에 대청소를 해야 돼요. 열심히 한 일주일부터 시작해서 엄청 열심히 대청소하고 집부터 마당 암튼 열심히 대청소해야 되고 또 엄마 특히 여성들 많이 고생하는데 음식 만들어, 이 맛있는 거 많이 만들어야 되고 또 걔들도 집에 할머니 할아버지가 계시면 아들딸 다 할머니 할아버지를 보러 오시고 손자들도 똑같이.

또 그때 사실 불을 태우는데 딱 마당에 집 마당에 불을 태우는데 그 불을 태우면서 위에 그 불 위에서 점프하면서,

"작년에 제가 가지고 있던 행운이나 아픔이나 이런 것들은 다 이 불에 놓고 점프한다."

그 말을 하면서 점프해요. 올해에 행복하게 살고 싶다는 뜻으로,

"작년에 있었던 나쁜 것들은 다 버리고 올해 행복하게 살고 싶다."

그런 말을 하면서 세 번 점프해야 해요.

또 그때 사실 풍습은 되게 많아요. 예를 들어 여자들끼리 그 점을 보는 거예요. 여러 가지 점들이 있는데 예를 들어 올해 결혼할 수 있는지 없는지 이런 식으로 점도 보고 또 그거 여러 가지 방법이 있는데 그런 점 있고 또 사람들 명절에 한 가족이 한자리에 다 모이니까 재밌는 얘기를 많이 하잖아요. 특히 명절 때 되도록 좋은 얘기를 해야 돼요.

왜냐면 그 풍습 있어요. 다른 사람 예를 들어 지금 명절인데 저는 그 올해 꿈이 있는데 그 꿈을 생각해서 그 머리를 이렇게 닦고 어떤 집 앞에 가요. 그냥 작은 문에서 처음 이렇게 감고 이렇게 열 때 처음 들린 단어는 만약 예를 들어 좋은 단어 하면 좋은 단어를 들으면 그때 그 소원이 이뤄질 거라고. 만약 나쁜 것을 (웃음) 들으면 안 이뤄질 거라고 그런 믿음이 있어요. [조사자: 그러니까 이렇게 나갔다가 문을 탁 열었는데 들리는 소리.] 네네. [조사자: 그 소리가 올해의 나에게 영향을 미치는 일이다 이렇게 하는구나.] 네.

또 애기들이 그것도 풍습인데 자기 모자를 놓게 해서 모자를 던

지는 거예요, 집 앞에. 모자를 던지면서 애기들 숨기는 거예요. 사람
모르는 거예요. 누구 모자인지 뭐 친척 집 아들이든 딸이든 될 수 있
고 아무튼 모르는 사람도 될 수 있고 그래서 던지고 바로 숨기는 건
데 그 집 주인이 나와서 그 모자 안에 당시 만들었던 과자든 그냥 사
탕 같은 것들이든 아무튼 집에 있는 맛있는 것들을 모자 안에 넣고
집 앞에 다시 두는 데 집 주인이 사라진 다음에 그 애기들이 그거 가
지고 가서 자기들끼리 놀면서 먹는 거예요. 우리도 어렸을 때 그런
거 많이 했어요. 특히 시골 같은 데 가면 그런 것들 많이 경험하실
수 있어요. 수도는 지금 많이 안 하는 편이에요. [조사자: 지금도 하고
있고.] 네.

　　[조사자: 또 어떤 것들이 있어요? 많다고 그러셨는데] 그때 그거 그
때 우리 했는데 지금 안 한 것 같은데 우리 부모님이 만들어 주셨는
데 그 옷 같은 것들 옛날에 우리 지금 안 썼던 옷 같은 것들을 이렇
게 묶어서 그 위에다가 오일이나 이런 거 넣고 딱 이렇게 할 때 탈
수 있게 기름 같은 거 넣고 탈 수 있게, 이거 타는 계속 이런 거 동그
랗게 생긴 거 타는데 여기서도 연결하는 거 있었어요. 그거 계속 우
리 이렇게 (팔을 돌리며) [조사자: 돌려요?] 하면서 네, 돌리면서 다녔
어요. 그런 약간 명절 느낌이 있었어요. 시골에도 그래서 애기들이
계속 그런 타는 거 이렇게 동그랗게 생긴 타는 거 계속 돌리면서 계
속 어디를 보면 계속 불도 타고 집 앞에서 애기들도 이렇게 타는 것
을 돌리면서 밖에 놀았어요. [조사자: 그럼 마지막에 그 돌리는 걸 어디
던지거나 하진 않아요?] 아뇨 끝까지 그냥 계속 [조사자: 아 다 탈 때까지
만?] 애기들이 노는 거예요. [조사자: 그럼 어디 통에 담는 게 아니고 이
제 그 헌 옷들을 뭉쳐요?] 네. 뭉치고. [조사자: 뭉쳐서?] 네. 안 쓰는 옷
이나 이런 거 있으면 다.

　　[조사자: 그렇구나. 또 기억나는 건?] 또 그때 하는 게임 중에 계란?
계란 삶은, 원래 그 상징 중에 하나는 그 식탁에서 그 아까 그 세멘
이라고 하는 거 있고 옆에서 여러 가지 과자나 이런 거 있어야 하는
데 그중에 하나는 삶은 계란인데, 근데 삶은 계란은 여러 색깔 색칠
하는데 여러 색깔로 그래서 빨간색, 검정색, 노란색 여러 가지 색깔

로 하는데 그거 나중에 명절 뭐 식사하고 나서 아무튼 친구들 그 불 타는데 옆에서 애기들이 특히 애기들이 많이 하는 게임인데 이렇게 하나씩 계란 가지고 게임하는 거예요. 누가 이기면 누구 계란지면 그때 지는 거고 아무튼 진 사람한테 벌도 주고 노래 부르라고 하거 나 벌도 줄 수 있고.

[조사자: 그러면 삶은 계란을 가지고 어떻게 게임하는 거예요?] 그 두 개 계란으로 예를 들어 이렇게 딱 딱 치면 예를 들면 이렇게 내 계란 쳤어요. 딱 내 계란 깨지면 내가 지는 거잖아요. [조사자: 계란 껍질이 깨지면?] 네, 껍질이 깨지면 먼저 윗부분하고 그다음으로 뒷부분 해 요. 이렇게 서로서로 만약에 끝까지 누구 거 안 깨지면 그때는 그 사 람 이긴 거고, 그 친구. [조사자: 깨진 사람은 벌칙을 받고.] 네네. [조사 자: 그래서 이긴 사람이 시키는 대로 뭘 해야 하는?] 네.

[조사자: 근데 이 색깔은 뭘로 물들이는 거예요?] 아, 색깔은 예를 들 어 양파 껍질을 끓이면 (가리키며) 약간 이런 색처럼 약간 색깔이 나 와요. [조사자: 아 붉은색이?] 네 붉은 색. 뭐 다른 어떤 야채나 과일을 끓이면 어떤 색이 나오잖아요. [조사자: 그러면 삶을 때 그거.] 네. [조 사자: 그건 물에다가 삶는 거예요?] 네. 삶을 때 예를 들면 계란 삶을 때 같이 그 양파껍질이랑 같이 삶고 암튼 그런 식으로 해요. [조사자: 그 럼 색깔이 어떤 색깔이 뭐 어떤 색깔이 있어야 된다고 정해져 있는 건 아니 고?] 네, 아니에요. 아무. [조사자: 아무 색깔이나 예쁘게 되면 되는 거예 요?] 네. 근데 그거는 요즘 특히 붙이는 스티커 같은 것들 되게 많아 요. 옛날에 우리 집에서 그렇게 했어요. 엄마는 근데 지금은 스티커 같은 거 많아요. 그냥 스티커만 붙이면 돼요. 계란 위에다가. [조사자: 그러면 그런 어떤 색깔이 이렇게 나쁜 것들을 물리치거나 이런 것들의 의미 가 있는 건 아니고 그냥 예쁘게 색깔을 물들이는 의미가 있는 거예요?] 네 네. 색다르게 약간, [조사자: 색다르게.]

[조사자: 그리고 또 기억나시는 거 있어요? 설날에 하는 놀이?] 아 그 때 그 놀이 중에 쿄사게찰이라고 하는 놀이가 있는데 [조사자: 무슨 놀이?] 쿄사라고 하고 그리고 케찰 한 사람 머리는 (삼각형을 그리 며) 이렇게 생긴 모자를 쓰고 한 사람은 머리가 대머리? 머리가 없

는 거 머리카락이 아예 없는 거 뭐라 그러죠? [조사자: 대머리 맞아요.] 한 사람은 대머리 사람 되고 한 사람은 (삼각형을 그리며) 이런 머리를 써요. [조사자: 삼각형으로 된 모자를 써요?] 네 삼각형으로 된 모자? 그래서 그 사람들 계속 노래하면서 아니면 서로서로 말다툼처럼 하면서 불 위에서 이렇게 지내는 거예요. 그것도 놀이 중에 하나예요.

　　[조사자: 그럼 한 사람은 삼각형으로 된 모자를 쓰고 한 사람은 아예 머리가 없는 것처럼 뭘 써야 돼요? 머리에?] 네, 네네. [조사자: 주로 뭘 써요? 이렇게 머리 없는 사람 만드는 거?] 우리 어렸을 때 항상 공? 공 있잖아요, 이렇게 둥그렇게 생긴 거. 공을 잘라서 그 반대로 했으면 바로 대머리처럼 보이잖아요. [조사자: 네네.] 그렇게 했어요. 근데 뭐 지금 그것도 팔긴 해요. 이 삼각형 머리도 팔고 이것도 대머리도 팔고 다 사서 쓰면 돼요. 우리 어렸을 때 이거 종이로 만들었어요. [조사자: 종이로 만들었어요?] 네. 이것도 공을 이렇게 잘라서 만들었어요.

　　[조사자: 그러면 서로 그걸 쓰고 어떻게 한다구요?] 서로 그거 쓰고. 또 전통 옷 같은 거 있어요. 그거 입고 그 계속 이거 케찰이라고 하는데 대머리? 이거는 쿄사라고 하는데 케찰이랑 쿄사는 계속 말다툼하면서 서로서로 말 시키면서 아무튼 재밌게 그 불 위에서 지내는 거예요. 그런 식으로 [조사자: 말놀이를 계속 끊임없이?] 네. [조사자: 그러면 이게 이기고 지는 게임은 아니에요? 놀이는 아니에요?] 이기고 지는 것도 안에 포함되긴 해요. 그리고 그때 케찰이라는 쿄사도 똑같이 계란 게임도 하고 아무튼 이런 식으로 지내는 거예요.

　　[조사자: 아 그럼 말이 끊어지는 사람이 지는 거겠네요. 그러면?] 사실 그것보다는 사람들 좀 재밌게 해주려고. [조사자: 재밌게 해주려고.] 네, 좋은 얘기를 해서 계속 말다툼처럼 싸우는 것처럼 해서 옆에 있는 사람들을 좀 놀리려고 그런 식으로. [조사자: 아 사람들이 그걸 하면 중간에서는 그 사람들이 하는 얘기를 계속 듣고 있는 거예요?] 네네. 그때 뭐 부르는 쿄사 쿄사 갈세네 그때 시 같은 것도 되게 많아요. 쿄사 쿄사 갈세네 갈립세네 그때 시 같은 것도 되게 많아요.

　　"쿄사 쿄사 갈세네 갈립세네 웰사네."

　　예를 들어 대머리는 그렇게 얘기해요. 쿄사한테,

"이 삼각형 머리 쓴 사람은 쿄사니 쿄사 쿄사 오라고 왔으면 인사하라."고.

아무튼 시를 되게 많이 해요. 우리도 고등학교 때 많이 외웠어요, 그 시들을.

[조사자: 그 점 보는 건 어떤 거 가지고 점 보는 거예요, 여자 분들이?] 아, 그거 사실 그거 되게 많아요. 어떤 식으로 보는지? 근데 제가 아는 것들 중에 그 예를 들어 그 여자 슬리퍼 같은 거 있잖아요. 슬리퍼를 문 앞에 있고 여자가 슬리퍼를 던져요. 슬리퍼 던질 때 슬리퍼 딱 문 앞으로 이런 식으로. [조사자: 서.] 네. 여기 문이면 이런 식으로 되면 그때 올해는 결혼할 거라고. [조사자: 아, 신발이 똑바로 서면 결혼한다 그러고?] 네. 만약 신발 이렇게 던지면 약간 문 앞 말고 약간 그쪽으로 던지면 그땐 결혼 못한다고 올해는. [조사자: 문 앞에서 반듯하게 서면 결혼하고 문 멀리 날아가고 그리고 이건 서는 거는 상관없어요?] 아니, 그건 상관없어요. 그냥 방향만. [조사자: 방향이 중요한 거구나.] 네. 방향 문 앞에 있으면.

또 그때 한 것 중에 뭐가 있었지? 그리고 한 그릇에 물을 담고 그 물 위에다가 철 하나를 불타고 이렇게 하는 거예요. 그 물 위에 떨어질 때 앞으로 결혼할 남자의 이름의 첫 글자 거기 쓰여진대요. 그런 거 있어. 저 사실 한번 했는데 아무것도 안 쓰여져 있었어요. 몰르겠어. 제가 결혼 안 한 거 같은데. [조사자: 아무것도 안 쓰여졌어요?] 네.

근데 그렇게 믿는 사람들도 되게 많아요. 그 우리 엄마 아까 제가 말씀하셨던 슬리퍼로 던지는 건 했대요. 딱 문 방향으로. 그 올해 그렇게 됐고 한 며칠 이후에 엄마 약혼하셨대요. 약혼하고 또 결혼했대요. 아무튼 우리 엄마가 믿는다고. 또 그때 그리고 그때는 21일 날 될 때 사람들은 여자들은 주로 하는 것들인데 계란 두 개를 어두운 데 가서 두는 거예요. 주로 지하 같은 데, 집 지하 같은 데 있으면 그 계란 두 개를 두고 그 옆에 빨간 볼펜 하나랑 검정 볼펜 하나 두는 건데 만약 거기서 옛날에 그렇게 했대요. 근데 모르겠어요. 만약 빨간 볼펜으로 엑스나 뭔가 쓰여지면 그때 꿈이 이뤄진다고. 만약 검정 볼펜으로 계란 위에다가 엑스나 쓰여지면 꿈이 안 이뤄진다고.

그런 점들을 많이 보고 있어요. 또 사실 그때 엄청 많아요. 지방마다 다르고 사람마다 다르고 아는 것들은.

[조사자: 그러면 지금 마을에서 하던 거는 그렇게 세 가지 정도 있고 더 있으신데 잘 모르시는 건가요?] 네. 왜냐면 저 아제르바이잔 그 명절 안 지낸 지 한 칠 년 정도 됐어요. 왜냐면 계속 수도에 있고 그다음으로 한국 왔고 계속 명절을 못 지내게 됐어요. [조사자: 그럼 여기는 그날은 다 쉬는 휴일이에요?] 네. 한 십 일 정도. [조사자: 열흘이나?] 네, 그 정도 쉬는 날이에요. [조사자: 그래서 그 열흘 동안 이런 많은 놀이들을 하고 하는 거겠죠?] 딱 놀이는 딱 21일인 거 같아요.

그 명절은 약간 이상한데 2월 마지막 주부터 명절은 시작해요. 원래 명절은, 명절은 21일이면 명절 전에 4주, 4주 정도 계속 화요일마다 명절이에요. 예를 들어 21일 도착할 때까지 4주. 4주부터 명절이에요. 화요일마다 예를 들어 한 화요일은 찰샴베라고 하는데 그날을 한 화요일은 물 찰샴베, 한 화요일은 불 찰샴베, 한 화요일은 바람 찰샴베. 하나, 하나는 뭐지? 모르겠어요. 아무튼 이렇게 4개의 식으로 분리되어 있는데 예를 들어 물 찰샴베라고 하면 그때, 그때도 꼭 맛있는 거 만들어야 되고 플로브나 이런 거. 그리고 아까 말씀하셨던 이 세메는 밀가루로 자란 거는 그 첫째 주부터 해야 돼요. 왜냐하면 21일까지 길러야 하니까 [조사자: 응, 자라야 되니까.] 네. 그때 예를 들어 식탁에 물 찰샴베면 물이 물을 꼭 놔야 되고, 뭐 불 찰샴베면 그때부터 불을 태워야 되고 아무튼 이런 식으로 하는 거예요.

불과 조로아스터교

[조사자: 그러면 물이나 불이나 바람하고 관련된 신들이 있다고 믿지는 않아요?] 그거 아주 옛날에 있었다고 역사 수업 때 배웠어요. 근데 그것도 로마 시대에서 이런 이런 신들이 있었고 아제르바이잔도 그때 로마의 영향을 많이 받았으니까 그렇게 몸이 배웠어요. 무슨 무슨 신 이름까지 있었어요. 근데 그건 아제르바이잔 역사보다 아제르

바이잔 사람들도 그때 우리 지배 받았을 때 그쪽은 믿었으니까 우리
도 믿었다고 그랬어요.

[조사자: 그럼 그 신 이름들이 어떻게 돼요? 기억나세요?] 아, 그 무슨
무슨 신들이 있었는데 기억 안 나요. 그럼 그 신들의 이야기는 안 배
우셨어요? 우리는 사실 옛날에 조로아스터 종교[•] 아시죠? 네네. 조
로아스터 종교는 그 아제르바이잔에서 그거 사원이 있어요. 그 사원
같은 거. 그거 아제르바이잔에서도 어느새 생겼다고 하는데 아제르
바이잔은 실크로드 뒤에 있는 나라라서 유럽, 아시아를 이렇게 연결
시키는 나라라서 예를 들어 상인들 계속 왔다 갔다 하면서 갔던 나
라였는데 그때 인도, 인도 상인들이 멀리 인도는 조로아스터 종교를
믿었나 봐요. 그 사람들 들어왔었던 사람들 아제르바이잔에서 조로
아스터 종교가 들어온 거예요.

조로아스터 종교는 불을 믿는 거예요. 상징으로. 그래서 아제르
바이잔에서 그때 불을 많이 믿었대요. 그래서 그때 보통 특히 아제
르바이잔은 불이 석유가 많기 때문에 자연스럽게 불이 나오는 데 많
아요. 그래서 인도 사람들은 아제르바이잔을 소중하게 생각하게 됐
어요.

"아. 여기서 불이 나오니까 여기는 소중한 데."

라고 생각해서 아제르바이잔 당은 조로아스터 종교를 믿는 사람
들에게 되게 소중하게 느꼈고 그래서 그때부터 아제르바이잔 사람
들도 조로아스터 종교를 믿었어요. 그래서 그때 우리는 그 불을 하
나님처럼 믿었어요, 그때 우리 조상들이.

설날 음식 플로브^{Plov} 만드는 법

[조사자: 그 명절에 먹는 과자랑 음식 있잖아요. 그 플로브는 어떻게 만

• 예언자 조로아스터(Zoroaster)의 가르침에 종교적·철학적 기반을 두고 있으며, 유일
신 아후라 마즈다(Ahura Mazda)를 믿는 고대 페르시아 종교이다.

들어서 먹어요?] 아, 플로브는 종류가 되게 많아요. 지방마다 다르고 나라마다 다르고 특히 또 나라 안에서 우리나라에서 지방마다 또 다른데. 야채로 만든 플롭이 있고 고기로 만든 플로브 있고 주로 샤 플로브라고 하는 플로브가 있는데 그 플로브는 먼저 고기를 약간 조금. 그리고 그다음으로 양파, 고기, 밤 이런 걸 같이 해서 그리고 그 쌀? 쌀.

한국 쌀은 약간 아무 맛도 없잖아요. 근데 아제르바이잔에서 쌀을 할 때 그 기름도 넣고 또 소금도 넣고 또 거기다가 색채 있는 샤르키르키라고 하는 색채가 있는데 그것도 넣고 약간 노란색으로 변경하는 거예요, 쌀 색깔이. 그래서 그 쌀을 어느 정도 끓이고 그다음으로 그냥 놔두는 거예요. 쌀이 몇 시간 정도 놔두고 아무튼 맛은 좀 돼야 된다고. 모르겠어. 그렇게 놔두고 그다음으로 만들었던 그 양파나 고기나 이런 것들이랑 섞여서 먹는 거예요. 약간 한국의 볶음밥 같은데 볶음밥은 너무 간단하고 이거는 약간 절차가 되게 길어요.

[조사자: 그럼 과자는? 뭘로 만들어요?] 그 과자는 밀가루 물, 계란 같은 거 넣고 반죽하는데 반죽 된 다음에 계속 반죽을 이렇게 하는 거 뭐라고, 행동을 뭐라고, 그 행동을 뭐라고 하는지 모르겠어요. [조사자: 미는 거?] 네! 미는 거. 반죽을 밀고 한 동그랗게 이만큼 밀고 나서 거기를 먼저 기름 먼저 바르고 호두랑 다른 거 그 호두같이 생긴 [조사자: 달콤한 거.] 네, 그런 거 있어요. 그거 다지고 그거 뿌리고 그 다음으로 다시 그거 민 거 하나. 그거 바르고 또 똑같이 절차를 똑같이 해요. (손을 펼치며) 한 이만큼 될 때까지 어려워요.

사실은 다 아무 요즘은 여성들이 안 하고 그냥 마트에서 사는데 시골 같은 데는 주로 집에서 해요. [조사자: 그게 명절에는 꼭 먹어야 하는 과자라는 거죠?] 네, 명절에는 꼭 먹어야 해요. 약간 절차가 너무 복잡해요. 그리고 어려워요. [조사자: 그럼 평상시에는 잘 안 먹고요? 이 과자는?] 네. 평상시에는 마트에서만. [조사자: 마트에서 사 먹기만 하고?] 네.

아제르바이잔의 설날

● 구연정보
조사일시 : 2018. 01. 11(목) 오후
조사장소 : 인천광역시 미추홀구 용현동 인하대학교
제 보 자 : 피루자 [아제르바이잔, 여, 1990년생, 유학 2년차]
조 사 자 : 박현숙, 김민수

● 개요

무슬림의 새해는 3월 21일이다. 아제르바이잔 사람들은 설날이 되면 어디에 있든지 같은 민족, 가족끼리 꼭 모이는 시간을 갖는다. 지난해 액운을 태워버리고 새해를 잘 맞이하기 위해 불 위를 세 번 뛰는 풍습이 있다. 제보자는 무서워서 직접 불 위를 뛴 적은 없지만 어릴 때 아버지가 제보자를 안고 뛰어준 적은 있다. 설맞이는 한 달 동안 준비를 하고 설날에 특별한 음식도 만든다. 제보자의 아버지는 우즈베키스탄에 거주하고 있어도 아제르바이잔 문화를 꼭 지킨다.

그거는 원래는 무슬림 사람들의 새해는 3월 21일이에요. [조사자: 음 3월 21일] 그 한국인들의 설날처럼? 설날이랑 거의 똑같은 명절이에요. 근데 그 새해의 31일은 25월 아제르바이잔 사람들의 민족이 통일? 통일 아니고. [조사자: 독립.] 독립 아니에요. 잠시만요, 단어를 찾아볼게요.

(웃으며) 단어를 모르는데, 이 단어. [조사자: 결속? 연대하다?] 예를 들면 [조사자: 파업? 파업?] 연대 이거 맞는데 모여서 [조사자: 시위하고 그랬던 거? 여긴 파업이라고 되어 있는데 그러니까 노동자들이 모여가지고 뭘 요구하는?] 그건 틀려요. 연대성 그게 확실하게 맞아요. 단결 연대. 무슨 말인지 이해하셨어요? 통일되는 거.

그거는 아제르바이잔 민족이 여러 세계 어딜 가든 있어요, 흩어져 있었으니까. 31일은 아제르바이잔 민족들이 [조사자: 다 모여?] 다 모이는 날이에요. 그래서 그거는 새해로도 맞이하고 근데 우리는 새해보다도 모이는 거와 연대로 잘 맞아요. 그래서 그렇게 얘기해요. 세계 어딜 가든 왜냐하면 방송에도 그렇게 나와요. 다른 나라에서 사는 아제르바이잔 사람들한테 인사한다고, 그거 꼭 바란다고 그거 계속 그렇게 얘기해요. 그래서 예를 들면 여기 한국에 있는 대사관도 아제르바이잔 있는 사람들은 그날 모여요. 어딜 가든 그 디아스포라 대사관 사람들이 다 모여요. 같이 시간을 보내기 위해서 그래서는 새해로도 마치고 그런 날로도 모여요.

[조사자: 3월 21일 전에 4주 정도의 화요일마다 뭐 하는 게 있다고 하던데.] 있어요. 우리도 지켜요, 그거. [조사자: 물? 뭐 불? 바람?] 네, 있어요. [조사자: 그거.] 근데 잘 몰라요, 그거. 왜냐면 제가 부모님들이랑 근데 그것을 우리 잘 지켜요. 부모님들 지금도 지켜요. 왜냐하면 서로 풍습이 있어요, 거기 가야 하는 거.

예를 들면 불이면 불을 그 뭔가 캠프파이어? 모닥불을 피우는 거? 그런 거 만들고 뛰는 걸로 하고 소원을 빌어요. [조사자: 뛰면서?] 뛰면서, 네. [조사자: 몇 번 뛰어요?] 세 번인가? 기억이 안 나요. 잘 몰라요. 근데 제가 무서워서 안 뛰었어요. [조사자: 불에 빠질까 봐?] 네, 태울까 봐. (웃음) 그리고 손잡아서 돌아다니면서 노래하면서 그렇게 지내고. [조사자: 불 주변을 이렇게 돌아요?] 네 주변을. [조사자: 그러면서 나쁜 걸 이렇게 태워버리는 거예요?] 네. 왜냐면 그 불도 나쁜 것을 태우는 거 하고 올해 예를 들면 지나간 해를 그리고 새해를 잘 맞이하는 거죠. 그래서 제가 잘못 모르고 있는 거는 예를 들면 계속 학교 다녔을 때부터 하셨으니까 엄마가 항상 하셨어요. 그 TV에서도 보여주니까 아무리 우즈벡에서 살아도 우리는 아제르바이잔 방송만 봐요.

그래서 아빠는 항상 그 주마다,

"오늘이 그날이다. 축하합니다."

이렇게 하셨어요. 다른 주변에 있는 아제르바이잔 사람들한테도 전화해가지고.

[조사자: 그러면 그 모닥불을 뛰어넘는 거는 어른이든 애들이든 다 해요?] 다 해요. 다 해요. 아니면 그렇게 해. 너무 어리면 아빠랑 같이 뛰어요. [조사자: 안고?] 안고. 한 번 아버지가 그렇게 하신 거예요. 그래서 엄마가,

"아, 둘이 빠지면 어떡해. 너는 괜찮은데 애가. 어떻게 될 거냐."

그래서 제가 어렸을 때, 제가 작은 거라면 그건 기억이 안 나는데 작은 거 해가지고 애들도 뛰어갈 수 있게.

근데 재밌어요. 왜냐면 그날 그 우리는 거의 한 달 동안 맞이해요 특별한 음식도 그날 해야 하니까 그래서 엄마가 그거 만들고는 오늘 그렇게 해야 된다. 계속 저보다도 엄마가 잘 아세요, 아무리 우즈벡 사람이라도. [조사자: 그러게요.] 왜냐면 지금도 우리는 집에서도 우즈벡어로 얘기하기를 아빠가 허락을 안 해줬어요. 계속 아제르바이잔어로 하라고 그래서 엄마도 아제르바이잔어를 잘하세요.

[조사자: 그러면 우즈베키스탄에서는 새해를 언제 맞이하는 거예요?] 우리는 둘 다 맞이해요. 12월 31일에도 [조사자: 12월 31일?] 네, 근데 무슬림 사람들은 그런 거 있어요. 너무너무 무슬림 사람인데 다 잘 지키는 사람들 그런 거 있어요. 예를 들면 처음엔 무슬림 사람이라고 해도 지금 그렇게 다니는 모습이 정상이 아니에요. 예를 들면 무슬림 여자들은 맞는 옷이나 바지 다 보이는 거 입으면 안 된다고 그래서 가끔 그렇게 저한테 물어보는 사람들이 있어요. 한국 와서 그런 거 있어요.

"왜 히잡 안 쓰냐?"고.

예를 들면 어떤 사람이,

"왜 기도를 안 하냐?"고.

그래서,

"너는 무슬림 아니라."고.

그렇게 얘기하는 편견을 많이 받았어요. 그래서 그 사람들 좀 피하려고 노력을 했었어요. 그거 좀 제가 하고 싶은 제 마음인데,

"넌 무슨 상관이냐?"

　그렇게 얘기하고 싶은 것도 있었어요. 그래서 우리 아버지는 기도를 다 하세요. 근데 무슬림에서는 우리 아빠가 항상 그랬어요. 그 무슬림 사람들이 코란 세계에서 나오는 말인데,

　"살람을 억지로 믿으라. 기도하라."고.

　"그렇게 하면 안 된다."

　그래서 무슬림에서는 팬이 되는 것은 안 좋다. 팬. 예를 들면 팬 Fans 있잖아요. 가수들의 팬 자기한테 아이돌 만드는 것은 무슬림 사람들의 일 아니에요. 그래서 아버지가 항상 얘기하셨어요.

　"내가 억지로 니가 기도하라."고.

　그렇게 얘기 못 해요.

　"신님한테 이거 안 좋다."고.

　"그 무슬림 책에서는 그렇게 나온다."고.

　"그래서 니가 마음 결정하고 기도를 할 거라고 하면 그때는 꼭 다 지켜야 해요. 그때는 옷까지 먹는 음식까지 다 지켜야 해요."

　[조사자: 그럼 어머니도 그렇고 피루자도 그렇고 그러니까 우즈베키스탄에 굉장히 오래 살았어도 아제르바이잔의 문화를?] 전통을 다 지켜요. 왜냐하면 아버지는 우리나라에서는 예를 들면 민족도 지금 영주권이나 여권에서 다 아제르바이잔어로 나와요. 아제르바이잔 사람. 아 우리 엄마가 우즈베키스탄 사람. 왜냐면 아빠 저기서 그래서 우리는 우리 집에서는 우즈벡 것 지키고 아제르바이잔 것도 이중 다 지켜요.

도미니카공화국

도미니카 축제 드로바 라 가디나

● 구연정보
조사일시 : 2018. 11. 29(화) 오후
조사장소 : 서울시 동대문구 회기동
제 보 자 : 멜리사 [도미니카공화국, 여, 1999년생, 유학 2년차]
조 사 자 : 김정은, 박현숙, 한상효

● 개요
도미니카공화국에는 드로바 라 가디나라는 유명한 축제가 있다. 이 축제는
경찰에게 잡힌 남자 닭도둑이 여자 모습으로 살라는 판결을 받은 데서 유래
했다. 그 이후 2월마다 남자가 큰 엉덩이, 우산 같은 머리 모양으로 변신하고
사탕을 던진다.

우리나라에서 2월 동안 유명한 카니발 있어요. 그 카나발에 제
일 유명한 성격이 '드로바 라 가디나'입니다.

(조사자가 다시 한번 발음을 확인함.)

네, 그거 옛날에 뭐라 하면 이 이름 듣는데 아 여자 있는데 아니,
아닌데 아니면 그 남자예요. 그 옛날에 아 산토도밍고에서 그 달? 치
킨? 달? [조사자 1: 이 닭!] 닭도둑 있어서, 그 경찰, 경찰들, 이 남자는
아 너 앞으로 아 여자 모습처럼 그 여자 모습처럼 살, 해야 해요(살
아야 해요). 살게요. [조사자 1: 살라 하고.]

그 우리 카니발에서 제일 유명한 성격이 있는데 모습을 가슴이
랑 큰 가슴이랑 큰 엉덩이 그런 화려한 원피스랑 우산도, 그 이렇게
요. 잠시만요.

(스마트폰으로 찾아보고 조사자에게 보여줌.)

이렇게요. [조사자 1: 이게 닭 모양 같기도 하고.] 이게 그 남자예요. 그 가방, 가방 안에 사탕 있어요. 그 왜냐하면 카니발 동안 그 남자는 사탕, 그 남자는 아 다른 사람들은 사탕을 발사해요. 이렇게 막. [조사자 2: 그거 받으면 뭐가 좋아요? 어떤 게 좋다고 사탕을 받는 거예요? 그거를?] 네? [조사자 2: 그거 받는 사람들은 어떤 마음으로 받는 거냐고.]

"아 나 고마워, 고마워."

[조사자 2: "고마워. 고마워." 하면서 받는 거예요? 그냥?]

[조사자 1: 이거 언제 해요? 몇 월 달에 해요?] 2월 동안. [조사자 1: 2월 달.] [조사자 2: 2월 한 달 내내.] 네 한 달. [조사자 1: 도시에서만? 산티?] 아니에요. [조사자 1: 전체가?] 네.

브라질

브라질의 카니발

● **구연정보**

조사일시 : 2018. 12. 26(수) 오후

조사장소 : 서울시 광진구 화양동

제 보 자 : 레오나르도 [브라질, 남, 1990년생, 유학 6년차]

조 사 자 : 신동흔, 황혜진, 김정은, 김민수

● **개요**

브라질에서는 카니발 대회 기간에는 다양한 행사가 펼쳐진다. 퍼레이드 카도 있고, '쌈바 학교'라는 이름의 대회도 있다. 보통 리우데자네이루에 있는 큰 경기장에서 이루어지는데, 이 대회를 위해 각 학교마다 주제를 하나 선택해서 쌈바 대회에 출전한다. 보통은 어떤 중요한 사람을 기리거나, 비판하는 내용으로 구성하기도 하고, 보토나 사시페레레와 같이 설화와 관련된 주제를 선정하기도 한다. 그래서 카니발 기간에 브라질의 설화를 가장 대중적인 방법으로 접할 수 있다. 5월의 파티인 페스탈쥬니나 기간에는 학교에서 수업을 하지 않고 춤 연습을 많이 한다. 커플 댄스를 추기도 하고, 학생들이 연습한 춤을 보기 위해 학부모들이 오기도 한다.

제가 마지막으로 하고 싶은 이야기인데 [조사자 1: 아냐, 내가 또 시킬 기기 때문에 마지막이 될 수 없어요.] 아, 그래요? (웃으며) 알겠습니다. 많이 물어봐 주세요. [조사자 1: 네, 물어볼 게 많아서.] 브라질에는 이런 포크로어folklore 같은 거는 언제 가장 많이 노출되는지 언제 나오는지 이런 걸 얘기하고 싶어서. 원래 브라질에 카니발 있잖아요? 카니발 시간일 때 많이 보여지는 거예요.

카니발 퍼레이드도 하고 뭐라고 하지? 퍼레이드 카, 퍼레이드 카 있고 그 그리고 브라질에는 쌈바 학교 있어요. 쌈바 학교라고 있는데 근데 배우는 학교 아니고 원래 쌈바 학교라는 게 뭐냐면 그냥 그 대회예요. 왜냐면 카니발은 브라질에서 대회거든요? 대회. 그래 가지고 어떤 그냥 팀이 이길 건지 서로 싸우는 거고 그냥 그렇게 춤 가장 잘 춤추는 쌈바 학교 가장 커리어그라피Choreography 커리어그라 피가 가장 잘 하는 그 커리어그라피 뭐라고 하나 그 춤? [조사자 3: 문신? 뭐예요?] 그 예를 들어서 그룹 케이팝처럼, 그룹이 똑같은 춤 모든 사람들이 같은 춤 하고 있는지 그거는 커리어그라피거든요. 그 것도 보고 점수 나오고. 그리고 옷 가장 화려한 옷 가장 준비된 옷 퍼레이드 카도 다 보고 하는 거니까.

　　그래서 학교마다 매년 주제 하나 선택해야 해요. 올해 브라질 카 니발에 우리의 주제가 무엇일 거다. 그래서 어떤 학교들은 어떤 사 람을 중요한 사람을 위해 그 사람 축하하기 위해 하는 것도 있고 주 제로 또는 어떤 브라질에 중요한 역사적인 인물을 위해서 또는 어떤 지금 살고 있는 사람을 위해서 주제는 마음대로 할 수 있는 건데 가 끔은 그 포크로어folklore 관련해서 그거 주제 되기도 해요. 많이 되기 도 했고.

　　그리고 페스탈쥬니나festas Juninas● 있는데 쥬니나 무슨 뜻이냐면, 5월이라는 브라질에서 쥬니나는 5월의 파티. 페스탈쥬니나도 그 학 교 때도 많이 행사 했었어요. 우리는 페스탈쥬니나 시간 될 때 학생 들이 초등학생일 때 중학교도 그랬던 것 같은데 우리는 그 수업이 없 고 수업 없고 그래서 우리는 아 제 학교는 그랬어요, 체조 수업 체육 수업에는 우리는 그냥 뭐 스포츠 하는 거 아니고 춤 연습했었어요.

　　그 페스탈쥬니나 춤 왜냐면 그 페스탈쥬니나 날에 모든 부모님 들이 학교 와서 학생들 그 춤 추는 거 보고 그리고 그 이렇게 커플도 있어요. 남자 여자 한 커플 있고, 두 명 같이 춤 춰야 돼요. 물론 커플 이 많아요. 이렇게 그래서 그때 가장 부끄러웠어요. 왜냐면 여자랑 같이 커플 만들어야 되는데,

---

● Festas Juninas, 카톨릭 성인들의 축일이 모두 6월에 있어 상 주앙(Aso Joao)에게 경의를 표하기 위해 Joaina 파티라고 부르다가 이름이 Festas Junina로 되었다.

'누가 내 커플 되겠지?'

이렇게 임의적으로 나오는 거거든요. 근데 가끔 내가 좋아하는 여자애 나오면 좋아하고 안 좋아하는 여자애일 수도 있잖아요. 근데 어린이니까 그때 좀 재밌었어요.

'올해 누구랑 할 거지?'

이런 생각도 했었는데 재밌었어요.

[조사자 1: 정해지는구나.] 네, 정해지는 거고, 정말 브라질 트레디션Tradition이거든요? 네, 진짜 재밌어요. 학교도 하고 카니발도 있고.

근데 카니발은 그 쌈바드럼 있는데, 그거는 그냥 쌈바 뭐라고 하지 경기장? 쌈바 보여줄 수 있는 그런 장소 리우데자네이루* 있는 건데 그래서 이런 행사들은 정말로 브라질 포크로어 많이 보여줄 수 있는 그런 이런 얘기 하고 싶었어요. [조사자 3: 그럼 올해 카니발의 주제는 뭐 예를 들면 보토다, 이아라다.] 그럴 수 있어요. 근데 오늘 [조사자 2: 학교마다?] 네, 학교마다. 오늘의 카니발 그 한 주제 아니고 여러 학교들은 자기의 주제 선택해요.

예를 들어서 제가 어떤 학교가 어떤 거 상징 어떤 가끔은 비판할 수도 있어요. 어떤 거 비판할 수도 있어요. 예를 들어서 제 기억에는 어떤 학교가 어떤 아마 트럼프 비판하는 그런 주제 했던 것 같은데, 어떤 다른 학교는 브라질 가장 인기 많은 TV 프레젠트present 축하하기 위한 주제도 했고, 그래서 정말 춤으로 옷으로 다 그 TV 프레젠트 역사에 대해 상징하는 그거 다 춤으로 노래로 옷으로 이거 정말 재밌어요. 그래서 수많은 사람들이 다 춤추고. [조사자 1: 되게 큰] 진짜 큰 행사예요, 브라질의.

근데 이거는 좀 더 예외적인 거거든요. 너무 현실 그 현지니까 [조사자 3: 시사적인 거] 그쵸. 시사적인데 전통적인 거는 좀 더 포크로어에 대해 이야기하는 거거든요. 보토라든가 사시페레레라든가 이거는 진짜 원래 카니발의 초기부터 그랬어든. 처음부터 그랬었어요.

● 브라질 남동부 대서양 연안에 자리한 도시로 리우데자네이루주의 주도이다. 포르투갈 왕국과 브라질의 수도이기도 했다.

파라과이

시월 초하루에 먹는 음식 조빠라

● **구연정보**

조사일시 : 2017. 02. 03(금) 오후

조사장소 : 서울시 광진구 화양동 건국대학교

제 보 자 : 패트리시아 [파라과이, 여, 1996년생, 유학생 2년차]

조 사 자 : 오정미, 이원영, 이승민

● **개요**

파라과이에서는 10월 1일에 조빠라라는 음식을 먹어야 한다. 조빠라를 먹지
않으면 농산물을 도둑질하는 '까라이 오뚜레'가 온다고 믿기 때문이다.

10월에 첫 번째 날. 네. 첫 번째 날에 그 우리나라에서 어떤 그날
은 특별한 음식 먹어야 돼요. 왜냐면 그 첫 번째 날은 '까라이 오뚜
레'라는 아저씨가 있어요. '까라이'는 와라니어^{avañe'ẽ}●. 한국말로 번
역하면 아저씨. '오뚜레' 옥토벌^{October}. [조사자 2: 10월의 아저씨?] 응.
10월의 아저씨 한국말로 번역하면.

그 아저씨는 옛날부터, 아마 옛날부터 시골에서 농사하고 있는
곳에서 다 먹어버려요. 그 아저씨는 그 야채나 과일 다 찾아가요, 가
져가 버려요. 도둑질, 도둑질! 도둑질처럼 가져가 버려요. 그래서 그
날에 파라과이 사람들은 '조빠라'라는 음식 먹어요. 왜냐면 그 10월
에. 좋은 월이에요. 그래서 까라이 못 들어와요. 그 조빠라는 이렇게

● 제보자는 와라니어로 발음했지만 정확한 명칭은 과라니어이다. 과라니어는 스페인어
와 함께 파라과이의 공용어이다. 현재 파라과이, 볼리비아, 아르헨티아 일부 지역에서 사용되
고 있다.

생겼어요.

[조사자 1: 조빠라를 먹어야 까라이 오뚜레가 오지 않는다?] 오지 않아요. 아니 와요! 그런데 이 집에서 조빠라를 먹고 있으면 그냥 지나가요. [조사자 2: 안 훔쳐 가고?] 네. 안 훔쳐가고 그냥 지나가요.

[조사자 3: 이 아저씨는 뭐 하는 아저씨예요? 요정? 정령 같은 거예요?] 아니 아니에요. [조사자 3: 그냥 도둑이에요?] 네, 그냥 도둑이에요. [조사자 1: 그냥 우리나라의 민간 귀신 같은 그런 거지 해코지하는. 사실 우리나라도 추석에 송편을 먹잖아? 송편을 왜 먹는지가 난 궁금해. 뭔가 이유가 있을 건데. 그치? 지금 파라과이는 이런 이야기를 수업 시간에 다 하니까 이게 전승이 되는데 우리는 그걸 몰라. 먹으면서 왜 먹어야 하는지 몰라.]

그래서 조빠라 만약에 요리하면 이 집에서 음식을 충분한 듯이 가지고 있어요. 그래서 다 섞어서 요리하고 있어요. (조사자에게 핸드폰을 건네주면서) 이런 음식 콘corn, 고기 다 섞어서 여러 가지 야채들을, 충분? 이 집에서 음식을 많다. 돈도 많고. 이런 의미예요. [조사자 1: 다 넣어야 되는 거야?] 네 있는 대로 다. [조사자 1: 레시피가 특별하게 뭐만 넣어야 되가 아니라 넣을 수 있는 야채들은 다 넣어야 되구나. 그래야 우리 집은 이런 게 다 있어.] 네. 다 있어요. 이런 뜻이에요.

[조사자 3: 전골 같은 건가?] [조사자 1: 전골은 아니고 그냥 뭐 스튜 같은 거지.] 소파(소파 파라과이)랑도 먹어요. [조사자 2: 그걸 아까 그거랑 같이. 그럼 그 10월 1일이 우리나라로 치면 추석 같은 거예요?] [청자: 아니요.] (청자와 대화를 나눈 후) 어! 그 의미, 의미가 비슷해요. 큰 홀리데이 아니에요. (까라이 오뚜레의 그림을 핸드폰에 띄운 뒤) 아마 이렇게 생긴 거예요. [조사자 2: 아 이 아저씨가?] 네.

[조사자 1: 여긴 주로 아저씨가 나쁘게 나오네?] 네. 아저씨 다 나쁜 아저씨예요. [조사자 1: 우리는 여자가 다 귀신으로 나오고.] 아! 그래요? 완전 반대예요. [조사자 1: 한(恨) 배웠잖아? 우리 여자만 한하고. 여기는 다 아저씨들이네.]

[조사자 1: (까라이 오뚜레의 그림을 보며) 이게 전통모자인가? 아까 말한.] 네. 파라과이 모자. 전통모자예요. [조사자 3: (같이 그림을 보면

서) 밀짚모자 아니에요?] [조사자 1: 그런데 밀짚모자랑은 좀 다른 거지.]
[조사자 3: 아 이거 고깔모자.]

파라과이의 키스 방법

● **구연정보**

조사일시 : 2017. 02. 03(금) 오후

조사장소 : 서울시 광진구 화양동 건국대학교

제 보 자 : 패트리시아 [파라과이, 여, 1996년생, 유학생 2년차]

조 사 자 : 오정미, 이원영, 이승민

● **개요**

파라과이는 다른 남미와 달리 양 볼에 키스를 해야 한다. 키스를 한 번만 하면 안 되는 금기를 가지고 있다. 한 번만 키스를 받은 사람은 영원히 결혼을 못 한다는 속설 때문이다.

우리 파라과이에서 인사할 때 입을 맞추고 (양 뺨을 한 번씩 만지면서) 키스 두 개 하잖아요? [조사자 1: 아 그래? 모르지 우리는.] 이렇게 이렇게요. (청자와 함께 시범을 보이며) 이렇게요.

그런데 만약에 어 파라과이와 아르헨티나에서 이렇게 인사하고, 나머지 남미 나라들은 그냥 한 번만 하는 거예요. 그래서 만약에 우리나라에서 한 번만 하면 계속 영원히 싱글. 네. 결혼 못 해요. [조사자 1: 누가? 그 뽀뽀를 당하는 사람이?] 네. 왜냐하면 한 번 남았으니까 결혼을 못 해요. [조사자 2: 뽀뽀 한 사람이 아니면 뽀뽀 받은 사람이?] 받은 사람이.

꼭 두 번 해야 돼요. 안 하면 이렇게 말해요.

"아! 왜? 왜? 두 번씩 안 하냐? 안 하면 제가 결혼 못 해요."

라고 해요.

[조사자 2: 주변 다른 나라랑 좀 다른] 달라요. 그래서 여기 와서 다른

남미 친구들은 만나고 한 번만 해요. 아마 결혼 못 할 거예요. (웃음)

[조사자 1: 같은 요기(남미)인데 어떻게 파라과이하고 아르헨티나만 양쪽에. 그럼 이 양쪽에 하는 뽀뽀는 그냥 일상적인 뽀뽀인가?] 네. [조사자 1: 그냥 특별한 날에만 하는?] 아뇨, 아뇨 이 만약에 어떤 사람이 만나면 좀 인사. [조사자 1: 처음 봐도?] 네. 처음 봐도. 보통 처음 봤을 때 제일 중요해요.

[조사자 1: 그러면 뭐, 예를 들어 내가 어떤 처음 가는 가게에 물건 사러 갔어. 가게 주인한테 그렇게 뽀뽀를 하진 않지?] 아 아뇨 그건 아니지. 만약에 모임 있을 때, 파티 있을 때. [조사자 3: 우리나라 악수 같은 그런 개념인가요?] 악수도 하고, 키스도 하고. 보통 키스 더 많이 해요. 남자이든 여자이든 상관없어요.